TEIL I

DAS ULTIMATUM

KAPITEL 1

DIE FREIEN

Das einzige Geräusch, das durch die Rotunde des Kapitols hallte, war der Gleichschritt Hunderter marschierender Soldaten. Reihe um Reihe der Schwarzgekleideten stellte sich auf. Jayden und G blickten nervös zu den Dutzenden dunkler Gestalten auf dem oberen Balkon empor, deren gespannte Bögen auf die riesige Menge zielten.

G atmete tief durch. Er wusste, was das zu bedeuten hatte. Vier Tage waren vergangen, seit er Sirus mit einer Diamantspitzhacke in der Obsidiankammer zurückgelassen hatte, und jetzt hatte Tess alle Soldaten wegen eines Notfalls in die Rotunde gerufen.

Wie erwartet, trat die Generalin auf den höchsten, prächtigsten und hervorstechendsten der Balkone aus gemeißelten Quarzblöcken. Sie verzog das Gesicht, während sie auf die Soldaten hinabblickte. Die sahen zu ihr hoch, zitterten vor ihrer furchterregenden Grimasse und schwiegen. Schließlich ergriff sie das Wort.

„Letzte Nacht", verkündete sie, „sind unsere Geiseln aus Adorias Dorf entkommen."

Die Soldaten keuchten erschrocken auf, als ihnen bewusst wurde, was das zu bedeuten hatte.

„Um ihre Flucht zu bewerkstelligen, haben sie eine fünf Blöcke dicke Mauer aus reinem Obsidian durchgegraben", fuhr Tess fort. „Diese Leistung würde mit jedem Werkzeug, außer mit einer Diamantspitzhacke, mindestens zwei ganze Tage in Anspruch nehmen. Und da keine Wache bei den Überprüfungen Anzeichen eines Ausbruchsversuchs bemerkt hat, müssen wir davon ausgehen, dass jemand in diesem Raum den Geiseln eine Diamantspitzhacke hat zukommen lassen."

Obwohl niemand zu sprechen wagte, war die Anspannung der Soldaten deutlich zu spüren.

„Ich weiß, dass jemand unter uns der Verräter ist", erklärte Tess langsam und ließ den Blick über die Soldaten unter ihr gleiten. „Wenn dieser Verräter jetzt vortritt und sich mir zu erkennen gibt, wird er von einem einfachen Erschießungskommando hingerichtet, schnell und schmerzlos. Wenn jedoch nicht, werde ich Befragungen durchführen müssen, und sobald ich den Schuldigen finde, wird er ohne Gnade gefoltert und den Zombie-Dorfbewohnern zum Fraß vorgeworfen. Wenn sich also jemand melden möchte, sollte er es jetzt tun."

G fiel es schwer, nicht in blinde Panik auszubrechen. Er hörte, wie Jayden neben ihm einen tiefen Atemzug nahm und ihn langsam entweichen ließ. Dann hob er die Hand.

„Ich gestehe", sagte Jayden mit leicht zitternder Stimme. „Ich war es."

G wusste nicht mehr, was er denken sollte. Sein Geist weigerte sich, es zu begreifen. Vollkommen schockiert starrte er Jayden an, denn die verstörenden Worte seines besten Freundes hatten ihn absolut unvorbereitet getroffen.

„Tatsächlich?", fragte Tess. In ihrer Stimme klang ein Hauch von Überraschung mit, während die Soldaten neben Jayden voller Grauen vor ihm zurückwichen. G tat es ihnen gleich, überzeugt, dass sein Gefährte nun gänzlich übergeschnappt war. „Wie hast du das angestellt, Drayden? Und welche Gründe hattest du?"

„Ich bin *Jayden*!", rief er aus, zog seine schwarze Lederkappe ab, schleuderte sie zu Boden und stampfte darauf. „Ich bin ein Mitglied des Rates von Element City und ein Freund von Präsident Stan2012. Ich habe in den letzten Wochen verdeckt unter euch gelebt und daran gearbeitet, die Geiseln zu befreien, die ihr genommen habt. Meine Arbeit hier ist getan." Ein irres Grinsen stahl sich in Jaydens Gesicht, und er stieß die Faust in die Luft. Mit patriotischem Eifer brüllte er: „LANG LEBE DIE REPUBLIK! LANG LEBE PRÄSIDENT STAN!"

G war noch immer ganz benommen von dem, was sich vor seinen Augen abspielte. Er konnte kaum fassen, dass Jayden sich gerade grundlos enttarnt hatte oder dass die Soldaten ihre Bögen spannten und auf ihn zielten. Plötzlich ging ihm ein Licht auf: Es gab mindestens einen Vorteil, den sie aus diesem Wahnsinn ziehen konnten. Er sprang in den Kreis der Soldaten und ließ die überwältigende Verzweiflung, die in ihm hochkochte, hervorbrechen.

„Wie konntest du nur?", rief G. Mit tränenüberströmtem Gesicht ließ der brennenden Schock, den er empfand, seine Stimme bewusst zum Zittern bringen. „Du warst mein Freund! Ich habe dir vertraut! Wie konntest du für diesen bösartigen Präsidenten arbeiten?"

Jayden blickte G in die Augen. Einen Moment lang sah er elend aus, als wollte er nichts mehr sagen als: *Es tut mir leid*. Doch diese Stimmung verflog, und der Eifer bahnte sich erneut seinen Weg.

„Nie würde ich so tief sinken, mich Freund eines Noctems zu nennen!“, fauchte Jayden angewidert.

G wollte so viel sagen und wusste, dass er es nicht konnte. Er war gezwungen, einfach dazustehen, sprachlos und wie angewurzelt. Es machte keinen Unterschied. Worte konnten nicht beschreiben, welche Qualen er litt, als zwei Soldaten Jayden zu Boden drückten und ein dritter mit dem Bogen auf seinen Kopf zielte. G wandte den Blick ab und bereitete sich auf den Schuss vor.

„Nicht schießen!“, gellte Tess' Stimme vom Balkon über ihnen.

G starrte ungläubig nach oben und traute seinen Ohren nicht. Der Soldatentrupp, auch diejenigen, die Jayden festhielten, folgten dem Befehl und wandten sich wieder Tess zu. Sie schaute zwischen Jayden und G hin und her und war offenbar fasziniert. Gs Herzschlag drohte auszusetzen. Hatte sie Verdacht geschöpft?

„Henker, halt“, befahl Tess erneut und hob die Hand. „Ich habe eine bessere Idee. Alle Truppen weggetreten. Verlasst die Rotunde. Wache und MasterBronze, ihr bleibt hier.“

G war starr vor Angst, als sich der Strom der Soldaten in Bewegung setzte und ihm auf dem Weg zu den Türen betretene Blicke zuwarf. Der Henker legte seinen Bogen ab und zog stattdessen ein leuchtendes Diamantschwert, das er gegen Jaydens Rücken stieß. Er knurrte „Hände hoch, Drecksack“, und Jayden gehorchte, wobei er zur Seite schielte. Sein Blick traf Gs. Offenbar dachten beide dasselbe.

Tess weiß Bescheid, dachte G panisch. *Sie muss Bescheid wissen. Warum sonst sollte sie mich herausgepickt haben? Alle Rekruten wissen doch, dass Jayden und ich immer miteinander gesprochen haben. Und wieso hat Jayden sich überhaupt zu erkennen gegeben? Vielleicht wäre sie sonst nie auf mich gekommen. Er hätte sich doch nicht opfern müssen!*

Tess' Schritte auf dem Steinziegelboden hallten durch die riesige Rotunde, während sie zu deren Mitte schritt. G und der Henker standen stramm, Jayden funkelte sie wütend an.

„Generalin Tess", fragte die Wache ungläubig, „warum haben Sie die Hinrichtung des Spions ausgesetzt?"

„Vertrau mir", erwiderte Tess. Ein heimtückisches Grinsen umspielte ihre Lippen. „Ich weiß, was ich tue. Wache, weggetreten."

Die Wache starrte Tess vollkommen verständnislos an, wandte sich dann aber um und ging zur Tür, wobei der Soldat unaufhörlich vor sich hingrummelte. Jayden sah ihm nach, die Hände noch immer erhoben, und Tess zog ihrerseits ein Diamantschwert, das sie gegen den Gefangenen richtete.

„MasterBronze", sagte Tess gedehnt und wandte sich zu G um, „wenn ich recht verstehe, bist du mit diesem Verräter befreundet. Stimmt das?"

„Das dachte ich zumindest", schnaubte G und versuchte, so verletzt und hintergangen wie möglich zu klingen, ohne seine wahre Angst zu zeigen. „Er schien immer ein so netter Kerl zu sein. Ich kann nicht fassen, dass er die ganze Zeit für Präsident Stan gearbeitet hat."

„Nun, hoffentlich kannst du dich selbst davon überzeugen", lachte Tess leise, „denn du bist derjenige, der ihn töten wird."

G hörte, verstand jedoch nicht. „Par... pardon ...?", krächzte er schließlich.

„Ich habe dich in den letzten Wochen als meinen Lehrling ausgebildet, MasterBronze", fuhr Tess ungerührt fort. „Ich muss sagen, dass ich bis jetzt von deinen Fortschritten durchaus beeindruckt bin. Wenn du allerdings wirklich ein großer Anführer der Noctem-Allianz werden willst, musst du lernen, für unsere Ziele Opfer zu bringen ... selbst, wenn du deinem besten Freund dazu ein Messer in den Rücken stoßen musst. Außerdem solltest du es schnell erledigen, wenn deine Loyalität so beschaffen ist, wie du es behauptest."

G starrte Tess ausdruckslos an. Er verstand noch immer nicht, was sie von ihm verlangte. Dann sah er aus dem Augenwinkel, wie ihn Jayden mit angstgeweiteten Augen anstarrte, und kam mit einem Schlag zu sich.

„Nun, also ...", stammelte G und versuchte schnell eine Antwort zu finden. „Ich meine ... Generalin Tess, Ma'am ... darf ich ihn wenigstens allein töten? Es ... wird schon schwierig genug, ohne dass Sie mir dabei zusehen."

Tess seufzte und verdrehte die Augen. „Von mir aus. Wir gehen in die Untersuchungskammer. Bewegung, du wertloses Stück Dreck!"

Tess stieß das Diamantschwert in Jaydens Rücken, und er setzte sich in Bewegung, die Hände noch immer über den Kopf erhoben. G folgte Tess durch den Korridor. Er wusste, dass sie zu dem Raum unterwegs waren, in dem Sirus und die anderen gefangen gewesen waren. G starrte voller Verachtung auf den Rücken der Generalin, die vor ihm lief, und er griff nach seiner Spitzhacke, schaffte es aber, sich zu beherrschen. So leicht und befriedigend es gewesen wäre, Tess hier und jetzt niederzuschlagen, wusste er doch, dass er es nicht tun konnte. Sie waren die einzigen Anwesenden, und Jayden war unbewaffnet, also würde der Rest der Allianz sofort wissen, dass er der Schuldige war. Was auch immer jetzt geschehen mochte, er musste noch immer Mella und Stull heilen, etwas, das weitaus leichter sein würde, wenn die Noctem-Allianz ihm Vertrauen schenkte.

Schon bald hatten sie die Obsidiankammer erreicht. Auf Tess' Befehl hin betätigte G den Hebel, der die Eisentür öffnete. Kaum war sie vollständig offen, trat die Generalin Jayden in den Rücken, sodass er vornüberfiel und mit dem Gesicht nach unten auf dem Boden der leeren Kammer liegen blieb. G starrte Tess mit brennendem Hass an, zwang sich aber, seine Wut zu verbergen, als sie sich zu ihm umdrehte.

„Ich bin bald zurück", erklärte sie streng. „Und ich erwarte, dass du mir seine Waffe aushändigst."

Mit diesen Worten trat sie in den Korridor und zog den Hebel. Die Eisentür schloss sich.

„Was hast du dir dabei gedacht?", brüllte G. Kaum war die Tür ins Schloss gefallen, hatte er sich zu ihm umgedreht.

„Schrei mich nicht an!", gab Jayden zurück und verschränkte die Arme vor der Brust. „Hast du denn keine Ahnung, was ich gerade für dich getan habe?"

„Du hättest mich fast um meinen besten Freund gebracht!", fauchte G. „Du hast Tess so weit getrieben zu erwarten, dass ich dich töte! Du hast mich in eine unglaublich schwierige Lage gebracht!"

„Ach, mach doch die Augen auf, Mann!", rief Jayden. „Es war doch nur eine Frage der Zeit, bis Tess gemerkt hätte, dass *du* die Gefangenen befreit hast! Jetzt, da ich für dich die Kastanien aus dem Feuer geholt habe, kannst du in Nocturia bleiben, so lange du willst! Du kannst die Dorfbewohner befreien, du kannst alles Mögliche herausfinden, der Allianz so viel Schaden zufügen! Zum ersten Mal seit Beginn dieses Krieges hat Element City einen Agenten im Herzen der Noctem-Allianz, und es lohnt sich nicht, das aufzugeben, selbst wenn ich dafür sterben müsste. Die Tatsache, dass Tess dir befohlen hat, mich zu töten, macht alles sogar noch besser!"

„Wie kommst du denn darauf?", staunte G.

„Weil sie dir jetzt blind vertrauen wird!", erklärte Jayden und klang, als wäre das völlig offensichtlich. „Sie arbeitet doch schon daran, dich zu ihrem Schoßhündchen zu machen. Wenn du mitspielst, wird sie dir in jeder Hinsicht vertrauen und glauben, dass du dich völlig der Noctem-Allianz verschrieben hast. Und auch deiner Generalin."

„Oh, entschuldige bitte. Du hast ja so recht, Jayden!", antwortete G mit aufgesetzter Freude. „Also, meine Güte, warum haben wir das nicht gleich gemacht? Ach ja, richtig! Weil ich dich für diesen Plan immer noch *umbringen muss*!"

„Oh, da wäre ich nicht so sicher", lächelte Jayden. Dann holte er eine Flasche aus seinem Inventar. Der Trank darin war transparent, fast schon klar, jedoch leicht grau eingefärbt. G keuchte.

„Jayden. Wo hast du den her?"

„Hab ihn mir gemopst“, erklärte er, setzte die Flasche an die Lippen und leerte sie in einem Zug. „Gestern sind wir in die Brauerei im Nether gegangen, während du dir mit Tess das Gelände angesehen hast. Hier, fang!“

Jayden griff erneut in sein Inventar, holte seine Diamantaxt hervor und warf sie G ebenfalls zu. „Warte noch, bis die Wirkung des Tranks einsetzt, und dann zeig Tess die Axt. Ich schlüpfe unsichtbar durch die Tür und mache mich auf den Weg nach Element City!“

„Wa… warte“, sagte G, der noch damit kämpfte zu verstehen, was Jayden sagte. „Du … du verlässt mich?“

„Na ja, die Alternative wäre, dich umzubringen, und ich glaube, dass damit allen Beteiligten weniger geholfen wäre“, erklärte Jayden leicht entnervt.

„Aber … du kannst nicht gehen!“, rief G. „Ich brauche dich hier! Tess' Ausbildung macht mich völlig fertig. Sie lässt mich nie allein, ich muss die ganze Zeit über bei ihr sein und sie entfernt mich von allen anderen, damit sie mich trainieren kann. Es ist nicht mal mehr cool, dass sie so nett zu mir ist – es ist einfach nur unangenehm! Ich kann doch nicht die einzige Person verlieren, mit der ich noch sprechen kann!“

Jayden starrte ihn einen Moment lang ungläubig an. Endlich schaffte er es, herauszubringen: „Alter … ist dir … überhaupt klar, was du da von dir gibst? Erkennst du *keinerlei* Ironie in *irgendetwas* von dem, was du gerade gesagt hast?“

G starrte verwirrt zurück. Dann begann Jayden plötzlich zu verblassen. Von Sekunde zu Sekunde verschwand mehr von ihm.

„Der Trank fängt an zu wirken!“, rief er aus, zog seine

Rüstung aus, griff hektisch in sein Inventar und warf verschiedene Gegenstände auf den Boden, damit es aussah, als wäre ein Spieler gestorben. „G, mach jetzt die Tür auf, schnell! Ich habe nicht viel Zeit, bevor der Trank nachlässt, und ich muss es bis in die Tundra schaffen. Ich werde Kat und die anderen von dir grüßen, wenn ich sie wiedersehe … Adieu!"

G fixierte die Stelle, an der sein bester Freund nun unsichtbar stand, dann die Diamantaxt in seiner Hand. Er wusste, dass Jayden recht hatte. Er zwang sich, zur Eisentür zu gehen, klopfte dreimal laut, und kurz darauf öffnete sie sich. G trat hinaus und spürte einen Luftzug hinter sich, der ihm verriet, dass Jayden lautlos den Gang hinunterlief.

„Hast du es erledigt?", fragte Tess.

G atmete tief durch, griff in sein Inventar und holte Jaydens Diamantaxt hervor. Er übergab sie Tess, die sie mit Begeisterung empfing.

„Gut gemacht, MasterBronze!", rief sie und klopfte ihm auf die Schulter, was bei ihm Gänsehaut auslöste. „In Anbetracht deiner Loyalität gegenüber der Noctem-Allianz und mir selbst befördere ich dich hiermit zum Unteroffizier. Von jetzt an ist es deine Aufgabe, mir im Ausbildungsprogramm als Vorgesetzter der anderen zu assistieren."

„Danke, Ma'am", murmelte G. Er wusste zwar, dass er sich über diese Beförderung, dank der er an die Geheimnisse der höheren Ränge gelangen könnte, hätte freuen sollen, aber dennoch konnte er das Gefühl der völligen Einsamkeit nach Jaydens Flucht nicht abschütteln. Er saß mit Tess fest, der Spielerin, die völlige Kontrolle über sein Leben hatte.

„Und jetzt komm mit, MasterBronze", fuhr Tess grinsend fort. „Es wird Zeit, dass wir vor deine Kollegen treten und ihnen ihren neuen stellvertretenden Kommandanten vorstellen."

G überkam leichte Übelkeit, während er Tess den Korridor entlang folgte. Sie sprach auf eine liebevolle Art mit ihm, die ihm den Eindruck vermittelte, ein preisgekrönter Pudel zu sein und kein Mensch. Er fühlte sich machtlos, herabgewürdigt und erniedrigt. Es schauderte ihn und er wünschte sich sehnlichst, mit Jayden darüber sprechen zu können.

* * *

„Charlie, bitte … lass mich mal übernehmen. Ich sehe doch, dass du Schmerzen hast …"

„Leonidas, zum letzten Mal, *es geht mir gut*!", brüllte Charlie und wirbelte herum, um ihm ins Gesicht zu blicken. „Hör auf, mich zu unterbrechen, sonst werden wir Element City nie erreichen!"

„Schon gut, in Ordnung, beruhige dich, Mann!", rief Leonidas und hob abwehrend die Hände.

Charlie funkelte ihn ein letztes Mal wütend an, dann drehte er sich um und schlug weiter mit seiner Steinspitzhacke auf die Höhlenmauer ein. Leonidas starrte auf Charlies vom Fackellicht erleuchteten Rücken. Die Feindseligkeit, die Charlie ihm gegenüber an den Tag legte, war ihm ein Rätsel. Seit sie zu ihm und Stan gestoßen waren, hatte die Freundlichkeit der anderen Gruppenmitglieder Leonidas immer wieder angenehm überrascht. Alle anderen, bis auf Charlie. Selbst jetzt, als er ihm beim

Bergbau zusah, war offensichtlich, dass er Schmerzen hatte. Mit jedem Schlag stöhnte er auf, jeder Schritt in der frisch ausgehobenen Höhle war mit einem Humpeln verbunden.

Leonidas war jedoch der einzige Zeuge von Charlies Wutausbruch. Kommandant Crunch war damit beschäftigt, neben Charlie zu graben, während Stan, Kat und Cassandrix hinter ihnen liefen und sich unterhielten. Stan brachte unterwegs Fackeln an den Wänden an, und Rex trottete gemächlich neben Kat her.

„Ich kann immer noch nicht fassen, dass wir uns in unsere eigene Stadt schleichen müssen", fauchte sie wütend.

„Oh, tut mir leid, Liebes. Bitte, lass mich dir ein trauriges Lied auf der kleinsten Geige der Welt spielen", erwiderte Cassandrix und wölbte ihre aufgedunsenen Lippen in gespielter Trauer, bevor sie sie wieder grimmig verzerrte. „Kat, wir sitzen hier unten alle im selben Boot. Es ist zwecklos, über etwas zu jammern, das wir alle durchstehen müssen!"

„Halt die Klappe!", rief Kat so laut, dass Stan zusammenzuckte und sich die Hände auf die Ohren legte. „Das ist kein Grund, so unausstehlich zu sein!"

„Pardon, was hast du gesagt, Kommandant?", fragte Cassandrix laut, anscheinend zu Crunch, der sich noch immer voll und ganz auf das Graben konzentrierte. „Entschuldige, ich konnte dich nicht hören. Hier scheint ein Kleinkind zu sein, das herumheult, weil seine Gefühle verletzt worden sind. Ich wünschte, seine Eltern würden sich darum kümmern."

Kat lief tiefrot an und wollte sich gerade verteidigen, als Stan dazwischenging.

„Das reicht jetzt, ihr beiden!“, rief er und sah von einer zur anderen. „Wir alle sind in diesem blöden Tunnel schon genug unter Druck. Wir brauchen euer Gezänk nicht, um es noch schlimmer zu machen!“

„Sie hat angefangen“, murmelte Kat, woraufhin Cassandrix die Augen verdrehte, arrogant seufzte und mit den Schultern zuckte.

„Egal, *wer* angefangen hat, jetzt ist Schluss damit“, erklärte Stan bestimmt und ging zwischen Kat und Cassandrix weiter. *Oh Mann, ich bin so froh, wieder mit allen zusammenzusein*, dachte er, um Optimismus bemüht. *Ich habe es ja so vermisst, mit allen zu reden …*

„Hey Charlie!“, brüllte Kat ihm direkt neben Stan ins Ohr, sodass der erneut zusammenzuckte. „Haben wir die Mauer schon hinter uns?“

„Wenn meine Berechnungen stimmen“, erwiderte er, bemüht, ruhig zu atmen, obwohl die Anstrengungen des Grabens ihn schmerzten, „sind wir vor einer Weile unter der Mauer durchgestoßen und sollten jetzt unter dem Handelsviertel von Element City sein.“

„Leute, habt ihr das gehört?“, fragte Stan und sah seine Freunde reihum an. „Wir sind zurück in Element City! Willkommen zu Hause, alle miteinander!“

Im Tunnel erklang mattes, aber zustimmendes Gemurmel, während Charlie und Kommandant Crunch in eine große natürliche Höhle durchbrachen. Stan seufzte. Er wusste, dass sie die Stadt so schnell wie möglich erreichen mussten, und dass das Schicksal von ganz Minecraft in seinen Händen lag. Das änderte jedoch nichts an der Tatsache, dass alle nach ihrem drei Tage langen Marsch erschöpft waren.

„Na schön“, sagte er und ließ endlich seine eigene Ermüdung durchblicken. „Vielleicht sollten wir eine kurze Pause machen und uns ausruhen.“

Kaum hatte er es ausgesprochen, sank die gesamte Gruppe zu Boden und gab sich der Erschöpfung nach der wochenlangen Reise mit nur wenigen Ruhepausen hin. Auch Stan ließ sich nieder, unbeirrt davon, wie unbequem der Steinboden war. Rex rollte sich zu seinen Füßen zusammen, und Stan war kurz davor, einzuschlafen, als ihm ein alarmierender Gedanke kam.

„Hey Leute, wir können noch nicht alle gleichzeitig schlafen“, murmelte er und richtete sich mühsam wieder auf. „Jemand muss Wache stehen.“

„Ich kümmer mich darum“, sagte Leonidas, griff nach einer Kante im Stein über sich und zog sich daran hoch.

„NEIN!“, rief Charlie so laut, dass alle erschrocken hochfuhren. Er war aufgesprungen und zuckte zusammen, als er sein verletztes Bein unüberlegt belastete.

„Geh wieder schlafen, Leonidas. Ich stehe Wache.“

„Ach, Charlie!“, protestierte Leonidas besorgt. „Du hast schon den ganzen Tag gegraben. Du solltest dich wirklich ausruhen!“

„Was soll das denn heißen?“, fragte Charlie anklagend. „Willst du damit sagen, du glaubst, ich kann es nicht?“

„Nein, ich …“

„Dann halt die Klappe und setz dich wieder hin!“, fauchte Charlie verbittert. „Ich kann mich nicht erinnern, dich um Hilfe gebeten zu haben!“

Leonidas starrte Charlie an, überrascht von der Härte seiner Worte. Dann legte er sich wieder hin, warf Charlie einen letzten verstörten Blick zu und drehte sich mit dem

Gesicht zur Wand. Stan war empört und wollte Charlie gerade für seinen rauen Ton zurechtweisen, als plötzlich eine Explosion die Wand neben ihnen erschütterte und die gesamte Gruppe mit Staub überzog.

In Sekundenschnelle waren alle sechs Spieler und der Wolf wieder auf den Beinen, hatten die Waffen gezogen und den Blick auf das unförmige Loch in der Höhlenwand gerichtet. Durch den Rauch zeichnete sich erst eine schattenhafte Gestalt ab, dann, als sich der Staub legte, wurde eine ganze Reihe von Personen sichtbar. Es waren Creeper Khan und direkt hinter ihm Arachnia, Enderchick, Lord Marrow und Zomboy.

Einen Moment lang herrschte Stille. Vor Schreck wie gelähmt, weil man sie entdeckt hatte, starrten Stan und seine Freunde die Mobjäger an. Die Mitglieder der ELM dagegen erwiderten den Blick mit leuchtenden Augen.

„Na, so was, du hier, Stan!“, zischte Arachnia grinsend und trat an die Spitze der Gruppe.

„Wie habt ihr uns gefunden?“, wollte Stan wissen und zwang sich, ihr in die acht roten Augen zu sehen, so unwohl ihm dabei auch war.

„Glück gehabt, schätze ich“, grinste sie. „Wir wollten hier unten gerade ein paar Fallen für euch aufstellen. Dass ihr so schnell wieder hierherkommt, hatten wir nicht erwartet.“

„Wir sind ununterbrochen gelaufen“, erklärte Stan langsam. Er wollte ihnen Zeit verschaffen, während er überlegte, wie sie den Kopfgeldjägern entkommen konnten. „Wir wollten so schnell wie möglich zurück nach Element City.“

„Ach, du armer tragischer Held“, feixte Arachnia. „Du

kommst bis hier und nicht weiter, nicht weiter als hier … und am Ende war es alles sinnlos."

„Haha, den hab ich kapiert!", rief Zomboy. „Das ist nämlich der Text von einem Lied! Und du hast ihn aufgesagt, weil …"

„Klappe, Zomboy", sagte Arachnia beiläufig.

„Okay", erwiderte er kleinlaut und schaute zu Boden.

„Na, herzlichen Glückwunsch", warf Stan ein, noch immer verzweifelt bemüht, mehr Zeit zu erkaufen. „Ihr habt uns endlich eingeholt. Und jetzt?"

„Nun, du wirst uns begleiten, Stan", antwortete Arachnia in einem verstörend süßlichen Tonfall, bei dessen Klang Stan ein kalter Schauer über den Rücken lief. „Lord Tenebris ist sehr erpicht darauf, dich zu sehen. Was deine Freunde angeht, tja, die kann keiner mehr gebrauchen, also werden wir sie loswerden."

„Tut mir ja leid, Arachnia", erwiderte Stan und versuchte, seine Stimme in einem freundlichen Plauderton zu halten, wohl wissend, dass es keinen Ausweg gab und ihnen ein Kampf bevorstand. „Aber ich fürchte, dass ich das nicht zulassen kann."

Bevor die Mobjägerin antworten konnte, sprang Stan vor und presste seine Axt gegen das leuchtende Diamantschwert, das Arachnia gezogen hatte. Beide fingen an zu kämpfen. Sofort traten auch die Spieler, die hinter den Anführern gestanden hatten, in Aktion. Kat und Rex warfen sich auf Enderchick. Cassandrix und Creeper Khan griffen einander gleichzeitig an. Und Kommandant Crunch eilte Cassandrix zu Hilfe. Lord Marrow und Leonidas ließen einen Pfeilhagel aufeinander niedergehen, während Zomboy sich gegen das nächste Ziel richtete: Charlie.

Dieser sprang zurück, um der gigantischen Steinaxt auszuweichen. Sein Gegner schlug sie in den Boden, und in den Steinblöcken des Höhlenbodens entstanden Risse. Bei jeder Bewegung spürte Charlie einen stechenden Schmerz in seinem Fuß, und fast wäre er umgeknickt, schaffte es jedoch, sich auf den Beinen zu halten, obwohl er gequält zusammenzuckte. Er sah zu Zomboy hoch, der seine Axt hob und sich auf einen weiteren Angriff vorbereitete. *Er ist nicht besonders schnell*, hielt Charlie in Gedanken fest, *und er lässt sich viel zu viel Zeit zwischen den einzelnen Attacken. Er muss auf schwere Waffen spezialisiert sein.*

Er hörte, wie hinter Zomboy Detonationen krachten, als Creeper Khan seine pyrokinetischen Kräfte einsetzte und Zomboy explosive Pfeile abfeuerte, aber er zwang sich, nur seinen eigenen Kampf im Fokus zu behalten. Zomboy kam immer näher und schwang seine riesige Axt, sodass Charlie gezwungen war, in die Richtung zurückzuweichen, aus der sie gekommen waren. Er entdeckte mehrere Schwachstellen in Zomboys Attacken, die einen Konter zugelassen hätten, doch bei jedem Versuch zuzuschlagen, flammte der Schmerz in seinem Bein wieder auf. Er musste zurückweichen, um den nächsten Treffer zu verhindern.

Endlich, nach einer ganzen frustrierenden Minute, in der Charlie nur ausweichen konnte, ließ Zomboy seine Axt mit besonderer Wucht niederfahren, und sein Gegner entkam ihm knapp mit einem Schritt zur Seite. Die Klinge der Waffe ließ den getroffenen Steinblock in einem Funkenstoß zersplittern und blieb darin klemmen, sodass Zomboy mühselig versuchen musste, sie freizubekommen. Charlie nahm die Gelegenheit wahr und stieß sich mit seinem unverletzten Bein ab. Er versenkte seine Spitzhacke tief in Zomboys Brust. Der Riese zuckte und taumelte rückwärts, dann stürzte er mit einem dumpfen Laut zu Boden.

Charlie atmete tief durch und betrachtete den hünenhaften Körper seines besiegten Gegners. Er war wütend auf sich. Dieser klobige Schläger war so ungeschickt gewesen, dass er ihn mühelos hätte töten können, aber wegen seines Beines war alles so viel schwieriger gewesen als es hätte sein müssen. Ihm kam ein düsterer Gedanke. Was, wenn er auf einen fähigen Gegner getroffen wäre? Nicht jemanden wie Leonidas bei ihrem Kampf im Wald … einen Gegner, der ihn ernsthaft verletzen wollte? Charlie schauderte, als diese Überlegungen sich wie Nebel über seine Gedanken legten, und er machte sich auf den Weg zurück in den Kampf, vorbei an Zomboys Leiche, und entschlossen, sich zu beweisen.

Nicht erwartet hatte er allerdings, dass Zomboys Axt sich plötzlich vom Boden erhob und direkt auf ihn zuflog.

Charlie schaffte es gerade noch, seine Ersatzspitzhacke aus dem Inventar zu holen, um die Attacke abzublocken, aber der Aufprall der riesigen Steinaxt schleuderte ihn dennoch quer durch die Höhle. Er krachte gegen die Wand und landete auf dem harten Boden, direkt auf seinem verletzten Bein. Gequält schrie Charlie auf. Durch einen Tränenschleier versuchte er, herauszufinden, was geschehen war.

Zomboy war wieder auf den Beinen und hielt seine Axt fest in der Hand. Die Spitzhacke steckte noch immer in seiner Brust, und er grinste Charlie ohne ein Anzeichen von Schmerz an.

Charlie war verblüfft und konnte sich nicht erklären, wie Zomboy noch am Leben sein konnte, doch dann verstand er: Dieser Spieler gehörte zum Kopfgeldjägerteam, und laut allem, was Stan erzählt hatte, schien jedes Mitglied dieser Gruppe sich mithilfe von Mods eine besondere Fähigkeit verschafft zu haben. Er vermutete, dass Zomboy mehr Lebenspunkte hatte und viel Schaden einstecken konnte, bevor er starb.

Während die riesige Bestie von einem Spieler auf Charlie zuwankte, bereitete dieser sich darauf vor, sich von der Wand abzustoßen, um den nächsten Angriffen aus dem Weg zu gehen. Zomboy hob die Axt über seinen Kopf, und Charlie trat nach hinten, doch sein Knie zitterte. Er nahm es allerdings kaum wahr, denn er konzentrierte sich auf die bedrohliche Waffe über dem Kopf seines Gegners.

In dem Moment, als der Hieb herabsausen sollte, zischte ein Pfeil aus den Tiefen der Höhle heran und bohrte sich in Zomboys Schädel, direkt zwischen dessen Augen. Der Hüne schrie vor Schmerz auf und sah sich im Tunnel nach dem Schützen um. Der Pfeil hatte ihn zwar unerklärlicherweise nicht getötet, aber zweifellos erbost.

„Hey!“, brüllte er in die Mine, die Stirn mitsamt dem daraus hervorragenden Pfeil wütend gerunzelt. „Was soll das?“

Charlie warf seinerseits einen Blick in die Höhle und lächelte vor Erleichterung und Staunen. Dort, am Eingang, stand mit erhobenem Bogen Sirus, begleitet von einer Armee von zwanzig Spielern, allesamt mit Steinwaffen ausgerüstet.

„Angriff!“, röhrte der verrückte Redstone-Mechaniker. Die gesamte Spielermeute raste durch die Höhle und griff Zomboy mit Pfeilen und fliegenden Waffen an. Der riesige Mobjäger erkannte, dass sie in der Überzahl waren, und drehte sich um. Die Attacken, die seinen Rücken trafen, zeigten keinerlei Wirkung. Mit der Axt in der Hand lief er zurück in den Tunnel zu seinen Kameraden.

Während die befreiten Geiseln weiter an Charlie vorbeiströmten, hielt Sirus an, um ihm aufzuhelfen. „Hey Charlie, Mann, lange nicht gesehen, wie geht's?“

„Mir … geht es gut“, antwortete er. Nach allem, was er gehört hatte, war Sirus in der Schlacht um Elementia gefallen. „Ich … ich bin *wirklich* froh, dich zu sehen. Aber … ich dachte, du wärst …“

„Oh, schon klar, du dachtest, ich wäre tot“, lachte Sirus knapp. „Ja, das dachte ich auch, aber ich bin wieder gespawnt und habe gesehen, wie sich jemand im Wald versteckt hat. Da dachte ich mir, der Hügel ist bestimmt nicht sicher. Also habe ich beschlossen, in die Mitte der Enderwüste zu gehen, weil das vielleicht lustig wäre. Aber dann habe ich Hunger bekommen und versucht, ein Stück Kaktus zu essen, und das hat irgendwie Halluzinationen ausgelöst und ich dachte, ich wäre auf der Hochzeit einer Honigmelone und …“

„Entschuldige, aber müssen wir das jetzt besprechen?“, unterbrach ihn Charlie hastig und machte eine vielsagende Kopfbewegung in Richtung der Explosionen und Schreie aus der Schlacht in der Höhle.

„Aber echt jetzt, Alter“, staunte Sirus, während er sich in Position brachte, um Charlie aufzuhelfen, „du musst ja was ganz schön Schlimmes mit deinem Bein angestellt haben. Das ist nämlich völlig kaputt, im Eimer, praktisch nutzlos, so hilfreich wie ein Stück …"

„Okay, schon verstanden, Sirus", fiel ihm Charlie irritiert ins Wort. „Ich bin auch ohne deine Kommentare schon frustriert genug."

Sirus zuckte nur mit den Schultern und half Charlie auf. Der versuchte, einen Schritt zu machen, doch sein verletzter Fuß hielt nicht einmal der leichtesten Belastung stand, und er schrie auf vor Schmerz. Sirus erkannte den Ursprung seiner Qualen und legte Charlies Arm um seine eigene Schulter, um ihm zu helfen, der Horde, die sich bereits in den Kampf gestürzt hatte, aus Adorias Dorf zu folgen.

Sieh sich das einer an, dachte Charlie verbittert. *Ich kann nicht mal mehr selbstständig laufen. Ich bin nichts als ein Krüppel.*

Als sie die andere Seite der Höhle erreicht hatten, stellte Charlie zu seiner Verblüffung fest, dass keine Kämpfe mehr ausgetragen wurden. Stan, Kat, Leonidas, Cassandrix und Kommandant Crunch standen herum, erschöpft und mit diversen Verletzungen, doch die Mobjäger waren verschwunden.

„Wo sind sie hin?", fragte Charlie Kommandant Crunch, während Sirus ihm half, sich auf einen losen Steinblock zu setzen.

„Sie haben sich wegteleportiert, Jungchen", erklärte der Kommandant, während er eine Sprengwunde an seinem Arm verarztete. „Kaum sind Sirus und seine Mannschaft hier aufgetaucht, haben diese Landratten kapiert, dass sie zahlenmäßig unterlegen waren und nicht gewinnen konnten. Das Mädel namens Enderchick hat ihre Kameraden geschnappt, und weg waren sie, weiß der Klabautermann wohin. Aber ich glaube nicht, dass sie bald zurückkommen."

Charlie nickte einsichtig und betrachtete das Bild, das sich ihm bot: Sirus und Stan unterhielten sich angeregt, wobei Stan große Augen machte, als spräche er mit einem Geist. Die Geiseln liefen in der Höhle umher. Manche von ihnen versorgten die Wunden, die die Schlacht mit sich gebracht hatte. Plötzlich erhob sich Geschrei im hinteren Teil der Höhle, und zwei von Sirus' Leuten traten vor. Sie pressten Leonidas' Arme auf dessen Rücken.

„Was soll denn das?", fragte er, nach dem Kampf offenbar, zu erschöpft, um sich zu wehren, aber doch erbost.

„Wir haben noch einen gefunden, Sirus", erklärte einer der beiden Spieler, und Sirus drehte sich zu ihnen um. Der Anblick überrumpelte ihn völlig.

„Leonidas von RAT1! Werft ihn zu Boden, Männer!"

Daraufhin traten die beiden Spieler Leonidas in die Kniekehlen, und er ging zu Boden. Gequält stöhnte er auf, während Sirus einen Pfeil anlegte.

„Ich kümmere mich darum", verkündete er heldenhaft und wollte gerade schießen, als Stan verstand, was hier vor sich ging. Er schlug Sirus den Bogen aus der Hand, und der Pfeil sauste in die dunkle Mine.

„Präsident Stan, was tust du da? Das ist ein gefährlicher Krimineller, der hingerichtet werden muss!", rief Sirus.

„Sirus, beruhige dich, alles ist in Ordnung! Leonidas ist jetzt auf unserer Seite. Er hat seine Fehler eingesehen und kämpft für Element City."

Sirus starrte Stan einen Moment lang ungläubig an, dann hob er eine Augenbraue.

„Präsident Stan, bei allem Respekt, dieser Spieler ist für alle möglichen grauenhaften Zwischenfälle während der Rebellion gegen König Kev verantwortlich, und er hat als Mitglied von RAT1 mehr Spieler umgebracht als du dir vorstellen kannst. Bist du sicher, dass ich ihn nicht töten soll?"

„Absolut sicher!", bellte Stan wütend. „Ich spreche Leonidas eine umfassende präsidiale Begnadigung für seine früheren Taten aus. Er reist seit Wochen an meiner Seite und hat immer wieder unter Beweis gestellt, dass er bereut, was er unter König Kev und der Noctem-Allianz getan hat. Er ist jetzt bereit, alles zu geben, um für seine Vergangenheit zu büßen! Also bitte ich dich, höflich zu bleiben!"

Sirus öffnete den Mund und schloss ihn wieder. Er warf Leonidas, der sich aufgerichtet hatte und ihn wütend anstarrte, einen Blick aus dem Augenwinkel zu. Schließlich sprach er weiter, klang jedoch noch immer misstrauisch.

„Wenn du meinst, Präsident Stan", erwiderte er gedehnt. Dann wandte er sich ab, um stattdessen Charlies verletztes Bein zu verarzten.

„Danke, Mann", sagte Leonidas und lächelte Stan kurz an, bevor er sich um eine Brandwunde kümmerte, die Lord Marrow ihm zugefügt hatte.

„Keine Ursache", erwiderte Stan beiläufig, denn plötzlich kam ihm eine Erkenntnis.

Innerhalb der nächsten vierundzwanzig Stunden würde Stan den unterirdischen Bunker von Element City erreichen, in dem sich seine Freunde und sämtliche Stadtbewohner befanden. Sie würden sich sicherlich freuen, ihn zu sehen, und auch Charlie, Kat, Cassandrix und

Kommandant Crunch. Aber er hatte sich nie darüber Gedanken gemacht, wie die Einwohner von Element City sich Leonidas gegenüber verhalten würden.

So offensichtlich Leonidas' Sinneswandel in seinen Augen auch sein mochte, Stan konnte nichts daran ändern, dass Leonidas in der Vergangenheit Schreckliches getan hatte. Jetzt, da er seine Bürger bei der größten Herausforderung anführen musste, die Element City je erlebt hatte, fragte er sich, wie sie reagieren würden, wenn sie herausfanden, dass er einen von König Kevs mächtigsten Soldaten begnadigt hatte.

KAPITEL 2

UNTERGRUND

Die eiskalten Winde des immerwährenden Schneesturms tobten durch die Straßen von Nocturia. Das Kapitolgebäude erhob sich bedrohlich über den Häusern. Den gesamten Krieg über hatte die Armee von Elementia es nicht annähernd geschafft, die Hauptstadt der Nation der Noctem-Allianz anzugreifen, und das Kapitol war der Beweis. Das Gebäude war völlig unberührt und stellte mit seiner gotischen Steinziegelarchitektur und den Ornamenten aus Gold und Lapislazuli weiterhin das Kronjuwel des Imperiums dar. Leuchtfeuerblöcke strahlten Lichtsäulen in den Himmel. Außerdem war das Kapitol das bei Weitem größte und höchste Bauwerk in Nocturia: Der Hauptturm erhob sich über der Burg bis in die Wolken.

An der Spitze dieses Turms flackerte ein einziges Licht. Fackelschein erleuchtete ein offenes Fenster, das einzig Helle inmitten des wütenden Schneesturms. Hinter diesem Fenster, auf dem höchsten Turm des Kapitolgebäudes, saß Lord Tenebris in Gedanken versunken auf seinem Thron aus Obsidian und Quarz.

Seine Lider waren geschlossen und doch konnte er durch die Augen eines der Wither klar und deutlich sehen, während dieser am Himmel über Elementia patrouillierte. Lord Tenebris hatte im Geheimen experimentiert und Energie aus dem Server selbst gezogen, um seine Macht zu verstärken. Dabei hatte er jeden Tag neue Fähigkeiten entdeckt. Diese spezifische neue Fertigkeit hatte sich jedoch als die bei Weitem nützlichste erwiesen. Lord Tenebris konnte sich nach Belieben die Augen jedes Spielers oder Mobs zunutze machen, sofern er wusste, wo dieser sich aufhielt, und er sah alles, was sein Ziel sehen konnte.

In den letzten Wochen, während des Sturms der Noctem-Allianz auf Element City, war diese Fähigkeit besonders hilfreich gewesen. Mit seiner Hellsicht und der Möglichkeit, sich über Telepathie zu verständigen, hatte Lord Tenebris die Truppen auf dem Schlachtfeld durch die Augen von General Drake direkt lenken können, während er selbst in Nocturia und auf dem Fungarus versteckt blieb. Er wusste, dass es zum Besten war, im Verborgenen zu bleiben. Denn schließlich war Angst, obwohl die Noctem-Allianz im Krieg die Oberhand gewonnen hatte, weiterhin ihre größte Waffe.

Lord Tenebris genoss das Gefühl, die Soldaten aus weiter Entfernung zu befehligen und mit ihnen taktische Manöver auszuführen, um sich die absolute Herrschaft über eine Region zu sichern. Ihm war außerdem durchaus bewusst, wie notwendig dieser Schritt war, wenn er den Server vollständig übernehmen wollte. Zwar hätte er die Armee Elementias in wenigen Minuten vernichten können, wenn er nur seine eigenen Fähigkeiten einsetzte. Doch er hielt sich für einen weisen Anführer und wusste, wie groß der Unterschied zwischen der Vernichtung des Feindes und einem Sieg war.

Durch die Augen des Withers beobachtete er, wie schwarzgekleidete Soldaten mit Bögen, Waffen und Tränken durch die Straßen von Element City patrouillierten, um sie für die Noctem-Allianz zu sichern. Er seufzte zufrieden. Endlich, nach all den Monaten, gehörte die Stadt wieder den Spielern, die sie verdient hatten, denen, die gearbeitet und gekämpft hatten, um sie zu errichten, mit nichts als einer Wiese als Grundlage.

Sie hatten es endlich geschafft. Die Noctem-Allianz hatte Elementia erobert.

Doch ein Problem verdarb ihm den perfekten Sieg. Obwohl die Noctem-Allianz nun die militärische Herrschaft über den gesamten Server erzwungen hatte, war Stan2012 noch immer auf freiem Fuß. Diese Tatsache überraschte sogar Lord Tenebris. Drake wusste genau, was er ihm antun würde, wenn Stan nach Element City zurückkehren sollte. Und wenn eins sicher war, dann die Tatsache, dass Drake alles tun würde, um die eigene Haut zu retten. Wenn man bedachte, dass er auch noch eine Gruppe ausgebildeter Kopfgeldjäger angeheuert hatte, um Stan aufzuspüren, fiel es schwer zu glauben, dass er den Präsidenten immer noch nicht ausgeliefert hatte.

Lord Tenebris erhob sich von seinem Thron und hörte auf, seine Hellsicht zu nutzen. Sein Blick fiel wieder auf den schlichten, von Fackelschein erleuchteten Steinziegelraum. Die Zeit war gekommen. Die militärische Offensive war nun beendet, die Noctem-Allianz hatte in Element City einen befestigten Stützpunkt. Es gab keinen Grund, weiter in Nocturia zu bleiben. Nun musste er in die Stadt zurückkehren, für deren Eroberung er so lange und schwer gearbeitet hatte.

Lord Tenebris atmete tief durch, konzentrierte sich auf den Ratssaal von Element Castle und verschwand in einer violetten Rauchwolke.

* * *

G war von sich selbst angewidert, während er sich die Quarzstufen hinaufschleppte, die zu Tess' Büro führten. Er konnte den verletzten Rekruten in seinem blau und grün gefärbten Overall nicht vergessen, der am Boden gelegen und die Schnittwunde an seiner Hüfte umklammert hatte. G war dazwischengegangen, um die Runde des Trainingsturniers für beendet zu erklären und zu befehlen, dass der versehrte Kämpfer medizinisch versorgt wurde, doch die beiden Soldaten, die ihn beaufsichtigten, hatten ihm das Wort abgeschnitten. Er erinnerte sich lebhaft daran, wie der Noctem-Hauptmann in einem metallisch glänzenden Creeper-Kostüm ihm in die Augen gestarrt und seine hasserfüllten Worte gesprochen hatte: „Wenn du ein wahrer Noctem-Unteroffizier bist, musst du ihm befehlen, es zu Ende zu bringen."

Obwohl ihn jede Faser seines Herzens drängte, den gefallenen Rekruten zu verteidigen, hatte G kein Wort hervorgebracht. Noch bevor er sich dazu durchringen konnte, war ein Bote eingetroffen und hatte ihm mitgeteilt, dass Tess ihn sehen wollte. Als er sich zur Treppe aufmachte, hatten sich die beiden anderen Offiziere bereits wieder den kämpfenden Rekruten zugewandt. Kurz bevor G um die nächste Ecke bog, hörte er die Worte: „Also los ... mach ihn fertig!"

Er konnte den Klang des letzten Schreis einfach nicht

vergessen. Was sie dem verletzten Spieler nun antaten, war kaum vorstellbar ... und er selbst war einfach davongegangen. Auch wenn der Rekrut sich von der Noctem-Allianz ausbilden ließ, verdiente er doch nicht die Misshandlung und die Schikanen, denen er nun mit Sicherheit ausgesetzt wäre. G war versucht, kehrtzumachen und ihm zu helfen, aber er wusste, dass es unmöglich war. Jayden war bereit gewesen, sein Leben zu opfern, damit G in Nocturia bleiben konnte, und er würde nichts riskieren, bis er Mella und Stull gerettet hatte, egal, welchen Preis er dafür zahlen musste.

Er hatte endlich den Kopf der Treppe erreicht und stand nun an der Schwelle zu Tess' Zimmer. Es war außerordentlich hübsch gestaltet: Die Wände bestanden aus zu Mustern zusammengefügten Quarzblöcken, Wollblöcke bildeten einen Teppichboden und die Decke war von Glowstone-Blöcken durchzogen. In einem Netherrack-Kamin brannte unaufhörlich ein Feuer, das den Raum mit Wärme erfüllte, und an den Wänden hingen Pixel-Gemälde. Durch die Glasfenster konnte G den Sturm wüten sehen. Hinter einem Schreibtisch aus Zedernholzbrettern saß Generalin Tess. Ihr Diamantschwert befand sich in einem Rahmen hinter ihr.

„Seid gegrüßt, Ma'am", sagte G fast automatisch und unterdrückte seinen Selbsthass für einen Augenblick.

„Du hast dir ja ganz schön Zeit gelassen", erwiderte Tess, ohne seinen Gruß zu erwidern. „Bitte beeile dich beim nächsten Mal, Unteroffizier."

„Jawohl, Ma'am", bestätigte G. Die Abscheu vor seiner Tatenlosigkeit wich Verärgerung über Tess.

„Ich habe eine Aufgabe für dich", fuhr sie fort. „Du

musst noch einen Patrouillengang über das Gelände durchführen."

„Jawohl, Ma'am." G war erfreut, dass es nur um eine Allerweltsaufgabe ging, und wandte sich der Treppe zu, um seinen Auftrag in Angriff zu nehmen.

„Ach, und eins noch, Unteroffizier", schob Tess fast beiläufig nach. G drehte sich zu ihr um und sah, wie sie einen Trank der Langsamkeit aus einer Truhe neben dem Schreibtisch holte. „Richte Unteroffizier Zingster aus, dass die zwanzig Gefangenen aus Elementia heute statt morgen hingerichtet werden. Jetzt, da wir Element City eingenommen haben, ist es sinnlos, noch Geiseln zu halten."

G machte große Augen und konnte sich ein erschrockenes Keuchen gerade noch verkneifen. Dennoch hob Tess eine Braue, stellte ihr Glas auf den Tisch und funkelte ihn an.

„Hast du ein Problem damit, Unteroffizier?"

„Nein, Ma'am", entgegnete G schnell und überlegte fieberhaft, wie er die Gefangenen retten könnte, ohne dass Tess Verdacht schöpfte.

„Na denn, los!" Tess nippte erneut an dem Trank, während sie ein zweites Mal in den Schreibtisch griff. G wollte gerade die Treppe hinabgehen, doch er hielt inne.

Während seines Aufenthalts in Nocturia hatte G zahllose Stunden mit Tess verbracht. Ihre unablässige Anwesenheit, ihre unglaublich hohen Erwartungen an ihn und ihr beiläufiges Gerede, als wären sie beste Freunde, waren G unfassbar unangenehm und er hasste jede Minute, die er es über sich ergehen lassen musste, doch um Element Citys willen hatte er sich gezwungen, all das zu ertragen. Er hatte sich dabei geschickt angestellt und seine Abneigung Tess gegenüber nie offen gezeigt. Er hatte sie immer in dem Glauben gelassen, dass sie langsam zu engen Freunden wurden. Vielleicht wäre jetzt der perfekte Zeitpunkt, um herauszufinden, ob sich seine harte Arbeit auszahlen würde, damit er die gefangenen Spieler aus Element City retten konnte.

„Äh … entschuldigen Sie, Ma'am!"

„Warum bist du noch hier, Unteroffizier?", fragte Tess gereizt, als sie den Blick hob. Sie hatte in der Truhe nach etwas zu essen gesucht und gar nicht bemerkt, dass G noch nicht verschwunden war.

„Nun, weil ich einen Vorschlag habe."

„Ich will ihn nicht hören, Unteroffizier. Du hast eine Pflicht zu erfüllen."

„Bitte, Ma'am, ich glaube, es könnte wichtig sein."

„Schön!", erwiderte sie schließlich frustriert. „Was willst du, Unteroffizier? Und fasse dich kurz. Ich habe viel zu tun, genau wie du auch!"

G atmete tief durch, bevor er fortfuhr.

„Nun, mir ist der Gedanke gekommen, dass der Krieg in Elementia bald enden wird, und wie es scheint, stehen wir kurz vor dem Sieg und werden bald wieder über die Bürger von Element City herrschen. Ich glaube, dass wir vielleicht mehr Unterstützung von ihnen erwarten können, wenn wir etwas Milde walten lassen."

„Ach?" Tess hob misstrauisch eine Augenbraue, während sie G musterte. „Und wie genau stellst du dir diese Milde vor?"

„Ich würde vorschlagen", erklärte G zögerlich, da er ahnte, wie Tess vermutlich reagieren würde, „dass wir die

Soldaten noch nicht töten. Wir halten sie hier gefangen, bis …"

„Das ist absurd."

Einen Moment lang herrschte Stille, während Tess G wütend anfunkelte und der sich bemühte, seine Gefühle im Zaum zu halten. Er wusste, was er zu tun hatte, und obwohl er sein Glück damit herausforderte, versuchte er fortzufahren.

„Also, der Grund dafür ist, dass …"

„Was soll das heißen, Unteroffizier? Dass die Gräueltaten der Soldaten von Elementia ungesühnt bleiben sollen?"

„Nein, natürlich nicht, aber …"

„Dann sehe ich keinen Grund, dieses Gespräch fortzuführen."

„So hören Sie mir doch zu!", rief G. Irgendetwas ging mit ihm durch, und er verspürte eine Welle der Wut auf Tess, ausgelöst von den völlig falschen Beweggründen. „Ich bin Ihnen seit meiner Ankunft hier treu gefolgt, und ich haben Ihnen mein Leben gewidmet. Sie könnten mich wenigstens ausreden lassen!"

Tess' Miene nahm einen bedrohlichen Ausdruck an. „Du begibst dich auf dünnes Eis, Unteroffizier."

„Bitte, Generalin", flehte G erneut und versuchte, das Gefühl der Übelkeit in seinem Magen zu ignorieren. „Es würde mir viel bedeuten, wenn Sie mich nur …"

„Ich bin deine befehlshabende Offizierin, Unteroffizier MasterBronze", wies sie ihn in scharfem Ton zurecht, erhob sich und warf ihm einen wütenden Blick zu, „und ich stehe *so kurz* davor, dich wegen Befehlsverweigerung hinrichten zu lassen! Sofort wegtreten!"

G blieb regungslos stehen, den Mund noch immer leicht geöffnet, nicht in der Lage, eine Silbe hervorzubringen. Als Tess ihn angebrüllt hatte, war ihm mit einem Schlag eine Erkenntnis gekommen. Er blieb reglos und erinnerte sich an einen Moment vor über einem Monat, als er in einem Korridor von Element Castle gestanden hatte, verletzt und wütend. Damals hatte er gebrüllt …

„Bewegung!", bellte Tess. „Willst du den ganzen Tag hier herumstehen? Du hast ja keine Ahnung, welches Glück du hast, dass ich dich nicht schon vor das Erschießungskommando habe stellen lassen!"

G nahm sie kaum wahr. Er ging die Stufen aus Quarz hinunter, zurück zu der Rekrutengruppe, seine Gedanken von einem Strudel aus plötzlicher Erkenntnis und Schuldgefühlen beherrscht.

Seit G Nocturia betreten hatte, hatte er kaum an Kat gedacht. Zwischen den beiden war es ohne Zweifel vorbei, und da es Wichtigeres gab, um das er sich kümmern musste, hatte er eine ganze Weile lang keinen Gedanken daran verschwendet. Aber *als* er zum letzten Mal über sie nachgedacht hatte, war er noch immer der Meinung gewesen, dass es uneinsichtig von ihr war, ihren Streit nicht einfach zu vergessen. Dass es dumm von ihr gewesen war, ihre Beziehung überhaupt beenden zu wollen, weil er ihr so viel Aufmerksamkeit schenkte.

Aber jetzt, nach allem, was er seit seiner Ankunft in Nocturia mit Generalin Tess durchgemacht hatte, war er erstaunt, dass Kat ihm nicht schon früher eingefallen war. In all der Zeit war ihm keine Sekunde lang in den Sinn gekommen, dass die Art und Weise, auf die er Kat, seine frühere Freundin und Ratskollegin, behandelt hatte, dem Umgang verstörend ähnelte, den Generalin Tess, befehlshabende Offizierin der Organisation, deren Zerstörung er sich verschrieben hatte, mit ihm als Untergebenen pflegte.

Es war, als täte sich in Gs Herz ein Abgrund auf, als die Erinnerungen ihn wieder einholten. Er hatte die ganze Zeit über geglaubt, dass er Kat ein wunderbarer Freund gewesen sei, war frustriert gewesen, weil er fand, dass sie sich nicht so viel Mühe gab wie er selbst. Aber jetzt war ihm klar geworden, dass er viel zu viel von ihr verlangt und ihr nicht genug Respekt entgegengebracht hatte. Sie war mit ihm gegangen und hatte sich selbst dann um die Beziehung gekümmert, als die Lage schwierig wurde, und gleichzeitig ihre Pflichten im Auge behalten. Aber er hatte seine Verantwortung dem Rat gegenüber vernachlässigt, hatte nur mit ihr Zeit verbringen wollen und war erbost gewesen, weil sie es ihm nicht gleichtat.

Der Gipfel des Ganzen war, dass er Tess nur ertragen hatte, weil er es musste. Warum Kat ihn überhaupt toleriert hatte, konnte G nur ahnen …

Von seinen Gefühlen überwältigt, setzte er sich einen Moment lang auf die Treppe. Er hatte Tess gerade für etwas angeschnauzt, dessen er sich selbst schuldig gemacht hatte. Aus diesem Grund war sie nun misstrauisch, und seine Tarnung würde mit Sicherheit bald auffliegen. Wenn man ihn jetzt als Spion hinrichtete, würde G nicht nur Mella und Stull ihrem Schicksal überlassen, er könnte niemals nach Element City zurückkehren und Kat sagen, wie sehr er das, was er ihr angetan hatte, bereute.

G stand auf, von Entschlossenheit befeuert. Er wusste, was er zu tun hatte. Jetzt ging es um alles oder nichts, und er musste drastische Maßnahmen ergreifen. Urplötzlich kam ihm ein wahnwitziger Plan in den Sinn und er wusste, dass er ihn ausführen musste. Wenn er funktionierte, würde er nicht nur den Geiseln das Leben retten, sondern sie auch befreien, gleichzeitig die NPC-Dorfbewohner heilen und sie dem albtraumhaften Noctem-Kapitol entkommen lassen. Wenn er fehlschlug, würden sie alle sterben.

G atmete tief durch und ging die Treppe hinab, um sein Vorhaben in die Tat umzusetzen.

* * *

Vom Boden der Höhle dröhnte empörtes Gebrüll zu Ben empor, der den Balkon aus Steinziegeln verließ. Selbst, als er den Kommandoposten betrat, den man in die Wand gemeißelt hatte, verfolgten ihn die Drohungen und die Buhrufe, mit denen die Menge auf seine neueste Ankündigung reagierte. Er knirschte frustriert mit den Zähnen. Er hasste die Tatsache, dass er die Essensrationen schon wieder hatte kürzen müssen, aber leider war ihm nichts anderes übrig geblieben.

Ben schloss die Holztür hinter sich, doch er konnte das Geschrei noch immer hören. Seufzend betrat er den Raum – nicht mehr als eine kleine Höhle, die man gesäubert und für die Zeit, während der sie im Bunker festsaßen, zur Militärzentrale gemacht hatte. Einige Truhen standen an der Steinblockwand, auf einem Tisch aus Holzbrettern lagen einige Karten und Papiere, aber davon abgesehen war die Kammer leer. Bob saß auf Ivanhoes Rücken, und beide wandten sich Ben zu, als er eintrat.

„Hört sich ja an, als wäre das prima gelaufen", murmelte Bob verbittert und warf einen Blick zur Tür, die den Lärm nicht im Geringsten eindämmte.

„Na, was für eine Reaktion hattest du denn erwartet?", fragte Ben resigniert, holte einen weiteren Holzbretterblock aus seinem Inventar, stellte ihn auf den Boden und setzte sich darauf. „Ich wäre auch ganz schön sauer, wenn mir jemand erzählen würde, dass ich für absehbare Zeit nur noch zwei Scheiben Brot pro Tag bekomme."

Bob nickte grimmig. Eine Weile lang saßen die Brüder schweigend beisammen. Beide wussten, dass der andere über dasselbe nachdachte, das Einzige, woran beide seit dem Zwischenfall denken konnten.

„Es ist erschreckend", sagte Bob schließlich und klang dabei fast emotionslos, „wenn man bedenkt, dass es jetzt schon vier Tage her ist."

„Ja", pflichtete ihm Ben bei und starrte zu Boden. „Und noch erschreckender ist, dass wir beiden noch hier sind und ganz normal miteinander reden, während ... während Bill ..."

Er brachte es nicht übers Herz, den Satz zu Ende zu führen. Während der letzten Tage hatte er es endlich geschafft, die Übelkeit erregenden Wellen der Depression, die ihn immer wieder überliefen, einzudämmen, und er wollte ihnen nicht gestatten, wieder anzuschwellen. Sie befanden sich noch immer im Krieg, und für Trauer blieb kein Raum. Ben unterdrückte ein Schluchzen. Stattdessen entfuhr ihm ein heiserer Seufzer. Bob wollte gerade etwas erwidern, als plötzlich ein ohrenbetäubendes Krachen und Klirren ertönte.

Beide Brüder sprangen auf, Bogen und Schwert gezogen, bereit, sich zu verteidigen, und wirbelten herum. Die Tür war herausgebrochen, das Fenster zersplittert. Auf dem Boden kurz dahinter lag ein Ziegelstein. Ohne Tür gab es nichts, das die Brüder vor dem brodelnden, hasserfüllten Gejohle schützen konnte, das aus der Höhle zu ihnen heraufdrang.

Ben knurrte erbost, doch durch das Stimmengewirr der Proteste von draußen war nichts zu hören. „Das ist doch lächerlich!“, brüllte er seinem Bruder zu. „Worüber beschweren die sich denn? Ja, natürlich haben wir ihre Essensrationen gekürzt. Aber weißt du was? Wenigstens sind sie vor der Noctem-Allianz sicher! Wenigstens sind sie nicht tot!“

Bob seufzte angewidert. „Und jetzt? Willst du da rausgehen und ihnen das ins Gesicht sagen?“

Ben wollte gerade antworten, als ohne Vorwarnung der Mechaniker durch einen Hintereingang in den Raum sprang. Er hatte die Spitzhacke gezogen.

„Was geht hier vor?“, wollte er wissen. „Ich dachte, ich hätte gehört, wie ...“

Plötzlich merkte der Mechaniker, dass Ben und Bob vor ihm standen, und hielt inne. Er hatte seit Bills Tod nur über Boten mit den Brüdern gesprochen.

„Also“, sagte er, erholte sich von seinem Schock und versuchte, sich zusammenzureißen. „Ist hier drüben alles in Ordnung? Ich dachte, ich hätte etwas bersten hören.“

„Ja, jemand hat einen Ziegelstein durch unsere Tür geworfen“, erklärte Ben düster und zeigte auf die Holztür und den Stein vor dem leeren Türrahmen, durch den noch immer der tosende Zorn der Menge schallte. Der Mechaniker machte große Augen.

„Wie es scheint“, fuhr Bob anstelle seines Bruders fort und warf dem Mechaniker einen Blick zu, „sind die Bürger mit uns momentan nicht besonders zufrieden. Seit wir in diesem Bunker festsitzen, haben sie keine guten Neuigkeiten gehört. Außer ihre Essensrationen zu kürzen, haben wir nichts für sie getan.“

„Na, was erwarten sie denn?“, fragte der Mechaniker verdutzt. „Wir tun doch alles für die Bürger, was wir können. Was sollen wir denn noch …“

„Ach, mach doch mal die Augen auf!“, rief Ben. Die Wut, die er seit der Ankunft des Mechanikers mühsam unterdrückt hatte, brach endlich hervor. „Wir haben das Leben unserer Leute völlig auf den Kopf gestellt! Die Noctem-Allianz hat ihre Stadt erobert, ihre Häuser gestohlen und sie gezwungen, sich in dieser dämlichen Mine zu verstecken! Einige von ihnen haben Freunde, die noch da draußen sind, und die Noctem-Allianz misshandelt sie vermutlich, oder tut ihnen Schlimmeres an! Sie brauchen gute Neuigkeiten!“

„Aber … ich …“, stammelte der Mechaniker. „Was erwartet ihr … wir haben doch nichts Gutes, das wir ihnen sagen könnten …“

„Tja, das ist deine Aufgabe!“, tobte Ben. Er trat auf den Mechaniker zu und brüllte ihm direkt ins Gesicht. „Ob es dir nun gefällt oder nicht – als du dich freiwillig gemeldet hast, Stans Arbeit zu machen, hast du die Verantwortung dafür übernommen, für die Zufriedenheit deines Volkes zu sorgen! Und von Anfang an hast du dich in der Burg verschanzt, dich um den Verstand getrunken und das Land ohne jeden Gedanken daran geführt, was die Leute von dir halten. Selbst jetzt, da wir alle hier unten gefangen sind, bringst du da den Mut auf, von Angesicht zu Angesicht mit deinen Bürgern zu sprechen? *Nein!* Du hast dich einfach nur in deinem Zimmer eingeschlossen und dich selbst bemitleidet, während Bob und ich das Ganze für dich ausbaden durften! Wir haben alles versucht, um das Volk davon abzuhalten, uns zu hassen. Was hast du getan, um die Lage zu verbessern? *Nichts!*"

Kurz herrschte Schweigen, und nur das unaufhörliche Wutgebrüll der Menge brach die Stille. Der Mechaniker starrte Ben in die vor Zorn funkelnden Augen, ohne ein Wort herauszubringen. Ben starrte zurück. Langsam verblasste seine Wut, und Trauer breitete sich auf seinem Gesicht aus.

„Mein Bruder ist gestorben, um dich zu retten", stieß er verbittert hervor. „Und bis jetzt finde ich nicht, dass du es wert warst. Ich hoffe für dich, dass du mir das Gegenteil beweisen kannst."

Mit diesen Worten stieß er den Mechaniker von sich weg und marschierte mit tränenüberströmtem Gesicht aus dem Raum.

Kurz standen Bob und der Mechaniker reglos da. Der Mechaniker starrte ausdruckslos auf die Stelle, an der Ben eben noch gestanden hatte. Dann ließ Bob Ivanhoe wenden und lenkte ihn durch die Hintertür den Korridor entlang, um Ben zu folgen, sodass der Mechaniker allein inmitten des kargen Steinzimmers zurückblieb.

Seitdem er aufgewacht war und verstanden hatte, dass Bill sich geopfert hatte, damit er am Leben bleiben konnte, war der Mechaniker völlig verstört. Nachdem er vor vielen Monaten Stans Miliz beigetreten war, hatte er dem TraLa abgeschworen. Doch unter dem Druck, das gesamte Land zu führen, hatte er sich der entspannenden Versuchung des Trankes nicht widersetzen können. Hätte er nur widerstehen können, die Kraft gehabt, dem Trank zu entsagen, wäre Bill noch am Leben.

Je länger er darüber nachdachte, desto klarer wurde ihm zu seinem Entsetzen, dass Ben völlig recht hatte: Er hatte nichts getan, seit sie die Mine betreten hatten, sich nur in seinem Selbsthass gesuhlt und die Kürzung der Essensrationen angeordnet, als die Vorräte knapp wurden. Er hatte nicht nur seine Polizeipräsidenten, sondern das ganze Land im Stich gelassen. Jetzt wusste der Mechaniker, was er zu tun hatte.

Er atmete tief durch und trat auf den Balkon aus Steinblöcken, von dem aus er die riesige Höhle überblicken konnte, in der es von Spielern nur so wimmelte. Die Menge, die langsam angefangen hatte, sich zu beruhigen, brach bei seinem Anblick wieder in Wutschreie aus. Doch diesmal war der Zorn, der von der Meute ausging, weitaus größer. Es war das erste Mal seit dem Beginn der Bauarbeiten am Bunker, dass der Mechaniker sich dem Volk zeigte. All die Wut über die gnadenlose Disziplin und die Überstunden, die er ihnen auferlegt hatte, sprudelte nun hervor.

„Verzeihung!“, rief der Mechaniker und hob die Hand in dem Versuch, sich trotz des Aufruhrs der Menge Gehör zu verschaffen. „Ich möchte euch allen etwas sagen.“

Der Lärm verstummte nicht. Stattdessen flog ein weiterer Ziegelstein aus der Masse auf den Mechaniker zu. Instinktiv riss er seine Spitzhacke aus dem Inventar und zerschmetterte ihn in der Luft. Schockiert und erschüttert sah er auf die Menge hinab, wo sich bereits Soldaten in das Gedränge stürzten, um den Steinwerfer zu verhaften. Er zwang sich, erneut tief durchzuatmen.

„Jedenfalls", fuhr er fort und versuchte mit aller Macht, das Handgemenge zwischen den Soldaten und dem Angreifer unter sich zu ignorieren, „möchte ich euch allen für eure unablässige Mitarbeit danken. Es ist für jeden von uns schwer, in dieser Höhle festzustecken, aber es ist nötig, um ..."

„Für dich ist es nicht schwer!", erklang eine einzelne Stimme, die sich über das Getöse erhob. „Ich wette, du warst jede Minute an jedem Tag seit Kriegsbeginn auf TraLa!"

Bei dieser Anschuldigung durchwogte eine erneute Zorneswelle die Menge. Die Worte trafen den Mechaniker schwer, und die Enttäuschung, die er über sich selbst empfand, ließ ihn schaudern, bevor er antwortete: „Ich gebe unumwunden zu, dass ich mich seit der Abreise meiner Ratskollegen nicht immer so verhalten habe, wie ich sollte.

Ich habe viele Fehler gemacht und möchte mich aus ganzem Herzen bei euch entschuldigen. In der momentanen Lage ist es jedoch ..."

„Du bist nichts als ein Diktator!", erscholl die Stimme wieder. Sie gehörte einem Spieler in der Mitte der Menschenmenge, den der Mechaniker nicht sehen konnte. „Du hast nichts getan, als herumzuliegen und zu saufen, während wir einfachen Leute die ganze Schwerstarbeit erledigen durften!"

„Na schön, Wachen, verhaftet diesen Spieler. Ich kann ja mein eigenes Wort nicht verstehen!", fauchte der Mechaniker, ohne weiter nachzudenken. Hätte er das getan, wäre ihm aufgefallen, welch riesigen Fehler er gerade beging.

„Er will mich zum Schweigen bringen!", schrie der Spieler und klang verstört und verängstigt. „Die Macht ist ihm zu Kopf gestiegen!"

Die Soldaten, die den Steinwerfer gerade festgesetzt hatten, stürzten nun auf den schreienden Spieler in der Mitte der Menge zu. Die restlichen Bürger fingen jedoch an, Widerstand zu leisten. Sie schlugen auf die Soldaten ein, rempelten sie an und taten, was sie konnten, um zu verhindern, dass sie den Rufer erreichten. Der Mechaniker musste zutiefst erschüttert mit ansehen, wie die Soldaten ihre Waffen zogen und anfingen, gegen die Hunderte von Spielern zu kämpfen, die sich ihnen entgegenwarfen.

Was sich vor seinen Augen abspielte, war eine Revolte.

„Bitte, so beruhigt euch doch!", schrie er verzweifelt. „Wachen, ich befehle euch, den Kampf einzustellen. Kehrt sofort zurück auf eure Posten!"

Die Wachen konnten ihn nicht hören. Zu sehr vereinnahmte sie der Kampf gegen die Bürger, die ihrerseits Waffen gezogen hatten, um die Soldaten anzugreifen. Während er noch betroffen in die Menge hinabstarrte, merkte er plötzlich, dass ein weiterer Gegenstand direkt auf ihn zuraste. Er ging hinter der Balustrade aus Bruchstein in Deckung und sah, wie ein Pfeil genau dort durch die Luft sauste, wo noch vor Sekunden sein Kopf gewesen war. Das Geschoss blieb über ihm in der Steinblockmauer stecken.

Dem Mechaniker schlug das Herz bis zum Hals, und der Ernst der Lage wurde ihm deutlich. Einer seiner Bürger hatte soeben versucht, ihn zu ermorden. Er würde nie herausfinden, wer es war. Das gesamte Volk hatte sich gegen ihn aufgelehnt. Unter der Bevölkerung von Elementia brach eine ausgewachsene Schlacht aus.

Schlagartig kam ihm die Erkenntnis, dass er nicht mehr in Sicherheit war. Niemand war mehr in Sicherheit – und die Noctem-Allianz hatte ihre Höhle noch nicht einmal entdeckt.

Er musste Bob und Ben finden. Von allen Spielern würden sie am ehesten wissen, wie sie diesem gefährlichen Chaos Herr werden könnten. Er kroch über den Balkon und war kurz davor, wieder den Besprechungsraum zu erreichen, als eine Explosion die Höhle erschütterte.

Alle Sorge um seine Sicherheit war verflogen. Der Mechaniker sprang auf, voller Angst bei der Vorstellung, dass jemand in der Menge einen TNT-Block gezündet haben könnte. Bei einem Blick nach unten fand er jedoch keine Spuren einer Explosion. Sämtliche Kämpfe waren eingestellt, und aller Augen richteten sich auf ein gigantisches Loch, das sich an der oberen Höhlenwand aufgetan hatte.

Alle hielten den Atem an. Was war das? War es ein militärischer Angriff? Ein TNT-Unfall? Hatte die Noctem-Allianz sie nun doch gefunden?

Schließlich traten aus der Öffnung Spieler hervor, einer nach dem anderen, und blieben an einem Vorsprung stehen. Der Mechaniker jubilierte innerlich.

Er erkannte die zerfetzte Armeeuniform und den wirren Bart des Marineoffiziers Kommandant Crunch, Cassandrix' weiße Gewänder und ihre vollen roten Lippen. Kats orangefarbenes Hemd, die pinkfarbenen Shorts und ihr blondes Haar leuchteten noch immer kräftig, obwohl sie stark abgenutzt waren. Und Rex streckte freudig den

Kopf neben ihr empor. Charlie humpelte an ihre Seite. Sein Bein war offenbar verletzt, doch er hatte es nicht verloren.

Dann trat aus einer Reihe anderer Spieler, die offenbar hinter den ersten vier standen, eine weitere Gestalt hervor und stellte sich an die Spitze der Gruppe. Sein türkisfarbenes Hemd war befleckt, seine dunkelblaue Hose zerfetzt, sein Gesicht von Schrammen und Narben durchzogen, doch an seiner Identität bestand kein Zweifel.

„Bürger von Elementia!“, verkündete Stan2012 der staunenden Menge. „Wir … sind … zurück!“

Dann stieß Stan triumphierend die Faust in die Luft, und jeder einzelne der Spieler in der Höhle brach in Applaus aus. Der Mechaniker konnte nur wortlos in Stans Richtung starren, mit Freudentränen in den Augen, und die herrliche, wundersame Tatsache genießen, dass seine Freunde lebend nach Hause zurückgekehrt waren.

Ben und Bob stürzten aus der Tür und stellten sich an seine Seite.

„Was ist denn hier draußen los?“, fragte Ben, von der mitreißenden Freude, die sich in der gesamten Höhle verbreitet hatte, vollkommen überrumpelt.

Der Mechaniker sagte nichts. Er drehte sich nur um und deutete auf das Loch in der Wand. Kaum hatten die Brüder erkannt, wen sie vor sich hatten, brachen sie in Jubelschreie aus, umarmten einander und sprangen vor Begeisterung auf und ab.

Dort, weit oben auf dem Felsvorsprung, kamen Stans Freunden die Tränen, weil sie endlich zu Hause waren. Sie umarmten einander, tanzten, schrien ihre Liebe zur Menge hinunter, doch Stan selbst regte sich nicht. Er blieb stehen, die Faust noch immer in die Höhe gereckt, als wäre er ein Symbol des Sieges, und blickte in die Gesichter seines Volkes hinab, das Herz von nie gekannter Freude erfüllt.

Nach nur wenigen Minuten beschloss er, dass er den Mechaniker und die drei Polizeipräsidenten aufsuchen musste. Er hatte ihnen die traurige Nachricht von DZs Tod zu überbringen, wusste, dass er sein Volk führen musste. Wusste, dass er einen Angriffsplan fassen musste und dass die Zeit drängte. Dass das Schicksal von ganz Minecraft vielleicht auf seinen Schultern ruhte.

Und doch, nur eine Minute lang, gestattete Stan es sich, den Moment zu genießen. Er hatte hart an seiner Rückkehr gearbeitet, so viel geopfert und verloren, dass nichts, nicht in einer Million Jahren, ihm diesen Augenblick verderben konnte.

KAPITEL 3

DIE NEUEN PLÄNE

Der Raum, der als Gehege diente, war nur ein riesiger Würfel aus Bruchsteinblöcken, der einen großen Teil des Noctem-Kapitolgebäudes vereinnahmte. Seine gesamte Fläche war von Fackeln erleuchtet, die für ausreichende Sicht sorgten und verhinderten, dass andere Mobs spawnten. Die obere Hälfte einer der Wände bestand aus einer Reihe von Glasblöcken, durch die neugierige Beobachter sehen konnten, was die beiden Zombies trieben.

Sie waren keine typischen Vertreter ihrer Art. Anstelle würfelförmiger Köpfe, die an einen Spieler erinnerten, waren ihre länglich, mit blutunterlaufenen roten Augen und riesigen, herabhängenden grünen Nasen. Diese Zombies, einer ausgewachsen, der andere nur halb so groß, waren einmal Mutter und Sohn gewesen, Mella und Stull genannt. Sie hatten glücklich zusammen in ihrem Dorf gelebt, das längst nicht mehr existierte. Natürlich ahnten sie nichts davon. Abgesehen von ihren Namen erinnerten sich Mella und Stull an keine Details ihres früheren Lebens. Sicherlich gab es die Erinnerung noch, doch sie war tief unter ihrem erwachten Blutdurst begraben, der ihren ohnehin schlichten Geist nun überlagerte, nachdem ein Zombie sie gebissen hatte.

Ziellos schlurften die beiden umher. Seit einem Monat war dies ihr gesamter Lebensinhalt gewesen: Die meiste Zeit hatten sie damit verbracht, in diesem Raum herumzuwandern. Dann und wann hatten Soldaten sie herausgeholt, damit sie als Übersetzer zwischen Spielern und Mobs dienen konnten, wofür man sie mit bewusstlosen Gefangenen belohnt hatte, die sie genüsslich verschlangen.

Es war jedoch eine Weile her, dass man sie dafür eingesetzt hatte. Die Mobs der Noctem-Allianz hatten sich auf dem Schlachtfeld als äußerst nützlich erwiesen, doch nun, da die Kampfhandlungen so gut wie beendet waren, dienten sie kaum einem Zweck, außer dem, die Wither unter Kontrolle zu halten.

Lord Tenebris hatte sogar ausdrücklich befohlen, dass keine zahmen Mobs in Element City erlaubt sein sollten. Nur Spieler, die zur Noctem-Allianz gehörten, durften frei innerhalb der Stadtmauern leben. Die Dorfbewohner wussten nichts davon. Ihre einzigen Gedanken galten der Eisentür am Boden, die sich irgendwann wieder öffnen würde, damit sie sich an dem gütlich tun konnten, was dort hindurchkam.

Tatsächlich öffnete sich die Tür mit einem Scharren. Mella und Stull fassten die Öffnung neugierig ins Auge, als ein Spieler hindurchtrat, unter dessen schwarzer Rüstung ein bronzefarbener Skin schimmerte. Ihm folgte ein weiterer schwarzgekleideter Soldat, auf dessen rotem Gesicht ein Blitz prangte, sowie etwa zwanzig Spieler in Militäruniformen.

Die Zombies waren vor lauter Vorfreude ganz außer sich. So viele Spieler auf einmal hatten sie noch nie gesehen.

„Bist du dir ganz sicher?", fragte der Soldat mit dem Blitz im Gesicht, G zugewandt.

„Frag mich doch nicht", antwortete G irritiert und zuckte unverbindlich mit den Schultern. „Ich führe nur den Befehl von Generalin Tess aus."

„Ja, aber ich habe eben etwas ganz anderes gehört", protestierte der Spieler und klang dabei einigermaßen verwirrt. „Mir hat sie gesagt, dass ich die Gefangenen vor das Erschießungskommando bringen soll, nicht in die Zombiekammer. Und das ergibt auch viel mehr Sinn. Die sind doch viel zu viele, als dass die Zombies sie alle auf einmal fressen könnten."

„Hör mal, Zingster ..." G sah Unteroffizier Zingster direkt ins Gesicht. „Ich habe *gerade* mit Tess gesprochen, und sie hat mir gesagt, dass *ich* diese Spieler bewusstlos schlagen und den Zombies zum Fraß vorwerfen soll."

„Aber ..."

„Kein Aber!", fauchte G. „Ab heute bin ich der Ranghöhere, Unteroffizier, also tust du, was ich sage!"

Unteroffizier Zingster starrte G einen Moment lang an.

„Jawohl, Sir, Hauptmann MasterBronze." Der Unteroffizier salutierte voller Respekt, bevor er sich aus dem Raum zurückzog und die Tür hinter sich schloss.

Ohne Zeit zu verlieren, begann G, sein Inventar zu durchsuchen. Es würde nicht lang dauern, bevor Unteroffizier Zingster herausfand, dass er nicht wirklich zum Hauptmann befördert worden war, wie er behauptet hatte. G gefiel es ganz und gar nicht, dass er Zingster hatte anlügen müssen. Es war nur ein weiteres Hindernis, das seinem Plan im Wege stand, doch nur unter diesem Vorwand würde Zingster ihm ohne Widerrede gehorchen. So oder so war es jetzt egal. Wenn der Plan funktionierte, würde er weder Zingster noch Tess je wiedersehen, bis sie sich auf dem Schlachtfeld begegneten.

„Nehmt die hier", sagte G, und die Gruppe gefangener Soldaten, die ihn verängstigt schweigend beobachtet hatten, starrte ihn überrascht an. Aus seinem Inventar heraus warf er Dutzende Spitzhacken in die Menge, die er aus der Vorratskammer gestohlen hatte.

Einer der Soldaten schnappte sich das Werkzeug und betrachtete es verständnislos, bevor er den Blick wieder auf G richtete.

„Wer bist du?", fragte er überwältigt.

„Ich heiße Goldman2", erklärte G hastig. „Ich bin ein Spion für Elementia und Mitglied des Rats der Acht aus Element City. Wir hauen hier ab!"

Zwar durchlief sofort eine Welle der Aufregung die Menge, doch dank ihrer militärischen Disziplin blieben die Soldaten leise. G durchwühlte weiter die entwendeten Vorräte, bis er das Gesuchte fand. In der rechten Hand hielt er einen Trank der Schwäche, außerdem hatte er einen goldenen Apfel griffbereit. G wandte sich den beiden Zombies zu, die ihn seit seiner Ankunft erwartungsvoll beobachtet hatten.

„Hierher, Mella und Stull", rief G sie zu sich, als wären sie Hunde. „Zeit, zu essen."

Vor Begeisterung glühten ihre Augen rot auf, und sie schlurften auf G zu. Dann, als sie nur noch wenige Blöcke entfernt waren, schleuderte G ihnen den Trank der

Schwäche entgegen. Die Glasflasche zerschellte auf dem Boden und hüllte die Dorfbewohner in eine Gaswolke. Die beiden stolperten einige Sekunden lang verwirrt in den Dämpfen umher, dann fielen sie hin. Ohne einen Moment zu zögern, atmete G tief ein, hielt die Luft an und sprintete direkt in die Wolke. Er stopfte erst Mella den goldenen Apfel in den Mund, dann Stull. Mutter und Sohn gaben kurz würgende Geräusche von sich, dann fielen sie bewusstlos zu Boden. Über ihren Körpern kräuselte sich goldfarbener Rauch.

G sprintete aus der Gaswolke hinaus und gestattete sich einen tiefen Zug der frischen, ungiftigen Luft. Als er wieder zu Atem gekommen war, wandte er sich den Soldaten zu, die ihn allesamt anstarrten.

„Fangt an zu graben", befahl G. Er holte einen Kompass aus dem Inventar, warf einen Blick darauf und deutete dann auf die linke Wand der Kammer. „In diese Richtung. Und beeilt euch, uns bleibt nicht viel Zeit, bevor die Noctems bemerken, dass wir verschwunden sind."

Die Soldaten nickten und fingen sofort an, sich in den Boden zu graben. In Sekundenschnelle hatten sie eine große Treppe in den Untergrund gehackt. G rief einige von ihnen zu sich, damit sie ihm halfen, die zitternden Zombie-Dorfbewohner zu tragen, die langsam, aber sicher ihre grünliche Farbe verloren.

Zwei der Spieler hoben Mella auf ihre Schultern, während ein dritter Stull auf die Arme nahm.

Als die letzten Soldaten im Tunnel verschwanden, seufzte G erleichtert. Er konnte kaum glauben, wie reibungslos sein Plan geklappt hatte, und gestattete sich einen kurzen Moment, um stolz auf sich zu sein. Dann hob er eine Handvoll loser Bruchsteine auf, stieg in den Tunnel hinab und mauerte mit ihnen den Boden der Kammer wieder zu. Sie sah jetzt genauso aus wie noch vor wenigen Minuten. Nur die zwei Zombie-Dorfbewohner fehlten. Sie waren fast geheilt und auf dem Weg nach Element City.

* * *

Im Ratssaal von Element Castle betrachtete Lord Tenebris den Steinziegeltisch des Rates der Operatoren. Er fand es seltsam, dass Stan2012 bei seiner Eroberung der Stadt nicht den Thron zerstört hatte, auf dem er sich niedergelassen hatte. Vielleicht hatte er als Erinnerung an König Kevs Regentschaft dienen sollen, damit die dort gefällten Entscheidungen nie wieder zuließen, dass ein König über Elementia herrschte. Auf jeden Fall konnte er sich ein Gefühl tiefer Befriedigung nicht verkneifen, während er auf dem Thron saß. Er hatte so lange und schwer um ihn gekämpft, dass er ihn als sein ewiges Eigentum betrachtete, egal, wer darauf sitzen mochte.

Seine Zufriedenheit hielt jedoch nicht lange an, und Lord Tenebris' Zorn brach wieder hervor. So erleichtert er auch darüber war, dass die Noctem-Allianz den gesamten Server Elementia erobert hatte, war es doch unverzeihlich, dass man Stan2012 noch nicht gefunden hatte. Außerdem war es offensichtlich, dass nicht alle Bürger anwesend waren, obwohl sie unter Quarantäne in ihren Behausungen gefangen gehalten wurden. Ganz offensichtlich war ein großer Teil der Einwohner von Element City irgendwohin geflüchtet.

Die fünf versteckten Notenblöcke spielten ihre Melodie ab und teilten ihm auf diese Weise mit, dass jemand vor der Tür stand. Lord Tenebris tastete nach einem Knopf an der Seite seines Throns und drückte ihn. In Sekunden führten die Redstone-Schaltkreise ihre Aufgabe aus, und die Eisentür öffnete sich.

Acht Personen traten ein. Fünf von ihnen, als gefährliche Mobs gekleidet, staunten mit offenem Mund. Lord Tenebris wusste, dass sie sich ELM nannten. Ihm war diese Reaktion wohlbekannt. Sie war typisch für Spieler, die ihn zum ersten Mal sahen. Die Kopfgeldjäger waren ihm jedoch fast gleichgültig. Stattdessen konzentrierte er sich auf seine Generäle Drake, Tess und Spyro, die am Ratstisch vorbeigingen und vor ihm niederknieten.

„Ich grüße euch, meine Generäle." Ohne jede sichtbare Gefühlsregung schaute Lord Tenebris auf sie hinab.

„Wir grüßen Euch, Herr", erwiderten alle drei Offiziere wie aus einem Mund, den Blick noch immer zu Boden gerichtet.

„Als Erstes möchte ich euch zu eurer Arbeit gratulieren", fuhr Lord Tenebris fort. „Endlich, nach Monaten der Planung, der Kämpfe und der Mühen, haben wir es geschafft. Die Noctem-Allianz hat Elementia erobert. König Kevs Träume sind Wirklichkeit geworden, und wir befinden uns an der Schwelle der Schöpfung eines perfekten Servers, auf dem diejenigen, die ihren Rang verdient haben, uneingeschränkt herrschen können und auf dem die Schwachen gleichermaßen ihre verdiente Position einnehmen werden. Ohne eure bedingungslose Ergebenheit hätte ich diese Vision nie verwirklichen können."

„Danke, Herr", antworteten die Generäle voller Stolz.

Direktes Lob und ein Dank von Lord Tenebris höchstpersönlich – das war mehr, als sie sich je erhofft hatten.

„Allerdings", fuhr Lord Tenebris fort, seine Stimme so plötzlich voller Zorn, dass alle erschrocken den Blick hoben, „sind all diese Errungenschaften in Anbetracht der Tatsache bedeutungslos, dass Stan2012, die Anführer seiner Armee und seine Ratsmitglieder noch immer auf freiem Fuß sind! Ihr müsst wissen, dass ich jedem Einzelnen von euch dafür die Schuld gebe."

„Herr", meldete sich Drake unterwürfig zu Wort, hörbar in Angst und Schrecken versetzt. „Ich versichere Euch, ich habe alles unternommen, was in meiner …"

„Schweig, Drake", zischte Lord Tenebris, woraufhin der sofort den Blick wieder beschämt zu Boden richtete und vor Entsetzen zitterte. „Zu dir werde ich gleich kommen." Zuerst wandte er sich an Tess. Sie hatte voller Respekt zu ihm emporgesehen, doch jetzt hatte sie sich abgewandt. Es war ihr unmöglich, in seine leeren weißen Augen zu schauen.

„Ich gebe zu, Tess", fuhr er fort, „dass ich von euch dreien gegen dich am wenigsten Groll hege. Du hast deine Aufgabe, die neuen Rekruten auszubilden, in beachtlicher Weise erfüllt. Und als Kommandantin an der Front hast du es geschafft, Element City einzukesseln, während ich die Wither für den letzten Schlag vorbereitet habe."

„Danke, Herr." Tess versuchte, so demütig wie möglich zu klingen.

„Das entschuldigt jedoch nicht", schränkte Lord Tenebris sein Lob ein, „dass die Schnellstraße durch den Nether noch immer nicht fertiggestellt ist. Ich muss sicherlich nicht erneut ausführen, wie viel einfacher es wäre, Stan zu finden, wenn unsere Soldaten mühelos und schnell über den ganzen Server reisen könnten."

„Ich bitte um Verzeihung, Herr", erwiderte Tess und verbeugte sich tief, „aber es war wirklich sehr schwierig. Je mehr Truppen Nocturia verlassen, um die Besatzung von Element City zu verstärken, desto mehr zögern sich die Bauarbeiten hinaus. Ich habe sogar die neuen Rekruten gezwungen, Netherquarz abzubauen, statt sie auszubilden, damit mehr Soldaten für den Bau der Schnellstraße verfügbar sind."

„Erwarte keine Nachsicht von mir, Tess. Es zieht sich jetzt schon über einen Monat hin!" Lord Tenebris sprach, ohne dabei lauter zu werden, doch mit genug Nachdruck, um seine Stimme im Ratssaal widerhallen zu lassen. „Entweder zwingst du deine Leute, schneller zu arbeiten, oder ich werde ein Exempel an dir statuieren, um ihrer Arbeitsmoral auf die Sprünge zu helfen."

Tess musste vor Angst schlucken, konnte jedoch hervorpressen: „Ich habe verstanden, Herr. Danke für Eure Gnade."

„Nun zu dir, Spyro", fuhr Lord Tenebris fort und starrte wütend auf Spyro hinab, der sich schaudernd zwang, zu ihm emporzublicken.

„Von dir bin ich zutiefst enttäuscht. Die Tatsache, dass vier Gefangene vom Fungarus entkommen sind, ohne dass du sie aufhalten konntest, ist unverzeihlich. Nachdem ich Drake seinen gerechten Lohn dafür gegeben habe, dass er den Ausbruch zugelassen hat, hätte ich mir gedacht, dass du alles in deiner Macht Stehende unternehmen würdest, um sie einzufangen."

Drakes Gesicht verzerrte sich zu einer grotesken Grimasse, als er sich an die Qual erinnerte, mit der Lord Tenebris ihn für seinen Fehler hatte büßen lassen.

„Herr ... ich bitte untertänigst um Verzeihung. Ich habe viele meiner Truppen aufs Meer geschickt, um sie zu suchen ... ich hätte alle eingesetzt, die mir zur Verfügung standen, wenn ich nicht mit der Revolution auf der Kleinen Pilzinsel ..."

„Keine Ausflüchte!" Lord Tenebris funkelte Spyro wütend an. „Deine Armee sollte keinerlei Schwierigkeiten haben, ein paar Unruhestifter zu unterwerfen, schon gar nicht nach der Großen Säuberung!"

„Nun, am Anfang gab es gar keine Probleme!", erwiderte Spyro mit vor Schreck geweiteten Augen. „Wir haben die Bürger der Republik als Geiseln gehalten, wie Ihr wünschtet, während wir die Ruinen der Stadt nach den Mitgliedern des Kleinen Stammes durchsucht haben, die der Säuberung entkommen sind. Aber jetzt haben die Bürger der Republik und die überlebenden Stammesmitglieder angefangen, sich zu wehren! Sie haben sich um eine Anführerin namens GoddessOlea geschart, und obwohl wir alles unternommen haben, was ..."

Spyro brach mitten im Satz ab und griff erschrocken nach seiner Kehle. Ein leises, würgendes Geräusch kam über seine Lippen, und Drake und Tess, die voller Grauen zugesehen hatten, drehten sich schnell zu Lord Tenebris um, der sich nun vorbeugte und Spyro konzentriert anstarrte. Der weißäugige Dämon musterte seine Beute mit gefühllosen Augen, während Spyro in die Luft schwebte, strampelnd und mit hervorquellenden Augen.

„Vielleicht hast du mich nicht verstanden", sagte Lord Tenebris trocken, während Spyro weiterzappelte.

„Der Aufstand auf den Pilzinseln *wird* schnellstens niedergeschlagen werden. Haben wir uns verstanden, General?"

In der darauffolgenden kurzen Stille war nur Spyros unablässiges Keuchen zu hören. Dann schaffte er es, ein heiseres „Ja" hervorzustoßen, und Lord Tenebris lockerte seinen Griff. Er lehnte sich auf seinem Thron zurück. Der Noctem-General fiel zu Boden und lag einen Moment lang reglos dort, bevor er sich schließlich zitternd auf Hände und Knie stemmte, hustete und tief atmete.

„Danke ... Herr ...", krächzte Spyro, „für Eure ... Vergebung ..."

„Genug von deiner Kriecherei, Spyro", antwortete Lord Tenebris beiläufig. Dann, betont langsam, wandte er den Kopf, bis sich der ausdruckslose Blick seiner weißen Augen auf Drake richtete, der sich vor Angst am Boden zusammenkauerte.

„General Drake", bgann Lord Tenebris unheilvoll. „Ich bin sicher, dass du dich daran erinnerst, was ich gesagt habe. Daran, was ich dir antun würde, wenn Stan2012 bei unserem nächsten Treffen nicht in meinem Gewahrsam wäre."

„Herr", stammelte Drake, „ich kann es erklären ..."

„Nimm dich in Acht, Drake", flüsterte Lord Tenebris in einem Tonfall, der zehnmal so furchterregend war, als es ein Schrei gewesen wäre. „Du bist nur einen Fehltritt davon entfernt, meinen ganzen Zorn zu spüren."

„Herr, ich flehe euch an, hört mir zu", bettelte Drake. Er sah zu Lord Tenebris hinauf und zwang sich, ihm in die Augen zu blicken, was der General nur einen kurzen Moment lang ertragen konnte. „Ich habe die gesamte

Kampagne gegen Element City hindurch Eure Invasionstruppen angeführt. Ich habe die Aufgabe, Euch als Augen und Ohren auf dem Schlachtfeld zu dienen, mit aller Demut erfüllt. Das Resultat ist, dass nun ganz Elementia unter Eurer Herrschaft steht."

„Das ändert nichts daran, dass Stan2012 noch immer auf freiem Fuß ist", spöttelte Lord Tenebris.

„Bitte, Herr", winselte Drake weiter. „Ich habe das berühmteste Kopfgeldjägerteam in Elementia angeheuert, um Stan2012 für mich zu jagen. Wenn sie ihn nicht finden konnten, dann … nun, dann weiß ich nicht, was wir noch unternehmen sollen."

Lord Tenebris nickte getragen und starrte zu Boden, als dächte er über das Für und Wider einer Frage nach. Alle Anwesenden, ganz besonders Drake, warteten mit angehaltenem Atem darauf, dass er weiterspräche. Schließlich hob er den Blick wieder.

„Ihr fünf da hinten … bitte tretet vor."

Die drei Generäle wandten sich zur hinteren Seite der Kammer um, wo die fünf Mobjäger der ELM standen. Arachnia, Enderchick und Creeper Khan staunten mit offenem Mund. Lord Marrow hatte leicht eine Braue gehoben, während Zomboy über das ganze Gesicht strahlte wie der Lieblingsschüler eines Lehrers, der ihn soeben aufgerufen hatte. Doch keiner von ihnen zögerte, bevor sie vortraten, am Ratstisch vorbeigingen und sich in einer Reihe hinter den drei Noctem-Generälen aufstellten.

„Ihr seid die Kopfgeldjäger, die General Drake angeheuert hat, um Stan2012 gefangenzunehmen?"

„Jawohl, Sir", antwortete Arachnia, trat vor und blieb in Anbetracht ihrer Angst davor, mit diesem Monster zu sprechen, erstaunlich selbstsicher. „Ich bin Arachnia, Anführerin der Elite-Legion der Mobjäger, der berühmtesten Kopfgeldjäger in Elementia."

„In der Tat", erwiderte Lord Tenebris und nickte langsam. „Und ihr seid mehrfach auf Stan2012 getroffen, seit ihr mit eurer Jagd begonnen habt, ja?"

„Das … ist wahr, Sir", antwortete Arachnia und unterdrückte ihr Entsetzen darüber, dass Lord Tenebris davon wusste. „Wir sind zweimal auf ihn gestoßen, seit wir den Auftrag angenommen haben. Beide Male sind ihm Komplizen zu Hilfe gekommen, und er konnte sich unserem Zugriff entziehen. Wie Ihr sicher wisst, sind Stan und seine Freunde die besten Kämpfer in ganz Minecraft … und dennoch sind wir ihnen dicht auf den …"

BUMMMM!

Die gewaltige Explosion schleuderte Arachnia zur Seite und gegen Enderchick, während Creeper Khan zu Boden ging. Lord Tenebris' Hand war noch immer auf die Stelle gerichtet, an der vor Sekunden noch Zomboy neben Arachnia gestanden hatte. Nun befand sich dort nichts als eine schwarze Rauchwolke. Langsam lichtete sich der Dunst, und die sieben Spieler am Boden starrten zutiefst schockiert auf Zomboys leblosen Körper, der auf den Steinziegeln lag, seine Gegenstände ringförmig um ihn herum ausgebreitet.

Einen Moment lang schwiegen sie und blieben völlig reglos. Die vier verbliebenen Mobjäger konnten kaum begreifen, dass ihr Teamkollege, der dank seiner Mods zwanzigmal ausdauernder gewesen war als ein gewöhnlicher Spieler, mit einem Schlag getötet worden war. Lord Tenebris ließ die Hand sinken.

„Eure Dienste sind nicht mehr vonnöten“, erklärte Lord Tenebris kühl. „Und jetzt geht mir aus den Augen, wenn ihr wisst, was gut für euch ist.“

Niemand zögerte. In Sekundenschnelle hatten die vier Mobjäger den Raum verlassen, waren jedoch nicht durch die Tür getreten, ohne zuvor ein letztes Mal ungläubig Zomboys Leiche anzustarren. Kaum hatte Creeper Khan die Tür hinter sich geschlossen, verschwand Zomboys Körper und nur sein Inventarinhalt blieb am Boden zurück. Dennoch, selbst nachdem die Mobjäger gegangen waren, konnten die drei Generäle sich nicht verkneifen, den Ring aus Gegenständen mit offenem Mund und zutiefst erschüttert anzustieren. Lord Tenebris lächelte zufrieden.

Vielleicht nehmen sie ihre Arbeit ab sofort etwas ernster, dachte er.

„Wir ändern unsere Taktik“, verkündete Lord Tenebris, woraufhin sich Tess, Drake und Spyro ihm wieder zuwandten. „Es wird Zeit, diesen Krieg ein für alle Mal zu beenden. Drake!“

„Ja, Eure Herrlichkeit?“, erwiderte Drake aus einer tiefen Verbeugung heraus und sah zu ihm empor.

„Ich glaube, es wird Zeit, das Volk von Element City wieder zu vereinen. Du weißt, wo sich Mecha11, die Polizeipräsidenten und der Rest der Bürger von Element City verstecken, richtig?“

„In der Tat, Herr“, antwortete Drake hastig, als könne er Lord Tenebris damit beeindrucken, diese Informationen schneller preiszugeben. „Sie befinden sich in einer Höhle, die sie unter der Stadt ausgehoben haben, und ich weiß, wo der Eingang ist. Er ist am Hang eines Hügels, sogar direkt vor der Burg. Das weiß ich schon, seit …“

„Schweig", befahl Lord Tenebris, woraufhin Drake beschämt zu Boden blickte. „Es ist an der Zeit zu handeln. Drake, bereite die Truppen in der Stadt darauf vor, den unterirdischen Bunker anzugreifen. Spyro, du kehrst auf die Pilzinseln zurück und beendest dort innerhalb der nächsten Woche den Aufstand. Tess, du gehst nach Nocturia und weist die Hälfte deiner Soldaten an, nach Element City zu marschieren. Lass sie die beiden Dorfbewohner mitnehmen, und ich werde den dritten zu dir schicken, mit dessen Hilfe du eine riesige Armee aus Mobs aufstellen wirst. Du hast die Truppen bis morgen herzubringen!"

„Aber ... Herr!", rief Tess überrascht, während Spyro Lord Tenebris verwirrt anstarrte. „Ich kann nicht all meine Truppen in einem einzigen Tag nach Element City bringen. Selbst wenn die Schnellstraße durch den Nether fertiggestellt wäre, könnte ich das niemals! Und General Spyro wird mindestens drei Tage brauchen, um die Pilzinseln zu erreichen ..."

Lord Tenebris lächelte. „Sorgt euch nicht, meine Generäle ... Lord Tenebris würde nie das Unmögliche von seinen treuen Untergebenen verlangen."

Mit diesen Worten erhob er sich von seinem Thron und streckte die Hände aus: eine in Richtung Tess, eine in Richtung Spyro. Er schloss die Augen, atmete tief ein und konzentrierte sich. Dann, blitzschnell, riss er die Augen auf und löste alle Anspannung in seinem Körper. Tess und Spyro leuchteten kurz auf, dann, in einem Augenblick, waren sie verschwunden.

Drake sah sich hektisch um und versuchte zu verstehen, was passiert war. Für den Bruchteil einer Sekunde kam ihm der Gedanke, dass Lord Tenebris seine beiden Kameraden getötet haben könnte, doch, als er vor Schreck aufschreien wollte, ertönte Lord Tenebris' Stimme.

„Mach dir um sie keine Sorgen, Drake. Ich habe nur meine Fähigkeiten benutzt, um die beiden Generäle genau dorthin zu befördern, wo sie sein sollen. Tess befindet sich in ihrem Büro in Nocturia, Spyro im Kapitolgebäude der Kleinen Pilzinsel."

Drake brauchte einen Moment, um zu verstehen, was Lord Tenebris gerade gesagt hatte, doch sobald er es begriffen hatte, starrte er voller Bewunderung für diese schier unglaubliche Machtdemonstration zu ihm hinauf. Lord Tenebris gestattete ihm einen kurzen Moment des Staunens, bevor er sich ihm wieder zuwandte. Kaum trafen sich ihre Blicke, zuckte der General erneut zusammen.

„Geh jetzt, Drake, und bereite die Armeen von Nocturia darauf vor, den Bunker einzunehmen. Das Ende des Krieges naht."

Drake nickte eifrig, stand auf und verließ in Sekundenschnelle den Ratssaal. Die Eisentür schloss sich hinter ihm.

* * *

In der aus Steinblöcken bestehenden Kommandozentrale herrschte Stille, als die Spieler eintraten. Stan setzte sich an den Kopf des notdürftigen Bruchsteintisches, und Kat, der Mechaniker und Kommandant Crunch ließen sich an den Seiten nieder. Ben, Leonidas, Cassandrix und Sirus standen an der Steinwand hinter ihnen, während Bob sich zu seinem Bruder auf Ivanhoe gesellte. Rex saß gehorsam an ihrer Seite. Nur Charlie, dessen Bein von einem Sanitäterteam untersucht wurde, fehlte.

„Als Erstes", sagte Stan, während er den Anwesenden reihum in die Augen sah, „möchte ich euch sagen, wie froh ich bin, wieder hier bei euch zu sein. Ihr seid für mich wie eine Familie, und es gibt niemanden, an dessen Seite ich mein Zuhause lieber verteidigen würde. Und obwohl … wir viele …", Stan holte tief Luft und rang um Beherrschung. Es war zwar das erste Mal seit seiner Rückkehr in die Minen, dass er mit der versammelten Gruppe sprach, doch die Nachrichten darüber, welche ihrer Kameraden seit ihrem letzten Treffen gefallen waren, hatten sich schnell verbreitet. Er hatte DZ, Bill und so viele andere, deren Schicksal noch ungewiss war, vor Augen, während er weitersprach, „… und obwohl wir viele tapfere Spieler im Kampf verloren haben, ist es unsere Pflicht, dafür zu sorgen, dass sie ihr Leben nicht umsonst geopfert haben. Es stimmt zwar, dass die Noctem-Allianz uns im Laufe dieses Krieges bis an den Rand der Vernichtung gebracht hat, doch eines ist und bleibt wahr: *Wir sind noch hier!*

Die Republik – die *wahre* Regierung von Elementia, die bereit ist, bis zum Tod für das Prinzip der Gleichheit aller zu kämpfen – ist gesund und munter. Meine Freunde, wir sind diese Regierung. Es ist unsere Aufgabe, die Hauptstadt zurückzuerobern und Elementia wieder zu dem Land zu machen, das seine Gründer im Sinn hatten. Wir haben uns schon zu lange vor der Noctem-Allianz versteckt, uns verteidigt, sind vor ihr geflohen. Jetzt ist die Zeit gekommen, zurückzuschlagen."

Am Tisch wurde genickt und zustimmend gemurmelt, und alle Anwesenden legten eine verbissene Entschlossenheit an den Tag. Jeder wusste, dass das, was Stan da vorgeschlagen hatte, nicht leicht werden würde, vielleicht war es sogar unmöglich. Aber sie wussten auch, dass er recht hatte. Sie konnten sich nicht ewig verstecken und würden früher oder später zurückschlagen müssen.

„Ben, Bob", richtete Stan sein Wort an die beiden Polizeipräsidenten, „könnt ihr einschätzen, wie lange es dauern wird, bis die Noctem-Allianz diese Höhle entdeckt?"

„Ich bezweifle, dass sie uns bald finden werden", antwortete Bob nachdenklich. „Dieser Bunker ist ziemlich tief unter der Erde und weit von den aktiven Minen von Element City entfernt. Beim Schließen der Tore haben die Kolben Erdblöcke vorgeschoben, sodass der Hügel völlig natürlich aussieht. Sie würden ihn nie als Mineneingang erkennen. Das haben wir den Redstone-Entwürfen des Mechanikers zu verdanken."

Mehrere Spieler nickten dem Mechaniker anerkennend zu, während der auf den Tisch starrte, als wäre er peinlich berührt. Stan fand das seltsam – bis jetzt hatte der Mechaniker in Bezug auf seine Erfindungen nie falsche Bescheidenheit gezeigt, ohne dabei jedoch übermäßig anzugeben. Doch für den Moment war das nicht wichtig. Sie hatten einen Schlachtplan zu entwerfen.

„Gut, ich verlasse mich auf deine Einschätzung." Stan nickte Bob zu. „Wenn das so ist, bleibt uns wohl ein wenig Zeit, uns eine Strategie einfallen zu lassen. Fragt sich nur, was wir jetzt tun sollen."

„Nun, wo wäre der beste Angriffspunkt in der Stadt?", fragte Kat. „Wir haben genug Leute hier unten, um wenigstens einen Teil der Stadt gewaltsam zurückzuerobern, und dann wären wir immerhin wieder an der Oberfläche und hätten Zugriff auf Ressourcen."

„Ich glaube nicht, dass das funktionieren wird", warf

Ben ernst ein. „Wir haben Späher in die Stadt geschickt, um die Noctem-Besatzer zu überwachen, und sie haben eine Art undurchdringliches Netzwerk in der Stadt gebildet. Ihre militärischen Operationen laufen wie ein Uhrwerk. Wenn wir versuchen, bei Anbruch der Nacht einzufallen, steht uns schon im Morgengrauen die gesamte Noctem-Armee gegenüber."

„Ich habe eine Idee", erklang eine Stimme hinter ihnen. Sie wandten sich um und entdeckten Charlie, der durch den Raum zu seinem Stuhl humpelte.

„Was hat TrumpetBlaster zu deinem Bein gesagt?", fragte Bob besorgt. Ivanhoe unter ihm grunzte zustimmend.

„Ich bin nicht hingegangen", erwiderte Charlie mit finsterer Miene. „Ich habe gehört, dass ihr euch treffen wolltet, um zu besprechen, was wir jetzt tun, und dachte mir, ich sollte dabei sein. Ich kann ihn auch noch danach besuchen. Also, ich habe gehört, ihr braucht eine Idee, wie wir Element City zurückerobern können?"

Stan nickte. „Hast du denn eine?"

„Wie wäre es, wenn wir wenigstens versuchen, uns unbemerkt in die Stadt zu schleichen?", fragte Charlie und strahlte förmlich. „Wenn wir es schaffen könnten, in der ganzen Stadt Fuß zu fassen – ihr wisst schon, wenn wir Häuser in vielen verschiedenen Teilen der Stadt einnehmen –, könnten wir in der ganzen Stadt gleichzeitig angreifen."

„Negativ, Sir", meldete sich Bob kopfschüttelnd. „Die Noctem-Allianz würde so eine Aktion auf keinen Fall übersehen. Ihre Überwachung ist unglaublich, und in der ganzen Stadt sind unsichtbar Truppen stationiert, die nach allem Verdächtigen Ausschau halten. Wir können immer nur einen Späher auf einmal aussenden, weil ihre Sicherheitsmaßnahmen so engmaschig sind. Eine derart große Operation könnten wir auf keinen Fall durchführen, ohne dass sie uns entdecken."

„Augenblick mal, ich glaube, Charlies Idee könnte trotzdem funktionieren!", warf Leonidas ein. „Ich meine, wenn wir ganz vorsichtig sind und immer nur wenige Leute gleichzeitig in die ..."

„Er hat gesagt, dass es nicht funktionieren wird, Leonidas, also lass es gut sein!", giftete Charlie und funkelte Leonidas wütend an. Alle Augen richteten sich auf ihn – sein feindseliger Ausbruch hatte die Spieler völlig überrumpelt. Doch als Charlie den Blick hob, war ihm nur enttäuschte Niedergeschlagenheit anzusehen, und alle fassten schweigend den Entschluss, den Zwischenfall einfach zu vergessen.

Und doch, obwohl das Gespräch weitergeführt wurde, fühlte Leonidas sich gezwungen, Charlie anzustarren. Er hatte versucht, ihm mit Höflichkeit zu begegnen, zu überwinden, was auch immer er gegen ihn hatte. Ganz offensichtlich waren seine Bemühungen erfolglos, und so fragte er sich, ob seine Versuche, mit Charlie Freundschaft zu schließen, je Früchte tragen würden.

„Was sollen wir dann tun?", drängte Charlie. „Wir müssen aus dieser blöden Höhle raus, und zwar schnell! Die Noctem-Allianz könnte jeden Moment hier ..."

„Einen Augenblick", unterbrach ihn Cassandrix lächelnd. Ihre Augen leuchteten.

„Was ist?", fragte Stan. Alle hatten sich zu ihr umgedreht.

„Charlie, du scheinst dich doch damit auszukennen, unterirdisch zu navigieren“, sagte sie langsam. Stan konnte ihr praktisch ansehen, dass sie angestrengt nachdachte. „Was glaubst du, wie lange es dauern würde, von hier aus einen Tunnel bis zu Adorias Dorf zu graben?“

„Ich weiß nicht“, seufzte Charlie. Er sah noch immer niedergeschlagen aus. „Vielleicht ein paar Tage …“

„Dann ist das die Lösung!“, rief Cassandrix. „Wir sollten einen Tunnel graben und Adorias Dorf erobern! Damit rechnen sie nie im Leben!“

Kurz herrschte Schweigen, während die Anwesenden diese Idee überdachten. Dann meldete sich Ben zu Wort.

„Cassandrix … das ist brillant! Die ganze Noctem-Allianz konzentriert sich darauf, Element City abzusichern. Sie sind auf keinen Fall darauf vorbereitet, eine Attacke gegen Adorias Dorf abzuwehren. Und wenn wir es erobert haben, können wir die Ressourcen dort für einen Sturm auf Element City einsetzen!“

„Immer mit der Ruhe, Ben“, warf Bob ein und wandte sich zu seinem Bruder um. „Ich halte das auch für einen guten Plan, bis auf ein Problem. Die Bürger hier unten in der Mine sind nicht alle Soldaten. Nicht nur das, nachdem sie hier so lange eingesperrt waren, sind sie alles andere als einsatzfähig. Bevor wir uns zu erkennen geben, müssen wir dafür sorgen, dass die Zivilisten einen sicheren Rückzugsort haben. Sobald wir Adorias Dorf überfallen, wird es sich in ein Schlachtfeld verwandeln.“

„Nun, warum bleiben sie dann fürs Erste nicht einfach in der Höhle?“, schlug Kat vor. „Du hast doch gerade gesagt, dass es hier noch eine Weile sicher sein wird, Bob.“

„Äh … Leute?“, sagte Charlie zögernd. Es schien ihm

unangenehm sein, zu sprechen, als stünde er kurz davor, geheime Informationen preiszugeben.

„Ich … äh … glaube *wirklich* nicht, dass diese Höhle sicher ist. Ich finde, wir sollten gehen … also … so schnell wir nur können."

„Was meinst du damit, Charlie?", fragte Leonidas. Er war nicht sicher, ob ihm die Antwort gefallen würde.

Bevor er weitersprechen konnte, schnitt ihm eine ohrenbetäubende Explosion, die die Wände erzittern ließ, das Wort ab. Sekunden später erklangen Schreckensschreie, gefolgt von einer zweiten Detonation. Stan sprang auf und rannte zum Balkon, seine Freunde waren ihm dicht auf den Fersen.

Er sah sich hektisch in der Höhle um. Die Leute liefen panisch umher, doch es waren keine sichtbaren Schäden zu erkennen. Eine dritte Explosion erschütterte die Höhle, und noch immer konnte Stan keine Zerstörungen entdecken.

„Was geht hier vor?", rief er seinen Polizeipräsidenten zu. Es fiel ihm schwer, die vierte Explosion zu übertönen.

Die beiden Brüder stotterten verwirrt und versuchten, sich einen Reim auf die Situation zu machen. Plötzlich stürzte ein Soldat durch die Tür auf den Balkon. Ben wirbelte zu ihm herum.

„Gefreiter! Was geht hier vor? Was haben diese Explosionen zu bedeuten?"

Der Gefreite schluckte, holte tief Luft und erstattete Meldung.

„Es ist die Noctem-Allianz, Sir. Sie haben uns gefunden, und der Wither sprengt sich zu uns durch."

KAPITEL 4

DIE LETZTE CHANCE

Der Angriff der Wither auf die Stadtmauern von Element City lag zwar schon fast eine Woche zurück, doch die Feuer brannten noch immer. Dort, wo die Wälle einst gestanden hatten, lag noch immer Geröll aus Bruchsteinblöcken. Die Überreste von Kolben und anderen Technikteilen waren überall verstreut und bildeten so eine eigene Stadtgrenze aus Trümmern. Obwohl die Gebäude an der Mauer innerhalb der Stadt durch die Invasion und die darauf folgenden Kämpfe zwischen den beiden Armeen einige Schäden davongetragen hatten, war es den Wällen selbst noch schlimmer ergangen.

Um die Überreste der Außenmauer erstreckte sich ein ganzes Feld aus Stein- und Erdblöcken, das sich zum unberührten Waldrand ausbreitete. Dieses Schlachtfeld, von TNT-Kanonen bis weit unter die Erdoberfläche aufgerissen, zeigte noch immer die Narben der Kämpfe, die über so lange Zeit an der Stadtmauer ausgetragen worden waren. Die vier Spieler, die jetzt über die stille Ebene wanderten, mussten Kratern, lodernden Feuern und im Boden steckenden Pfeilen ausweichen, während sie sich eilig von Element City entfernten.

Die vier Mitglieder der ELM schwiegen. Seit sie mit angesehen hatten, wie Lord Tenebris ihren Kameraden tötete und ihnen mit dem gleichen Schicksal drohte, waren sie in Bewegung geblieben und durch die Straßen von Element City gerannt, bis ihre Beine schmerzten. Sie waren weitergelaufen, bis sie endlich die Außenmauer erreicht hatten. Auch als sie die Grenze zwischen der Stadt und dem kriegsverwüsteten Biom außerhalb überschritten, sahen sie keinen Grund, anzuhalten. Schließlich gab es für sie keine Zuflucht. Keiner von ihnen hatte ein bestimmtes Ziel im Sinn.

Nachdem sie Hunderte Steinblöcke zurückgelegt hatten, erreichten die Mobjäger endlich eine Klippe aus Erdblöcken, an deren Kopf sich der Wald befand. Sie wurden nicht langsamer. Als sie den Hügel erreichten, suchten sich den einfachsten Weg hinauf und schlugen dann und wann einen Erdblock aus der Bahn.

Arachnia erreichte den Gipfel als Erste und drehte sich zu ihrem Team um, das die Steigung hinter ihr hinaufkletterte. Ein Blick in ihre Gesichter reichte, um festzustellen, dass sie eine Pause brauchten. Sie nickte in Richtung einer Lichtung im Wald, und sie begaben sich wortlos dorthin, zogen verschiedene Blöcke aus dem Inventar und begannen, ihr Nachtlager zu errichten. Creeper Khan platzierte einen Netherrack-Block in der Mitte der Lichtung und streckte seine Hand darüber aus. Eine winzige Explosion mitten in der Luft reichte gerade aus, um den Block zu entzünden.

Die vier Spieler drängten sich um das notdürftige Lagerfeuer. Arachnia griff in ihr Inventar, ihre trostlose Miene war das Spiegelbild der anderen Mitglieder von ELM, und zog vier gefüllte Flaschen hervor. Sie war zwar etwas enttäuscht, nur Wasser zu haben, aber es war besser als nichts. Schweigend reichten sie die Flaschen im Kreis weiter. Als jeder eine davon hatte, erhob Arachnia ihre eigene. Die anderen taten es ihr gleich, und sie atmete tief ein und wieder aus.

„Auf Zomboy", flüsterte sie.

„Auf Zomboy", murmelten Creeper Khan und Enderchick, während Lord Marrow langsam nickte. Sie hoben die Flaschen und leerten sie im Handumdrehen. Nun, da die letzten Reste getrunken waren, verneigten sich die vier überlebenden Mitglieder der ELM respektvoll. Sie warfen die Flaschen ins Feuer, wo sie in Flammen aufgingen. Einen Augenblick später waren sie verschwunden. Nur ein Funkenregen sprühte dem Himmel entgegen.

„Ich kann echt nicht fassen, dass er … also … total weg ist", seufzte Enderchick und starrte in die Flammen.

„Ja", knurrte Creeper Khan. „Ich meine, der Typ ist mir wirklich auf die Nerven gegangen, trotzdem ist es schwer zu glauben, dass er tot ist."

„Aber es ist wahr", erwiderte Arachnia, und die drei anderen Mobjäger drehten sich zu ihr um. „Zomboy *ist* tot, und wir haben ganz offiziell beim größten Auftrag unserer Karriere versagt."

Schweigend ließen die vier diese Tatsache auf sich wirken, während das Feuer loderte und prasselte. Schließlich meldete sich Creeper Khan zu Wort.

„Und … was sollen wir jetzt tun? Wir können nicht hierbleiben. Für kein Geld der Welt würde ich mich mit jemand so Mächtigem anlegen. Gehen wir wieder in die Wüste?"

„Ach komm, das ist nicht dein Ernst", lachte Enderchick bitter. „Nachdem wir einen *so* großen Auftrag vermasselt haben? Wir wären echt die allerletzten Loser. Ich gehe auf gar keinen Fall in dieses Loch zurück."

„Dann bleibt uns nur eine Möglichkeit", antwortete Arachnia.

„Was?"

„Wir werden Stan2012 selbst gefangen nehmen."

Enderchick und Creeper Khan starrten sie mit großen Augen an, als wäre sie plötzlich verrückt geworden. Selbst Lord Marrow, der sich an einen nahen Baum gelehnt hatte und seinen Bogen inspizierte, sah überrascht hoch.

„Äh … *scusi*?", fragte Enderchick leise.

„Habe ich gestottert?", spottete Arachnia, stand auf und sah ihren Komplizen ins Gesicht.

„Ach komm schon, Arachnia. Du kannst doch nicht wirklich …"

„Halt die Klappe!", fauchte sie, und Creeper Khan knurrte wütend, während sie zu einer Tirade ansetzte.

„Wir haben so viel Zeit und Mühe aufgebracht, um diesen einen Spieler zu finden. Wir sind durch den ganzen Server gereist. Wir haben in Höhlen und Sümpfen geschlafen, wir haben gegen einige der besten Spieler in Elementia gekämpft, und jetzt haben wir Zomboy verloren. Enderchick hat recht, wir können nicht wieder in der Wüste auftauchen, ohne unser Gesicht zu verlieren, wenn wir diese Mission nicht abschließen. Aber jetzt geht es um noch mehr. Drake hat uns einen Auftrag gegeben, Leute … und nach allem, was wir dafür durchgemacht haben, gehe ich auf keinen Fall zurück."

Arachnias Augen glühten vor brennender Leidenschaft,

und sie redete mit solch ernstem Eifer, dass die anderen Mobjäger gar nicht anders konnten, als ihr Glauben zu schenken.

„Jetzt, wo du es sagst … ich musste eine ganze Woche in einem megaekligen, abartigen, schleimigen *Sumpf* schlafen“, stöhnte Enderchick und schauderte bei dieser Erinnerung vor Abscheu, bevor sie sich neben ihre Anführerin stellte. „Es wäre megaschade, wenn ich das umsonst gemacht hätte. Ich bin auf deiner Seite, Schwester – wir müssen Stan finden.“

„Alles klar!“, brüllte Creeper Khan, sprang auf und stieß die würfelförmige Faust in die Luft. „Zeigen wir Drake, wer hier das Sagen hat!“

Während die drei anderen Mobjäger die Köpfe zusammensteckten, um eine Strategie für die Jagd auf Stan und seine Gefangennahme zu entwickeln, wurden sie von Lord Marrow beobachtet. Er musterte sie einen Moment lang, während sie mit hörbar fieberhaftem Eifer, Blutdurst und Rachsucht Pläne schmiedeten. Dann richtete er den Blick wieder zu Boden, schüttelte traurig den Kopf und machte sich daran, seinen Bogen ein weiteres Mal zu inspizieren.

* * *

„Nimm *das*!“, schrie Stan und stieß Sally seine Faust entgegen.

Blitzschnell wich sie seitlich aus, sodass die Energiewelle die Erdblöcke unter ihnen traf und eine heftige Explosion auslöste. Unbeeindruckt ging Stan zu einer Serie schneller Schläge über, während Sally den Energiegeschossen, die den Boden unter ihr zerlegten, elegant auswich und geradewegs auf Stan zuflog, wobei sie sich zwischen seinen Schlägen hindurchwand. Er erkannte, was sie vorhatte, und ließ eine Axt in seiner Hand erscheinen. Sally vollführte einen Vorwärtssalto, und ihre Schwertstreiche verwandelten sich in eine tödliche rotierende Kugel, die gegen Stan prallte. Mit größtem Geschick und unglaublicher Geschwindigkeit führte er seine Axt gegen jede Attacke, die ihr Schwert ausführte. Doch auf die letzten beiden Kinnhaken war er nicht vorbereitet. Sein Bauch war ungeschützt, und sie konnte ihre Angriffsserie mit einem Tritt beenden.

Die Wucht, mit dem ihr Fuß seine Magengrube traf, warf Stan zurück. Er schlug so hart auf den Boden, dass sich die Erdblöcke unter ihm lösten. Er spürte starke Schmerzen und konzentrierte sich mit ganzer Kraft darauf, sich besser zu fühlen. Im Handumdrehen war er geheilt, gerade rechtzeitig, um Sally zu entdecken, die mit ausgestrecktem Schwert auf ihn zuraste, um ihm den Gnadenstoß zu versetzen.

Den Bruchteil einer Sekunde, bevor sie ihn aufspießen konnte, teleportierte er sich seitwärts davon, und Sallys Diamantklinge bohrte sich tief in den Boden. Stan tauchte neben ihr wieder auf und nutzte den kurzen Moment der Verwirrung, um ihr einen Schlag gegen die Seite zu verpassen. Sie wurde durch die Luft geschleudert, landete jedoch sicher auf allen vieren, bevor sie unter einer Staubwolke über die Erdblöcke schlitterte. Stan nahm sich einen Moment, um zu Atem zu kommen, und konnte beobachten, wie sie ihn kurz mit entschlossen funkelnden Augen wieder aufs Korn nahm, bevor sie mitten in der Luft verschwand.

Er hatte eine Vorahnung. Ihm stellten sich die Nackenhaare auf. Stan wirbelte herum, um den Schwerthieb abzuwehren, den Sally von hinten ausgeführt hatte. Als die Klingen klirrend aufeinandertrafen und Funken aus ihnen emporstoben, teleportierten sich beide Kontrahenten gleichzeitig fort. Wieder und wieder erschienen und verschwanden sie mitten in der Luft, wobei jeder verzweifelt versuchte, den Gegner zu übertrumpfen, ohne dass einer der gleich starken Spieler die Oberhand gewinnen konnte. Schon bald sahen beide ein, dass ihre Anstrengungen umsonst waren, und sie pressten ihre Waffen gegeneinander, bis sie wieder auseinanderstoben. Stan und Sally teleportierten sich rückwärts und blieben in der Luft schweben.

Schwer atmend starrten beide einander an. Sie lächelten, teils aus Übermut, teils aus Wut, aber auch aus Bewunderung.

„Ich muss schon sagen, Stan, ich bin beeindruckt", keuchte Sally und lachte kurz, während sie um Atem rang. „Ich habe dir eine Menge beigebracht."

„Tja, jeder gute Schüler übertrifft eines Tages seinen Lehrmeister, Sal", grinste Stan verschmitzt. „Du wirst es noch verstehen, vielleicht sogar ... *sofort*!"

In diesem Moment streckte Stan die Hand aus und schleuderte eine Salve aus Feuerbällen auf Sally.

Soll das etwa sein großes Finale sein?, kicherte sie in sich hinein und hob lässig die Hand, um einen Wall aus Grundgestein zu beschwören, der die Feuerbälle aufhalten sollte. Sie prallten gegen den Schild und lösten sich auf. Ohne jede Vorwarnung erschienen jedoch immer mehr Grundgestein-Blöcke um Sally herum, und bevor sie reagieren konnte, war sie vollständig eingeschlossen, nicht mehr in der Lage, zu atmen und fast bewegungsunfähig.

Stan senkte die Hand, betrachtete den Grundgestein-Würfel, der etwas von ihm entfernt in der Luft hing und lachte laut. *Ha.* Er grinste. *Da drin kann sie nicht lange überleben ... sie wird jede Sekunde auf dem Boden neu spawnen ...*

„Ich muss zugeben, Stan“, erklang eine Stimme in Stans Kopf, „dass du mich überrumpelt hast. Du bist wirklich ein Operator geworden, der seinen Titel verdient hat. Aber ... wenn ich dir noch einen Rat geben darf ... Du solltest das Fell des Bären nicht verkaufen, bevor du ihn ... *geschossen hast*!“

Noch während sie das ausrief, erklang ein Geräusch, das den ganzen Server erschütterte. Bei dem bösartig klingenden Gebrüll, das den Rufen eines Enderman, dem Trompeten eines Elefanten und dem Ruf eines Tyrannosaurus Rex gleichermaßen ähnelte, färbte sich der Himmel tiefschwarz. Stan erkannte den Klang, und bei dem Gedanken daran, was gleich geschehen würde, lief ihm ein kalter Schauer über den Rücken. Dann, als der Würfel aus Grundgestein explodierte, flogen Blöcke in alle Richtungen. Ein Paar gigantischer schwarzer Schwingen entfaltete sich, und ein riesiger Drache mit schwarzer Haut und silbernem Exoskelett erhob sich in die Luft. Während der Enderdrache mit jedem Flügelschlag höher emporstieg, konnte Stan nur benommen zusehen.

Mist, dachte er verbittert. *Warum ist mir das nicht eingefallen?* Unter dem aufsteigenden Drachen schwebte Sally, die Hand dem Tier entgegengereckt, ein breites

Grinsen im Gesicht. Sie wandte sich Stan zu, und ihre Blicke trafen sich einen kurzen Moment lang. Dann machte sie eine Geste mit der Hand nach vorn, und der Drache raste los wie ein Düsenjet. Mit Höchstgeschwindigkeit sauste er auf Stan zu.

Stan teleportierte sich beiseite, doch der Drache vollführte eine enge Wendung und hatte ihn innerhalb von Sekunden wieder erreicht. Schockiert teleportierte Stan sich erneut, die Axt erhoben, bereit, den Drachen anzugreifen, doch das riesige schwarze Tier riss seinen Kopf schneller zur Seite als Stan reagieren konnte und er entging dem Schnappen der mächtigen Kiefer des Ungeheuers nur knapp.

Stan war verblüfft. Dieser Enderdrache war aus unerfindlichen Gründen viel aggressiver als der, den er vor vielen Monaten im Ende bekämpft hatte. Wieder und wieder teleportierte Stan sich rückwärts, um den Klauen und Zähnen der Bestie zu entkommen. Dutzende Feuerbälle entströmten seinen Händen und lösten kleine Explosionen aus, als sie den Kopf des Drachens trafen. Dennoch wurde das Tier nicht langsamer, und Stan wusste, dass es nur eine Frage der Zeit war, bis es ihn erwischen würde.

Plötzlich kam ihm eine Idee. Er teleportierte sich von dem Enderdrachen weg, während der auf ihn zuraste – aus dem Augenwinkel sah er Sally, die das Schauspiel offensichtlich genoss –, und konzentrierte sich mit aller Macht, bis vor ihm in der Luft ein gigantischer weißer Mob erschien. Stan teleportierte sich zur Seite, während der Drache unter lautem Kreischen, Heulen, Brüllen und mit vielen Explosionen mit dem Ghast kollidierte. Ohne

Zeit zu verlieren, wandte er sich zu Sally um und streckte die Hand nach ihr aus.

Sie war augenblicklich gelähmt. Sie konzentrierte sich, so fest sie nur konnte, darauf, sich wegzuteleportieren, doch es gelang ihr nicht. Entsetzt beobachtete sie, wie Stan seine Hand langsam auf sie zubewegte, dann schnellte sie ohne Vorwarnung auf ihn zu. Sie schrie erschrocken auf, als Stan seine Axt fallen ließ und ein Diamantschwert in seine ausgestreckte Hand beschwor, auf dem eine Verzauberung rot glühte. Sally raste auf ihn zu und konnte nicht verhindern, dass die Klinge sich in ihre Brust bohrte. Kaum hatte die Spitze ihren Rücken durchstoßen, verschwand ihr Körper.

Nun, da der Trainingskampf vorüber war, wandte Stan sich dem Drachen zu. Das Monster erholte sich noch von seinem Kampf gegen den Ghast und schien völlig neben sich zu stehen. Stan fasste blitzschnell einen Plan, flog mit Höchstgeschwindigkeit auf den Drachen zu und streckte sein Schwert neben sich aus. Als er das Tier passierte, riss das Schwert die schwarze Haut auf und hinterließ eine brennende Wunde an der Seite des Mobs, sodass er vor Schmerzen aufbrüllte. Ohne langsamer zu werden, teleportierte Stan sich erneut neben den Drachen und landete einen weiteren Treffer.

Wie ein wütendes Insekt umschwirrte Stan das Tier, teleportierte sich und schlitzte es immer weiter mit seinem Schwert auf, bis der Enderdrache mit flammenden Schnitten überzogen war. Als er spürte, dass der Drache geschwächt genug war, um besiegt zu werden, teleportierte sich Stan direkt unter ihn, zielte nach oben, streckte das Schwert vor sich aus und brach mit der Klinge voran durch den Hals der Echse. Die Waffe hinterließ ein großes, klaffendes Loch.

Er atmete tief durch und sah auf den Drachen hinunter. Das Monster hing reglos in der Luft, und Stan sah zu, wie Lichtstrahlen aus dem Tier hervorbarsten, bis es schließlich in einem prächtigen Lichtblitz explodierte.

„Gut gemacht, Noob", grinste Sally und applaudierte Stan, während er hinabschwebte und neben ihr landete. Der Erdboden knirschte unter seinen Füßen. „Ich gebe zu, ich war zu übermütig. Den Sieg hast du absolut verdient."

„Tja, da hast du nicht unrecht", erwiderte Stan selbstzufrieden und lächelte süffisant. „Das war eine gute Aufwärmübung. Was bringst du mir heute bei?"

Sally lächelte ihrerseits und schüttelte den Kopf. „Es gibt nichts mehr, was ich dir beibringen könnte, Noob. Deine Ausbildung ist abgeschlossen."

Stan war verblüfft und starrte Sally mit leicht geöffnetem Mund an. „Meinst du … meinst du das ernst?"

„Komm schon, Noob, bin ich je etwas anderes als ernst?", antwortete sie, beschwor einen Wollblock unter sich und ließ sich darauf fallen. „Wir arbeiten jetzt seit Wochen daran, und ich habe dir endlich alles gezeigt, was ich kann. Ha … weißt du, ich erinnere mich daran, als du wirklich noch ein Noob warst … an deine Ankunft in Adorias Dorf, wie du mit mir und den Jungs trainiert hast und zum ersten Mal nach Element City aufgebrochen bist. Und jetzt schau dich nur an. Du bist ein *Operator*, Stan."

Stan wurde von seinen Gefühlen überwältigt. Er wusste nicht, wie er es beschreiben sollte – er war nicht traurig, aber ganz gewiss auch nicht froh. Es war, als hätte ihn die gesamte Last seiner Erfahrung in diesem Moment wie eine Lawine unter sich begraben. Er erinnerte sich an alles, was er gelernt hatte … an all die Menschen, denen er nähergekommen war … an alle, die er verloren hatte … und an alles, was er noch vor sich hatte.

„Sally", sagte er und wandte sich zu seiner Lehrerin um. „Glaubst du … glaubst du wirklich, dass ich Lord Tenebris schlagen kann?"

„Weißt du Stan, das ist etwas, das mir wirklich schwer auf die Nerven geht", fauchte Sally irritiert. „Du weißt, *wer* Lord Tenebris in Wirklichkeit ist. Du weißt, was er selbst in diesem Moment mit Elementia und tausend anderen Minecraft-Servern anstellt. Er ist die böseste, zerstörerischste Gewalt, die Minecraft je gekannt hat, also könntest du ihn wenigstens bei seinem wahren Namen nennen."

Stan lief ein Schauer über den Rücken. Es stimmte. Er und all seine Freunde hatten vermieden, Lord Tenebris bei seinem eigentlichen Namen zu nennen. Es war ihnen erschienen, als müssten sie sich ihm nicht stellen, wenn sie ihn nicht aussprachen. Als müssten sie die Wirklichkeit ihres Gegners, dessen, was sie zerstören mussten, nicht anerkennen. Stan atmete tief durch und versuchte es noch einmal.

„Na gut. Sally, glaubst du, dass ich Herobrine besiegen kann?"

Einen Moment lang starrte sie auf den grasbedeckten Boden, dann sah sie ihm ernst in die Augen.

„Stan, willst du eine hundertprozentig ehrliche Antwort?"

„Ja."

„Ich weiß es nicht. Ich habe keine Ahnung, ob du ihn schlagen kannst. Ich meine … etwas, das dem Spiel Minecraft selbst die Energie entzieht … das Tausende Server gefährdet … nur, um sich selbst zu stärken? Wenn ihm *das* möglich ist, kann ich nur raten, wozu er fähig ist, und ich bin nicht sicher, ob du ihn besiegen kannst, selbst, wenn ich es irgendwie schaffe, dir in Elementia Operatorrechte zu geben."

Stan fühlte sich, als würde ihm alle Luft aus den Lungen gesogen, und er sah sich gezwungen, sich selbst einen Block zu beschwören, auf den er sich setzen konnte. Dass er wahrscheinlich gar keine Operator-Rechte in Elementia bekommen könnte, war ihm gar nicht in den Sinn gekommen … und so auch nicht, dass er ohne Hilfe gegen Herobrine antreten müsste, mit nichts als einer Axt bewaffnet. Die Armee von Elementia hatte keinen Plan, um Herobrine zu besiegen – in all ihren Strategiebesprechungen war Herobrine ein Tabuthema gewesen. Niemand wollte ihn ansprechen, jeder hatte Todesangst vor dem, wozu er fähig sein könnte. Wenn Stan keine Operator-Rechte bekäme … dann wären sie alle verloren. Und selbst, wenn …

„Aber eins muss ich dir noch sagen, Noob." Stan wandte sich Sally zu, die ihn aufmunternd anlächelte.

„Wenn ich die freie Wahl hätte, wer aus Elementia Herobrine bekämpfen sollte, würde ich ohne mit der Wimper zu zucken dich nehmen."

Stan lächelte. Eine Zeit lang sahen sie einander nur an. Sie sagten nichts. Sie taten nichts. Sie starrten einander nur in die Augen und ließen den tiefen Respekt, den sie füreinander empfanden, auf sich wirken. Doch dann stand Stan auf.

„Ich gehe jetzt besser. Die Tunnelgräber sind inzwischen vermutlich unter Adorias Dorf angekommen, und die anderen bereiten sicher den Angriff vor."

Sally nickte. „Viel Glück, Noob. Ich mag ja nicht sicher sein, ob du Herobrine erledigen kannst, aber ich habe keine Zweifel, dass du meine Heimatstadt zurückerobern wirst."

Stan lachte und nickte zustimmend, doch dann verfinsterte sich seine Miene. Er konzentrierte sich, und wieder erschienen die Worte in seinem Geist.

VOM SERVER TRENNEN?

„Ja."

* * *

„Die Angriffsvorbereitungen sind abgeschlossen, Sir", erstattete Sirus Meldung. Er stand stramm, salutierte und bemühte sich um einen offiziellen Tonfall. „Wir sind direkt unter der Hauptstraße von Adorias Dorf und bereit, uns einfach reinzusprengen und die Noctem-Soldaten zu überraschen. Ha, die werden Augen machen!"

„Danke, Sirus", nickte Bob dankbar. „Bitte geh und bereite die Truppen auf die Attacke vor. Ich stoße in einer Minute zu euch."

Sirus erwiderte das Nicken und machte sich auf den Weg, während Bob sich seinem Bruder zuwandte, der zusammen mit den anderen Anführern von Elementia in der Höhle saß. „Komm mit, Ben!", sagte er und lenkte Ivanhoe aus ihrem Kreis. „Wir inspizieren die Truppen. Und ihr, Leute, macht euch bereit. Sobald Stan zurück ist, starten wir den Angriff."

Bob und Ivanhoe entfernten sich von den anderen und liefen auf eine große Gruppe aus Soldaten zu, die tiefer im Tunnel warteten. Ben folgte ihnen. Leonidas sah ihnen hinterher und ließ den Blick über seine Umgebung schweifen.

Diese Höhle war keine natürliche Mine, die man wie den Bunker unter Element City erweitert hatte. Es war ein quadratischer Tunnel, den Hunderte Bergarbeiter unterirdisch in die Steinblöcke gehauen hatten. Sie hatten mit verzweifelter Eile gearbeitet, um dem nahenden Wither zu entgehen, der sich hineinsprengte, die Noctem-Truppen dicht hinter ihm. Etwa zwanzig Soldaten waren im Bunker geblieben, um die Redstone-Fallen zu bedienen, die sie aufgestellt hatten, und obwohl die Noctems ihnen nicht in den Fluchttunnel aus der Höhle gefolgt waren, hatten sie auch keine Rückmeldung von diesen Truppen bekommen.

Leonidas schreckte aus seinen Gedanken hoch, als ihm auffiel, dass alle in eine Richtung schauten. Er folgte ihren Blicken und entdeckte Sirus, der in seiner fahrigen Art mit den beiden Polizeipräsidenten redete.

„Ich kann noch immer nicht fassen, dass er am Leben ist", sagte Kat.

„Das verstehe ich immer noch nicht ganz." Cassandrix wandte sich ihr zu. „Könntest du mir bitte erklären, was mit ihm passiert ist? Und warum alle, was auch immer es ist, so erstaunlich finden?"

Kat freute sich sehr, dass Cassandrix höflich mit ihr sprach. Obwohl sie versuchte, ihr freundlich zu begegnen, erwiderte Cassandrix diese Einstellung nur in der

Hälfte ihrer Gespräche. Ansonsten kam ihre schnippische, unerträgliche Persönlichkeit zum Vorschein. Wenigstens heute war sie umgänglich, und so beantwortete Kat ihre Frage.

„Also, Cassandrix, Sirus war während der Schlacht um Elementia, als wir König Kev besiegt haben, unser Redstone-Mechaniker. Das war, noch bevor der Mecha11 zu uns gestoßen ist."

Als sein Name fiel, hob der Mechaniker kurz den Kopf, und seine Müdigkeit und Anspannung waren ihm deutlich anzusehen, bevor er sich kurz darauf wieder dem Buch zuwandte, das er gerade las.

„Jedenfalls sind jede Menge Spieler in dieser Schlacht gefallen, und er war einer davon. Und obwohl keiner von uns es gesehen hat, hat einer unserer Freunde, Archie, uns erzählt, wie Sirus im Kampf getötet wurde. Anscheinend ist es am Ende der Schlacht passiert, sogar kurz bevor der Turm der Burg explodiert ist. Wir dachten alle, dass er tot wäre, und er behauptet, dass er das auch war. Und trotzdem hat er es irgendwie geschafft, zurückzukommen."

„Verstehe", sagte Cassandrix, sah jedoch verblüfft aus. „Aber … habt ihr irgendeine Ahnung, wie? Ich meine … die Schwierigkeitsstufe des Servers ist auf ‚Hardcore' festgesetzt, und es ist unmöglich, das zu ändern, wenn King Kev es nicht persönlich tut. Und selbst dann hat er seine Operator-Rechte aufgegeben! Es ist also völlig unmöglich, dass Sirus wieder auf den Server gekommen ist, indem er einfach neu gespawnt ist!"

„Wir können auch nur raten, Mädel", mischte sich Kommandant Crunch düster ein. „Im Moment können wir es nicht genau wissen. Höchstwahrscheinlich hat es mit einer Art Glitch zu tun, aber jetzt müssen wir uns um wichtigere Dinge kümmern."

In der Runde herrschte niedergeschlagenes Schweigen. Sie wussten, dass das die Untertreibung des Jahrhunderts war. Niemand konnte Worte finden. Sie wussten genau, worauf sie sich einließen, und waren doch gleichzeitig völlig ahnungslos.

„Ich finde es immer noch unglaublich, dass die Noctems es geschafft haben, uns zu finden", grummelte Kat.

„Was ist denn daran so überraschend?", fragte Charlie, als wolle er sich verteidigen. „Sie haben ununterbrochen jeden Block der Stadt durchsucht, seit sie die Mauern durchbrochen haben. *So* schwer zu glauben ist es wohl doch nicht!"

„Reg dich ab!", rief Kat, von Charlies aggressivem Tonfall schockiert. Sie hatte keine Ahnung, was von ihm Besitz ergriffen hatte, seit sie ihn aus dem Gefängnis auf den Pilzinseln befreit hatten, aber es gefiel ihr ganz und gar nicht. Sie hatte erwartet, dass er zu seiner normalen, freundlichen, sanftmütigen Art zurückfinden würde, aber seine Reizbarkeit war höchstens schlimmer geworden.

„Was ich sagen will", fuhr Kat vorsichtig fort, „ist, dass Ben und Bob Spione in die Stadt geschickt haben, um herauszubekommen, wie nahe die Noctems daran sind, uns zu finden. Laut ihrer Informationen haben die Noctems hauptsächlich das Händlerviertel durchsucht, genau an der entgegengesetzten Seite der Stadt. Wenn das wahr ist, ist völlig unverständlich, wie sie uns hier so schnell finden konnten."

„Tja, wie auch immer es passiert ist, einen schlechteren Zeitpunkt hätten sie sich nicht aussuchen können", antwortete Kommandant Crunch verbittert. „Wir müssen schnell handeln, jetzt, da sie wissen, wo wir sind, und wir haben keine Zeit, eine richtige Invasionsstrategie zu erstellen. Wir müssen einfach Hals über Kopf Adorias Dorf kapern und hoffen, dass dieses Himmelfahrtskommando ohne Planung irgendwie funktioniert."

„Du hast recht", knurrte Leonidas angewidert. „Wieso hätten sie nicht einfach zwei oder drei Tage später durchbrechen können? Das hätte alles *so* viel einfacher gemacht!"

Plötzlich sprang Charlie auf, und alle drehten sich verwundert zu ihm um. Er sah verstört und beschämt aus, als wäre er den Tränen nahe. Einen Moment lang regte sich niemand, und Charlie erstarrte vor den besorgten Blicken seiner Freunde wie ein Kaninchen vor einer Schlange. Dann drehte er sich um und verließ den Kreis wortlos. Während er den Tunnel hinabhumpelte, entfuhr ihm ein Schluchzen.

„Was ist denn mit dem los?", fragte Kommandant Crunch ungläubig seine Kameraden. Offensichtlich hatte keiner von ihnen eine Ahnung, was ihm fehlte.

„Ich bin gleich zurück", sagte Leonidas entschlossen, und bevor ihn jemand aufhalten konnte, war er schon aufgestanden und lief durch den Tunnel hinter Charlie her.

„Was willst du?", fragte Charlie, als Leonidas ihn einholte. Er schlängelte sich durch eine Gruppe von Soldaten, die Diamantrüstungen anlegte.

„Ich will wissen, warum du dich so aufregst, Mann", sagte Leonidas geradeheraus. „Seit wir uns getroffen haben, stehst du völlig neben dir, und es sieht aus, als wärst du wütend auf mich. Hör mal, Alter, ich weiß, dass wir uns noch nicht lange kennen, aber ich finde ziemlich offensichtlich, dass irgendetwas nicht stimmt."

„Ach, so ist das, ja?", fauchte Charlie über alle Maßen erbost. „Na, wie schön, dass dir das aufgefallen ist!"

„Charlie, hör mal ... ich weiß, dass deine Verletzung dir zusetzt ..."

„Halt die Klappe!", brüllte Charlie so laut er nur konnte. Alle um ihn herum starrten ihn an. „Halt einfach die Klappe und verschwinde! Ich will dich hier nicht haben! *Verschwinde* einfach!"

Damit ging er wieder los, humpelte, so schnell es seine Verletzung zuließ, die Mine entlang und verkroch sich unter dem nächsten Felsvorsprung, den er finden konnte.

Leonidas atmete tief durch. Er konnte seinen Ärger über Charlies Verhalten zwar deutlich spüren, aber er wusste auch, dass er diesmal der Klügere sein musste. Nach allem, was Stan ihm erzählt hatte, war Charlie gewöhnlich ruhig, besonnen und sogar eher zögerlich. Mit anderen Worten: völlig anders als der Charlie, den er gerade erlebt hatte. Etwas stimmte ganz und gar nicht, und er würde herausfinden, was das war.

Langsam schlich er sich zum Rand der Höhle, an die Außenseite des Vorsprungs aus Steinblöcken. Als er einen Blick in den Spalt warf, sah er zu seiner Überraschung, dass Charlie unbeholfen aus dem Loch herauskletterte. Leonidas trat zurück, als er sich an der Höhlenwand festhielt und sich daran hochzog, darauf bedacht, sein unverletztes Bein zu belasten. Er sah zu Leonidas hoch, die Augen noch leicht gerötet, doch mit müdem, entschuldigendem Gesichtsausdruck.

„Tut mir leid", murmelte Charlie, ohne Leonidas in die

Augen zu sehen. „Schau mich nur an, schau, was aus mir geworden ist … Geschrei, Anfälle, Weglaufen und sich in einer Höhle verstecken … erbärmlich …"

„Charlie, ich weiß, dass du nicht viel von mir hältst", sagte Leonidas hastig, nicht willens, Charlies Einschätzung zu bestätigen. „Vielleicht fällt es dir schwer, mir für das zu vergeben, was ich in der Vergangenheit getan habe … vielleicht ist es auch etwas anderes, das meine Schuld ist. Ich weiß nicht. Aber glaub mir, Mann … ich bin nicht irgendein Idiot, der nichts kann, außer sich zu prügeln. Ich habe auch ein Gehirn, und ich habe alles Mögliche gesehen, seit ich in Elementia bin. Wenn du reden möchtest, will ich tun, was in meiner Macht steht, um dir zu helfen. Also bitte, Charlie … kannst du mir sagen, was los ist?"

Charlie seufzte. „Ich habe kein Problem mit *dir*, Leonidas … Also ich habe schon eins, aber es ist kein echtes Problem. Es ist dir gegenüber richtig unfair, und das weiß ich auch …"

„Sag's mir einfach."

„Es ist nur … seitdem du bei uns bist, warst du ausnahmslos wunderbar. Du hast für uns gekämpft, du hast mit uns geredet, du bist Teil unserer Gruppe geworden. Alle lieben dich, und ich war einfach wahnsinnig eifersüchtig – weil du früher schreckliche Dinge getan hast und jetzt einer unserer größten Trümpfe bist. Ich bin das genaue Gegenteil. Ich meine, schau mich doch an. Ich kann kaum laufen, geschweige denn kämpfen, außerdem habe ich seit meiner Gefangenschaft unseren Zielen sehr geschadet. Und ich kann nichts mehr tun, um es wiedergutzumachen."

„Was redest du da?", rief Leonidas überrascht. „Ich meine … Okay, Mann, ich bin mal ganz ehrlich. Seit wir uns getroffen haben, hast du uns zwar nicht unbedingt im Kampf geholfen, aber du hast andere Sachen geschafft! Ich meine, du hattest doch die Idee, mit uns einen Tunnel unter Element City zu graben! Woher kommt deine Vorstellung, dass du uns mehr geschadet hast als genützt?"

Charlie sah Leonidas ins Gesicht. „Leonidas, darf ich dir etwas verraten? Und wenn ich es tue, schwörst du, es niemandem zu erzählen?"

„Klar, Mann", erwiderte Leonidas. Er war jetzt ernsthaft besorgt. „Worum geht es?"

Charlie atmete tief ein. Tränen strömten über seine Wangen, und seine Miene zeigte mehr Schmerz und Enttäuschung über sich selbst als Leonidas je gesehen hatte. Sie schwiegen beide einen Moment lang, und nur die Schritte der Truppen, die sich in der Höhle auf die Schlacht vorbereiteten, unterbrachen die Stille. Charlie bereitete sich darauf vor, sein dunkelstes Geheimnis zu enthüllen.

„Ich bin der Grund dafür, dass die Noctem-Allianz diese Höhle gefunden hat. Ich habe Drake verraten, wo der Eingang ist, als er mich auf den Pilzinseln gefoltert hat."

Leonidas starrte Charlie mit offenem Mund an. Er konnte kaum glauben, was er da hörte, und Charlie redete weiter und presste seine Worte mühsam zwischen Schluchzern hervor.

„Ich wollte das nicht … Ich habe so lange durchgehalten, wie ich nur konnte, habe versucht, die Schmerzen zu ertragen, die mir diese Wilden im Gefängnis zugefügt haben. Ich wollte auf keinen Fall, dass sie unsere geheimen Kriegspläne erfahren … aber dann haben sie mit meinen Beinen angefangen … es war unerträglich, Leonidas. Sie haben meine Beine in eine Grube voller Silberfischchen gesteckt und mir gesagt, dass ich nur herausgelassen würde, wenn ich ihnen sagte, wo der geheime Bunker ist … Die kleinen Monster haben angefangen, in meine Beine zu beißen, daran herumgekaut und geknabbert … es war zu viel, es musste einfach aufhören … also habe ich es ihnen gesagt.

Ich hätte durchhalten sollen. Ich hätte sterben sollen, bevor ich ihnen gesagt habe, wo der Bunker war. Crunch hat durchgehalten. Er hat es einfach abgeschüttelt, so, wie ich es nicht konnte … und jetzt sind wir meinetwegen alle in Gefahr. Sie haben uns gezwungen zu handeln, bevor wir dazu bereit waren, diesen unausgegorenen Angriff zusammenzuflicken, in dem wer weiß wie viele unserer Soldaten sterben werden. Und ich kann nicht einmal an der Seite meiner Freunde kämpfen, um meinen Fehler wiedergutzumachen."

Nach diesen Worten starrte Leonidas Charlie an. Er war völlig sprachlos und empfand dabei keine Wut, keine Frustration, nicht einmal Schock. Leonidas zeigte nichts als Mitgefühl, während er auf sich wirken ließ, was Charlie ihm gebeichtet hatte.

Charlie sagte nichts. Er sah wieder zu Boden, seufzte tief, humpelte von dem Spalt in der Höhlenwand aus auf Ben und Bob zu und ließ Leonidas allein zurück.

* * *

„Sieh sie dir nur an."

„Wie bitte?", erwiderte Cassandrix und löste ihren Blick von den Eisenstiefeln, die sie gerade anzog, um Kat zu mustern, die bereits voll gerüstet neben Rex stand und zusah, wie eine große Gruppe von Spielern ihre Ausrüstung anlegte. Ihrer Lederrüstung nach zu urteilen waren es hauptsächlich niedriglevelige Spieler. Obwohl die Armee für die Schlacht Rüstungen verteilt hatte, war es irgendwie dazu gekommen, dass die niedrigleveligen Spieler die schwächere Rüstung erhalten hatten, ohne dass Kat oder sonst jemand Zeit gehabt hätte, diese Ungleichheit zu verhindern.

„Eine Schande, dass diese Spieler in den Kampf gezwungen werden", erwiderte Kat traurig.

„Sie werden nicht gezwungen!", antwortete Cassandrix mit Nachdruck. „Bob und Ben haben ausdrücklich gesagt, dass nur die Soldaten verpflichtet sind, an der Invasion teilzunehmen. Alle anderen sind Freiwillige. Diese Spieler würden nichts mit der Invasion zu tun haben, wenn sie nicht teilnehmen wollten."

„Ja, also, sie sind aber so gut wie gezwungen", fauchte Kat angewidert. „Ich meine, klar, wir haben nicht direkt gesagt, dass sie mitmachen müssen, aber was wäre, wenn wir verlieren? Was würde mit den niedrigleveligen Spielern passieren? Was würde ihnen danach noch als Heimat bleiben? Sieh es ein, Cassandrix, sie kämpfen nicht, weil sie es wollen. Sie kämpfen, weil sie Angst vor dem haben, was ihnen droht, wenn sie es nicht tun."

„Also ehrlich, Schätzchen", lachte Cassandrix und verdrehte die Augen. Kat spitzte alarmiert die Ohren, wie sie es immer tat, sobald Cassandrix sie *Schätzchen* nannte.

„Du tust ja so, als wären Schlachten für niedriglevelige Spieler das Schlimmste auf der ganzen Welt … als sollten die kleinen Rotzlöffel nicht kämpfen müssen, nur, weil sie neu und unerfahren sind. Also, Kat, Schätzchen, ich habe eine Frage an dich: Wenn sie nicht kämpfen, wie sollen sie dann Erfahrung sammeln?"

Kurz herrschte Schweigen, und Kat starrte Cassandrix an.

„Siehst du", fuhr Cassandrix fort. „Du musst aufhören, den niedrigleveligen Spielern das Händchen zu halten, Kat, sonst werden sie nichts lernen. Also, um mich hat sich keine Gruppe von hochleveligen Spielern gekümmert, als ich in Elementia angefangen habe – es *gab* überhaupt keine! Aber habe ich deshalb *nicht* am Terramist-Krieg teilgenommen? Natürlich habe ich das! Ich habe in diesem Krieg gekämpft und damit nicht nur geholfen, das erste Königreich Elementia aufzubauen, sondern auch selbst gelernt, Minecraft zu spielen!"

Cassandrix warf Kat einen überheblichen Blick zu, als wäre sie sicher, dass diese unumstößliche Logik keinerlei Widerspruch zuließ. Kat jedoch lächelte nur wissend.

„Also, nur damit ich dich richtig verstehe, Cassandrix: Du hast als neue Spielerin an einem Krieg teilgenommen, und deshalb kannst du so gut kämpfen?"

„Das ist richtig, Liebes."

„Okay, okay. Und, Cassandrix … in diesem Krieg … wie oft bist du da gestorben und in deinem warmen, gemütlichen Bett neu gespawnt?"

„Also … um ehrlich zu sein bin ich mehr als nur einmal gestorben und wieder gespawnt."

„Und wenn du heute in derselben Situation wärst –

wenn du eine neue Spielerin wärst und ohne Kampferfahrung an einem Krieg teilnehmen müsstest – was würde passieren, wenn du stirbst?"

Sie antwortete nicht. Beide wussten, was geschah, wenn heute ein Spieler in Elementia starb.

„Cassandrix, ich habe überhaupt kein Problem damit, wie du gelernt hast, Minecraft zu spielen, und ich verstehe deinen Standpunkt", meinte Kat spitz, „aber die Welt hat sich verändert. Die Serverregeln sind jetzt anders als zu der Zeit, als du neu warst. Wenn die Anfänger heutzutage eine falsche Bewegung machen, werden sie ohne eine zweite Chance aus Elementia verbannt, also halte ich es nicht für schädlich, ihnen ein wenig unter die Arme zu greifen. Behalte das im Hinterkopf."

Damit stand Kat auf und ging den Tunnel hinab zur behelfsmäßigen Rüstkammer. Rex folgte ihr, und so ließen sie die sprachlose Cassandrix zurück.

Die ganze Nacht hindurch liefen die Vorbereitungen für den Überfall auf Adorias Dorf. Am Morgen waren alle bereit. Anführer, Soldaten und Freiwillige waren bis an die Zähne bewaffnet und gerüstet. Charlie sollte in der Höhle zurückbleiben und auf die Spieler aufpassen, die nicht genug Ausrüstung hatten oder vor Hunger zu schwach für den Kampf waren. Im Morgengrauen – laut der einzigen goldenen Uhr, die jemand mit sich in den Bunker gerettet hatte – sammelten sich die Truppen von Elementia vor einem Abschnitt der Höhlenwand. Er war voller Leitern, die bis zur Höhlendecke führten. Die Spieler scharten sich um eine bestimmte Leiter, die man ihnen in der Nacht zuvor gezeigt hatte.

Schon bald brach in der Menge Jubel aus. Präsident

Stan hatte die Sprossen erklommen und sprang aus halber Höhe auf einen Vorsprung aus Steinkohleblöcken, die aus der Wand ragten. Er lächelte über das ganze Gesicht. In der Nacht hatten sie eine wunderbare Überraschung erlebt, die er jetzt nur zu gern den bisher ahnungslosen Bürgern mitteilen würde.

„Meine Bürger, endlich ist der Tag gekommen, auf den wir wochenlang gewartet haben. In wenigen Minuten werden wir über Adorias Dorf herfallen, durch die Straßen fegen, die Noctem-Allianz vertreiben und so einen Riesenschritt tun, um Elementia wieder seiner rechtmäßigen, gewählten Regierung zuzuführen!"

In der Menge brachen erneut Applaus und Jubelrufe aus.

„Ich kann euch gar nicht genug für eure Geduld, eure Ausdauer und eure Tapferkeit danken, meine Bürger. Ich bin mir durchaus bewusst, wie schwer euer Leben ist, seit die Noctem-Allianz vor Monaten Elementia den Krieg erklärt hat. Doch noch vor dem Ende des heutigen Tages werden unsere Mühen und Entbehrungen Früchte tragen, wenn wir die Flagge von Elementia über dem Rathaus von Adorias Dorf hissen!

Und nun, meine Bürger", fuhr Stan fort, „habe ich eine sehr aufregende Neuigkeit für euch. Mitten in der Nacht ist ein ganz besonderer Spieler zu uns gestoßen. Er hat unsere Höhle nach einer tagelangen Reise über den Server erreicht, während der er den Noctem-Truppen aus dem Weg gegangen ist und noch weitere Tage gebraucht hat, um den Eingang unserer Höhle zu finden. Er ist mir ein guter Freund und euch ein treuer Anführer. Meine Damen und Herren, bitte heißt euren Ratsherrn Jayden willkommen!"

Applaus donnerte durch die Höhle, als Jayden die Leiter emporstieg und sich neben Stan auf den Vorsprung stellte. Er fand es unglaublich, dass so viele der Spieler sich freuten, ihn zu sehen. Die meisten wussten kaum, wer er war, und doch bejubelten sie seine Ankunft wie die von Stan, Kat, Charlie und den anderen in der Nacht zuvor. Er vermutete, dass es einfach daran lag, dass er mit Stan befreundet war.

„Gut, und nun bitte ich um Ruhe!", befahl Stan, und die Menge folgte seinem Wunsch sofort. „Ratsherr Jayden hat sich trotz seiner langen Reise bereit erklärt, sich unserem Angriff als General anzuschließen. Daher werdet ihr tun, was er sagt und seinen Befehlen Folge leisten, so, wie ihr es für mich oder jeden meiner Kameraden tun würdet. Und jetzt macht euch bereit auszurücken, Soldaten. Wenn ich den Befehl gebe, stürmt die Leitern hinauf, durch die Erdoberfläche und auf die Straßen!"

Daraufhin erklomm Stan die Leiter, gefolgt von Jayden, und kletterte immer höher bis zur Höhlendecke. Er ließ die elektrisierende Stimmung der Truppen hinter sich und verschwand in der Dunkelheit der oberen Höhlenkammer.

KAPITEL 5

DIE SCHLACHT IN ADORIAS DORF

Nachdem die Finsternis der oberen Höhle Stan vollständig verschluckt hatte, dauerte es nicht mehr lange, bis er an die Decke stieß. Er sah nach oben und führte einen gezielten Schlag gegen den Block direkt über sich. Der Aufprall seiner Faust gegen den Holzblock hallte durch die geräumige Höhle, und die vereinzelten Fledermäuse, die in der Dunkelheit ihre Nester hatten, flogen in die Richtung, aus der Stan gekommen war.

Er warf Jayden, der noch immer unter ihm auf der Leiter stand, einen Blick zu. „Gib mir den Trank", befahl er.

Jayden gehorchte, griff in sein Inventar und reichte Stan die Flasche. Er steckte sie vorsichtig ein. Zusätzlich zu der Freude über Jaydens Rückkehr waren er und seine Kameraden auch überglücklich, als sich herausstellte, dass er einige Tränke aus Nocturia herausgeschmuggelt hatte. Besonders die Tränke der Langsamkeit waren für den ersten Teil ihres Plans unerlässlich.

Stan zog eine Diamantaxt und genoss einen Moment lang das Gefühl der Vollkommenheit, das er verspürte, als er endlich wieder die Waffe seiner Wahl in den Händen hielt. DZs Diamantschwert befand sich nun in einer Truhe in der Mine und wartete dort auf die Pläne, die Stan für die Waffe hatte. Das Schwert hatte ihm auf der Odyssee, die er vor seiner Rückkehr nach Elementia durchgemacht hatte, zwar treu gedient, aber nichts kam dem Gefühl gleich, eine Axt zu führen.

Ohne weitere Zeit zu verschwenden, holte Stan aus und schlug die Klinge in den Holzblock, der nach zwei Hieben zerbarst. Er zog sich durch die Öffnung nach oben und stellte fest, dass er sich im Hauptzimmer eines Hauses befand. Stan grinste. Charlie hatte bei seinen Berechnungen der besten Stelle für das Loch präzise gezielt. Er wandte sich um, zog Jayden zu sich hoch und musterte seine Umgebung.

Das Zimmer war schlicht und wies kaum hervorstechende Merkmale auf, nur einen Bruchsteintresen mit einem Spender darauf, einige Topfpflanzen und Wände aus Holzbrettern mit Glasfenstern. Draußen sah Stan die Straßen von Adorias Dorf.

Seit der Wiedereröffnung des Dorfes war es Stans erster Besuch, und seitdem schien sich kaum etwas verändert zu haben. Nach der Schlacht um Elementia hatte er sofort ein Team abgestellt, das das niedergebrannte Dorf aufbauen sollte. Jetzt sah es größtenteils aus wie früher – Häuser, die denen eines NPC-Dorfes ähnelten, Kieswege und ein Rathaus aus Ziegelsteinen im Zentrum.

Es gab jedoch zwei gravierende Unterschiede, die Stan im Licht des frühen Morgengrauens auffielen.

Als Erstes war da die Mauer. In der Annahme, dass es klug wäre, das Dorf gegen zukünftige Angreifer zu befestigen, hatte Stan angeordnet, einen Bruchsteinwall um das Dorf zu errichten, verstärkt durch die Redstone-Verteidigungsanlagen des Mechanikers, wenn die auch nicht ansatzweise so undurchdringlich waren wie die Stadtmauer von Element City. Hinter den Häusern des Dorfes konnte er die Spitze der Mauer erkennen. Mehrere Noctem-Soldaten patrouillierten dort, und ihre schwarzen Rüstungen zeichneten sich vor der aufgehenden Sonne ab. Das war die zweite Veränderung. Selbst zu dieser frühen Stunde standen Noctem-Truppen an den Ecken der Bürgersteige aus Steinblöcken Wache, und Kolonnen von Soldaten marschierten durch die Straßen.

Plötzlich hörte Stan Schritte über sich. In dem Moment, als er sich umdrehte, platzte eine Spielerin von einer Holztreppe aus, die ihm zuvor nicht aufgefallen war, in den Raum. Ihr Skin sah aus, als wäre sie zu einer Disco-Party unterwegs: ein Batikhemd, Shorts in Pink und eine Strumpfhose in allen Regenbogenfarben. Die grellen Farben standen in völligem Kontrast zu der schwarzen Tunika, die sie trug.

„Was fällt euch ein, hier …“, fing sie an, verstummte jedoch schlagartig, als die von Stan geworfene Trankflasche sie direkt ins Gesicht traf. Langsam verloren ihre Augen den Fokus und sie konnte nur noch „Eindringlinge“ lallen, bevor sie bewusstlos zu Boden fiel. Stan war erleichtert darüber, dass die von Jayden gestohlenen Tränke so stark waren. Ihnen blieb genug Zeit, um die Bewohnerin bis zum Ende der Schlacht in der Min einzusperren.

Stan gab Jayden ein Zeichen, woraufhin der den erschlafften Körper der bewusstlosen Spielerin auf seine Schulter hievte und wieder zurück in die Mine kletterte. Wenige Augenblicke später tauchte er wieder auf, gefolgt von einer Reihe anderer Spieler.

„Charlie hält sie in einer Übergangszelle fest, zusammen mit den anderen, die wir festsetzen mussten", sagte Jayden. „Phase eins wäre damit reibungslos verlaufen. Wir haben jetzt Truppen in jedem Haus des Dorfes, und auf dein Signal greifen wir an."

Stan war überglücklich. Er konnte kaum fassen, dass der Plan so tadellos aufgegangen war, und nahm sich vor, sich bei Charlie zu bedanken, sobald sie sich wiedertrafen. Ohne dessen unglaubliche Bergbaufähigkeiten hätten sie niemals so präzise berechnen können, wo sie die Tunnel hatten graben müssen. Der einzige Wermutstropfen war, dass sie nicht bis unter das Rathaus hatten vordringen können, ihr Hauptziel – der Boden dort bestand aus Obsidian. Das war jedoch nur ein geringes Problem. Bei einem Überfall dieser Größe war Stan sicher, dass sie die Noctem-Truppen überwältigen konnten. Schließlich befanden sich die meisten von ihnen, wenn man den Spähern glauben konnte, noch immer in Element City.

Urplötzlich wurde ihm bewusst, dass man ihn beobachtete: Alle Soldaten im Raum hatten ihren Blick auf Stan gerichtet und erwarteten seinen Befehl. Stan atmete tief durch und zog seine Axt. Der Moment, Adorias Dorf zurückzuerobern, war gekommen.

„Gebt den Befehl zum Angriff!", brüllte Stan in das Loch hinunter, aus dem sie gerade gekommen waren.

„Verstanden!", hallte Charlies Stimme aus der Mine herauf.

Sekunden später hörte Stan von draußen Schreie und Rufe, auf die sofort das Klirren von Waffen und eine Reihe von Explosionen folgten. Mit Kriegsgeschrei drängten die Soldaten in seinem Haus aus der Tür, angeführt von

Jayden. Nach einem letzten tiefen Atemzug stieß auch Stan seinen Schlachtruf aus und stürmte auf die Straße.

Es war das reinste Chaos. Sie hatten die Noctem-Soldaten im Dorf vollkommen überrumpelt. Die waren auf diese Welle von über einhundert Kämpfern der Republik, deren Adrenalinpegel während der Vorbereitung auf den Überfall bis zum Anschlag gestiegen war, absolut nicht vorbereitet. Die meisten der Noctems sahen ein, dass es keinen Sinn hatte zu kämpfen, und flohen stattdessen zum Stadtzentrum, als sei das Rathaus ein gigantischer Magnet, der sie anzog.

„Verfolgt sie nicht!", rief Stan, während seine Soldaten um ihn herum vor- und zurücksprinteten, als stünde er während der Hauptverkehrszeit mitten auf einer Durchgangsstraße. „Verteilt euch und besetzt das gesamte Dorf!"

Stan sah sich um und entdeckte Kat, die damit beschäftigt war, ihren Soldaten Anweisungen zu geben. Er lief zu ihr hinüber.

„He!", keuchte er, als er bei ihr angekommen war. „So weit, so gut, würde ich sagen."

„Ja", stimmte sie zu, während sie sich umschaute, um die Verteilung der Republik-Soldaten in den Straßen zu überprüfen. „Ein Glück, dass das Dorf nicht sehr groß ist. Es gibt nicht viele Straßen zu besetzen."

„Stimmt", meinte Stan. „Los jetzt, wir sollten uns beeilen. Sie ziehen sich alle ins Rathaus zurück. Vermutlich werden sie da den Großteil ihrer Verteidigung aufstellen. Wir müssen schnell hin, bevor sie dort Wurzeln schlagen."

„Gut", nickte Kat. „Schnapp dir eine Gruppe Spieler

und geh zum Rathaus. Ich hole alle anderen, damit sie dir helfen."

„Hört sich gut an", brüllte Stan, der bereits in Richtung einer Truppenansammlung unterwegs war. Die Soldaten standen mit gezogenen Waffen auf der Straße und warteten auf Befehle von ihrem Kommandanten.

„Kommt mit!", rief Stan, und alle Kämpfer wandten sich ihm zu. „Folgt mir zum Rathaus!"

Die riesige Menge der Spieler lief hinter Stan her, während er die Hauptstraße von Adorias Dorf entlangeilte. Alle Häuser schienen jetzt leer zu sein, und bis auf Stan und seine Männer, die sich in die Schlacht stürzten, waren die Straßen menschenleer. Schon bald hatten sie den Hauptplatz erreicht und sahen das Rathaus vor sich.

Das Gebäude aus Ziegelblöcken erhob sich majestätisch im Zentrum von Adorias Dorf. Es war zwar nicht sonderlich groß, überragte alle anderen Häuser der bescheidenen Siedlung jedoch bei Weitem. Stan sah, wie die letzten Noctem-Soldaten durch die eisernen Doppeltüren huschten. Als die Letzten im Innern verschwunden waren, schlossen sich die Tore mit einem Knall, und Stan hörte das Summen von Redstone-Maschinerie. Einen Augenblick später sank der Kies, der das Fundament des Bauwerks umgab, und legte einen zehn Blöcke breiten Lavagraben frei, der das gesamte Rathaus umgab.

Stan war beeindruckt und erbost zugleich. Die Noctems waren ganz offensichtlich auf den Fall eines Überraschungsangriffs vorbereitet und dafür ausgebildet, und es hätte ihn nicht überrascht, wenn auch das Innere des Gebäudes mit Fallen versehen wäre, sodass es schwierig sein würde, dort einzudringen.

Plötzlich schrillten in seinem Kopf Alarmglocken, als er bemerkte, dass die Noctems jetzt auf dem Dach des Rathauses standen. Mit gespannten Bögen, Feuerkugeln und TNT-Kanonen zielten sie auf Stan und seine Leute. Alle Waffen waren geladen und feuerbereit. Doch was noch stärker ins Gewicht fiel, waren die Soldaten, die Eimer voll Lava hielten. Sie gossen sie gleichzeitig aus und brachten so Lava-Quellblöcke an den Außenwänden an. Ein unendlicher Lavastrom ergoss sich aus ihnen an den Mauern des Rathauses hinab bis in den Lavagraben darunter.

Bald war das Gebäude vollständig von Lava umgeben, sie hüllte die Noctem-Basis in eine undurchdringliche Wand aus flüssigem Feuer. Stan musste es ihnen lassen: Der Plan war exzellent. Ohne den schwersten Kampf seines Lebens würde er nicht hineinkommen.

„Stan! Was ist hier passiert?"

Hinter sich entdeckte Stan Kat, Rex, Leonidas, Kommandant Crunch, Cassandrix, den Mechaniker, Ben und Sirus, gefolgt von sämtlichen Invasionstruppen. Aller Augen waren auf den riesigen Lavawürfel gerichtet, unter dem sich das Rathaus befand.

„Ich sag dir, was passiert ist", erklärte Stan verbittert. „Sie haben eine der besten Verteidigungsmaßnahmen ergriffen, die ich je gesehen habe. Ich habe keinen blassen Schimmer, wie wir da noch hineinkommen sollen."

„Aye, überlasst das mir, Jungs", knurrte Kommandant Crunch, grinsend und mit einem Funken Wahnsinn in den Augen. „Ich hab das schon mal gesehen. Ich weiß, wie wir an der Lavawand vorbeikommen."

„Du hast so etwas schon einmal gesehen?", fragte Ben ungläubig.

„Sogar *elfmal*. Und jetzt: *Angriff!*"

Mit diesen Worten zog Kommandant Crunch sein Schwert und preschte vor, direkt auf den Lavagraben zu. Ein großer Teil der Truppen löste sich von den anderen und folgte ihm zu der feurigen Festung. Schon bald regneten Pfeile und Feuerkugeln auf die heranstürmenden Soldaten nieder, gefolgt vom Donnern der TNT-Kanonen.

„Na los, geben wir ihm Deckung!", rief Cassandrix, und so zogen alle übrigen Soldaten ihre Bögen und nahmen das Dach des Rathauses unter Beschuss. Daraufhin streuten die Geschosse von oben weiter und erreichten nicht nur Kommandant Crunchs Truppen, sondern auch die Reihen der Schützen hinter ihnen. Stans Leute mussten sich verteilen und das Gebäude vollständig umzingeln, um ihr Sperrfeuer fortzusetzen, ohne selbst zu einer riesigen Zielscheibe zu werden.

„Es wäre so viel leichter, wenn wir uns einfach hineinsprengen könnten", sagte der Mechaniker, und schoss einen weiteren Pfeil ab. Er wandte sich an Ben, der neben ihm kämpfte. „Ich vermute, niemand von euch hat TNT oder Redstone bei sich?"

„Nein", erwiderte Ben mit mehr Härte als der Mechaniker erwartet hatte. „Wir haben alles verbraucht, um den Bunker zu bauen." Er legte den nächsten Pfeil an und zielte auf den Soldaten, der die TNT-Kanonen auf dem Dach bemannte. Er schoss und verfehlte sein Ziel.

„Nicht, dass dir das aufgefallen wäre", murmelte er und legte erneut an. Obwohl er leise gesprochen hatte, hörte der Mechaniker ihn und seufzte tief, während er den nächsten Schuss vorbereitete.

Kommandant Crunchs Truppen hatten fast die Mauer

des Rathauses erreicht. Sie hatten Bruchsteinblöcke hervorgeholt und bauten eine schmale Brücke über den Lavagraben. Wann immer einer der Soldaten von einem Pfeil getroffen in die Lava stürzte, nahm sofort ein anderer seinen Platz ein. Kommandant Crunch stand mit gezogenem Schwert an der Spitze und wirbelte es fachmännisch um sich herum, um die Pfeile abzuwehren, die aus dem Lavafluss direkt auf sie zugerast kamen. Der Beschuss erschwerte den Brückenbau zwar, aber Crunch war froh, dass die Noctem-Truppen aus dem Inneren des Gebäudes herausschossen. Ohne diese Hilfestellung hätte er nie herausfinden können, wo sich die Türen befanden, denn sie waren hinter den Lavafällen versteckt.

Endlich berührte die Brücke die Wand. Kommandant Crunch ließ sein Schwert kreisen wie die Rotorblätter eines Helikopters, er wehrte so viele Pfeile ab wie nur möglich. Dennoch prallten einige von seiner Eisenbrustplatte ab oder erreichten die Soldatenhorde. Ein Soldat hatte zumindest Gelegenheit, zwei Bruchsteinblöcke an der Wand über Kommandant Crunch anzusetzen. Sofort teilte sich der Lavastrom über den beiden Blöcken, wurde seitlich abgeleitet und ließ darunter eine Lücke entstehen. In der befanden sich zwei Eisentüren, aus deren Schutz die Pfeile abgefeuert wurden.

Kaum waren die Türen nicht mehr von Lava bedeckt, stürzte ein Strom von Noctem-Truppen daraus hervor, um den Kommandanten und seine Männer anzugreifen. Stan erkannte, dass dies der richtige Moment war, um Verstärkung zu bieten, rief seinen Truppen einen Befehl zu und sprintete selbst auf die Bruchsteinbrücke zu. Auf seinem Weg über den ungeschützten Kiesweg verdichtete sich der Sturm aus Pfeilen, Feuerkugeln und TNT-Blöcken, doch Stan ließ sich nicht aufhalten. Schließlich mussten sie nur in das Innere des Gebäudes gelangen, um den Beschuss zu beenden.

Endlich erreichten sie die Brücke. Sie wurden nicht langsamer und rannten den zwei Blöcke breiten Zugang entlang. Als sie sich dem Rathaus näherten, sah Stan, dass darin bereits Kämpfe ausgefochten wurden, doch ein Detail ließ sein Herz fast stillstehen. Dort, am Ende der Brücke, zwischen den Inventargegenständen der gefallenen Spieler, lag Kommandant Crunch, seine Hand auf den Bauch gepresst, die eiserne Brustplatte auf dem Boden neben sich. Stan bedeutete seinen Truppen, in das Gebäude zu laufen und sich dem Kampf anzuschließen, doch er selbst kniete sich neben den gefallenen Kommandanten.

„Alles in Ordnung?“, fragte Stan verzweifelt.

„Aye, Junge, ich schaffe das schon“, stöhnte Crunch und verzog das Gesicht. „Ist nur eine Fleischwunde …“

„Lass mich mal sehen …“

Kommandant Crunch zuckte zusammen, als er die Hände von seinem Bauch hob und eine tiefe Wunde freilegte, die von einem Schwerthieb zu stammen schien. Stan klopfte das Herz bis zum Hals. Sie hatten keinerlei medizinische Ausrüstung, um ihn zu heilen.

„Stan, geh und kämpf weiter“, drängte ihn Crunch mit überraschend beherzter Stimme. „Ich verspreche dir, ich überlebe das. Ich hab schon Schlimmeres überstanden. Ich bleib einfach hier, bis ihr etwas Medizin für mich findet.“

Stan nickte, zwar noch besorgt, doch durch Crunchs

unfassbaren Optimismus einigermaßen beruhigt. Er ließ den verwundeten Kommandanten hinter sich und sprintete ins Rathaus.

Dort, im Hauptkorridor, wurde erbittert gekämpft. Die Noctem-Truppen waren zwar deutlich in der Unterzahl, allerdings auch weit besser ausgerüstet. Stan sah, wie einer der Noctem-Kämpfer einen Wurftrank der Schwäche schleuderte, woraufhin alle fünf Soldaten der Republik, die ihn angriffen, zusammenzuckten und in die Knie gingen.

Gerade als der Soldat ihnen den Gnadenstoß versetzen wollte, schritt Stan ein, überrumpelte ihn, schlug ihm die Diamantspitzhacke aus der Hand und versenkte die Axt in seiner Brust. Stans Soldaten, noch immer von den Dämpfen des Trankes benommen, warfen ihm dankbare Blicke zu. Er rief einen weiteren Kämpfer aus dem Gang zu sich, um sie zu verteidigen, bis der Schwächungseffekt sich legte.

Stan sah sich suchend um und entdeckte Kat. Sie kämpfte sich gerade ins Rathaus vor und wehrte dabei einen Noctem-Soldaten ab. Schon bald hatte sie die Brust des Spielers mit ihrem Diamantschwert durchbohrt und stürzte in den Saal. Jayden folgte ihr auf dem Fuße. Stan schlängelte sich durch die Kämpfe, die um ihn herum tobten, um sich zu ihnen zu gesellen.

„Wir brauchen hier mehr Soldaten, wenn wir sie überwältigen wollen!“, rief er.

„Im Moment können wir keine weiteren hereinholen!“, brüllte Kat gegen das Getöse einer Explosion an, die irgendwo über ihnen ausgelöst wurde. Rex warf sich einem Noctem-Soldaten entgegen, der versuchte, sie anzugreifen. „Ihr Sperrfeuer ist zu stark, um weitere Truppen ins Gebäude zu bringen!"

„Dann müssen wir die Bogenschützen und TNT-Kanonen ausschalten!", erwiderte Stan, drehte sich um und fasste eine Treppe am anderen Ende des Korridors ins Auge. „Komm mit! Du auch, Jayden!"

Die beiden nickten und folgten ihm den Gang hinab. Einige Noctem-Soldaten versuchten, die drei Ratsmitglieder anzugreifen, doch das Trio erledigte sie im Handumdrehen. Kaum hatten sie die Treppe erreicht, musste Stan mit ansehen, wie immer mehr Noctem-Truppen aus den Seitentüren der Korridore strömten und sich in den Kampf stürzten. Die Soldaten der Republik wurden massakriert. Stan atmete tief durch und rief sich in Erinnerung, dass die einzige mögliche Rettung für seine Leute war, die Noctems auf dem Dach auszuschalten. Er sprintete die Treppe hoch, gefolgt von Kat, Rex und Jayden. Sie umrundeten einige Ecken und ignorierten die Türen, die sich auf dem Weg nach oben neben der Treppe befanden. Schließlich erreichten sie das Dach. Stan starrte das Bild, das sich ihm dort bot, mit offenem Mund an. Rex fing an zu winseln.

Das gesamte Rathausdach war mit toten Spielern übersät. Die Leichen der Gefallenen lösten sich nach und nach auf und hinterließen ganze Stapel von Gegenständen. Bögen, Pfeile, Tränke und Feuerkugeln lagen verstreut an den äußeren Enden des Steinziegelbodens, und die TNT-Kanonen aus Ziegelsteinen waren unbemannt. Nirgendwo auf dem Dach war auch nur ein einziger Noctem-Soldat zu sehen. Inmitten des Chaos standen stattdessen die Mitglieder der ELM. Arachnia starrte Stan mit irrem Grinsen an, während sich Creeper Khan und Lord Marrow bedrohlich neben ihr aufbauten.

Stan wurde panisch. *Sie* hatte er hier nicht erwartet, und er wusste genau, dass seine Gruppe die Kopfgeldjäger zu dritt niemals besiegen konnte. Er machte kehrt, um wieder die Treppe hinabzusprinten. Noch während er seinen ersten Schritt tat, erschien zwischen ihm und den Stufen ein violettes Rauchwölkchen, aus dem Enderchick erschien, amüsiert lächelnd, ein Diamantschwert in der erhobenen Hand. Die drei Spieler und der Wolf saßen auf dem Dach fest.

Instinktiv zogen Stan, Kat und Jayden ihre Waffen und stellten sich Rücken an Rücken. Zwischen ihnen knurrte Rex.

Stan sah Arachnia in die Augen.

„Was geht hier vor?", fragte er und funkelte Arachnia zornig an, um zu verbergen, wie viel Angst ihm die Aussicht auf einen Kampf gegen vier mit Mods verstärkte Spieler machte. „Warum sind all die Noctem-Soldaten tot?"

„Na, weil wir sie umgebracht haben, natürlich", lachte Arachnia leise, zog ihr Diamantschwert und betrachtete in der spiegelnden Klinge ihr eigenes Gesicht.

„Was? Warum solltet ihr …"

„Das liegt daran, Stan, dass die Noctem-Allianz nicht mehr unser Arbeitgeber ist. Du bist uns oft genug durch die Finger gegangen, dass Lord Tenebris uns entlassen hat."

Sie kicherte verschlagen. „Denk nur, wie dumm er sich vorkommen wird, wenn wir dich gefangen nehmen, bevor er es kann."

„Wenn ihr ihn wollt, müsst ihr erst an uns vorbei!", rief

Kat und schwenkte ihre Waffe, woraufhin Jayden entschlossen nickte und Rex wütend bellte.

„Wenn du darauf bestehst!“, erwiderte Creeper Khan und schlug mit der Faust in die Luft, direkt in Stans Richtung. Er kannte diese Bewegung aus seinen Trainingsrunden mit Sally und wusste sofort, was auf ihn zukam.

„Runter!“, brüllte er und riss Kat und Jayden aus der Bahn, während der Boden unter ihnen explodierte und ein klaffendes Loch im Ziegelblockdach des Rathauses hinterließ. Unten waren kämpfende Soldaten zu sehen.

„Hör auf!“, schrie Arachnia und wirbelte zu Creeper Khan herum. „Stan muss am Leben bleiben. Du musst vorsichtiger sein! Überlass ihn mir und Lord Marrow … Enderchick, hilf ihm, die anderen beiden zu beseitigen.“

Und so hob Enderchick ihr Diamantschwert und stürzte auf Jayden zu, das Ziel, das ihr am nächsten war, während Lord Marrow einen Pfeil anlegte und ihn direkt auf Stans Herz abfeuerte.

Stan sprang vor und wehrte das Geschoss ab, während Jaydens Axt gegen Enderchicks Schwert prallte und Kat sich mit Rex an ihrer Seite Creeper Khan zuwandte. Der Pfeil fiel zu Boden, und Stan sah, dass Rauch von ihm aufstieg. Er machte große Augen, als er erkannte, dass er durch einen Hieb den Effekt eines Tranks der Schwäche erhalten hatte: ein Treffer damit, und er würde bewusstlos werden. Er schlug einen weiteren Pfeil mit der Axt beiseite und hob die Waffe erneut, um Arachnias vorgestoßenes Diamantschwert abzublocken.

Die Klingen prallten immer wieder aufeinander, doch zu Stans Überraschung versuchte seine Gegnerin gar nicht erst, ihn anzugreifen. Stattdessen schien sie sich auf schnelle Angriffe zu verlassen, und nachdem Stan einen abgeblockt hatte, wich sie seinem Gegenangriff aus und umkreiste ihn, bis sie wieder eine Schwachstelle entdeckte, ohne den Kampf weiter durchzuziehen. Bei einem dieser Vorstöße sah er, dass auch von ihrer Schwertklinge grauer Rauch ausging. Er war entsetzt, als ihm klar wurde, dass ein einziger Treffer von Lord Marrow oder Creeper Khan ihn ausschalten konnte.

Lord Marrow stellte seine Angriffe unterdessen nicht ein. Es war fast unmöglich, gleichzeitig seine Pfeile abzublocken und gegen Arachnia zu kämpfen, und trotz Stans legendärer Kampffähigkeiten entging er für seinen Geschmack viel zu vielen Attacken nur um Haaresbreite. Er wusste, dass es nur eine Frage der Zeit wäre, bis einer von beiden Glück hatte, und er musste der Situation irgendwie ein Ende bereiten.

Ihm kam eine riskante Idee, und da er keine Alternativen hatte, führte er sie aus. Bei Arachnias nächstem Schwertstoß konterte Stan, gab seine Gegnerin jedoch nicht wieder frei. Stattdessen presste er seine Axt gegen ihre Klinge und versuchte, sie zu überwältigen. Arachnia erwiderte den Druck und hatte ganz offensichtlich den besseren Ansatz. Ihre Klinge begann langsam am hölzernen Schaft seiner Axt hinabzugleiten und näherte sich seiner Hand. Aus dem Augenwinkel sah Stan, dass Lord Marrow kurz davor war, zu schießen. Kurz bevor Arachnias Schwert seine Hand erreichte, ließ Stan seine Waffe fallen und überraschte die Mobjägerin mit einem Stoß, der sie zur Seite schleuderte, direkt in die Flugbahn von Lord Marrows Pfeil. Er bohrte sich in ihr Schulterblatt, und sie sackte augenblicklich bewusstlos zusammen.

Stan hob die Axt und schickte sich an, Arachnia endgültig auszuschalten, musste jedoch plötzlich weiteren Geschossen aus Lord Marrows Richtung ausweichen. Er hatte versucht, Stan zu treffen, ohne dabei Arachnia zu verletzen, und deshalb sorgfältig gezielt. Jetzt, da sie am Boden lag, hatte er die Gelegenheit, eine Serie von Pfeilen wie aus einer Maschinenpistole auf Stan abzufeuern. Dieser hob die Axt, um sich zu verteidigen, musste jedoch weiterhin Haken schlagen, um nicht getroffen zu werden.

Lord Marrow erkannte, dass er so nichts erreichen würde, und änderte seine Strategie. Er wechselte die Munition und verschoss nun andere Pfeile, die bei Kontakt mit dem Boden sofort in Flammen aufgingen. Schon bald versperrten Stan viele Feuer den Weg. Ihm ging der Platz zum Ausweichen aus, und Sekunden später traf ein Brandpfeil seine Brustplatte. Eine kleine Explosion wurde direkt vor ihm ausgelöst und schleuderte ihn bis zum Rand des Daches, wo er mit dem Kopf aufprallte.

Durch den Schleier seiner Benommenheit konnte Stan nur schemenhaft erkennen, was sich um ihn herum abspielte. Er merkte, dass seine Brustplatte noch brannte. Mit Mühe beobachtete er, wie sich Lord Marrow näherte und einen Pfeil mit grauer Rauchfahne anlegte. Dann zielte er auf einen Spalt in seiner Rüstung. Stans Schmerzen waren zu stark, als dass er sich hätte bewegen oder ausweichen können.

Doch Lord Marrow schoss nicht. Ohne jede Vorwarnung verloren seine Augen den Fokus, und er kippte bewusstlos vornüber zu Boden, eine beachtliche Beule am Hinterkopf. Stans Erstaunen verdrängte die Schmerzen, und er hob den Kopf, um seinen Retter zu identifizieren.

Dort, vor der aufgehenden Sonne, verschmutzt und abgerissen, mit einer Diamantspitzhacke in der Hand und einem breiten Lächeln im Gesicht, stand G. Er reichte Stan die Hand, um ihm aufzuhelfen.

„G!", stieß Stan hervor. Er lallte noch immer vor Schmerzen. „Was ... machst du hier?"

„Ach, ich war einfach in der Gegend und dachte mir, ich könnte vielleicht helfen", antwortete G breit grinsend. „Na schön, ich war nicht einfach auf der Durchreise ... ich habe den halben Server überquert, um in diese Gegend zu gelangen. Alter, du siehst ganz schön mitgenommen aus. Trink das hier, ich hab' es in Nocturia gestohlen."

G holte einen Heiltrank aus dem Inventar, den Stan dankbar hinunterstürzte. Sofort verflog seine Benommenheit, und er konnte wieder klar denken. Als er feststellte, dass seine Brustplatte noch immer in Flammen stand, riss er sie von sich und warf sie über die Dachkante in den Lavagraben darunter.

„G, es ist großartig, dich wiederzusehen", sagte Stan hastig, „aber wir müssen die Begrüßung auf später verschieben. Zuerst sollten wir die zwei da erledigen!" Er zeigte auf Creeper Khan und Enderchick, die kurz davor standen, Kat, Rex und Jayden zu überwältigen.

Gs Lächeln wuchs noch mehr in die Breite. „Mach dir mal keine Sorgen, Mann. Meine Freunde kümmern sich darum." Mit diesen Worten legt G seine Finger auf die Lippen und pfiff laut.

In Sekundenschnelle war der Himmel über ihnen voller Enderperlen, die jemand von unten heraufgeworfen hatte. Bei ihrer Landung erschien eine ganze Flut von Spielern, alle in abgenutzten Uniformen der Armee von

Elementia und ausgerüstet mit Steinwaffen. Stans Herz überschlug sich vor Freude, und die Frage, woher sie gekommen waren, sparte er sich für später auf. Er trat in die Mitte der Menge, die jetzt die Mitglieder der ELM umringte.

Enderchick und Creeper Khan hatten Verteidigungshaltung angenommen und musterten die plötzlich erschienene Spielerhorde hektisch. Arachnia und Lord Marrow lagen bewusstlos hinter ihnen. Enderchick machte einen verzweifelten, panischen Eindruck, doch Creeper Khan schloss die Augen, und sein Gesicht nahm einen nachdenklichen Ausdruck an. Dann schlug er die Augen wieder auf und trat vor.

„Ergebt euch!“, brüllte ihnen Stan entgegen, machte einen Schritt auf sie zu und hob die Axt. „Ihr seid umzingelt, und ich weiß genau, dass ihr euch nicht alle gleichzeitig wegteleportieren könnt!“

„Das stimmt, Präsident Stan“, erwiderte Creeper Khan völlig emotionslos, und urplötzlich fing er an zu leuchten. Von seiner Haut ging ein schwaches rotes Glühen aus, das sein creepergleiches Gesicht färbte. Enderchick starrte ihn kurz an, als wolle sie verstehen, was sich gerade abspielte, bis sie plötzlich erschrocken den Mund aufriss.

„*Was?*“, rief sie. „Khan … das … das kannst du *echt* nicht ernst meinen!“

„Ich habe meine Entscheidung getroffen“, antwortete er, ohne sich auch nur zu ihr umzudrehen. „Bring die anderen hier raus, Enderchick.“

Enderchick schniefte und eine Träne rollte ihre Wange hinab, als sie Lord Marrows und Arachnias schlaffe Körper ergriff. Stan durchschaute ihr Vorhaben, zeigte auf

Enderchick und rief „Erschießt sie!“, doch es war zu spät. Das Trio verschwand in einem violetten Rauchwölkchen, die Pfeile sausten durch den Nebel und prallten von den Steinziegelblöcken darunter ab.

„Was machst du da?“, wollte Stan wissen. Er sah mit Grauen, dass das rote Licht, das von Creeper Khan ausging, immer heller wurde. „Ergib dich sofort, und wir verschonen dich.“

„Das ist gleichgültig“, sagte Creeper Khan und starrte Stan direkt in die Augen. „Ich habe beschlossen, dass die Zeit für uns gekommen ist, gemeinsam zu sterben, Stan. Keiner von uns kann daran noch etwas ändern.“

„Was … was soll das heißen?“, fragte Stan.

„Ich habe mich entschieden, meine Letzte Nova einzusetzen“, erklärte Creeper Khan monoton. „In zwanzig Sekunden löst mein Körper die größte Explosion aus, die Minecraft je gesehen hat. Von diesem Dorf wird nichts als ein Krater bleiben. Die Elite-Legion der Mobjäger mag es nicht geschafft haben, dich gefangen zu nehmen und reicher zu werden als wir uns es je erträumt haben, Stan, aber das hindert mich nicht daran, dich und alles, was dir lieb und teuer ist, zu zerstören.“

„Tötet ihn!“, schrie Stan panisch. Die Pfeilsalve aus der Menschenmenge prallte von Creeper Khan ab, als trüge er eine Rüstung mit Schusssicherheits-Verzauberung.

„Netter Versuch“, kommentierte Creeper Khan laut und lächelte irre. „Jetzt, da ich meine Letzte Nova aktiviert habe, bin ich unverwundbar, bis ich explodiere! Ihr könnt nichts tun, um mich aufzuhalten!“ Dann brach er in wahnsinniges Gelächter aus.

Stan stand wie angewurzelt da und war ratlos. Wenn

Khan die Wahrheit sagte, würde die Explosion sich in zehn Sekunden ereignen. Sie würde Adorias Dorf ganz zerstören. Sie konnten nichts dagegen tun. Seine Gedanken erstarrten, und er blieb reglos wie eine Statue stehen, völlig hilflos angesichts dieser schrecklichen Entwicklung.

Plötzlich erklang Lärm in der Menge. G trat aus der Masse der Spieler hervor und baute sich vor Creeper Khan auf. Seine Miene war entschlossen, doch eine Träne rollte über seine Wange.

„G!", rief jemand aus der Gruppe der benommenen Soldaten von Elementia. Jayden trat in die Lücke, gefolgt von Kat. „Was machst du da?"

G schloss die Augen, atmete tief durch und öffnete sie wieder. Dann sagte er: „Ich tue, was getan werden muss."

Er wandte sich seinen Ratskollegen zu und lächelte traurig, während sie ihn voller Verblüffung anstarrten.

„Jayden", sagte er zu seinem besten Freund. „Danke. Für alles."

Dann drehte er sich leicht nach links und schaute Kat an. Nur Khans unaufhörliches Gelächter und das Getöse der Schlacht unter ihnen brach die folgende Stille, während die beiden sich in die Augen blickten.

„Kat … es tut mir leid. Ich hoffe, dass du mir für alles, was ich getan habe, verzeihst."

Dann, ohne eine Antwort abzuwarten, bevor Jayden oder Kat fragen konnten, was er damit meinte, wandte G sich um und zog seine Diamantspitzhacke. Ohne Zögern sprintete er los und raste auf Creeper Khan zu, der noch immer wie ein Wahnsinniger lachte. Als er merkte, was auf ihn zukam, war es zu spät.

G rammte den Mobjäger wie eine Lokomotive und schlug seine Spitzhacke tief in Creeper Khans Brust. Beide Spieler taumelten rückwärts über das Dach, wobei G Creeper Khan im Schwitzkasten hielt, damit er nicht entkommen konnte. Er versuchte nicht einmal, anzuhalten, und beide Spieler stürzten vom Dach in den Lavafall.

„*Neeeeeeeiiin!*“, schrie Jayden, der endlich aus seiner Trance erwacht und so schnell er konnte zur Dachkante gesprintet war, wo er nur noch mit ansehen konnte, wie sein bester Freund in den Lavagraben unter ihnen fiel. Er hielt Creeper Khan noch immer fest umklammert, als könne er so sein eigenes Leben retten.

Jayden starrte einige Sekunden lang vollkommen fassungslos in die Lavagrube, dann löste sich die Explosion. Stan schaffte es gerade noch, Jayden am Kragen zu packen und ihn von der Kante wegzuziehen, bevor ihn die riesige Lavafontäne aus der Grube erfassen und verbrennen konnte.

Der Lärm war ohrenbetäubend. Alle Spieler auf dem Dach wurden von der ungezügelten Gewalt der Explosion, die Creeper Khans Selbstmord ausgelöst hatte, niedergeworfen. Der Boden unter ihnen zitterte wie bei einem Erdbeben, und überall ertönten Schreie, als die Supernova-Explosion Adorias Dorf bis in die Grundfesten erschütterte.

Dann, so plötzlich er begonnen hatte, legte sich der Tumult. Stan lag auf dem Boden, zu entsetzt, um sich zu rühren. Er hörte nur ein Geräusch – ein Schluchzen an seiner Seite. Er wagte es, den Kopf zu drehen, und sah Jayden, der ausgestreckt neben ihm lag und sich die Seele aus dem Leib weinte. Langsam zog Stan sich hoch, erst bis auf die Knie, dann war er auf den Beinen. Er zitterte noch und musste sich bemühen, die Balance zu halten, doch wie es schien, hatte er keine bleibenden Verletzungen davongetragen.

Von der Explosion noch leicht benommen, ließ er den Blick über das Dach schweifen und sah zu seiner Verblüffung, dass sich auch andere Spieler um ihn herum aufrichteten. Wundersamerweise schien Creeper Khans letzte Attacke keinen einzigen Spieler getötet zu haben. Stan wankte zum Rand des Daches und schaute hinunter. Was ihn an seiner Wahrnehmung zweifeln ließ, war nicht, was er sah – sondern das, was er nicht sah.

Die Explosion, deren Schockwellen stärker gewesen waren als jede Detonation, die Stan bisher in Minecraft erlebt hatte, war fast spurlos an Adorias Dorf vorbeigegangen. Der Lavagraben war noch intakt, ebenso die Lavafälle an den Mauern des Rathauses. Nur einige lose Erdblöcke neben dem Graben deuteten auf die Explosion hin, und die Lava ergoss sich in die Löcher, die sie zurückgelassen hatten. Langsam, aber sicher verstand Stan, dass die Lava die Explosion eingedämmt haben musste. Durch seinen Sturz in den Graben mit Creeper Khan hatte G ihnen allen das Leben gerettet.

Bei diesem Gedanken wurde ihm plötzlich klar, was mit G geschehen war. G war tot.

Plötzlich fühlte er sich, als würde eine eisige Faust sein Herz umklammern. Er hatte G so lange nicht gesehen … nicht, seit er vor Wochen nach Nocturia aufgebrochen war. Und jetzt, im Handumdrehen, bevor Stan ihn auch nur hatte fragen können, wie es ihm ergangen war … war G verschwunden, für immer aus Elementia verbannt.

Als Stan diese Erkenntnis traf, wurde ihm bewusst, dass von allen Spielern, die ihm hier in diesem Dorf die Geheimnisse von Minecraft beigebracht hatten, als sein Level noch einstellig war, lediglich Jayden übrig war.

Er sah zu Jayden hinüber, der noch immer auf dem Boden lag, außer sich vor Trauer. Stans Herz war von Mitgefühl erfüllt – dieser Spieler hatte seine drei engsten Freunde in Minecraft verloren und war nun ganz allein. Stan konnte sich nicht vorstellen, wie er sich fühlte. Es wäre, als ob er Kat oder Charlie verloren hätte.

So sehr er sich danach sehnte, zu Jayden zu gehen und ihn zu trösten, riss er sich zusammen und zwang sich, daran zu denken, was jetzt getan werden musste. Sie befanden sich noch immer mitten in einer Schlacht und hatten eine Aufgabe zu erfüllen. Also befahl Stan seinen Truppen, ihm die Treppe hinab ins Rathaus zu folgen.

Jayden nahm gar nicht wahr, dass sie verschwunden waren. Er merkte nicht, dass der Rauch der Explosion sich auflöste und vom Wind zerstreut wurde. Er hörte nicht das verblüffte Keuchen unter sich, als Stans Soldaten feststellten, dass die Explosion den Großteil der Noctem-Truppen ausgelöscht hatte. Er reagierte nicht auf die Freudenschreie und den Jubel unter sich, mit denen die Spieler feierten, dass Adorias Dorf nun Stan und den Soldaten von Elementia gehörte. Und er bemerkte auch nicht, wie Kat wieder die Treppe hinaufstieg und das Dach betrat.

Rex konzentrierte sich sofort ganz auf Jayden und bot an, sich streicheln zu lassen. Kat dagegen tröstete Jayden nicht, dazu wäre auch später noch Zeit. Stattdessen trat sie an die Dachkante des Rathauses. Zum ersten Mal blickte sie auf den Graben hinab, nahm den Schaden in

Augenschein, den dessen Kiesufer davongetragen hatte, und den Lavafall, der, wie sie wusste, schwere innere Schäden am Rathaus verbarg.

Sie war heute nur um Haaresbreite dem Tod entgangen, wie sie alle. Creeper Khan hätte in einem einzigen Augenblick Adorias Dorf ganz zerstören können, wäre da nicht der Spieler gewesen, der mit ihm in den Tod gestürzt war.

Als G sich Kat zugewandt und die letzten Worte gesprochen hatte, die er je auf dem Server Elementia sagen würde, war in seiner Stimme etwas Vertrautes gewesen. Etwas, auf das sie nicht vorbereitet war, etwas Unerwartetes, etwas Unglaubliches. Sie hatte Aufrichtigkeit gehört.

G hatte bereut, was er ihr angetan hatte. Es war in seiner Stimme zu hören gewesen, in seinen Augen sichtbar. Und er hatte sich für sie alle geopfert. Kat sah zu der sich auflösenden Rauchwolke empor, die noch in der Luft hing, und eine einzelne Träne rollte über ihre Wange, löste sich von ihrem Kinn und landete lautlos weit unter ihr im Lavagraben.

„Danke", flüsterte sie.

Dann machte Kat kehrt, nahm einen tiefen Atemzug und ging zu Jayden, bereit, ihn zu trösten.

KAPITEL 6

RÜCKKEHR NACH NOCTURIA

Es dauerte eine volle Stunde, bis Adorias Dorf vollständig unter der Kontrolle der Bürger von Elementia war. Die Mauer, die das Dorf umgab, war von Stans Truppen besetzt, und die wenigen Noctem-Soldaten, die nicht in der Schlacht gefallen waren, standen im Hotel unter ständiger Aufsicht. Man hatte die Lava, die vom Rathaus geflossen war, entfernt und das vom Krieg verheerte Gerippe eines Steinziegelgebäudes darunter freigelegt. Doch das Rathaus kümmerte Stan nicht. Sein eigentliches Interesse galt den Lagerhäusern.

Seit seinem ersten Besuch in Adorias Dorf vor langer Zeit hatte man mehrere Lagerhäuser aus Ziegelblöcken errichtet. Sie erstreckten sich über eine ganze Seite des Dorfes und waren bis unter die Dächer mit Lebensmitteln, Materialien, Medizin, Waffen und allem Erdenklichen an Vorräten gefüllt. Innerhalb eines Tages nach der Öffnung der Lagerhäuser waren die Ressourcen an die Kämpfer der Republik verteilt worden. Die dankbaren Soldaten heilten ihre Schlachtwunden mit Tränken, genossen ihre erste anständige Mahlzeit seit Ewigkeiten und fingen dann an, die Lebensmittel an die Zivilisten weiterzugeben. Diese Hungeropfer, die in der Mine geblieben waren und nicht genug Kraft besaßen, um zu kämpfen, waren überglücklich, endlich richtiges Essen und Medizin zu bekommen. Nachdem die Grundversorgung schließlich verteilt war, durchkämmten die Krieger die Lagerhäuser nach hochwertigen Waffen.

„Schick!“, rief Stan, als er in eine Truhe griff und eine Diamantaxt hervorholte, auf der eine Verzauberung schimmerte. Verblüfft musterte er sie ein zweites Mal, unsicher, ob er den Zauber richtig identifiziert hatte.

„Schärfe?“, fragte er beeindruckt. Er drehte sich zu Sirus um, der eine brandneue Diamantspitzhacke in der Hand hielt. „Wie haben sie das denn gemacht? Nur Schwerter sollten Kampfverzauberungen annehmen. Ist das mit Hacks geschehen?“

„Oh Mann, du bist wirklich von gestern, Alter“, sagte Sirus in seinem hastigen Tonfall. „Es ist jetzt schon eine Weile möglich, die Verzauberungen zu vermischen, aber nicht auf einem Zaubertisch, oh nein, das muss man mit einem Amboss machen, weißt du. So ein Ding, das in Zeichentrickfilmen immer auf amüsante Art Leuten auf den Kopf fällt. Aber wenn das im echten Leben passiert, würde von dir wahrscheinlich nur noch Brei übrig bleiben, und …“

„Er hat recht, Stan! Sieh dir das an!“, erklang ein Ruf von der anderen Seite des Raumes.

Stan durchquerte das Lagerhaus und gesellte sich zu Kat, die vor einem großen grauen Block stand, in dem Stan einen Amboss erkannte. Obenauf lagen Kats Diamantschwert, auf dem bereits Verzauberungen schimmerten, und ein mit einem roten Lederriemen verschlossenes Buch. Aus irgendeinem Grund schlug Kat mit einem gusseisernen Hammer auf den Buchdeckel ein. Vor Anstrengung tropfte eine Schweißperle von ihrer eckigen Stirn, während Rex sie verwundert beobachtete.

Stan wollte gerade fragen, was sie vorhatte – er wusste, dass sie nicht besonders gern las, aber das ging doch etwas zu weit –, doch dann, nach einem besonders festen Schlag, löste sich das Buch in Luft auf. Stattdessen schwebte eine Wolke aus glitzerndem Staub in der Luft. Dann flog sie, wie von einem unsichtbaren Wind getragen, auf Kats Schwert zu und umhüllte es. Einen Moment lang hielt der Staub dort inne, dann wurde er von einer mysteriösen Kraft auf die Klinge gezogen, die daraufhin noch heller leuchtete.

„Schau dir das an", hauchte Kat, von dem, was sie in den Händen hielt, zutiefst beeindruckt. Das Schwert leuchtete heller als jede Waffe, die Stan je gesehen hatte, und der Farbton wechselte zwischen Rot, Violett und Blau. „Jetzt ist es mit den höchsten Stufen von Rückstoß, Feuer und Schärfe verzaubert … gleichzeitig! Von nun an soll dieses Diamantschwert den Namen ‚der heiße Häcksler' tragen. Ich bin ja so aufgeregt!"

Kat hielt sich die geballten Fäuste vor die Lippen und vollführte ein kleines Tänzchen, breit grinsend wie ein Kind, dessen Eltern ihm nach langem Betteln erlaubt hatten, ein heiß ersehntes Spielzeug zu kaufen. Stan lächelte und schüttelte den Kopf, während Kat in ihrem Übermut badete. Dann sah er, wie Ben auf ihn zukam. Zum ersten Mal seit dem Tod seines Bruders konnte auch er lächeln.

„Hallo Ben", begrüßte Stan ihn höflich, während Kat sich zu ihnen gesellte, nachdem sie ihr frisch verzaubertes

Diamantschwert in ihrem Inventar verstaut hatte. „Was macht die Besatzung?"

„Es läuft eigentlich ganz gut", antwortete Ben. „Wir haben Truppen auf der gesamten Mauer stationiert und sind bereit, uns innerhalb einer Minute vollständig unter die Erde zurückzuziehen, falls die Wither angreifen. Und nicht nur das. Dank all der zusätzlichen Ausrüstung in den Lagerhäusern haben wir allen hier Diamantrüstungen geben können. Kommandant Crunch unterrichtet gerade eine Gruppe neuer Spieler im Kampf, also stehen uns weitere Soldaten als Verstärkung zur Verfügung."

„Großartig!", erwiderte Stan, und Kats Grinsen wuchs in die Breite.

„Aber das ist nicht der Grund, weswegen ich mit dir sprechen wollte, Stan", fuhr Ben fort. Stan hatte erwartet, dass er nun zu einem ernsteren Tonfall übergehen würde, doch zu seiner Überraschung blieb Ben recht fröhlich. „Es gibt gute und schlechte Neuigkeiten. Welche möchtest du zuerst hören?"

„Überrasch' mich einfach", antwortete Stan achselzuckend.

„Also", erklärte Ben und musste jetzt offensichtlich ein breites Grinsen unterdrücken, „als G mit den geretteten Gefangenen aus Nocturia zurückgekommen ist … war das nicht das Einzige, was er mitgebracht hat."

„Oh, was denn? Was soll das heißen? Hat er noch mehr Kämpfer mitgebracht?"

„Tja, nein, das nicht … aber ich glaube, du wirst dich trotzdem freuen. Kommt rein, Leute!", rief Ben.

Er drehte sich zum Eingang des Lagerhauses um. Stan und Kat richteten ihren Blick in dieselbe Richtung. Unbeholfen watschelten zwei Gestalten, eine so groß wie ein Spieler, eine halb so groß, in das Gebäude. Als Stan sie erkannte, schlug sein Herz vor Freude höher.

„Grüße, Präsident Stan!“, rief Mella aus und ging auf Stan zu. Der kleine Stull lächelte von ihrer Seite aus zu ihm hoch.

„Mella! Stull!“, rief Stan überglücklich und lief ihnen entgegen. Kat folgte dicht hinter ihm, und Ben grinste. „Ich bin ja so froh, euch zu sehen!“

„Es ist auch sehr schön, dich zu sehen“, antwortete sie freundlich. „Jetzt sind wir keine Zombies mehr, und deshalb werden wir nicht versuchen, dich zu essen.“

Kat lachte. „Ja, das ist vermutlich besser so. Aber was ist mit euch passiert? Wie seid ihr hierhergekommen?“

„Ich erinnere mich nicht an viel von dem, was passiert ist“, sagte Mella und gab sich offensichtlich große Mühe, sich zu erinnern. „Ich weiß, dass ich im Dorf war, als eine große Explosion einen großen Teil von meinem Haus zerstört hat. Ich bin in die Kirche gegangen, mit Stull und Blerge, und habe mit dem Rest meiner Leute darauf gewartet, dass die Sonne aufgeht. Die Zombies sind durch die Tür gekommen und einer von ihnen hat mich angegriffen. Dann erinnere ich mich nur noch daran, dass eine Gruppe von freundlichen Spielern mich durch einen Tunnel getragen hat, angeführt von einem Spieler mit dem Namen Goldman.

Er hat uns gesagt, dass uns böse andere Spieler in Zombies verwandelt haben und dass er uns von den bösen Spielern befreit hat und dass er uns mit den freundlichen Spielern ins Dorf bringt. Als wir hier angekommen sind, hat Goldman uns gesagt, dass wir in einem Loch warten sollen, das er in der Nähe ausgehoben hatte, bis uns ein Spieler abholt. Wir haben dort zwei Tage lang gewartet, und heute ist ein Spieler zu uns gekommen und hat uns hergebracht.

Und hier sind wir jetzt!", rief Mella und riss die Arme in die Luft. Es schien, als wäre sie kurz davor, „Tadah!" auszurufen. Stull versuchte, es ihr nachzumachen und riss seine kurzen Ärmchen ebenfalls in die Höhe.

Stan lächelte warmherzig. Er würde die harmlose Schlichtheit der Dorfbewohner niemals satthaben. Während er Mella eine Weile lang ihren Triumph genießen ließ – ihrem Gesichtsausdruck nach war sie ausgesprochen stolz, sich so gut an alles Geschehene erinnert zu haben, dass sie es ihm erzählen konnte –, trat Kat vor.

„Mella, wir sind sehr froh, euch beide zu sehen, und wir können gar nicht sagen, wie erleichtert wir sind, dass es euch gut geht", erklärte Kat und schaffte es, kurz zu lächeln, bevor ihre Miene einen gequälten Ausdruck annahm. „Aber es gibt etwas, das wir euch erzählen müssen."

Sie atmete tief durch und schloss die Augen, bevor sie fortfuhr. „Wisst ihr ... wisst ihr, was mit dem NPC-Dorf passiert ist?"

Sie schlug die Augen auf, darauf gefasst, Entsetzen und Angst in Mellas Gesicht zu sehen ... doch das geschah nicht. Stattdessen hatte die Dorfbewohnerin angefangen, ziellos im Lagerhaus umherzuwandern und sich zwischen den Spielern durchzuschlängeln, ohne überhaupt wahrzunehmen, dass jemand mit ihr redete. Kat verdrehte die Augen, packte Mella und zog sie zu ihrer Gruppe zurück. Dann richtete sie den Blick wieder auf sie.

„Man hat uns gesagt, was mit unserem Dorf geschehen ist", meldete sich plötzlich der kleine Stull zu Wort. Er musste den Kopf in den Nacken legen, um zu Kat hochzusehen. „Ich, meine Mutter und mein Bruder waren die Einzigen, die lebend aus dem Dorf entkommen sind. Mein Vater und meine zukünftige Frau sind jetzt beide tot. Das ist sehr traurig."

Stan war nicht sicher, was er darauf erwidern sollte. Natürlich hatte er großes Mitleid mit Mella und Stull. Die Noctem-Allianz hatte sie ihres gesamten früheren Lebens beraubt, und nun waren sie die einzigen Überlebenden ihres Dorfes. Andererseits schien all das weder Stull noch Mella, die sich nun wieder auf das Gespräch konzentrierte, besonders tief zu erschüttern.

„Ihr seid überrascht, weil wir uns nicht aufregen", stellte Mella fest. Kat und Stan wandten sich überrascht zu ihr um. „Macht euch um uns keine Sorgen. Wir waren früher sehr traurig, dass viele unserer Freunde und unsere Familie tot sind, und wir waren auch traurig, kein Zuhause zu haben. Aber wir können jetzt nichts dagegen unternehmen. Wir dürfen uns nicht darauf konzentrieren, dass unser Dorf zerstört ist oder dass auch der Goldman, der uns hergebracht hat, tot ist. Wir müssen einfach weiterleben."

Als Gs Name fiel, traf es Stan wie ein Faustschlag in die Magengrube. Er hatte sich eingestehen müssen, dass ihn Gs Tod von allen am wenigsten mitnahm. Die beiden hatten sich nicht sonderlich nahegestanden, und während des Aufstiegs der Noctem-Allianz hatte es zwischen ihnen eine Zeit lang offene Feindseligkeiten gegeben, besonders, wenn er sich gegen Kat auflehnte. Doch jetzt, da er gestorben war – und sich dabei für die gesamte Armee geopfert hatte –, spürte er ein schwarzes Loch im Herzen, dort, wo einst Gs Platz gewesen war. Er hatte seine Schwächen gehabt, doch im Kern war er ein guter Kerl gewesen und hatte immer nur das getan, was er wirklich für das Beste hielt, selbst dann, wenn es schwierig für ihn wurde.

Dennoch hatte Stan sich gezwungen, nicht über ihn nachzudenken. Sie mussten sich jetzt voll und ganz darauf konzentrieren, die Noctem-Allianz zu vernichten und dafür zu sorgen, dass niemand je wieder unter ihrer Tyrannei würde leiden müssen. Mella hatte recht: Sie mussten einfach weitermachen. Er wusste jedoch, dass das leichter gesagt war als getan. Seit Gs Tod war Kat etwas niedergeschlagener als sonst, wenngleich sie allmählich wieder fröhlicher wurde. Jayden dagegen ... ihn hatte Stan seit dem Tod seines besten Freundes nicht mehr gesehen. Ihm kam der Gedanke, dass er ihn vielleicht suchen sollte ...

Plötzlich wurde ihm bewusst, dass er sich ganz in seinen eigenen Gedanken verloren hatte. Er hob den Blick und sah Mella und Stull, die sorglos und glücklich miteinander spielten, während Ben eine ernste Unterhaltung mit Kat führte. Da er vermutete, dass es um die Kriegslage ging, eilte er zu ihnen hinüber.

„Und die Noctems scheinen keine Angriffe vorzubereiten“, sagte Ben gerade, und Kat nickte, als Stan bei ihnen eintraf. „Nach allem, was wir beobachten konnten, scheinen sie sich voll und ganz auf ihre Verteidigung zu konzentrieren. Sie ziehen ihre Truppen vom ganzen Server ab und sammeln sie in Element City.“

„Was glaubst du, was das zu bedeuten hat?“, fragte Kat.

„Es bedeutet, dass Lord Tenebris bereit ist, den Krieg zu beenden, und zwar zu seinen Bedingungen. Er will eine Schlacht, all seine Truppen gegen unsere, und er will, dass sie in Element City stattfindet."

Stan nickte ernst und versuchte, alle möglichen Auswirkungen dieser Nachrichten abzuwägen. „Glaubst du, dass unsere Truppen für einen Angriff auf Element City bereit sind?"

„Ich glaube, wir sind so bereit, wie wir es nur sein können", antwortete Ben. „Jetzt, da wir Essen und Medizin haben, gibt es auch jede Menge neue Freiwillige. Ich würde sagen, wir haben jetzt insgesamt dreihundert Kämpfer, während die Noctem-Allianz etwa vierhundert in der Stadt stationiert hat. Ich weiß, dass das keine großartigen Chancen bietet, aber besser wird es nicht werden."

„Finde ich auch", warf Kat nachdenklich nickend ein. „Du meinst also, dass wir so bald wie möglich auf Element City vorrücken sollten?"

„Nicht ganz", erklärte Ben. „Weißt du, die Spione, die mein Bruder und ich ausgeschickt haben, berichten, dass die Noctems ihre Truppen vom ganzen Server abziehen. Von den Außenposten, aus dem Nether, von den Pilzinseln, einfach von überall. Und dennoch haben sie aus irgendeinem Grund nichts mit den Truppen in Nocturia angestellt. In ihrer Hauptstadt befinden sich etwa hundert Soldaten, und die Noctem-Allianz hat keine von ihnen verlegt – was etwas seltsam ist, wenn man bedenkt, dass sie sich anscheinend auf eine letzte Schlacht vorbereiten. Man sollte denken, dass sie wenigstens *einige* von ihnen abziehen würden."

„Also ... was soll das heißen?", fragte Stan verwirrt.

„Meinst du, dass wir stattdessen Nocturia überfallen sollen?"

Ben sah hoch, und zu Stans Überraschung grinste er breit.

„Noch besser", erwiderte er. „Erinnerst du dich, wie wir der Noctem-Allianz den Krieg erklärt haben, und dass du die Versammlung verlassen musstest, weil Sally dich kontaktiert hatte?"

„Ja ...", antwortete Stan. Er war nicht sicher, worauf Ben hinauswollte.

„Nun, wenn ich mich recht entsinne, hat sie dir etwas recht Interessantes mitgeteilt – etwas in der Richtung: Die Noctem-Allianz wolle dich ins Kapitolgebäude von Nocturia locken und es dann sprengen, weil sie das gesamte Kapitol in eine riesige Bombe verwandelt hätten."

„Ja, das hat sie gesagt ...", bestätigte Stan zögernd, ohne den Zusammenhang zu erkennen.

„Nun, als du mir das erzählt hast, habe ich mir gedacht: *Hui, wenn sie das ganze Gebäude zu einer Bombe gemacht haben, wäre das ein schreckliches Risiko*. Will sagen ... wäre es nicht zu schade, wenn irgendein unvorhergesehener Zwischenfall diese Bombe zur Detonation bringen würde?"

Stan fiel die Kinnlade herunter, als sich die Puzzleteile in seinem Kopf endlich zusammenfügten. „Du willst doch nicht sagen ..."

„Oh, *doch*, Stan", bestätigte er. Seine Augen funkelten vor Tatendrang. „Wir jagen Nocturia in die Luft."

In der darauf folgenden Stille versuchten Stan und Kat nachzuvollziehen, was er gerade vorgeschlagen hatte. Kat meldete sich zuerst zu Wort.

„Okay, Ben … so großartig das auch klingt, ich bin nicht sicher, dass es funktionieren wird. Woher sollen wir überhaupt wissen, dass noch Explosionsgefahr besteht? Mir erscheint das wie ein Detail, das inzwischen gelöst sein sollte."

„Weil unsere Spione gehört haben, wie die Noctems darüber gesprochen haben", antwortete Ben. „Dank der Unsichtbarkeitstränke, die wir im Lagerhaus gefunden haben, war es uns ein Leichtes, uns nahe an ihre Anführer heranzuschleichen, um sie auszuspionieren. Heute hat Drake verkündet, dass das TNT in den Wänden der Festung jetzt, da der Krieg vorüber ist, keinem Zweck mehr dient und deshalb innerhalb der nächsten drei Tage entschärft werden soll. Wir müssen das Kapitolgebäude erreichen, bevor sie damit fertig sind, und mit einer Redstone-Ladung einen TNT-Block darin sprengen. Das sollte eine Kettenreaktion auslösen, die das gesamte Gelände von Nocturia und alle, die sich darin befinden, vollständig auslöscht.

Stan lief ein Schauer der Erregung über den Rücken. Er stellte sich vor, wie er mit einem Schlag hundert Noctem-Soldaten zu Fall bringen und die Noctem-Allianz so empfindlicher treffen könnte als sie je erwarten würde. Er konnte seinen Ohren kaum trauen.

„Also worauf warten wir noch?", fragte Kat. „Wir haben drei Tage, um ein Fünftel der Noctem-Armee loszuwerden. Warum sind wir noch nicht ausgerückt?"

„Weil … es ein Problem gibt." Ben sah plötzlich müde aus. „Als wir die Soldaten belauscht haben, hat Drake noch ein Detail ausgeplaudert. Angeblich arbeiten sie daran, eine Mob-Armee aufzubauen, um die Verteidigung von Element City zu verstärken, und die Basis für dieses Unternehmen ist Nocturia. Was bedeutet … dass Oob dort ist."

Stan fühlte sich, als hätte ihm diese Neuigkeit gerade alle Luft zum Atmen geraubt. Hier, zum Greifen nahe, war seine Chance, den größten Angriff auf die Noctem-Allianz seit Kriegsbeginn durchzuführen. Ohne Zweifel wäre es ein höchst effektiver Schritt, wenn sie den Krieg gewinnen wollten. Und doch … wenn sie Nocturia sprengen würden, bedeutete das auch Oobs Tod.

„Viele meiner Soldaten", erklärte Ben gedehnt und mit Bedacht, „haben mir gesagt, dass das Leben eines einzelnen Zombie-Dorfbewohners die Vernichtung der zweitgrößten von der Noctem-Allianz kontrollierten Stadt wert ist. Ich überlasse dir die Entscheidung, Präsident Stan."

In Stans Kopf fügten sich die Puzzleteile zusammen. Er erinnerte sich, wie Blackraven am Ratstisch in Element City aufgestanden war und sie angeschrien hatte: *Ich will nur das Beste für Elementia, und ich will, dass wir schnell gegen unsere Feinde in Aktion treten können, ohne erst den politischen Sumpf eurer bürokratischen Wahlen durchwaten zu müssen.*

Mit genau dieser Logik, die Ben vorbrachte, hatte Blackraven für seine Einberufung in den Rat argumentiert. Und doch waren jetzt alle auf Bens Seite, obwohl die Hälfte des Rats Blackraven dafür scharf angegangen war.

„Stan, das kannst du nicht tun!"

Er wurde aus seinen Gedanken gerissen und nahm Kats flehentliche Bitte wahr. Sie sah verzweifelt aus.

„Du kannst Oob nicht töten, das … das *kannst* du einfach nicht! Wir kennen ihn jetzt schon so lange. Er ist unser Freund! Sein Leben ist nicht weniger wert als unseres, nur weil er ein NPC-Dorfbewohner ist! Es muss doch eine Möglichkeit geben, Nocturia zu zerstören, ohne ihn dabei zu töten!"

Sie hatte recht. Oob war ihr Freund. Sie konnten ihn nicht einfach opfern. Das wäre, als würde er Kat oder Charlie im Stich lassen! Es war unmöglich. Andererseits verspürte er bei dem Gedanken an hundert Noctem-Soldaten, die sich in der Tundra auf die letzte Kriegsphase vorbereiteten, weit mehr Unbehagen als je zuvor. Nun hatte er die Gelegenheit, sie für immer auszulöschen. *Vielleicht*, dachte Stan, *vielleicht könnte ich* …

„Wie war das?", ertönte eine Stimme hinter Stan. Er drehte sich um und sah, wie Mella sich ihm näherte. Der kleine Stull schlief in ihren Armen. „Ich habe gehört, wie du den Namen von Oob gesagt hast, und das ist mein Sohn. Hast du den Namen von Oob gesagt, der mein Sohn ist?"

Ein Blick in Mellas fragende, vertrauensvolle Augen ließ im Handumdrehen alle Zweifel verfliegen, die Stan noch hatte.

„Ja, das habe ich, Mella", antwortete er bestimmt. „Wir brechen in Nocturias Kapitol ein, um deinen Sohn zu befreien."

* * *

Es hatte viel zu lange gedauert, eine Strategie für ihr Eindringen in Nocturia zusammenzustellen, aber jetzt, da Stan sich wieder im eiskalten Schneesturm befand, war er sicher, dass der Plan funktionieren würde. Er blickte an Ben vorbei, der seine Hand schützend vor die Augen hielt. An der Spitze des Trios ging Jayden. Stan konnte sein Gesicht nicht sehen, wusste aber, dass ihm seine grimmige Entschlossenheit und sein Rachedurst anzusehen sein mussten.

In Adorias Dorf hatte Stan Jayden allein in einem verlassenen Haus gefunden. Offensichtlich hatte er den ganzen Tag lang geweint, und Stan verstand es voll und ganz. Als sie sich zum ersten Mal getroffen und sich kennengelernt hatten, hatte Jayden ihm Streiche gespielt und ihn zusammen mit G, Archie und Sally ausgebildet. Jetzt waren alle drei seiner Freunde nicht mehr da, und nur noch Jayden war übrig. Alle anderen waren von der Noctem-Allianz getötet worden – oder, in Sallys Fall, von König Kevs Regime, aus dem die Allianz hervorgegangen war.

Als Stan Jayden gesagt hatte, dass sie eine Mission unternehmen würden, um das Kapitol der Noctem-Allianz vom Angesicht des Servers zu sprengen, hatte er keine Sekunde gezögert und sich dafür freiwillig gemeldet. Stan war erleichtert, dass Jayden sich in der Lage fühlte, sie zu begleiten. Von ihnen allen kannte er das Innere des Kapitolgebäudes am besten, nachdem er dort mehrere Wochen verbracht hatte.

Er konnte nur hoffen, dass sie bald da waren. Sie waren zwei Tage lang durch verschiedene Landstriche in Elementia gereist, alle von verlassenen Noctem-Außenposten durchsetzt. Nun befanden sie sich mitten auf ihrem Weg durch die Tundra. Die Zeit wurde knapp.

Plötzlich tat Stans Herz einen Sprung: In der Dunkelheit des ewigen Blizzards leuchteten einige funkelnde Lichter auf, und langsam, aber sicher zeichneten sich die Umrisse von Nocturia ab. Stan atmete tief durch. Wenn ihre Mission nach Plan verlief, wäre dies das letzte Mal, dass sie den prächtigen Gebäudekomplex von außen sahen. Jayden hob die Hand, um einen Halt zu signalisieren, und drehte sich zu Stan und Ben um.

„Wir sind nahe genug dran", sagte Jayden. Seine Stimme war nach tagelanger tiefer Trauer und ebenso langem Schweigen noch immer rau und heiser.

„Benutzt jetzt die Tränke."

Stan holte den Unsichtbarkeitstrank aus seinem Inventar und stürzte ihn hinunter. Seine Freunde taten es ihm gleich. Während das prickelnde Gefühl sich von seinem Mund aus in seinem Körper ausbreitete, hoffte er inständig, dass dieser letzte Trankrest nicht verschwendet war. Die Unsichtbarkeitstränke aus dem Lagerhaus hatten sich seit ihrer Eroberung von Adorias Dorf als unersetzlich erwiesen, um Element City auszuspionieren, und die drei hatten für diese Mission die letzten Flaschen mitgenommen. Stan war fest entschlossen, sie vollständig zu nutzen.

Schon bald war die Wirkung eingetreten. Alle drei Spieler waren unsichtbar, ohne Rüstung am Körper oder Waffen in den Händen. Der einzige Hinweis auf Stans Kameraden war ein schwaches Schimmern, als sondere die Luft Strahlung ab, die Stan nur wahrnehmen konnte, wenn er sich mit aller Kraft konzentrierte. Nach einigen unbeholfenen Versuchen hatte Stan Bens Hand gefunden und sie fest umschlossen, während der Jaydens ergriff. Kaum hatten die drei Unsichtbaren auf diese Weise eine Kette gebildet, liefen sie los.

Stans Herz, das ihm vor Aufregung ohnehin bis zum

Hals schlug, hämmerte stärker in seiner Brust als er es für möglich gehalten hätte, während sie durch die Steinziegelmauer traten, die Nocturia umgab. Und es pochte nicht langsamer, als sie an den vier Wachen vorbeisprinteten, die den von Quarzblöcken umgebenen Türrahmen beobachteten. Die Wirkung der Tränke würde nur kurze Zeit anhalten, und er konnte nur beten, dass Jayden einen sicheren Rückzugsort im Kapitol finden würde, an dem sie in Sicherheit wieder erscheinen könnten.

Sie hechteten jetzt an den Häusern vorbei, an vielen Dutzenden schlichter, winziger Baracken aus Bruchstein und Holzbretterblöcken, durch deren Türfenster die Dunkelheit im Inneren zu sehen war. Stan vermutete, dass es die verlassenen Behausungen der Spieler waren, die man nach Element City gerufen hatte. Er zog kurz in Erwägung, Jayden zu fragen, ob sie vielleicht genug Schutz bieten könnten, um darin wieder sichtbar zu werden, doch er entschied sich dagegen. Was auch immer Jayden vorhatte: Stan vertraute ihm. Glücklicherweise erreichten sie den Vordereingang des Noctem-Kapitolgebäudes genau in dem Moment, als ein Noctem-Soldat daraus hervorkam, und so konnten sie durch die Eisentüren huschen, kurz bevor diese sich wieder schlossen.

Als die drei die Haupthalle betraten und einander losließen, gestattete Stan sich einen tiefen Atemzug. Endlich war die Luft nicht mehr eiskalt, wenn auch nicht besonders warm. Sie hatten jedoch keine Zeit zu verlieren. Stan sah, wie die zwei schimmernden Umrisse vorwärtseilten und folgte ihnen.

Er wurde von Angst ergriffen, als sie die Kapitolrotunde durchquerten. An jeder Ecke standen Wachen, und mehrere Soldaten marschierten durch die Mitte. Ein- oder zweimal sah einer der Spieler, an denen Stan vorbeisprintete, genauer hin, und Stan blieb fast das Herz stehen. Zum Glück folgte ihnen niemand, aber dennoch stand er kurz vor einer Panikattacke. Sicherlich würde die Wirkung der Tränke jeden Moment nachlassen.

Er huschte hinter seinen Freunden in einen Seitengang, der im Gegensatz zu der Rotunde nicht von Glowstone erhellt wurde. Der Korridor bestand gänzlich aus Steinziegelblöcken. Stan folgte einer der schimmernden Gestalten um eine Ecke in einen weiteren Gang, und sie zeichnete sich immer deutlicher ab. Sekunden später hatte sie schließlich Bens Form angenommen. Jayden tauchte direkt neben ihm auf, und ein Blick an sich hinunter bestätigte Stan, dass auch er wieder sichtbar war.

„Keine Sorge", sagte Jayden schnell, bevor Stan seine Besorgnis zum Ausdruck bringen konnte. „Hier werden sie nicht suchen. Dieser Gebäudeteil ist nicht fertiggestellt. Sie haben ihn nur gebaut, damit das Kapitol symmetrisch bleibt, ohne den Raum wirklich zu nutzen. Und das Beste: Das hier …", Jayden grinste und klopfte dreimal auf die Steinziegelmauer gegenüber, „ist die Außenmauer der Festung."

Sie schwiegen, als ihnen klar wurde, was das bedeutete. Dann holte Ben vorsichtig eine Diamantspitzhacke hervor. Er ging zur Mauer hinüber und schlug auf einen Steinziegelblock ein. Stan hielt den Atem an, während er sich vorarbeitete. Das war der Moment der Wahrheit. Wenn das TNT bereits aus der Wand entfernt worden war, bedeutete es einen kompletten Fehlschlag für den ersten Teil ihrer Mission. Ben holte erneut aus und schlug mit ganzer Kraft ein letztes Mal gegen die Steinziegel. Der Quader zerbarst und fiel zu Boden. Dahinter wurde ein Block aus roten Dynamitstangen sichtbar, auf dem sich ein weißes Etikett mit der Aufschrift „TNT" in großen schwarzen Lettern befand.

Ben stieß vor Freude die Faust in die Luft, Jayden lächelte breit und Stan seufzte erleichtert auf.

„Okay, Stan, du kennst den Plan", sagte Ben und reichte die Diamantspitzhacke an Stan weiter. „Und bitte – ich kann das nicht oft genug wiederholen – spreng das Gebäude *auf keinen Fall*, bevor wir draußen sind."

„Versprochen." Stan nickte, nahm das Werkzeug und fing an, weitere Steinziegelblöcke zu entfernen, dabei die TNT-Blöcke jedoch intakt zu lassen. „Viel Glück, Leute. Macht euch so schnell wie möglich auf den Weg nach draußen, und werdet nicht leichtsinnig."

Beide nickten, holten schwarze Lederrüstungen aus ihrem Inventar und begaben sich in den Haupttrakt des Gebäudes, angeführt von Jayden. Stan wandte sich unterdessen wieder seiner Aufgabe zu.

Er prüfte sein Inventar, um ganz sicher zu sein, dass er alles dabeihatte, was er für seinen Auftrag brauchte. Zu seiner Erleichterung fand er alles vor: mehrere Stapel Redstone-Staub, einen Stapel Redstone-Verstärker, eine Karte und einen Hebel. Er holte mit der Diamantspitzhacke aus und traf den nächsten TNT-Block. Der löste sich sofort und fiel zu Boden, woraufhin Stan ihn einsteckte. Hastig grub er sich weiter durch Steinziegel- und TNT-Blöcke, bis er schließlich das Innere der Mauer betreten konnte. Ohne Zeit zu verlieren, hob er einige der Steinziegelblöcke auf und schloss damit den Wandabschnitt, den er gerade durchbrochen hatte. Von innen betrachtet, würde diese Mauer nun vollständig unberührt aussehen.

Stan war jetzt zwar verborgen, durfte aber nicht langsamer werden. Schon bald würden Jayden und Ben Oob erreicht haben, und es hätte ihn geradezu schockiert, wenn sie den Dorfbewohner hinausschmuggeln könnten, ohne von den Noctem-Truppen entdeckt zu werden. Wenn sie sicher entkommen sollten, musste Stan lange fertig werden, bevor sie das Gelände von Nocturia verließen.

In diesem Wissen grub Stan eine Treppe nach unten, durch den Boden aus Erdblöcken, und hielt inne, als der Steinziegelwall sich direkt über ihm befand.

Er holte den Redstone-Staub aus dem Inventar, streckte sich zu den oberen Stufen aus Erdblöcken hoch und legte von dort aus eine Spur aus Redstone auf sich selbst zu, angefangen bei einem der TNT-Blöcke bis hin zu seinen Füßen. Er holte die Karte hervor und orientierte sich in Richtung der Haupttore von Nocturia. Dann ergriff er wieder die Spitzhacke, grub sich durch Erd- und Steinblöcke vorwärts und streute hinter sich Redstone-Staub auf den Boden.

Er hatte zehn Schritte gezählt, in denen er gegraben und Staub platziert hatte, nahm jetzt einen Redstone-Verstärker und setzte ihn am Ende der Staublinie auf den Boden. Auf der Steinplatte des Mechanismus befanden sich einige Knöpfe und Schalter, doch Stans größtes Interesse galt dem Pfeil auf dem glatten Stein des Gerätes, der in die Richtung zeigte, aus der er gekommen war. Er wusste, dass er peinlich genau darauf achten musste, dass jeder einzelne der Verstärker in Richtung Nocturia zeigte, sonst würde der gesamte Schaltkreis nutzlos sein.

Er ging immer weiter nach demselben Muster vor: den Tunnel erweitern, Redstone-Staub legen, alle zehn Schritte einen Verstärker setzen. Ab und zu prüfte er auf der Karte, wie weit er die Stadtgrenzen überschritten hatte.

Endlich, nachdem er eine gefühlte Ewigkeit lang ununterbrochen gegraben hatte, zeigte ihm die Karte an, dass er sich in ansehnlicher Distanz hinter den Außenmauern der Noctem-Hauptstadt befand. Er zielte mit der Spitzhacke nach oben, durchbrach schon bald den gefrorenen Erdboden und stolperte in die Dunkelheit des immerwährenden Schneesturms. Darauf bedacht, seinen Auftrag bis zuletzt korrekt durchzuführen, verlegte Stan den Redstone-Staub durch das soeben gegrabene Loch und platzierte den Hebel aus seinem Inventar am Ende der Spur. Er vergewisserte sich, ihn mit dem Redstone-Staub verbunden zu haben.

Mit Erleichterung befand Stan, dass seine Mission erfolgreich war. Nur ein Hebelzug trennte Nocturia noch davon, zu einem gigantischen Krater inmitten der Tundra zu werden. Er musste lediglich noch darauf warten, dass Ben und Jayden mit Oob eintrafen, dann würde er den Redstone-Schaltkreis aktivieren. Seine Gedanken überschlugen sich, und sein Herz raste vor lauter Aufregung, während er mit der Spitzhacke einen Graben in den verschneiten Boden schlug – irgendwo würden sie Schutz vor der Druckwelle suchen müssen. Bei der Arbeit versuchte er sich vorzustellen, wie groß die Explosion wohl sein würde. Wenn Ben die Wahrheit gesagt hatte und alle Außenwände mit TNT durchzogen waren, war das Ausmaß der Detonation kaum vorstellbar. Vermutlich wäre sie noch heftiger als Creeper Khans letzter Angriff.

Plötzlich hielt Stan inne, als ihm ein verstörender Gedanke kam. Die Erinnerung an den Moment auf dem Rathausdach hatte sich ihm wieder aufgedrängt, und erneut stand er vor Creeper Khan, sicher, dass Adorias Dorf in Kürze ganz zerstört würde. Das Gefühl der Angst, das ihn überwältigt hatte, glich nichts, was er jemals zuvor empfunden hatte. Allein die Vorstellung, dass all diese Leute ausgelöscht werden würden … selbst diejenigen, die nie hatten kämpfen wollen …

Stan wusste, dass nicht jedes Mitglied der Noctem-Allianz schlecht war. Natürlich teilten sie alle schrecklich fehlgeleitete Ansichten, doch nicht jeder war durch und durch böse wie König Kev oder Caesar. Nach allem, was er gehört hatte, fiel es ihm sogar schwer zu glauben, dass Tess und Spyro von Natur aus schlechte Menschen waren. Sie taten nur, was sie für das Richtige hielten, wie fast jeder Spieler, der sich der Noctem-Allianz angeschlossen hatte. Stan traf die Erkenntnis, dass die Möglichkeit bestand, so entfernt sie auch sein mochte, dass jedes Mitglied der Noctem-Allianz seine Taten eines Tages bereuen und seine Fehler einsehen könnte.

Falls er den Hebel zog, würde kein Einziger der hundert Spieler in der Nocturia-Anlage dazu je Gelegenheit bekommen.

Während er im Schnee saß, angesichts seines inneren Konflikts erstarrt, die Gedanken in zwei Lager gespalten, spürte er plötzlich, dass er beobachtet wurde. Er riss den Kopf hoch und seine frisch verzauberte Diamantaxt flog geradezu in seine Hand, als er eine Gestalt entdeckte, die ein Stück unter ihm auf dem Hügel stand. Der Spieler war vollkommen regungslos. Sein Umhang wehte im tosenden Sturm. Stan kniff die Augen zusammen, um ihn erkennen zu können, sah, dass er eine dunkle Hose und ebensolche Schuhe trug sowie einen schwarzen Mantel, dessen Kapuze die Augen verdeckte. Nur ein blasser Mund, in Unmut verzogen, war zu erkennen.

Stan schlug das Herz bis zum Hals. Seitdem er wieder mit seinen Freunden vereint war, hatten sie ihm alle Geschichten erzählt ... Geschichten über einen mysteriösen Spieler, der jedem von ihnen erschienen war, um ihnen das Leben zu retten. Stan hatte sogar gehört, dass dieser geheimnisvolle Spieler der Grund war, weswegen seine Freunde Leonidas in die Gruppe aufgenommen hatten. Er hatte diese Erzählungen größtenteils ignoriert. Der Krieg nahm zu viel seiner Aufmerksamkeit in Anspruch, um länger darüber nachzudenken, doch er erinnerte sich, dass jener Spieler angeblich nie sprach ... und doch kannten sie alle seinen Namen.

Als er ihm entgegenblickte, wusste auch Stan plötzlich dessen Namen.

Schwarzkutte starrte Stan an, noch immer reglos, noch immer ohne ein Lächeln. Wundersamerweise war Stan über seine Existenz nicht im Geringsten erstaunt. Stattdessen fühlte er nur Verzweiflung, wie ein Schüler, der einen Lehrer um Hilfe anflehte. Aus irgendeinem unbekannten Grund wusste er, dass Schwarzkutte den Weg aus seiner Zwickmühle kannte.

„Ich kann sie nicht töten", sagte Stan laut. Seine Angst war ihm anzuhören, als er sich an den geisterhaften Spieler richtete. „Das ist kein Schlachtfeld. Die Leute liegen vermutlich sicher und zufrieden in ihren Betten. Sie glauben, dass der Krieg fast vorüber ist, und dass sie bald nach Hause zu ihren Familien kommen. Wie soll ich sie alle vernichten?"

Schwarzkutte antwortete nicht. Er starrte Stan einfach weiter an, stoisch, ohne einen Muskel zu rühren. Sein wehender Umhang zeichnete sich prachtvoll vor den Lichtern des Bauwerks ab, das Stan zerstören wollte. Stan erwiderte den Blick und hoffte verzweifelt, dass sich ihm die Antwort auftun würde, wenn er nur angestrengt genug zurückstarren würde.

„Für meine Freunde hattest du immer eine Antwort parat!", schrie Stan durch den Schneesturm, und in seinen Augenwinkeln sammelten sich Tränen. „Du hast immer alles für sie getan, was du konntest! Kannst du denn nichts für mich tun?"

Wieder bekam er keine Antwort. Stattdessen ließ eine besonders starke Windbö den Schnee vor Schwarzkutte aufstieben, sodass er dahinter verschwand. Als der Schnee sich wieder legte, war Schwarzkutte verschwunden.

Und doch blieb Stan keine Zeit, auf das Verschwinden des geheimnisvollen Spielers zu reagieren. Stattdessen richtete er seine Aufmerksamkeit auf die lauten Geräusche, die von den Hängen der Hügel zu ihm heraufhallten. Er hastete zum Rand der Kuppe, an der Schwarzkutte gestanden hatte, und sah nach unten. Dort eilten zwei Spieler auf ihn zu, von denen einer einen dritten auf der Schulter zu tragen schien. Weit hinter ihnen schwärmte eine riesige Masse weiterer Gestalten wie Ameisen um das Gelände von Nocturia. Sie schlossen sich zu Wellen zusammen, die auf das Ausgangstor zuwogten.

„Wir haben ihn!“, erklang Jaydens Stimme, als er nahe genug herangekommen war. Ben an seiner Seite trug den bewusstlosen, zitternden Oob über der Schulter. „Zieh den Hebel, Stan!“

Stan warf einen Blick auf den Hebel, dann auf die zahlreichen Truppen, die jetzt die Tore der Außenmauer erreicht hatten. Er fragte sich, wie viele dieser Spieler wohl nur kämpften, weil sie glaubten, dass sie unter seiner Führung nicht in Element City leben konnten … so wie seine Soldaten in Adorias Dorf es jetzt taten.

„Worauf wartest du noch?“, brüllte Jayden. „Gleich sind sie außer Reichweite! Zünde die Bombe!“

Stan schüttelte abrupt den Kopf. Er musste es tun – er wusste es. Ohne nachzudenken griff er nach dem Hebel, doch kaum hatte er ihn umfasst, hielt er inne. Es war so einfach. Er musste ihn nur nach vorn drücken, dann würde alles vorbei sein. Und doch wäre es ihm unmöglich, sich vom Verlust dieser hundert Leben reinzuwaschen.

„Tu es! JETZT!“, brüllte Ben.

Stans Instinkt übernahm die Kontrolle. Er drückte den Hebel, und der Mechanismus wurde mit einem lauten Klicken aktiviert. Sofort raste ein elektrisches Signal die Lunte aus Redstone-Staub hinab, hielt kurz an, als es den ersten Redstone-Verstärker erreichte und lief dann mit neuer Energie weiter. Für einen Moment konnte Stan nichts hören, während er in den Graben eilte, den er ausgehoben hatte, und sich dort zu Jayden, Ben und dem bewusstlosen Oob gesellte.

BUUUUUUUUUMM!

Die Explosion war so laut, so mächtig, so gewaltig, dass Stan gegen die hintere Wand des Grabens gedrückt wurde und sich nicht bewegen konnte. Er zwang sich, trotz des gleißenden Lichts die Augen zu öffnen, und sah, wie ein gigantischer Feuerball die Wände des Kapitols von Nocturia zerriss und das gesamte Gebäude im Bruchteil einer Sekunde in Schutt und Asche legte. Die Feuerwelle raste über das Kapitol hinweg und breitete sich mit Schallgeschwindigkeit auf die zahllosen Baracken aus, bis schließlich auch die Außenmauer in tausend Stücke gesprengt wurde. Die Soldaten, die vor der Stadt standen, sahen sich panisch um, um zu sehen, was passiert war, und wurden von der Druckwelle verschlungen. Stan presste sich eng an den Boden des Grabens, um nicht von der gewaltigen Kraft erfasst zu werden. Er spürte, wie sie über seinem Kopf hinwegraste wie ein Zug, selbst nach dieser großen Entfernung noch überwältigend stark.

Es war nicht die letzte Explosion. Eine Reihe kleinerer, aber dennoch heftiger Sprengladungen ging innerhalb der riesigen Feuerkugel hoch und schleuderte lose Blöcke und Gegenstände durch die Luft, wie ein Vulkan, der Magma und Steine spuckte. Einzelne aktivierte TNT-Blöcke segelten empor und leuchteten wie weiße Sternschnuppen vor dem wütenden Schneesturm. Manche von ihnen barsten in der Luft wie Feuerwerk, während andere am Boden explodierten und den verschneiten Boden rings um das, was einst Nocturia gewesen war, mit kleinen Kratern in der Größe von Creeper-Löchern übersäten. Stan duckte sich wieder in den Graben, weil er fürchtete, von einer unkontrollierten Folgeexplosion mitgerissen zu werden.

Für geraume Zeit bewegte Stan sich nicht. Er konnte es nicht, sein Geist ließ es nicht zu. Erst lange, nachdem die letzten Explosionen verklungen waren, wagte er es, über die Böschung zu blicken und das Schlachtfeld vor sich zu mustern.

Ganz Nocturia, einst eine der prachtvollsten, durchdachtesten Städte in ganz Elementia, war vollkommen ausgelöscht. Der Krater der Supernova war so riesig, dass Stan seinen Boden nicht sehen konnte. Das Loch, Tausende Blöcke im Durchmesser, war so tief, dass es nur schwarz erschien. Kein einziges Gebäude hatte die Explosion auch nur zum Teil überstanden, und es war kein Lebenszeichen zu entdecken.

Stan starrte wortlos vornüber und spürte ein tiefes Loch im Herzen, so groß wie der Krater vor ihm, der jetzt zum Grab Hunderter Spieler geworden war. All das war nur geschehen, weil er den Hebel betätigt hatte. Dann versagte Stans Geist ihm den Dienst, und er verlor das Bewusstsein, ehe er auf den Schnee prallte.

KAPITEL 7

AM VORABEND DES KRIEGES

Von Element Castles Brücke aus sah General Drake auf die Stadt hinab und versuchte, sich an frühere Zeiten zu erinnern, als Element City weitaus bunter gewesen war. Schließlich hatte er hier einst gelebt, vor langer Zeit, bevor er aufgebrochen war, um sich der Noctem-Allianz anzuschließen. Damals hatte er das Gefühl gehabt, dass sich sein Leben in einer Sackgasse befand. Jetzt sah die Stadt jedoch ganz anders aus – düsterer und bedrohlicher. Die immerwährende graue Wolke hing noch über den höchsten Gebäuden der Stadt und dämpfte das Sonnenlicht, während die beiden Wither durch die Luft patrouillierten, unter der telepathischen Kontrolle desjenigen, der in diesem Moment Drakes Kameraden als Strafe für sein Versagen folterte.

Aus dieser Höhe konnte Drake jede Straße der Stadt sehen, und alle waren sie voller Soldaten, alle mit Tränken und verzauberten Waffen ausgerüstet und bereit für den bevorstehenden Angriff auf die Stadt. Stan2012 hatte Adorias Dorf erobert, und seit der zugegebenermaßen unerwarteten Zerstörung Nocturias vor zwei Tagen gab es für Stans Armee nur noch ein mögliches Ziel.

Hinter sich hörte Drake unregelmäßige Schritte. Er drehte sich um und sah, wie General Spyro auf ihn zuhumpelte. Sein ganzer Körper war von Feuer- und Trankwunden übersät, und seinem gequälten Gesichtsausdruck nach zu urteilen schaffte er es nur mit Mühe, sich aufrechtzuhalten.

„Ich bin froh zu sehen, dass er es dir nicht zu schwer gemacht hat", kommentierte Drake kühl.

„Glaub mir … das bin ich auch", stöhnte Spyro. Er kam bei Drake an, holte einen Holzbretterblock aus seinem Inventar und ließ sich nieder. Er seufzte tief auf. „Ich weiß, dass ich … viel, viel Schlimmeres verdient hätte als das, was ich bekommen habe. Ich schätze, ich habe Glück, dass Lord Tenebris so … gnädig ist."

„Ja, das hast du … das haben wir beide", erwiderte Drake wehmütig und erinnerte sich an die Qualen, die Lord Tenebris ihm selbst für seine Fehler zugefügt hatte. „Aber bald ist alles vorbei. Sobald wir Präsident Stans Armee vernichtet haben, wird das Leben leichter – und wir zu Helden."

„Ja, ich weiß … *Autsch!*" Der Schrei entwich Spyro bei einer winzigen Bewegung, die die Schmerzen in einem ganz besonders verbrannten Teil seines Armes hatte aufflammen lassen. Drake reichte Spyro einen Heiltrank aus seinem Inventar, und er stürzte ihn dankbar hinunter.

„Danke", flüsterte er nach einem erleichterten Seufzer.

„Keine Ursache."

„Und, gibt es Neuigkeiten in Sachen Krieg?", fragte Spyro mit etwas gekräftigter Stimme.

Drake atmete tief durch. *Er weiß es also nicht*, dachte er. „Es gibt sogar eine recht schwerwiegende Entwicklung, Spyro … und keine gute. Offenbar wusste Präsident Stan von dem TNT, das in den Mauern von Nocturia verborgen war, und er hat es aktiviert. Die ganze Stadt ist dahin, und sie haben über einhundert Mann getötet … darunter auch Tess."

Kurz herrschte Schweigen, während Spyro regungslos den Boden anstarrte und versuchte zu verarbeiten, was er von Drake erfahren hatte. Schließlich hob er ungläubig den Blick.

„Du sagst … dass … Tess tot ist?"

„Ja."

„Und … sie haben hundert von unseren Soldaten getötet?"

„Ja, Spyro. Präsident Stan hat knapp über einhundert Spieler auf einen Schlag vernichtet. Das sind fast doppelt so viele, wie wir bei unserem größten Angriff getötet haben. Und nach allem, was ich höre, hat es nicht irgendein niederer Soldat getan … es war Präsident Stan höchstpersönlich."

„Du machst Witze."

„Mache ich nicht", fauchte Drake angewidert. „Unfassbar, dass er zu so etwas fähig ist. Ich meine, das war nicht wie unser Angriff auf die Spleef-Arena, für den hatten wir einen guten Grund. Viele der Spieler in Nocturia waren frische Rekruten, die noch nicht einmal bereit für den Kampf waren. Und noch viel mehr waren überhaupt nicht als Soldaten dort. Sie sollten bauen und in den Minen arbeiten und Ähnliches. Selbst Tess war nur da, um die Ausbildung zu überwachen. Es ist nicht so, als hätte sie Militäroperationen von Nocturia aus geführt oder irgendetwas in der Art. Aber das ist jetzt auch egal. Sie sind alle tot."

Spyro antwortete nicht. Er hatte nichts zu sagen. Das hatte auch Drake nicht. Die beiden letzten Generäle der Noctem-Allianz standen schweigend auf der Brücke, blickten auf ihre Truppen hinab und dachten darüber nach, wie wahrhaft sinnlos der Verlust all dieser Spieler und von Generalin Tess war.

* * *

„Das glaube ich nicht“, sagte Kat skeptisch und starrte Kommandant Crunch mit großen Augen an. „Wage ja nicht, mir einen Bären aufzubinden!“

„Ich schwöre dir, Mädel, ich lüge nicht“, versicherte Kommandant Crunch stolz und bleckte die Zähne. „Das Ausbildungsprogramm läuft wirklich so gut. Alle hundert neuen Spieler, die ich ausgebildet habe, sind bereits erstaunlich fortgeschritten, und wenn es so weit ist, werden sie mit den anderen Truppen nach Element City in den Kampf ziehen können.“

„Also …“, warf Cassandrix ein und dachte offenbar angestrengt nach, „wenn ich mich nicht verzählt habe, dann … dann heißt das …“

„Ganz richtig … wir haben jetzt genauso viele Kämpfer wie die Noctems: vierhundert auf jeder Seite.“

„Fantastisch!“, rief Kat so laut, dass Rex besorgt zu ihr aufsah und mehrere nahe Spieler sie aus dem Augenwinkel musterten, aber das war ihr egal. Sie hatte sich pausenlos Sorgen gemacht, seit Ben ihr gesagt hatte, dass sie vielleicht einen Kampf von dreihundert gegen fünfhundert vor sich hatten, aber jetzt schien alles ausgeglichen zu sein.

„Wir haben also hundert Kämpfer mehr ...", murmelte Cassandrix, dann sah sie zu Kat hoch. „Und du bist sicher, dass Nocturia zerstört ist, ja?"

„He, noch haben die Spione nie falsch gelegen", erwiderte Kat. „Sie haben gesagt, die Noctem-Generäle hätten darüber gesprochen, dass Nocturia zerstört wurde. Wenn das stimmt, müssten Stan, Ben und Jayden jeden Moment zurückkommen."

„Aye, aye, Fräulein", antwortete Kommandant Crunch und lachte herzlich. „Und jetzt bringe ich meine frisch gebackenen Absolventen in die Lagerhäuser, um sie für die Schlacht zu rüsten. Könntet ihr zwei mir einen Gefallen tun und Bob die guten Neuigkeiten ausrichten?"

Kat und Cassandrix machten sich sofort zum Hotel auf, gefolgt von Rex, während Kommandant Crunch in Richtung Rathaus marschierte.

„Ich bin sprachlos", hauchte Cassandrix. „Hundert Spieler, die in wenigen Tagen zu militärischen Kämpfern ausgebildet worden sind ... das hätte ich nie für möglich gehalten ..."

„Tja, *wenn* jemand das zustande bringen kann, dann Kommandant Crunch. Er mag ja völlig durchgeknallt sein, aber er weiß trotzdem, was er tut. Abgesehen davon glauben diese Spieler wirklich an unsere Ziele", antwortete Kat, während sie an den bewachten Hotelzimmern vorbeigingen, in denen die Noctem-Gefangenen festgehalten wurden. „Und sie wissen auch, wie verzweifelt unsere Lage ist."

„Da hast du wohl recht", seufzte Cassandrix. „Unter gewissen Umständen kann sich vermutlich jeder der Lage gewachsen zeigen ... selbst niedriglevelige Spieler."

Kat blieb abrupt stehen und wirbelte zu Cassandrix herum, ihre Miene ein Bild schieren Unglaubens. Einen Moment lang blieben beide wie angewurzelt stehen, dann sprach Cassandrix weiter.

„Entspann dich, Schätzchen … es war nur ein Scherz …"

Cassandrix ging weiter, aber Kat rührte sich noch immer nicht. Stattdessen zeigte ihr Gesichtsausdruck nun Verständnis, während sie die Spielerin an ihrer Seite musterte. Cassandrix drehte sich zu ihr um und schaute sie in der Erwartung an, dass sie etwas sagen wollte.

„Cassandrix", begann Kat schließlich, „habe ich mich je bei dir für alles bedankt, was du für uns getan hast?"

„Nun, ich sehe kaum einen Grund dafür, Liebes. Schließlich habe ich genauso viel oder, um ehrlich zu sein, etwas weniger bewerkstelligt als du und die anderen Anführer."

„Das weiß ich", erwiderte Kat. „Es ist nur … das, was du mir gesagt hast, als wir auf den Pilzinseln zusammen im Gefängnis waren … das hat mir wirklich die Augen geöffnet."

„Ach komm schon, Schätzchen, das beschäftigt dich doch nicht noch immer? Hör mal, ich habe doch schon gesagt …"

„Was ich sagen will, ist, dass deine Worte mir als etwas erschienen sind, das auch jemand von der Noctem-Allianz hätte sagen können."

Plötzlich schien die Luft um sie herum eiskalt und frostig zu werden. Cassandrix funkelte Kat erbost an, und es war völlig klar, dass sie dünnes Eis betreten hatte.

„Ja", antwortete Cassandrix kühl. „Das hast du mir gesagt, noch während ich gesprochen habe."

„Aber … du bist kein Mitglied der Noctem-Allianz. Es

wäre so einfach für dich gewesen, zu gehen und ihnen beizutreten, aber das hast du nicht getan. Du bist hier bei uns geblieben und hast für die niedrigleveligen Spieler alles aufs Spiel gesetzt."

Cassandrix sagte nichts. Stattdessen öffnete sie den Mund, schloss ihn wieder und starrte dann zu Boden. Sie wiederholte dieselbe Geste, offensichtlich bemüht, die richtigen Worte zu finden. Endlich sprach sie, und Kat war verblüfft von ihrer Aufrichtigkeit.

„Nun ... um ganz ehrlich zu sein, Kat, habe ich mich ursprünglich geweigert, der Noctem-Allianz beizutreten, weil mir ihre Methoden nicht zusagten, obwohl ich ihren Idealen zustimmte. Der Armee bin ich nur beigetreten, weil ich eine der wenigen verbliebenen hochleveligen Spielerinnen der Stadt war, und weil man mich dank meiner Rolle im Spleef-Turnier noch nicht einberufen hatte."

„Oh", erwiderte Kat niedergeschlagen. „Also, in dem Fall ..."

„*Nichtsdestotrotz*", fiel ihr Cassandrix ins Wort, und Kat sah ihr wieder in die Augen, „mag das der Grund gewesen sein, aus dem ich der Armee ursprünglich beigetreten bin, nicht aber der Grund, aus dem ich jetzt kämpfe. All die Zeit, die ich im Krieg gegen die Noctem-Allianz verbracht habe, in der ich die Mühen gesehen habe, die unsere Bürger aller Level auf sich genommen haben, um sie auszuschalten, und ... nun ja, selbst die Gespräche mit dir ... all das hat mir in Bezug auf so manches die Augen geöffnet. Ich schätze, was ich sagen will, ist ... ich würde auch wieder an deiner Seite in dieser Armee kämpfen, wenn ich die Entscheidung noch einmal treffen müsste."

Cassandrix lächelte warmherzig, und Kat erwiderte das Lächeln. Sie konnte kaum glauben, dass die blasse Spielerin mit den großen Lippen, die ihr gegenüberstand, dieselbe Person war, die sie noch vor Wochen am meisten von allen Bürgern in Element City gehasst hatte. Ihr war klar, dass Cassandrix ihren Ansichten über die Behandlung von niedrigleveligen Spielern nicht zustimmte, und um ehrlich zu sein, bezweifelte Kat, dass sie das je könnte. Dennoch spürte sie, dass Cassandrix die Welt von nun an aus mehr als einer Perspektive betrachten würde ... so wie sie selbst.

Die beiden Mädchen brachen ihren Blickkontakt gleichzeitig ab und legten die letzten Meter zu dem Hotelzimmer zurück, in dem Bob sich verschanzt hatte. Kat befahl Rex, Platz zu machen, und öffnete die Holztür. Sie musste zweimal hinsehen, um sich zu vergewissern, dass ihre Augen ihr keinen Streich spielten.

Bob saß inmitten des Zimmers auf Ivanhoe, so wie erwartet, doch sie waren nicht allein. Vor ihm, auf einem zweiten gesattelten Schwein und mit ausgesprochen frustriertem Gesichtsausdruck, saß Charlie. Er hielt eine Angelrute in der Hand, an deren Leine eine Karotte baumelte. Sein Schwein beäugte den Leckerbissen mit offenkundigem Verlangen. Beide Spieler blickten auf, als Kat und Cassandrix eintraten.

„Äh ... stören wir?", fragte Kat verlegen.

„Nein, natürlich nicht!", rief Bob grinsend. Im Gegensatz zu Charlie schien ihm die Situation, was auch immer sie zu bedeuten hatte, sogar eine gewisse Begeisterung zu entlocken. „Ich bringe Charlie bei, wie man ein Schwein reitet, und ich glaube, dass wir das hier vollständig ausgebildet haben. Los, Charlie, führ es uns vor."

Charlie sah betreten aus. Er atmete tief durch und knurrte dann: „Vorwärts, Dr. Pigglesworth."

Das Schwein grunzte bereitwillig und trottete vorwärts. Mit den beschämt klingenden Befehlen „halt, Dr. Pigglesworth", „wenden, Dr. Pigglesworth" und „zurück, Dr. Pigglesworth" manövrierte Charlie sein Schwein quer durch den Raum.

„Äh", sagte Kat zögerlich. Sie war nicht sicher, was sie sagen sollte, als Charlie und das Schwein vor ihr anhielten. „Das war … sehr beeindruckend, Charlie."

„Nicht wahr?", strahlte Bob. Ganz offensichtlich war er ausgesprochen stolz auf das, was Charlie gelernt hatte.

„Ganz ehrlich", brummte Charlie, als fühlte er sich vollkommen erniedrigt, „es ist schon schlimm genug, dass ich das blöde Vieh reiten muss, aber warum musstest du ihm so einen Spitznamen geben?"

„He, das war nicht meine Entscheidung!", verteidigte sich Bob. „Alle Kriegsschweine erhalten ihren Namen schon bei ihrer Geburt. Und damit du es weißt: Dr. Pigglesworth war schon immer einer meiner Lieblinge."

„Na, das ist ja prima!", fauchte Charlie angewidert. „Wenn das so ist, warum tauschen wir dann nicht? Wenn du mich schon zwingst, so zu tun, als wäre ich so verkrüppelt wie du, könntest du mir wenigstens ein Schwein geben, das einen so coolen Namen hat wie Ivanhoe!"

Bob starrte Charlie mit offenem Mund an, von dessen Worten offensichtlich verletzt. Charlie funkelte ihn einen Moment lang weiter wütend an, dann löste sich seine zornige Grimasse und verschwand schließlich völlig. Verlegenheit und Scham traten an ihre Stelle. Kat und Cassandrix sahen zu und wollten zwar dringend verschwinden, wussten aber nicht, wie sie sich aus der Affäre ziehen sollten. Nach einer ganzen Minute angespannten Schweigens räusperte sich Cassandrix.

„Ähm. Also, Bob, ähm … Wir dachten, du solltest wissen, dass Kommandant Crunch all seine niedrigleveligen Spieler viel schneller als erwartet ausgebildet hat. Sie dürften alle kampfbereit sein, wenn wir Element City angreifen, was bedeutet, dass uns insgesamt vierhundert Kämpfer zur Verfügung stehen, so viele, wie auch die Noctem-Allianz hat."

Bob sah die beiden nicht an. Er murmelte ein geistesabwesendes „Danke für die Nachricht", ohne den Blick von Charlie zu lösen. Da ihre Aufgabe nun erledigt war, huschten Kat und Cassandrix aus dem Zimmer und warfen die Tür mit einem Knall hinter sich zu. Charlie hörte gedämpft, wie Cassandrix auf der anderen Seite leise und mit unnatürlich hoher Stimme „Na, das war ja ein Spaß" sagte. Schließlich wandte er sich an Bob.

„Es tut mir leid", sagte er und ließ vor Scham den Kopf hängen. Dr. Pigglesworth schnupperte neugierig am Boden herum und nahm die aufgewühlten Gefühle seines Reiters offenbar gar nicht wahr. „Das war unfair."

„Danke für die Entschuldigung", erwiderte Bob und kraulte Ivanhoe gedankenverloren zwischen den Ohren, woraufhin das Tier freudig den Rüssel rümpfte. „Du musst verstehen, Charlie … ich weiß, was du durchmachst."

„Sag das nicht", knurrte Charlie, und eine Spur von Zorn schlich sich wieder in seine Stimme. „Du hast keine Ahnung, was ich durchmache."

„Was redest du da?", fragte Bob ungläubig. „Was glaubst du, wie ich mich gefühlt habe, als Caesar mir das

Bein abgeschlagen hat? Meinst du, ich bin einfach auf Ivanhoes Rücken gehüpft und habe weitergemacht wie immer? Natürlich nicht! Ich war wochenlang so deprimiert wie du jetzt, bevor ich akzeptieren konnte, was mit mir passiert ist!"

„Aber bei dir ist es anders!", rief Charlie. „Schau dich doch nur an! Selbst ohne Beine bist du noch immer einer der besten Bogenschützen, den wir haben! Du bist jetzt wahrscheinlich sogar noch besser als vorher, weil Ivanhoe so schnell und ausdauernd ist! Ein guter Bogenschütze kann man auch auf dem Rücken eines Schweins sein. Wie soll ich mit einer Spitzhacke in den Nahkampf gehen, wenn ich meine Beine nicht benutzen kann?"

„Charlie, ich weiß, dass die Umstellung dir schwerfallen wird", antwortete Bob, „und … ich will ehrlich sein: Du wirst vermutlich nicht so gut kämpfen können wie vorher. Aber wenn du dich darauf konzentrierst, was du *nicht* kannst, bringst du dich nur in Schwierigkeiten. Du musst im Auge behalten, was du *kannst* und wie viel Glück du hast."

„Glück?", lachte Charlie verbittert. „In welchem Sinne auch immer, habe ich bitteschön Glück?"

„Weil es mit dir kein Ende genommen hat wie mit meinem Bruder! Du bist noch am Leben!", schnauzte Bob.

Charlie spürte förmlich, wie die Antwort, die er aussprechen wollte, gegen eine unsichtbare Mauer prallte. Es gab nichts, was er darauf erwidern konnte. Wieder schwiegen beide einen quälend langen Moment, während Bob ihn mit Tränen in den Augen anstarrte. Schließlich seufzte der Polizeipräsident auf und sprach weiter.

„Charlie, es tut mir leid, dass du auf dem Rücken eines Schweins in die Schlacht um unsere Freiheit reiten musst, ganz ehrlich. Aber ich wiederhole mich: Denk nicht an die Einschränkungen, die dein Zustand verursacht. Konzentrier dich stattdessen auf alles, was du noch kannst! Charlie, weißt du überhaupt, wie nützlich du uns bei der Planung des Angriffs warst?"

„Also … na ja, irgendwie schon …"

„Charlie, du warst unglaublich!", rief Bob aus. „Du warst die treibende Kraft hinter all unseren Schlachtplänen, seit wir wieder im Dorf sind! Du hast so ziemlich alles formuliert, während Ben und ich die Truppen organisiert und die Zivilisten beschützt haben. Der Angriff, den wir in Kürze ausführen, wäre ohne dich nicht halb so durchdacht, und dank deiner Pläne ist Nocturia vernichtet! Als ich deine Notizen zum ersten Mal gelesen habe, konnte ich es kaum fassen! Du hast Vorschläge gemacht, die Ben und mir im Traum nicht eingefallen wären!"

„Nun ja", erwiderte Charlie, „vielleicht hast du recht … ich war eigentlich schon immer besser im Planen als in den Kämpfen …"

„Exakt", bestätigte Bob. „Charlie, dein ruhmreicher Moment wird nicht wie bei uns anderen auf dem Schlachtfeld stattfinden. Dein ruhmreicher Moment wird kommen, wenn wir auf der Brücke von Element Castle stehen, von dort auf die zurückeroberte Stadt hinabblicken, und du weißt, dass du der Großmeister warst, der all die Schachfiguren auf dem Brett dirigiert hat, damit das möglich wurde."

„Ganz recht", pflichtete ihm eine dritte Stimme hinter ihnen bei.

Bob und Charlie sahen sich zu Leonidas um, der lächelnd in der Tür stand.

„Wie lange stehst du schon da?“, fragte Charlie.

„Lange genug, um zu wissen, dass Bob mit allem, was er sagt, recht hat“, antwortete Leonidas, betrat das Zimmer und setzte sich auf einen Holzblock, um den beiden Spielern auf ihren Schweinen in die Augen sehen zu können. „Deine Ideen und Strategien haben mehr für uns erreicht als du weißt.“

Charlie lächelte. „Danke, Jungs. Das habe ich gebraucht. Ich glaube, ich komme schon zurecht.“

„Gut“, sagte Bob freundlich. „Und wenn du dich je niedergeschlagen fühlst und mit jemandem reden willst, komm zu mir, ja? Ich hänge schon etwas länger im Sattel dieses kleinen Kerls als du, Mann“, fügte er matt hinzu und tätschelte Ivanhoe den Kopf, „und ich bin es langsam gewohnt. Ich bin sicher, dass ich dir helfen kann.“

„Alles klar“, bestätigte Charlie. „Danke für alles, Leute. Ich habe meine Ausrüstung noch nicht zusammen, also kümmere ich mich jetzt darum. Wir sprechen uns später. Los geht's, Dr. Pigglesworth.“

Charlie stupste sein Schwein an den Kopf und lenkte es durch die Tür hinaus. Leonidas und Bob sahen ihm lächelnd nach, und Leonidas schloss die Tür hinter ihm.

„Charlie ist ein guter Kerl“, seufzte Leonidas zufrieden. „Ich bin aber schon froh, dass er endlich die Dämonen abschütteln kann, die ihn geplagt haben, seit die Noctem-Allianz ihn gefoltert hat.“

„Ja“, stimmte Bob zu. „Er hat ein gutes Herz, und ich weiß, dass er für unsere Ziele alles tun würde. Es hat mich wirklich nicht überrascht, dass er sich solche Vorwürfe gemacht hat, weil er den Standort des Bunkers verraten hat.“

„Woher weißt du das?“, fragte Leonidas erschrocken.

„Unsere Spione haben uns alle möglichen Informationen zugetragen, Leonidas“, erklärte Bob. „Und es war ehrlich gesagt nicht schwer zu erraten. So hat alles Mögliche Sinn ergeben. Ich wollte Charlie nicht davon erzählen, weil ich wusste, dass es ihm schwerfallen würde, mit mir darüber zu sprechen. Und Vorwürfe mache ich ihm deswegen auch nicht. Menschen sind nicht mehr sie selbst, wenn sie durchmachen, was die Noctem-Allianz Charlie angetan hat.“

Leonidas nickte nachdenklich, als sich die Tür plötzlich mit einem Knarzen öffnete. Beide Spieler blickten auf, und der Mechaniker betrat zögernd das Zimmer. Schlagartig sank die Stimmung. Bob starrte den Neuankömmling mit unnachgiebiger Härte an, sodass der merklich zusammenzuckte. Leonidas sah besorgt zwischen den beiden hin und her.

„Was willst du?“, fragte Bob kühl. Wieder zuckte der Mechaniker unter Bobs hartem Ton zusammen, seine Antwort klang kleinlaut.

„Tut mir leid, wenn ich störe … aber ich bin etwas verwirrt, Bob. Ich habe mir die Invasionspläne angesehen, die du mit Ben und Charlie zusammengestellt hast, und ich habe Anweisungen für alle Kommandanten gesehen, bis auf mich. Was soll ich während der Schlacht tun?“

„Ich dachte, das stünde klar und deutlich im Plan“, erwiderte Bob. „Die Anweisungen für alle Kommandanten sind enthalten. Alle nicht namentlich erwähnten Spieler dienen *unter* den Kommandanten.“

„Halt, Moment mal“, antwortete der Mechaniker, als er verstanden hatte, was Bob damit sagen wollte. „Willst du andeuten, dass ... ich während des Angriffs ein einfacher Fußsoldat sein soll?"

„Das ist keine Andeutung, Mechaniker", fauchte Bob. „Es steht schwarz auf weiß auf dem Papier."

„Aber ... aber ...", stammelte der Mechaniker zutiefst verletzt. „Braucht ihr mich denn nicht, um ... ich weiß nicht ... ein paar Redstone-Fallen aufzustellen? Oder ihre automatische Verteidigung auszuschalten? Oder ... *irgendetwas*?"

„Ich dachte, ich hätte mich deutlich ausgedrückt!", schnauzte Bob. Alle sahen entsetzt zu, wie er von Ivanhoe abstieg, sich an der Wand abstützte und sich auf seinem gesunden Bein aufrichtete, um dem Mechaniker direkt in die Augen sehen zu können.

„Alle Spieler, die mein Bruder und ich für die erfahrensten halten – *und die verlässlichsten* – sind Kommandanten. Alle anderen dienen als Bodentruppen der Invasion. Und ich lege dir nahe, deinen Vorgesetzten keine Widerworte zu geben, Soldat! Und jetzt weggetreten, sonst werfe ich dich aus dem ..."

„Es reicht!", brüllte Leonidas und schob sich zwischen den Mechaniker und den wutentbrannten Bob. Der Mechaniker taumelte panisch rückwärts, während Bob das Gleichgewicht verlor und mit einem Knall auf dem Holzbretterboden landete.

„Was glaubst du, was du da tust?", fragte Bob und funkelte Leonidas böse an, während er versuchte, sich aufzurappeln.

„Ich mache Schluss mit diesem Unsinn!", schnaufte Leonidas und packte Bob am Arm, dann riss er ihn hoch. Bob musterte ihn fassungslos, während er sich wieder auf sein Schwein setzte. Auch der Mechaniker sah ungläubig aus.

„Wir sind im Krieg", bellte er im Tonfall eines Unteroffiziers und warf den beiden Spielern abwechselnd gebieterische Blicke zu. „Irgendwann innerhalb der nächsten zwei Tage werden wir nach Element City marschieren und unter Einsatz unserer Leben darum kämpfen, die Stadt von der Noctem-Allianz zurückzuerobern. Das wird das Schwerste, was jeder Einzelne von uns je getan hat. Und wenn wir auch nur die kleinste Chance auf einen Sieg bewahren wollen, müssen wir einander vertrauen und zusammenarbeiten! Das heißt, dass ihr beide endlich über eure Probleme reden und sie lösen müsst!"

Leonidas und Bob sahen einander an. Kurz starrten sie ihrem Gegenüber in die Augen, dann senkte der Mechaniker beschämt den Blick, während Bob ihn weiter wütend anstierte. Leonidas atmete tief durch und stach beherzt in das Wespennest.

„Ich weiß, dass ihr beide glaubt, dass der Mechaniker für Bills Tod verantwortlich ist."

„Es tut mir leid!", platzte der Mechaniker heraus. Bobs Wut zeigte keinerlei Anzeichen, sich dadurch zu legen. „Ich hätte diesen blöden Trank nie wieder anrühren sollen. Ich wusste, dass es ein Fehler war! Stan war weg, und ich hatte das Gefühl, ihn ersetzen zu müssen ... ich stand unter so hohen Druck, und er hat mich gebrochen!"

„Und weil du den Druck nicht aushalten konntest, ist mein Bruder tot", keifte Bob verbittert. „Er hat jeden Tag, jede Minute hart gearbeitet, sogar, nachdem die Noctem-Allianz die Stadt umzingelt hatte. Er hat sein Leben geopfert, um dich zu retten, und wie hast du es ihm vergolten? Indem du dich in einer Höhle verschanzt, Trübsal bläst und dich in deinem Selbstmitleid suhlst, während die Bürger der Stadt an der Schwelle zu Verzweiflung und Revolution stehen!"

„Ich weiß, dass ich nichts sagen kann, das das Geschehene rückgängig macht", wimmerte der Mechaniker, „aber du musst verstehen, Bob ... ich werde mir niemals verzeihen, was ich dir angetan habe oder deinen beiden Brüdern."

„Lass das!", mischte sich Leonidas ein, bevor Bob, der vor Wut schäumte, antworten konnte.

„Halt die Klappe, Leonidas, das geht dich nichts an!", schrie Bob und stieß seinen Zeigefinger in Richtung des Mechanikers. „Ich habe meine Wut auf dieses nutzlose Stück Abschaum jetzt schon viel zu lange gezügelt! Es wird Zeit, dass ich ihm sage, was ich wirklich denke!"

„Und was beweist du damit?", wollte Leonidas wissen. „Dass du ihm niemals dafür vergeben wirst, Bill zu seinem Opfer gezwungen zu haben? Dass er an seiner Schuld ersticken soll? Schau ihn dir doch an! Er fühlt sich deshalb so schlecht, dass er kaum noch zurechtkommt! Es hat ihn völlig zerrüttet!"

„Das hat es wirklich, Bob", stimmte der Mechaniker gequält zu. „Du kannst dir nicht vorstellen ..."

„Klappe!", fauchte Leonidas. „Alles, was Bob dir gerade gesagt hat, ist zu hundert Prozent richtig! Wenn deine Vorstellung davon, Bills Opfer zu vergelten, dein dauerndes Selbstmitleid darüber ist, wäre es wohl besser gewesen, wenn er dich einfach hätte sterben lassen, um sich selbst zu retten!"

„Das weiß ich!", schluchzte der Mechaniker. Während

Leonidas' Tirade war er endgültig zusammengebrochen. „Ich war … ich war einfach so verstört von dem, was geschehen ist …"

„Und da ist der Haken an der ganzen Sache", schloss Leonidas und blickte wieder zwischen Bob und dem Mechaniker hin und her. „Ihr seid beide derart von Bills Tod besessen, dass ihr idiotische Entscheidungen trefft! Euer Verlust tut mir leid, aber es ist jetzt vorbei! Ihr könnt nicht euer ganzes Leben davon bestimmen lassen. Glaubt mir, ich weiß, wovon ich rede."

„Wie kannst du es wagen!", knurrte Bob. „Du hast Nerven, so über meinen Bruder zu sprechen … du hast ihn nicht einmal *gekannt*! Du warst zu sehr damit beschäftigt, die Noctem-Armee zum Sieg über *unsere* Stadt zu führen! Wie kommst du darauf, dass du auch nur im *Entferntesten* das Recht hast zu bestimmen, wie ich mich fühlen sollte?"

„Weil ich jede Nacht, während ich ein Mitglied der Noctem-Allianz war, mit entsetzlichen Gewissensbissen über meine Taten zu Bett gegangen bin!", schrie Leonidas, und ihm stiegen Tränen in die Augen. „Ich hatte nie etwas gegen niedriglevelige Spieler, oder Dorfbewohner, oder irgendjemanden, den die Noctem-Allianz hasst! Ich habe mich König Kev nur angeschlossen, um meine Familie zu retten, und er hat mich zu grauenhaften Taten gezwungen. Ich bin der Noctem-Allianz beigetreten, weil ich glaubte, dass diese Taten ein Teil meiner selbst geworden waren, dass Tod und Zerstörung die einzigen Ziele waren, die ich noch erreichen konnte.

Ich habe mein Leben von meiner Vergangenheit bestimmen lassen … und die Familie, die ich zu schützen geschworen habe, musste sterben, bis ich endlich begriffen habe, dass ich durchaus eine Wahl hatte. Ich konnte entweder im Schatten meiner früheren Taten leben oder meine Vergangenheit ruhen lassen und tun, was ich konnte, um meine Fehler wiedergutzumachen. *Das* ist der Grund, weswegen ich heute hier bin und nicht drüben in Element City, um mit der Noctem-Allianz Pläne für euren Tod zu schmieden."

Kurz herrschte Schweigen, während Leonidas zu Ende kam. Bob starrte Leonidas an. Zumindest ein Teil seiner Wut hatte sich gelegt und war einer Mischung aus Verwirrung, Faszination und Mitleid gewichen. Auch der Mechaniker starrte Leonidas an, noch immer mit Tränen in den Augen, offenbar sprachlos. Leonidas rieb sich die Augen, atmete tief durch und fuhr fort.

„Ich will nicht sagen, dass du dem Mechaniker sofort für seine Taten vergeben musst, Bob. Und ich sage auch nicht, dass du nicht bereuen solltest, was du getan hast, Mechaniker. Aber ihr müsst beide aufhören, euch von Bills Tod den Verstand benebeln zu lassen. Wir sind im Krieg, und wir brauchen so viele klare Köpfe, wie wir bekommen können, besonders, wenn sie so brillant sind wie eure.

Bob", wandte sich Leonidas an den Polizeipräsidenten. „Der größte Redstone-Experte in der Geschichte von Minecraft steht dir zur Verfügung. Setze ihn ein, ja?"

Bob seufzte, sah zu Leonidas und nickte widerwillig.

„Und du, Mechaniker", fuhr Leonidas fort und sah zu dem gebrechlichen Häuflein Elend hinunter, das auf dem Boden kauerte. „Du willst doch, dass Bob und Ben dir verzeihen, oder?"

„Mehr als alles andere", erwiderte der Mechaniker aufrichtig.

„Dann verdiene es dir", sagte Leonidas schlicht. Daraufhin ging er zur Holztür, öffnete sie, verließ den Raum und schloss sie wieder. Bob und der Mechaniker blieben nachdenklich zurück.

Leonidas seufzte tief, als er nach draußen trat. Er war gekommen, um seine Rolle bei der Invasion der Polizeipräsidenten zu erfahren, aber jetzt war offenbar nicht der richtige Zeitpunkt dafür. Außerdem könnte er sich darüber auch später noch Gedanken machen. Es gab aber etwas anderes, worum er sich kümmern musste, bevor er in die Schlacht zog und möglicherweise nicht zurückkehrte. Es war Zeit, seinen eigenen Rat zu befolgen.

Er trat aus der Vordertür des Hotels auf die Straße. Auf seinem Weg kamen ihm mehrere Soldaten von Elementia entgegen, die ihm ausnahmslos zulächelten oder ihn mit einem Nicken grüßten, das Leonidas nur zu gern erwiderte. All diese Spieler hatten ihn akzeptiert, trotz der schrecklichen Dinge, die er in der Vergangenheit getan hatte. Doch bevor er diese Vergangenheit selbst ganz akzeptieren konnte, musste er noch mit drei Personen sprechen. Schließlich, nachdem er das Dorf durchquert hatte, erreichte er das Gebäude – ein kleines Haus aus Bruchstein, Holzbrettern und Glas. Leonidas atmete tief durch und öffnete die Tür.

Alle drei Mitglieder der Dorfbewohner-Familie umarmten sich gerade, lösten sich jedoch voneinander, als sich die Tür öffnete. Wie sie ihren Besucher erkannten, sahen sie leicht verwirrt aus.

„Was machst du hier, Leonidas?", fragte Mella.

„Ich musste euch einfach noch einmal sehen“, antwortete Leonidas und versuchte, trotz seiner aufwallenden Schuldgefühle ruhig zu bleiben. „Ich ziehe morgen in den Krieg, und vielleicht werde ich nicht zurückkehren.“

„Ah“, erwiderte Mella.

„Ich habe gehört, dass ihr drei Dorfbewohner bei der Schlacht nicht dabei sein werdet“, fuhr Leonidas unbeholfen fort, „und auch, dass ihr mit dreißig anderen Spielern, die nicht kämpfen werden, im Dorf bleibt.“

„Das ist wahr.“

„Und bevor ich gehe … müsst ihr wissen …“, er spürte einen Kloß im Hals, sprach jedoch weiter.

„Es tut mir so, *so* leid“, erklärte er, und ihm liefen Tränen über die Wangen. „Mir tut alles *so* leid, was ich euch angetan habe. Ich weiß, dass es meine Schuld ist, dass die anderen Dorfbewohner tot sind, und auch Blerge. Aber ich schwöre, ich wollte immer nur das Beste für euch. Ihr Dorfbewohner seid meine Familie, und als ich gesehen habe, wie diese Soldaten euch ausgenutzt haben, konnte ich vor Wut nicht mehr klar denken. Ich erwarte nicht, dass ihr mir vergebt, aber …“

„Leonidas, wir wussten, dass die Spieler unseres Dorfes, die uns beschützten, nicht gut behandelt haben.“

Leonidas, der mit aller Kraft versuchte, nicht zusammenzubrechen, sah überrascht auf. „Was?“

„Erst wussten wir nicht, dass man uns nicht gut behandelt“, fuhr Mella fort. „Wir wussten, dass Stan die Spieler geschickt hatte, und er war sehr freundlich zu uns, also glaubten wir, dass die Spieler, die er uns geschickt hatte, auch freundlich wären, aber auf andere Art. Wir dachten nicht, dass Stan uns böse Spieler schicken könnte.“

„Ich bin sicher, dass er das nicht wollte", antwortete Leonidas schnell, um Stan zu verteidigen.

„Ich weiß, dass er es nicht wollte", sagte Mella ernst. „Stan ist ein guter Spieler, und er hat einen Fehler gemacht. Du bist auch ein guter Spieler, Leonidas. Nur bin ich nicht sicher, ob das, was du getan hast, ein Fehler war."

„Das war es", antwortete Leonidas niedergeschlagen. „Selbst, wenn diese Kerle euch schrecklich behandelt haben, hätten sie doch die Noctems abgewehrt, als sie das Dorf angegriffen haben. Sie hätten ihre eigene Haut retten wollen."

„Vielleicht schon, vielleicht nicht", fuhr Mella fort. „Wichtig ist, dass du nicht versucht hast, uns zu schaden, Leonidas. Du hast nur getan, was das Beste für uns war ... oder was du für das Beste gehalten hast. Und jetzt sind meine Familie und ich nicht mehr von bösen Spielern umgeben. Wir sind von guten Spielern umgeben, die nett zu uns sind ... und du gehörst dazu, Leonidas."

Leonidas wurde das Herz leicht, als Mella ihn freundlich anlächelte. Dann trat Oob vor. Er sah Leonidas unverwandt an, während er sprach.

„Als ich ein kleiner Dorfbewohner war", begann er, das Gesicht vor lauter Konzentration angespannt, als versuche er, jedes einzelne Wort mit Bedacht zu wählen, „erzählte mir meine Familie von einem Spieler namens Leo-nidas, den wir den Geheiligten nannten. Ich lernte, wie der Geheiligte sich opferte, als böse Spieler in unser Dorf kamen, um uns zu schützen. Ich wollte diesen Spieler immer treffen, der so freundlich war, so tapfer und so selbstlos. Jetzt, da ich dich endlich kennenlerne, Leo-nidas, möchte ich nur sagen … danke für alles, o Geheiligter."

Freudentränen flossen wie Bäche über Leonidas' Wangen. Er stürzte vor und umarmte die drei Dorfbewohner fest. Sein Herz wurde leicht, als sich die Erinnerung an die Dorfbewohner und die Schuldgefühle, die ihn wochenlang belastet hatten, endlich auflösten. Er war wieder bei seiner Familie, und sie hatte ihm vergeben. Sollte er morgen in der Schlacht fallen, würde er ohne Reue sterben.

* * *

Stan öffnete die Augen und sah sich das Gebiet am Spawnpunkt an, das einst eine endlose Ebene aus Grasblöcken gewesen war. Jetzt war es nicht mehr im Entferntesten eben und trug die Spuren zahlloser Trainingsstunden. Der Boden war von Kratern überzogen, halb zerstörte Gebäude ragten in die Höhe und zeichneten sich finster vor den leuchtenden Pastellfarben des Sonnenuntergangs ab.

„Sally?", rief Stan. Er wusste, dass sie ihn hier hatte sehen wollen. Inmitten der Begrüßung bei seiner Rückkehr in Adorias Dorf hatte er zweifellos ihre Stimme aus einer Welt außerhalb des Servers gehört. Diesmal war sie jedoch sehr anders, von Statik verzerrt und abgehackt, sodass Stan sich fragte, ob noch alles in Ordnung war.

„Komme schon!", hallte Sallys Stimme aus einer Richtung, die Stan nicht identifizieren konnte. Er wartete kurz, und Sally erschien hinter einem hohen Turm aus Grundgestein-Blöcken, durch dessen Mitte jemand einige Löcher geschlagen hatte. Sie schwebte auf ihn zu, bis sie ihn erreicht hatte, dann setzte sie auf dem Boden auf. Stan lächelte. Es war immer schön, sie zu sehen.

„Danke, dass du gekommen bist, Noob."

„Kein Problem, ich besuche dich immer gern", erwiderte er. „Stimmt etwas nicht? Du hast dich seit fast einer Woche nicht bei mir gemeldet." Obwohl seine Ausbildung abgeschlossen war, hatte Stan es seltsam gefunden, dass sie nach ihrem fast täglichen Kontakt nach Beginn der Lektionen fast verstummt war, nachdem sie sich vor dem Angriff auf Adorias Dorf getroffen hatten.

„Also ... es gibt ein paar Neuigkeiten", antwortete Sally gedehnt, und Stans Herz wurde schwer. „Aber dazu kommen wir in einer Minute. Erzähl mir erst, wie die Übernahme von Adorias Dorf gelaufen ist. Habt ihr es zurückerobert?"

Stan nickte und verbrachte die nächsten zehn Minuten damit, ihr detailliert zu schildern, was sich seit ihrem letzten Treffen zugetragen hatte. Während er von der Schlacht erzählte, vergaß er seine Sorge um Sally fast ganz, doch stattdessen beschlich ihn ein anderes, ein unangenehmes Gefühl. Als er ihr von seinem Angriff auf Nocturia erzählte, machte sie große Augen.

„Boah, halt, Moment mal", rief sie aus und versuchte nachzuvollziehen, was er gerade erzählt hatte. „Soll das heißen, dass du über hundert Soldaten der Noctem-Allianz, darunter einen ihrer Generäle, mit einem Schlag vernichtet hast?"

„Ja", erwiderte Stan und verspürte leichte Übelkeit. „Und seitdem fühle ich mich einfach unterirdisch."

„Wieso? Das ist doch fantastisch, Noob!", jubelte sie mit strahlendem Gesicht. „Kannst du dir vorstellen, wie viel leichter es euch fallen wird, die Allianz zu besiegen, wenn ihr einen General und hundert Soldaten weniger am Hals habt?"

„Ja, ich weiß, aber … die Soldaten haben nicht mal gekämpft. Lord Tenebris … bah … *Herobrine*", korrigierte sich Stan nach einem strengen Blick von Sally, „hat befohlen, dass alle Truppen bis auf diese nach Element City zurückkehren sollen. Das heißt, dass sie vermutlich nie kämpfen sollten."

„Das kannst du nicht wissen", spottete Sally. „Er hat sie vermutlich nur dort zurückgehalten, damit sie erst Element City stürmen und dann endgültig entsorgen könnten, was von euch nach der großen Schlacht übrig wäre."

„Ja, vielleicht …", murmelte Stan, bevor ihm ein weiterer Gedanke kam. „Aber was, wenn diese Leute nur hochlevelige Spieler waren, die nicht mehr in der Republik leben wollten? Also, Nocturia war keine Militärbasis, sondern die Hauptstadt des Landes der Noctem-Allianz. Sie haben alle Angriffe von dort eingestellt, nachdem die Gefechte an der Kaltfront eingestellt waren … heißt das nicht, dass ich theoretisch über hundert Bürger getötet habe? Ich meine …"

„Hör auf, Stan", befahl Sally in einem so bestimmten Tonfall, dass er sofort verstummte. „Darüber darfst du dir jetzt keine Gedanken machen. Es ist geschehen. Vielleicht war es das Richtige, vielleicht auch nicht. Jetzt ist nur wichtig, dass ihr einen ausgeglichenen Kampf vor euch habt, und dass deine Chancen, Herobrine und seine Armee zu besiegen, weitaus besser liegen.

„Ja …", stimmte Stan nach einer Minute des Zögerns zu. „Vielleicht hast du recht …" Doch so sehr er sich mühte, er konnte den Anblick des Kraters, der den Platz von Nocturia eingenommen hatte, nicht aus seinen Gedanken verbannen.

„Aber", warf er ein, begierig, das Thema zu wechseln, „du hast gesagt, du hättest Neuigkeiten?"

„Ja, die habe ich", bestätigte Sally. Stans Magen verkrampfte sich. Er kannte diesen Tonfall und wusste, dass er selten guten Nachrichten ankündigte.

„Was ist passiert?", fragte er.

„Also ...", fing sie an. „Hast du dich schon mal gefragt, warum ich dich nach dem letzten Treffen so lange nicht kontaktiert habe?"

„Ja ... schon ... aber ich dachte, es läge daran, dass meine Ausbildung abgeschlossen ist."

„Ach, komm schon, Stan." Sally lachte bitter auf. „Du bist meine einzige Möglichkeit herauszufinden, was in Elementia vor sich geht. Ich höre doch nicht einfach auf, dich zu kontaktieren!"

„Mir bedeutet deine Freundschaft auch viel", kommentierte Stan sarkastisch. „Und, warum hast du dich nicht gemeldet?"

Sally seufzte. „Die Sicherheitsmaßnahmen sind irgendwie verstärkt worden. Ich war ganz kurz davor, herauszufinden, wie ich mich in die Spielerdateien hacken und dir Operator-Rechte verleihen kann, aber dann ist wie aus dem Nichts neue Software aufgetaucht. Mein Computer hat sie nicht einmal erkannt. Da stand nur, dass es nicht mehr möglich ist, die internen Mechanismen des Servers einzusehen."

Stan fluchte leise. „Also war die ganze Arbeit, die du bis jetzt in die Sache gesteckt hast, umsonst?"

„So ziemlich", bestätigte sie säuerlich. „Ich werde ganz von vorn anfangen müssen, wenn ich dir Operator-Rechte verschaffen will, Stan … und genau darüber möchte ich mit dir reden."

„Moment … was soll das heißen?"

„Na, ihr habt doch vor, bald Element City zu überfallen, richtig?"

„Ja. Wir haben vor, uns heute Nacht auszurüsten und morgen loszuschlagen."

„Tja, also … ich glaube, es wäre am besten, wenn ihr damit wartet, bis ich dir Operator-Rechte verleihen konnte."

„Wie bitte?", fragte Stan ungläubig. „Du willst, dass wir den Angriff abblasen?"

„Ich fürchte, das müsst ihr sogar", antwortete sie traurig. „Ich glaube, dass du damit eine viel, *viel* bessere Chance hast, die Allianz zu schlagen, also ist es meiner Meinung nach das Warten wert."

„Aber … wir haben jetzt gerade so viele Vorteile!", rief Stan. „Die Noctem-Allianz hat sich noch nicht von unserem Angriff auf Nocturia erholt. Sie waren noch nie so verwundbar wie jetzt! Und wir haben gerade einhundert neue Soldaten ausgebildet, von denen die Noctem-Allianz noch nicht einmal weiß! Es ist nur eine Frage der Zeit, bis sie es herausfinden. Wenn wir das Überraschungsmoment behalten wollen, müssen wir morgen angreifen!"

„Aber Stan", gab Sally ängstlich zu bedenken, „sie haben Herobrine."

„Na und?", erwiderte Stan. „Sie haben einen davon. Wir haben hundert Soldaten! Willst du mir sagen, dass

Herobrine allein mächtig genug ist, um hundert zusätzliche Kämpfer auszugleichen, *besonders*, während die Noctem-Allianz im Chaos steckt?"

„Das ist es ja, Stan ... *wir wissen es nicht*", erwiderte sie finster. „Niemand hat eine Ahnung, wie mächtig Herobrine ist, und du wirst es erst herausfinden, wenn du gegen ihn kämpfst. Du hast nur diese eine Chance, Stan, und ich glaube, dass du so gut vorbereitet sein solltest wie nur möglich, bevor du sie ergreifst. Nach allem, was du mir erzählt hast, ist die Noctem-Allianz bereit, die Pattsituation noch eine Weile auszudehnen. Warum nutzt du das nicht, um mir Zeit zu erkaufen, damit ich die Blockade umgehen kann?"

„Und woher willst du wissen, dass du das schaffst, hm?", fragte Stan und starrte Sally anklagend an. „Du versuchst es jetzt seit Monaten ununterbrochen, und jedes Mal, wenn es aussieht, als stündest du kurz vor dem Ziel, erscheinen neue, unerwartete Hindernisse, und du musst von vorn anfangen. Du willst mir erzählen, dass ich nicht zuschlagen soll, während sich uns eine winzig kleine Gelegenheit bietet, nur damit du mir *vielleicht* Operator-Rechte verschaffen kannst, nachdem du es wochenlang erfolglos versucht hast?"

Sally öffnete den Mund und hob einen quaderförmigen Finger, sagte aber nichts. Dann starrte sie kurz auf den Boden und dachte angestrengt nach, bevor sie sich wieder Stan zuwandte.

„Stan, ich habe dir erklärt, was ich für die richtige Vorgehensweise halte", sagte sie ruhig. „Du wirst nach Elementia zurückkehren, und ich werde nicht dort sein. Du bist der Präsident, also ist es deine Entscheidung. Was auch immer du sagst, wird für deine Bürger gelten. Also triff deine Wahl weise, Noob."

Stan musterte sie einen Moment lang und wusste nicht, was er erwidern sollte. Dann nickte er und wandte Sally und der untergehenden Sonne den Rücken zu. Das Gespräch war beendet. Er atmete tief durch, und in seinen Gedanken erschienen die vertrauten Worte.

VOM SERVER TRENNEN?

„Stan!"

Gerade, als er gehen wollte, drehte er sich ein letztes Mal zu Sally um. Sie war ihm zugewandt, und er erkannte ihren ernsten Gesichtsausdruck, während die Sonne hinter dem Horizont verschwand.

„Bitte, tu das Richtige", sagte sie.

Er hielt ihrem Blick einen Moment lang stand, nickte erneut und wandte sich ab. Die Worte erschienen wieder in seinem Geist, und als Stan sich anschickte, sie auszusprechen, drängte sich erneut das Bild des Kraters, den Nocturia inmitten der Tundra hinterlassen hatte, dazwischen. Bei der Erinnerung an die Soldaten, die von einer Flammenwelle verschlungen wurden, wusste Stan, dass er lieber sterben würde als den Tod dieser hundert Spieler zu verschenken.

„Ja."

* * *

Ben, Bob und Charlie hörten ein Rauschen hinter sich, hoben den Blick von ihren Plänen und drehten sich um. Auf der gegenüberliegenden Seite des Planungsraumes im Hotel erschien Stan, direkt neben dem Fenster, durch das die untergehende Sonne die Silhouette des Großen Waldes hinter der Dorfmauer zeichnete.

„Hey Mann“, sagte Charlie und nickte Stan höflich zu. „Wie war das Gespräch?“

„Gut“, sagte Stan bestimmt. „Leute, ich habe meine Entscheidung über die Invasion getroffen.“

Die drei Spieler starrten Stan mit großen Augen an und spitzten die Ohren. Sie hatten jetzt schon seit Stunden auf Stans Entscheidung gewartet.

„Erzähl“, forderte Ben ihn gespannt auf.

Stan atmete tief durch und antwortete:

„Bereitet die Truppen vor. Morgen um Punkt zwölf Uhr greifen wir Element City an.“

KAPITEL 8

DIE SCHLACHT UM ELEMENT CITY

Obwohl er versuchte, sich auf die Schlachtpläne zu konzentrieren, die er auf dem Kopf seines Schweins balancierte, musste Charlie doch feststellen, dass der Mittagshimmel immer dunkler wurde, je weiter sie die Straße nach Element City entlangmarschierten. Er hob den Blick, und in nicht allzu weiter Ferne sah er das dunkle Grau, das die Wither über Element City legten. Dennoch ritt Charlie weiter, ohne langsamer zu werden, und hörte, wie hinter ihm vierhundert schwer gerüstete Soldaten im Gleichschritt marschierten, unterwegs, ihre Heimat zurückzuerobern.

Die Vorbereitungen auf die Invasion waren ohne viel Aufhebens verlaufen: Es hatte keine große Rede gegeben, keinen letzten Appell, keine Ankündigungen irgendwelcher Art. Alle Soldaten, die jetzt in Bewegung waren, wussten genau, worauf sie sich einließen. Worte waren nicht mehr nötig.

Auf den ersten Blick wäre es kaum zu glauben gewesen, dass viele dieser Spieler erst in der letzten Woche für den Kampf ausgebildet worden waren. Abgesehen davon, dass sie in perfektem Gleichschritt marschierten, trug jeder Einzelne von ihnen einen Helm und eine Brustplatte aus glänzendem Diamant. Außerdem waren sie alle mit einer Diamantwaffe ihrer Wahl und Ersatz aus Eisen ausgestattet. Jeden der Soldaten mit so hochwertiger Ausrüstung zu versehen, hatte jedoch seinen Preis. Die Lagerhäuser in Adorias Dorf waren vollständig leer. Wenn dieser Angriff fehlschlagen sollte, blieb ihnen kein Vorrat, auf den sie sich stützen konnten.

Charlie verstaute die Pläne wieder in seinem Inventar. Er brauchte sie nicht, weil er sie inzwischen praktisch auswendig kannte, und sie weiter anzustarren, würde sein ohnehin strapaziertes Nervenkostüm nur weiter belasten. Er hatte zwar gewusst, dass er den Angriff auf die Stadt führen sollte, doch jetzt, da sie auf dem Weg waren, traf ihn die Erkenntnis des Umfangs seiner Aufgabe wie ein Blitzschlag. Charlie atmete tief durch. Er durfte nicht zu viel darüber nachdenken. Er wusste, was er tat, und im Moment bestand seine einzige Aufgabe darin, seine eigene Angst im Zaum zu halten. Nur Disziplin würde ihm gestatten, seine Soldaten zum Sieg zu führen.

Er dachte an seine Kommandanten und sah sich über seine Schulter zu der riesigen Soldatenschar um, die hinter ihm marschierte. Jayden, Kommandant Crunch und Sirus gingen an der Spitze, alle mit demselben Gesichtsausdruck: verbissen und entschlossen, ohne jede Spur von Freude im Blick, während sie sich vorstellten, was sie in Element City vorfinden würden. Charlie wusste, dass sich irgendwo in der riesigen Masse von Spielern auch Stan, Kat und die anderen Kommandanten befanden. Sie hatten Sondermissionen auszuführen, während die anderen Soldaten kämpften, also hatten sie sich in die Mitte der Menge begeben, um nicht aufzufallen. Vermutlich glichen ihre Mienen denen der anderen Kommandanten und seiner eigenen.

Über ihnen erklang ein Krachen, sodass mehrere Soldaten erschrocken den Kopf hoben. Kurz darauf fiel leichter Regen auf sie herab. Auch Charlie warf einen beiläufigen Blick zum Himmel und fragte sich, wie viel von dessen Verfärbung an den Gewitterwolken lag und wie viel an den Withern.

Er kniff die Augen zusammen und erkannte durch den Regenschleier, dass Element City sich allmählich am Horizont abzeichnete. Als sie sich näherten, erhob sich die Silhouette der frisch reparierten Gebäude vor ihnen aus dem Nebel. Ohne langsamer zu werden, näherten sie sich dem Haupttor der Stadt. Der Wald, durch den sie gekommen waren, wurde weniger dicht. Mehr und mehr Bäume waren teilweise zerstört oder bestanden nur noch aus Holzstümpfen.

Schließlich lag der Wald ganz hinter ihnen und sie betraten das Ödland, das durch die wochenlangen Kämpfe an der äußeren Stadtmauer entstanden war. Der riesige Graben, der sich um den gesamten Außenwall erstreckte, reichte bis tief unter die Erdoberfläche. Sich aus dieser Tiefe der Stadt zu nähern, war ein schwieriges Vorhaben.

Charlie hob die Hand, damit sein Gefolge anhielt, als sie den Rand des Grabens erreichten. Nun konnte er die Stadtmauern endlich deutlich erkennen. Allerdings musste er ein zweites Mal hinsehen. So gründlich er sich auch auf den Angriff vorbereitet hatte, bot sich ihm dennoch ein unerwarteter Anblick.

Über die weite Fläche des Ödlandes war eine Brücke gebaut worden. Sie bestand aus Holzbretterblöcken, war fünf Blöcke breit und verlief vom Waldrand bis zum Fuß der Mauer. Von der Brücke selbst aus erstreckten sich weitere Holzblöcke bis auf den Boden des Grabens und verbargen die Unterseite des Gebildes. Die andere Seite der Brücke endete genau in der Mitte eines breiten Risses, den man alarmierenderweise inmitten der Mauer um die riesige Stadt offen gelassen hatte. In weiter Ferne, über der Burg, patrouillierten die Wither. Die gesamte Öffnung im Wall war von einem Ende zum anderen vollständig mit Noctem-Soldaten besetzt, alle in schwarzer Lederrüstung, alle mit gezogener, bereitgehaltener Waffe. Exakt vor der Mitte dieser Mauer aus Noctem-Soldaten, genau am anderen Ende der Brücke, stand Drake. Sein Umhang wehte im Wind und er lächelte feixend.

Die Spieler hinter Charlie blieben totenstill, als sie über die Brücke hinweg die schwarzgekleideten Soldaten anstarrten, die jede Minute versuchen würden, sie zu töten. Charlie nahm eine Bewegung hinter sich wahr und wandte sich um. Jayden, Crunch und Sirus warfen einander Blicke zu und hatten offenbar alle denselben Gedanken.

Charlie pflichtete ihnen bei: Er hatte sich auf einen schweren Kampf durch den Graben hindurch vorbereitet, um Element City zu erreichen. Es erschien ihm nicht logisch, dass die Noctems nicht nur ein klaffendes Loch in der Stadtmauer zurückgelassen, sondern auch noch eine Brücke gebaut hatten, die ihnen das Eindringen in die Stadt erleichtern würde. Irgendwas stimmte hier ganz offensichtlich nicht.

Auf der Noctem-Seite der Brücke rührte sich etwas, und

Charlie erkannte, dass es Drake war. Der General schlenderte langsam über die Brücke auf Charlie zu. In den ersten Reihen der Soldaten von Elementia brach Hektik aus. Alle zogen ihre Bögen und zielten damit auf Drake. Sofort taten es ihnen die Noctem-Schützen auf der anderen Seite gleich und legten auf Charlie an. Dieser hob die Hand, um seinen Männern zu bedeuten, nicht zu schießen. *Irgendetwas an dieser Situation ist höchst merkwürdig*, dachte er. Drake ging indessen weiter und blieb schließlich in der Mitte der Brücke stehen. Er warf Charlie einen Blick zu, mit dem er anscheinend sagen wollte, dass er ihn dort, auf halbem Weg, treffen sollte.

„Was sollen wir machen, General?“, flüsterte Kommandant Crunch Charlie zu.

Charlie musterte Drake. Er wusste, dass es eine Art Hinterhalt sein musste. Ohne böse Absichten würde Drake so etwas niemals tun. Und doch spürte Charlie sofort, als sich ihre Blicke trafen, dass Drake ihn nicht angreifen würde … und dass er entgegen seinem Gefühl vortreten und sich mit dem Noctem-General treffen sollte.

„Ich gehe zu Drake“, flüsterte Charlie zurück. „Haltet weiter die Stellung. Schießt nicht, solange sie nicht damit anfangen.“

Bevor jemand antworten oder er selbst sich umentscheiden konnte, zog er an Dr. Pigglesworths Sattel, und das Schwein trottete langsam vorwärts, über die hölzerne Brücke und auf Drake zu. Während er die offene Fläche des Grabens überwand, spürte Charlie, dass die Blicke aller achthundert Krieger beider Seiten auf ihm ruhten. Er holte tief Luft und schüttelte die unerträgliche Anspannung ab, die ihm den Atem raubte. Endlich, nach mehreren quälenden Sekunden, stand er General Drake von Angesicht zu Angesicht gegenüber.

„Das ist ja ein prächtiges Schwein, Charlie“, sagte Drake grinsend. Er musste sich leicht nach unten beugen, um dem sitzenden Charlie in die Augen blicken zu können. „Schön zu sehen, dass du deinem Volk weiterhin vonnutzen bist. Die wenigsten haben unsere Silberfischchen-Folter überlebt, geschweige denn sind sie danach aufs Schlachtfeld zurückgekehrt.“

„Ach, ich bin euch schon so lange ein Dorn im Auge“, erwiderte Charlie schlagfertig. „Es wäre doch eine Schande, ausgerechnet jetzt aufzugeben, wenn wir so kurz davorstehen, unsere Stadt zurückzuerobern.“

„Ach, du glaubst also, das wäre eure Stadt“, erwiderte Drake, schüttelte den Kopf und lächelte traurig. „Oh je ... weißt du, es ist jammerschade, dass wir dich und deine Männer töten werden, Charlie. Ihr seid alle so naiv, dass man fast Mitleid haben muss.“

Charlie riss bei Drakes Unverfrorenheit der Geduldsfaden, und so knurrte er zurück: „Beleidige mich nicht, Drake. Sag mir einfach, warum du wolltest, dass ich mich mit dir treffe.“

„Ich hatte nur ein paar Fragen zu der Aufstellung, die ihr da drüben habt“, antwortete Drake im Plauderton und ließ den Blick über die Mauer aus Elementias Soldaten schweifen, von denen viele noch immer mit ihren Bögen auf sie zielten.“

„Na so was“, erwiderte Charlie und sah auf die Brücke hinab, auf der sie standen. „Ich könnte dir genau dieselbe Frage stellen.“

„Wo ist überhaupt euer Präsident?“, fragte Drake und

versuchte, in den Reihen der Soldaten Stan zu entdecken. „Ich hätte erwartet, dass er an eurer Spitze steht."

„Das geht dich nichts an", antwortete Charlie, schneller als beabsichtigt.

„Ah, verstehe", lachte Drake. „Dann wird er wohl irgendwann während der Schlacht auftauchen. Wir werden uns offenbar überraschen lassen müssen. Das wird ein Spaß."

„Wo wir schon von Überraschungen reden", fragte Charlie misstrauisch, „was ist mit der Brücke, auf der wir stehen?"

„Na, das ist natürlich reine Höflichkeit", erklärte Drake, als wäre es vollkommen selbstverständlich. „Ihr habt euch die Mühe gemacht, uns zu entkommen, eine Armee aufzustellen und bis vor unsere Haustür zu marschieren. Lord Tenebris zollt euch dafür größte Anerkennung, Charlie, und hat deshalb befohlen, euch wenigstens eine faire Chance zu geben, *in* die Stadt zu kommen, bevor wir euch alle töten. Daher steht euch diese Brücke voll und ganz zur Verfügung. Ihr könnt sie benutzen, um den Graben zu überqueren. Ich versichere dir, dass sie vollkommen sicher ist."

„Und wieso sollte ich dir glauben?", wollte Charlie wissen.

„Ach, Charlie, würde ich dich anlügen?", lachte Drake und grinste. „Ich bin ein Mitglied der Noctem-Allianz, mein Freund. Wir mögen euren Regeln nicht folgen, aber wenn wir uns selbst welche auferlegen, halten wir uns bis in den Tod daran. Du kannst dich auf unser Wort verlassen. Wir werden euch vernichten, und ihr dürft nicht erwarten, dass wir auch nur eine Sekunde lang fair bleiben, sobald ihr in der Stadt seid. Aber ich gebe dir mein Ehrenwort, dass es sicher ist, die Brücke zu überqueren. Sie ist nicht mit Fallen versehen oder irgendetwas in der Art. Also, warum gehst du jetzt nicht zurück und führst deine Männer nach drüben, während ich alles in meiner Macht Stehende unternehme, um dich aufzuhalten?"

Mit diesen Worten wandte Drake Charlie den Rücken zu und marschierte zu seinen Soldaten zurück. Charlie blieb völlig geschockt im Nieselregen stehen und versuchte zu verstehen, was Drake ihm gesagt hatte. Wenig später gab er es jedoch einfach auf. Offensichtlich wollte Drake nur mit ihm spielen ... oder war auch einfach wahnsinnig. Charlie schüttelte den Kopf. Der Zeitpunkt, diesen Psychopathen ein für alle Mal auszuschalten, war zwar endlich gekommen, doch er fand immer noch, dass er nicht annähernd früh genug eingetroffen war. Er befahl Dr. Pigglesworth, zu wenden und wieder zu den Soldaten von Elementia auf der anderen Seite zurückzutraben.

Sein Bauchgefühl sagte ihm, dass Drake in Bezug auf die Brücke die Wahrheit gesagt hatte. So abscheulich die Noctem-Allianz sich auch gezeigt hatte, war ihre einzige ehrenhafte Eigenschaft anscheinend tatsächlich, dass sie ihr Wort hielt. Charlie erinnerte sich an die erste Begegnung mit Drake, vor Monaten im Nether, als der während ihrer Befragung geschworen hatte, sie nicht anzulügen. Mit der Zeit hatte sich tatsächlich jede seiner Aussagen als wahr erwiesen.

Charlie hatte noch immer keine Ahnung, *warum* Drake ihnen so viel erzählt hatte. Sein erster Fluchtversuch war ihm mühelos gelungen, aber Charlie hatte Besseres zu tun als darüber nachzudenken. Er hatte jetzt schon viel zu lange versucht, die verzerrte, geradezu irrsinnige Mentalität der Noctem-Allianz zu verstehen. Die Monate der Kämpfe voller Hinterlist und Täuschungen waren endlich vorbei. Es war Zeit, auf eine Art zu kämpfen, die offen und eindeutig war.

„Was soll die Brücke?", fragte Jayden, als Charlie bei seinen Truppen ankam und sich wieder der Stadtmauer zuwandte.

„Sie ist sicher", erwiderte Charlie ungerührt, ohne Drake aus den Augen zu lassen. „Greift an, wenn ich den Befehl dazu gebe. Deine Schützen bleiben hinten und geben uns Rückendeckung."

„Was?", fragte Jayden ungläubig. „Was hat dich überzeugt, dass sie sicher ist?"

„Ich bin dein befehlshabender Offizier. Also keine Widerworte", antwortete Charlie, diesmal mit mehr Härte, sodass Jayden aufgab. „Ich bleibe bei den Bogenschützen und komme bald nach. Macht eure Waffen bereit."

„Waffen bereit machen!", wiederholten Jayden, Crunch und Sirus wie aus einem Mund. Sofort erschienen Hunderte Bögen und Diamantwaffen in den Händen der Soldaten, die sich auf den Angriff vorbereiteten.

„Fertig!", rief Charlie. „Und ... *Attacke!*"

Charlie schwenkte die Hand vorwärts und sah zu, wie Hunderte diamantgerüsteter Soldaten vorwärtsstürmten und auf ihrem Weg zur Brücke um ihn herumströmten, als sei er ein Fels in einem reißenden Fluss. Charlie hörte, wie auf der Noctem-Seite ein Ruf ertönte, woraufhin eine Welle aus Hunderten Pfeilen in die Luft schnellte und wie ein Meteoritenschauer auf den Strom der Spieler, der sich über die Brücke in die Stadt ergoss, herabstürzte.

„Zur Seite ausweichen!", brüllte Charlie, als seine Soldaten unter dem Pfeilhagel fielen.

Jayden, Crunch und Sirus an der Spitze des Sturms wechselten einen schnellen Blick und nickten einander zu. Kurz bevor die Masse an Soldaten, die über die Brücke rannte, auf die Mauer aus Noctem-Soldaten mit gezogenen Nahkampfwaffen prallte, sprangen Jayden und Sirus auf beiden Seiten der Brücke in den Graben darunter, wo sie sicher landeten. Die Truppenströme folgten ihren drei Anführern wie eine diamantene Schlange, die sich dreiteilte, von der Brücke glitt und durch den Graben schwärmte, bis nur noch Kommandant Crunchs Truppen gegen die Soldaten am Haupteingang der Stadt kämpften.

Als Crunch und seine Männer auf die schwarze Mauer der Noctem-Soldaten stießen und sich in den Nahkampf stürzten, schienen ihre Gegner desorientiert zu sein. Sie versuchten, sich aufzuteilen, um den dreifachen Angriff von Crunch, Jayden und Sirus zu stoppen. Doch es war zu spät. Bis die Noctem-Truppen in den Graben vordringen konnten, um gegen Jaydens und Sirus' Soldaten zu kämpfen, hatten die bereits Enderperlen aus ihrem Inventar geholt und teleportierten sich aus einer stetig wachsenden violetten Rauchwolke heraus auf die Krone der Stadtmauer von Element City.

Charlie sah lächelnd auf die Schlacht herab, die sich vor ihm abspielte. Er hatte noch immer keine Ahnung, wieso Drake sie so einfach in die Stadt ließ, aber was auch immer der Grund sein mochte: Charlies Truppen hatten in der ersten Phase ihres Angriffs die Oberhand gewonnen. Die Noctem-Allianz zog sich jetzt von der Mauer zurück, während Kommandant Crunch seine Soldaten durch die Tore in die Stadt trieb. Sowohl Jayden als auch Sirus hatten es unterdessen geschafft, fast all ihre Truppen mit ihren Enderperlen über die Stadtmauer hinwegzuteleportieren. Charlie sah, dass einige von ihnen sogar oben auf der Krone geblieben waren und von dort aus ins Innere der Stadt schossen.

Als er auf die Brücke hinabblickte, lösten sich gerade die Leichen von etwa fünf Soldaten von Elementia in Luft auf und hinterließen statt ihrer schwebende Inventargegenstände. Bei dem Anblick wurde ihm kalt ums Herz, doch er entspannte sich etwas, als er Hunderte von Gegenständen sah, die am Riss in der Mauer lagen, wo die Noctem-Allianz Wache gestanden hatte. Er atmete tief durch und rief sich in Erinnerung, dass viele seiner Soldaten sterben würden und dass er es einfach akzeptieren musste. Mit schwerem Herzen und verbissener Entschlossenheit, optimistisch zu bleiben, drückte Charlie seinem Schwein die Fersen in die Flanken und ritt von der Brücke aus in die Stadt.

* * *

Während er im Regen durch die Straßen seiner Stadt sprintete, konnte Stan das Ausmaß des Krieges, der überall um ihn herum ausbrach, kaum fassen. An jeder Ecke standen sich Hunderte Soldaten im Nahkampf gegenüber und setzten all ihre Kraft ein, um einander zu vernichten. Funken stoben von den aufeinanderprallenden Klingen. Pfeile flogen wie tödliche Spatzen durch die Luft, und einige kamen ihm näher als ihm lieb war. Der

Geruch und der farbige Rauch Dutzender giftiger Tränke vernebelten die Luft und wurden von Sekunde zu Sekunde dichter. Die mit Feuerladungen bestückten Werfer und TNT-Kanonen knallten und zischten und schufen ein ohrenbetäubendes Getöse, in dem die Kampfschreie der achthundert Soldaten in ganz Element City fast untergingen. Dann und wann explodierten ganze Gebäudefronten, wenn eine TNT-Kanone ihr Ziel verfehlte, und Staub, Blöcke und Trümmerstücke wurden in die Luft geschleudert.

Stan fühlte sich außerordentlich verletzlich, während er durch dieses städtische Schlachtfeld raste, ganz ohne Rüstung und ohne seine Diamantaxt in der Hand. Er wusste, dass der Unsichtbarkeitstrank, den er zu sich genommen hatte, zwecklos wäre, wenn er etwas Sichtbares tragen würde, doch sein Gefühl der Wehrlosigkeit machte ihn fahrig und panisch. Und das konnte er sich nicht leisten. Nicht bei der Mission, die vor ihm lag.

Endlich, nachdem er Hunderte Straßenblöcke und Gebäude in der Kampfzone hinter sich gelassen hatte, kam der Treffpunkt in Sicht. Hastig schlüpfte Stan in die verfallene Ruine der alten Spleef-Arena und hockte sich schnell in ein Brunnenbecken, das noch auf dem zentralen Platz stand. Das Gebäude selbst war seit Jahren nicht benutzt und von Vandalen verheert worden, doch die verbleibenden Strukturen der Arena zeigten noch immer die erhabene Pracht ihrer Glanzzeiten. In der alten Arena und auf der ebenen Grasfläche, die sie umgab, war es ruhig, aber Stan konnte dennoch das Kriegsgetöse hören, das sich immer weiter durch die Stadt verbreitete. Sein Herz raste. Ihm blieb nichts übrig, als auf seine Freunde zu warten und zu hoffen, dass sie ohne Zwischenfälle zu ihm finden würden.

Bei diesem Gedanken erklangen Schritte über ihm, und er duckte sich instinktiv zu Boden, bereit, seine Axt sofort zu ziehen. Die Schritte hielten inne, und nach wenigen Sekunden der Stille sprang Kat, vollständig sichtbar, über den Rand des Brunnens und landete neben Stan im Steinbecken.

„Hallo? Ist da jemand?", flüsterte Kat vorsichtig. Mit einer Hand umklammerte sie fest ihr Schwert.

„Ja, ich bin hier", antwortete Stan, und kaum hatte er es ausgesprochen, merkte er, dass seine Hand langsam wieder sichtbar wurde. Kat sah zu ihm hinüber und seufzte erleichtert auf. Ihre Anspannung löste sich etwas.

„Gut, dass du es in einem Stück hierher geschafft hast", sagte sie und lehnte sich an den Beckenrand. „Hattest du Probleme?"

„Nein, es ist ziemlich glattgegangen", antwortete er und setzte sich neben sie. „Und bei dir?"

„Bei mir auch", erwiderte sie und sah zu Boden, während sie gedankenverloren mit der Spitze ihres Diamantschwertes den Stein einritzte. „Aber ich wünschte, ich hätte Rex nicht im Dorf zurücklassen müssen … ich habe mich ohne ihn so verwundbar gefühlt."

„Du weißt doch, dass es so am besten ist", erklärte Stan ernst. „Auf der Mission wird er uns nicht helfen können, und das Letzte, was wir wollen, ist, dass ihm etwas zustößt."

Kat schwieg. Stan hatte keine Antwort erwartet – es gab nichts zu sagen. Sie würden in Kürze in Element Castle eindringen, um Lord Tenebris ein für alle Mal zu besiegen. Jedes Wort darüber würde die Angst, die beide nur mühsam unterdrückten, wieder aufflammen lassen.

„Ich frage mich, wo die anderen sind", sagte Stan nach einer Weile.

„Oh Mann … hoffentlich sind sie okay", erwiderte Kat nervös. Sie sah aus dem Brunnen zum grauen Himmel über ihnen hinauf. Noch immer fiel Regen, und ab und zu grollte Donner. Stan betrachtete sie besorgt und fühlte sich, als würde ihm das Herz wie ein Schwamm ausgepresst. Während er Kat anstarrte, der Regen auf sie herabtropfte und als leichter Dunst über ihnen aufstieg, traf ihn zum ersten Mal die Erkenntnis, dass mit hoher Wahrscheinlichkeit einige von ihnen – oder sogar sie alle – das Ende des Tages nicht erleben würden.

„Kat?", flüsterte er.

„Ja?", erwiderte sie mit ebenfalls gedämpfter Stimme.

„Also … es ist nur … du musst wissen, dass … falls wir nicht wiederkommen …"

„Sag das nicht!", zischte Kat. Ihre Augen glühten vor Zorn, als sie Stan einen stechenden Blick zuwarf, und er gab sofort auf. „Wir werden Lord Tenebris töten und alle lebend zurückkommen!"

Stan schaute auf den Boden des Beckens, während Kat ihn weiter anstarrte. Er wollte sie nicht infrage stellen. Doch dann sah er aus dem Augenwinkel, dass auch sie nach vorn schaute. Sie konzentrierte sich auf die Bruchsteinmauer vor sich, als wolle sie eine rätselhafte Botschaft darauf entziffern.

„Wir alle werden das schon überstehen …", murmelte sie, während sie noch immer wie hypnotisiert die Mauer fixierte.

Schritte wurden laut, und ohne nachzudenken, zogen Stan und Kat ihre Bögen und zielten nach oben, falls Noctem-Agenten sie entdeckt hatten. Doch schon bald verschwanden ihre Waffen wieder in ihrem Inventar: Leonidas' Kopf erschien über dem Brunnenrand. Er sah die beiden und lächelte.

„Großartig, hier seid ihr ja!", rief er. „Teleportiert euch da raus, wir müssen hier weg. He, Cassandrix, sie sind hier unten!"

Stan und Kat holten Enderperlen aus ihrem Inventar und warfen sie aus dem Brunnen. Stan schloss die Augen, bis er oben auf dem festen Ziegelboden wieder erschien. Er ignorierte das leichte Stechen in seinen Knien und entdeckte Leonidas und Cassandrix, beide in voller Rüstung, auf denen Verzauberungen leuchteten.

„Ihr seid spät dran", lachte Stan, während Kat neben ihm in einem Rauchwölkchen erschien, das sofort in dem stärker werdenden Regen verschwand.

„Wie dem auch sei", lachte Cassandrix arrogant, „wenigstens sind wir zwei voll gerüstet und angriffsbereit."

Stan sah an sich hinunter und erkannte, peinlich berührt, dass Cassandrix recht hatte. Weder er noch Kat hatten ihre Rüstung übergezogen, nachdem die Wirkung des Unsichtbarkeitstranks nachgelassen hatte. Hastig warf Stan die Rüstung aus seinem Inventar auf den Boden und begann, sie anzulegen. Kat tat es ihm gleich, während Cassandrix und Leonidas in sich hineinlachten.

Schließlich zog Stan den Diamanthelm auf seinem Kopf stramm. Sein ganzer Körper war von Kopf bis Fuß mit leuchtenden Diamantplatten bedeckt, bis hin zu der Axt, die er in der rechten Hand hielt. Kat sah ebenso bedrohlich aus. Das Glühen ihrer Ausrüstung strahlte durch den Regen, besonders die dreifache Verzauberung auf ihrem Schwert.

Stan atmete tief durch und blickte seinen drei Freunden, denen das Lachen vergangen war, in die Augen. Sie hielten ihre Waffen fest umklammert und sahen todernst aus. Es war Zeit, den Krieg für immer zu beenden.

„Seid ihr bereit?", fragte Stan.

„Jawohl, Sir!", erwiderten alle drei Spieler wie aus einem Munde und mussten schreien, um sich in dem inzwischen tosenden Sturm Gehör zu verschaffen.

„Gut", erklärte Stan. Seine Augen funkelten vor Zorn, während hinter ihm ein Blitz den Himmel erhellte, von unmittelbarem Donnergrollen gefolgt.

„Legen wir los."

* * *

Charlie machte große Augen, als er den TNT-Block entdeckte, der sich aus dem prasselnden Regen löste und direkt auf ihn zuflog. Er trieb sein Schwein so energisch nach rechts, wie er nur konnte, und es wich zur Seite, bevor das Geschoss ihn treffen konnte. Das TNT traf hinter ihm mit einer heftigen Explosion auf den Boden und hinterließ ein beträchtliches Loch mitten in der Straße. Als ihn die Druckwelle der Detonation erfasste, kraulte er Dr. Pigglesworth dankbar hinter den Ohren.

Obwohl der Krieg zwischen den achthundert Spielern sich jetzt auf die ganze Stadt ausdehnte, beschränkten sich die meisten Kämpfe noch immer auf das Händlerviertel, das an die Außenmauer in der Nähe der Stadttore grenzte. Charlie war unterwegs zur Front, um die Truppen zu befehligen, doch inzwischen hatte er erkannt, dass das Kampfgetümmel auf den Hauptstraßen zu dicht war. Stattdessen zog er sich also hinter ein halb zerstörtes Gebäude zurück, wo er auf Ben traf, der auf einer Werkbank ausgebreitete Schlachtpläne studierte. Sein Blick flog so schnell über die Seiten, dass seine Pupillen fast verschwammen.

„Wie läuft es hier hinten?", fragte Charlie und brachte sein Schwein neben Bens Werkbank zum Stehen. Der Polizeipräsident blickte zu ihm hoch.

„Bis jetzt ganz gut", antwortete Ben. „Wir haben ihre erste Verteidigungslinie durchbrochen und treiben sie jetzt in die Stadt zurück. Wenn das so weitergeht, sollten wir in ein paar Stunden die Burg erreichen."

Charlie seufzte bei dem Gedanken daran, die nächsten zwei Stunden mit einem harten Kampf verbringen zu müssen, besonders, weil es mehr Todesopfer geben würde, je länger die Schlacht andauerte. Dabei fiel ihm auch ein, dass er Ben nach den Todesopfern auf beiden Seiten fragen wollte.

„Tja, es ist ganz schön schwer, genaue Zahlen zu nennen", sagte Ben nüchtern, „aber nach allem, was ich gesehen habe, würde ich schätzen, dass es bis jetzt etwa fünfzig Tote auf jeder Seite sind."

Charlies Magen verkrampfte sich, als würde er erstickt. In der kurzen Zeit dieser Schlacht hatten beide Seiten schon ein Achtel ihrer Soldaten verloren! Würden überhaupt noch Kämpfer übrig sein, wenn sie die Burg erreichten?

„Bleib ruhig", ermahnte ihn Ben, der seine Panik bemerkte. „Es ist nicht überraschend, beim ersten Angriff so viele zu verlieren. Ich bin sicher, dass die Opferzahlen von jetzt an nur noch sinken werden … wenigstens bis zum letzten Gefecht bei der Burg."

„Na großartig", erwiderte Charlie niedergeschlagen.

„Nicht jammern, Charlie!", befahl Ben und ließ dem Ausbilder in ihm freien Lauf. „Bis jetzt war die Invasion ein durchschlagender Erfolg, du hast keinen Grund, dich zu beschweren. Und jetzt mach dich auf und führe deine Leute an!"

„Jawohl, Sir", erwiderte Charlie entschlossen und lenkte sein Schwein zurück ins Freie. Die Straße war inzwischen fast leer, weil sich die Kämpfe die Straße hinunter tiefer ins Händlerviertel verlagert hatten. Charlie wusste, dass er dort nicht einfach entlangreiten konnte – wäre er allein unterwegs, könnten ihn Scharfschützen oder TNT-Kanonen erwischen. Er sah sich um und entdeckte eine Seitengasse, die vom Hauptplatz abzweigte. Sie schien in etwa in der Richtung der Schlacht zu verlaufen und war offenbar vollkommen menschenleer. Er zog seine Spitzhacke und trieb Dr. Pigglesworth über den offenen Platz voran, um dann in der Gasse zu verschwinden.

Der nur zwei Blöcke breite Pfad war im Gegensatz zum Rest der Stadt mit Erdblöcken gepflastert, und auf beiden Seiten erhoben sich solide Ziegelmauern himmelwärts. Die Gasse erinnerte stark an die, in der Charlie, Stan und Kat ihre erste Zeit in Element City verbracht hatten. Wieder ertönte ein Donnerknall über ihm, und der Regen peitschte vom Himmel. Charlie rückte zentimeterweise vor, die Spitzhacke gezogen, Augen und Ohren bereit, den kleinsten Hinweis auf herannahende Gegner zu …

Da geschah alles auf einmal. Hinter Charlie erklang das Geräusch einer Teleportation, und gleichzeitig spürte er, wie sich eine Schwertspitze durch eine Lücke in seiner Diamantrüstung bohrte. Jetzt nur noch ein Stoß und er wäre erledigt. Er erstarrte wie ein Kaninchen vor der Schlange und zog am Sattel, um Dr. Pigglesworth zum Anhalten zu bringen.

„Beweg dich einen Block weit, und du bist tot", zischte Arachnias Stimme hinter ihm.

Charlie konnte sich nicht rühren. Er konnte nicht atmen. Er konnte nichts spüren bis auf den Schock, dass die ELM ihre Jagd noch nicht aufgegeben und ihn erwischt hatten.

„Schön, dich zu sehen, Charlie", begrüßte ihn Arachnia mit verschlagenem Lächeln, während sie sich vor ihn stellte. Charlie hörte, wie hinter ihm eine Bogensehne gespannt wurde und wusste, dass Lord Marrow mit einem Pfeil auf seinen Hinterkopf zielte. „Obwohl ich weiß, dass du diese Ansicht nicht teilst. Du hast vermutlich gedacht, dass wir nach dem Zwischenfall in Adorias Dorf unsere Jagd auf den Präsidenten aufgeben."

Charlie schwieg.

„Egal", lachte sie leise. „Du wirst uns sehr nützlich sein. Enderchick, bring ihn in unser Versteck."

„Soll ich auch dieses *mega*-eklige *Schwein* mitnehmen?"

Nach einer kurzen Pause antwortete Arachnia: „Ja, ich glaube schon. Wir finden sicher einen Nutzen dafür … spätestens beim Abendessen."

Charlie drehte sich der Magen um, und er fühlte, wie ihn eine kantige Hand bei der Schulter packte. Ehe er sich's versah, waren in violettem Rauch alle aus der Gasse verschwunden, und der Durchgang war erneut menschenleer.

Als Charlie wieder erschien, konnte er keinen Zentimeter weit sehen. Die Stadt draußen war im Regen und im Nebel der Tränke zwar nicht gerade klar zu sehen gewesen, aber seine Augen waren nicht bereit, sich sofort an die Dunkelheit dieses Ortes anzupassen, wohin Enderchick sie gebracht hatte. Gerade bemerkte er das Licht, das durch eine Reihe Fenster schien, als ihn eine Faust an der Schläfe traf. Das Letzte, was Charlie hörte, war Dr. Pigglesworths Quieken. Dann sah er Sterne und verlor das Bewusstsein.

KAPITEL 9

KAMPF GEGEN EINE LEGENDE

Das Furchterregendste an Element Castle war ... die Stille. Als Stan gefolgt von seinen drei Freunden durch die Steinziegel-Korridore seiner Burg lief, hallten ihre Schritte von den Wänden wieder. Die Tränke der Schnelligkeit hatten die Zeit, die sie für den Weg von der alten Spleef-Arena bis zur Burg brauchten, um die Hälfte verkürzt, und bis jetzt waren sie noch auf keine Soldaten einer der beiden Seiten getroffen, selbst dann nicht, als sie das Gelände der Burg durchquerten.

Stans Freunde mochten überrascht sein, er selbst war es nicht. Sein Bauchgefühl sagte ihm, dass Lord Tenebris dieses Duell ohne Hilfe führen wollte – das Beste, was die Noctem-Allianz zu bieten hatte gegen die Besten der Republik.

Schweigend begannen die vier Spieler die Steinziegel-Treppe emporzusteigen. Seitdem sie die Spleef-Arena verlassen hatten, war zwischen ihnen kein Wort gefallen, und sie wussten, dass dies nicht der richtige Zeitpunkt für Gespräche war. Jetzt waren sie in der Burg, und der Punkt, nach dem es kein Zurück mehr gab, lag bereits weit hinter ihnen. Fünf Spieler würden den Ratssaal betreten, aber ohne Zweifel würde mindestens einer der fünf ihn nicht verlassen. Doch wenn ein Mitglied von Stans Team heute fallen sollte, würde es nicht kampflos geschehen.

Cassandrix führte zwei Diamantschwerter mit sich, eines an jeder Seite, beide mit Schärfe verzaubert. Als Einzige unter den Spielern trug sie keine Diamantrüstung und hatte sich stattdessen für ihre weiße Spleef-Uniform aus Leder entschieden. Wie auch DZ zog sie leichte, dünnere Rüstungen vor, weil sie ihre Beweglichkeit weniger einschränkte. Außerdem hatte sie anstelle von Pfeil und Bogen eine Reihe von Wurftränken bei sich, die sie sicher in ihrem Inventar verstaut hatte.

Leonidas trug eine volle Rüstung mit Helm und Brustplatte aus Diamant, wie auch Kat und Stan. Er hatte zwei Bögen auf dem Rücken, einer mit Stärke verzaubert, einer mit Feuer. Seinen Lieblingsbogen, den er „Hornisse" getauft hatte, hielt er jedoch in der Hand. Auf ihm glühten die Verzauberungen Feuer, Stärke und Unendlich. Er hatte einen einzigen Pfeil angelegt, trug Dutzende weitere an einer Seite des Gürtels und ein unverzaubertes Diamantschwert an der anderen.

Kat umfasste ihr vollständig verzaubertes Diamantschwert, den „heißen Häcksler", in der rechten Hand. Am Gürtel trug sie ein Schwert mit Feuerverzauberung und eine Klinge mit Rückstoß. Auf dem Rücken trug sie den „alten Verlässlichen", einen Bogen mit der Verzauberung Unendlich. Man sagte, dass diese Waffe eine der ältesten der ganzen Armee war. Es handelte sich um denselben Bogen, den Kat in der Hütte des Apothekers verzaubert hatte, und sie hatte ihn seitdem immer auf einem Amboss instand gehalten.

Stan hatte dieselben Gegenstände dabei, die er bei seinem Kampf gegen König Kev getragen hatte. Mit beiden Händen hielt er eine Diamantaxt mit Schärfe, zwei weitere Eisenäxte befanden sich auf seinem Rücken. Am Gürtel hingen ein Bogen mit Stärke und Pfeile. Er hatte dieselbe Rüstung bei seinem letzten Sieg über einen Tyrannen benutzt und fand, dass man Bewährtes bewahren sollte.

Schließlich, nach einer ganzen Weile, die ihnen wie mindestens eine Stunde vorkam, hatten sie ihr Ziel erreicht. Stan, Kat, Leonidas und Cassandrix standen vor der eisernen Tür der Ratskammer. Alle vier starrten die Pforte an. Sie wussten, was sich auf der anderen Seite befand, und dass es nie eine bessere Gelegenheit geben würde, es zu stellen.

Mit zitternden Händen berührte Stan den Steinknopf an der Wand. Der Redstone-Mechanismus erwachte klickend zum Leben, und die Gruppe sah mit angehaltenem Atem zu, wie sich die Eisentür langsam öffnete.

* * *

Charlies Augenlider flatterten. Er musste gegen etwas ankämpfen, das ihm wie eine unsichtbare Energie erschien, die ihn zwang, sie geschlossen zu halten. Schließlich zwang er sich, sie aufzuschlagen, und schon bald hatten sich seine Augen an die Dunkelheit gewöhnt. Er lag auf einem Boden aus Steinziegeln, noch dazu einem, der äußerst unbequem war. Ohne seinen Kopf zu bewegen – er fürchtete die Konsequenzen – sah er sich um.

Er lag in einem kreisrunden Raum, den er als das Innere eines der Türme von Element Castle erkannte, genauer gesagt dessen, der nach der Sprengung durch König Kev neu aufgebaut worden war. Um ihn herum verlief ein Wehrgang, der ihm einen lückenhaften Überblick über Element City verschaffte. Obwohl er die Stadt sehen konnte, war es im Turm selbst stockfinster. Charlie war geradezu schockiert, dass keine Monster spawnten. An der gegenüberliegenden Wand lehnten Arachnia und Lord Marrow. Beide hielten ihre Waffen in der Hand und starrten mit ungeduldiger Miene zu Boden.

Charlie spürte, wie Übelkeit in ihm aufstieg, während er überlegte, was er jetzt tun sollte. Jeder Moment, den er hier auf dem Boden lag, kostete die Truppen der Republik auf dem Schlachtfeld einen Kommandanten. Er musste so schnell wie möglich wieder in den Kampf. Aber er hatte keine Ahnung, wie er das ohne Hilfe von Dr. Pigglesworth bewerkstelligen sollte. Als er, ohne sich zu bewegen, sein Inventar durchsuchte, bemerkte er entsetzt, dass man ihm seine Spitzhacke abgenommen hatte. Er war vollkommen wehrlos.

„He!“, brüllte Arachnia.

Das war's, dachte Charlie. Sein Herz raste. *Sie weiß, dass ich wach bin. Was werden sie jetzt mit mir anstellen?*

„Wie lange noch, bis du wieder teleportieren kannst?“

„Himmel, Arachnia, gib mir doch mal zwei Sekunden …“

„Muss ich es dir buchstabieren?“, wütete Arachnia. Offenbar regte sie sich über Enderchick auf, deren Stimme direkt unter ihm erklang. „Du musst da raus und Stan so schnell wie möglich finden! Wir können Charlie nicht ewig in diesem Turm einsperren, und er ist wahrscheinlich die einzige Person, für die sich Stan ausliefern würde!“

„Aber ich hab's *echt* noch nicht verstanden. Weiß Stan denn, dass wir den echten Charlie haben?"

„Du hast doch seine Spitzhacke, oder nicht?"

„Schon", erwiderte Enderchick, und Charlies Herz tat einen Sprung, als er hörte, wie etwas scheppernd zu Boden fiel. Seine Waffe lag jetzt auf dem Boden, direkt neben ihm.

„Mehr brauchst du nicht. Stan wird sie erkennen und sich ergeben. Dann überstellen wir ihn Drake und können die Mission endlich als Erfolg bezeichnen."

„Aber trotzdem, wie soll Stan Charlies Spitzhacke denn erkennen?"

Enderchick und Arachnia stritten sich weiter, während Lord Marrow stoisch zu Boden starrte, doch in Charlies Kopf drehten sich die Zahnrädchen wie wild. Sie hatten vor, ihn gegen Stan einzutauschen. Arachnia hatte recht, selbst wenn sie vermutlich nur riet. Stan würde sich ihnen mit Sicherheit ausliefern, um ihn zu schützen, und Charlie wusste, dass das um der Republik willen nicht geschehen durfte.

„Das ist alles deine Schuld. Hätte ich dich nicht mitgenommen, hätte ich jetzt schon wieder genug Energie zu teleportieren!"

Ein klatschendes Geräusch hallte durch die Kammer, gefolgt von einem schmerzerfüllten Quieken. Charlie drehte sich der Magen um. Dr. Pigglesworths gequälter Laut hallte hinter ihm, und er hörte, dass sein Schwein schwer atmete.

Charlies Überlegungen liefen auf Hochtouren. Aus irgendeinem Grund hatten die Mitglieder der ELM sein Tier noch nicht getötet, und Enderchick war unachtsam genug gewesen, seine Spitzhacke direkt hinter ihm auf den Boden zu werfen. Er hatte alles, was er brauchte, um zu entkommen und auf das Schlachtfeld zurückzukehren.

Es gab nur ein Problem. Charlie wusste, dass er keine Chance hatte, die drei verbliebenen Monsterjäger allein auszuschalten. Es würde ihn schon einige Sekunden kosten, vom Boden aus auf Dr. Pigglesworths Rücken zu klettern. Das wäre für Lord Marrow genug Zeit, ihm einen Betäubungspfeil in den Arm zu schießen. Es war nur eine Frage der Zeit, bis Enderchick sich wieder in der Lage fühlte zu teleportieren. Charlie hatte keine Ahnung, wie er entkommen sollte, doch er wusste, dass Eile geboten war.

Die Fackeln in der Ratskammer flackerten über Stan und seinen Freunden, während sie mit gezogenen Waffen in einer Reihe vor dem Eingang standen. Aus den Fenstern in der Steinziegelwand konnte Stan die weitläufige Großstadt Element City unter dem grauen Himmel sehen. Es war das erste Mal seit Wochen, dass Stan seine Ratskammer betreten hatte, und obwohl sie fast unverändert war, störte ein Unterschied ihn zutiefst.

Der Ratstisch war entfernt worden. Die einen Block hohe Steinplattform, die Stan und seinen Freunden als Tisch gedient hatte, auf dem sie die Verfassung von Elementia entworfen und jedes ihrer Gesetze verabschiedet hatten, war verschwunden. Stattdessen befand sich dort ein flaches Feld aus Steinblöcken zwischen Stan und dem erhöhten Thron, auf dem ein einsamer Spieler saß. Stan konnte sich nicht rühren, denn zum ersten Mal in seinem Leben sah er Lord Tenebris vor sich.

Der Anführer der Noctem-Allianz saß im Schneidersitz auf dem Thron, die eckigen Hände zusammengepresst, ein hinterhältiges Feixen im Gesicht. Stan hatte gehört, dass Lord Tenebris – oder auch Herobrine – fast genau seinen Skin hatte, aber dennoch war er davon überrascht, dass sie sich tatsächlich in allen Punkten bis auf einen glichen. Wie auch der fehlende Tisch löste dieser eine, subtile Unterschied bei Stan Gänsehaut aus, als er Lord Tenebris in die leeren weißen Augen starrte.

Und doch drängte sich Stan ein seltsames Gefühl auf, während er seinem größten Gegenspieler zum ersten Mal ins Gesicht blickte. Die Leere seiner Augen bohrte sich in Stans eigene und zwang ihn, diese Verbindung mit aller Macht aufrechtzuerhalten, und doch hätte Stan schwören können, dass ihm tief in den leeren Augenhöhlen etwas vertraut erschien.

Das Gefühl hielt jedoch nur wenige Sekunden an, bis Stan gezwungen war wegzuschauen. Es war, als hätte er versucht, in die Sonne zu starren. Stans gesamtes Gesicht fühlte sich an, als hätte er eine Verbrennung davongetragen. Außerdem war es schließlich gleichgültig, was Stan in den Augen des Anführers der Noctem-Allianz gespürt haben mochte. Wichtig war nur, dass endlich der Moment gekommen war, ihn zu töten. Stan umklammerte fest seine Axt und hob den Blick wieder zu Lord Tenebris.

„Wenn das nicht die Anführer der Republik Elementia sind", lachte Lord Tenebris amüsiert. Seine Stimme war tief und ruhig, jedoch unsagbar Furcht einflößend. Allein der Klang ließ Stan befürchten, dass Lord Tenebris genau wusste, was er dachte.

„Ergib dich!", befahl Stan und klang weitaus mutiger,

als er sich fühlte, während er Lord Tenebris anstarrte. „Wir sind zu viert, du bist allein. Ein Kampf wäre sinnlos."

„Oh, Stan, Stan, Stan", kicherte Lord Tenebris, schloss die Augen, schüttelte den Kopf und schnalzte mit der Zunge. „Nicht so hastig. Wir werden so viel Spaß haben, wozu die Eile? Lass mich euch doch wenigstens begrüßen, bevor wir loslegen. Fangen wir mit Cassandrix an."

Cassandrix, die mit gezogenem Schwert von Stan aus am anderen Ende der Reihe stand, schnappte nach Luft. Offenbar war sie schockiert. „Woher kennst du meinen Namen?", fragte sie.

„Aber jeder kennt doch deinen Namen, Cassandrix", antwortete Lord Tenebris fast im Plauderton. „Schließlich bist du eine der besten Spleef-Spielerinnen in der Geschichte von Element City … oder zumindest warst du das, bis dich die neuen Spieler übertrumpft haben."

„Was?", keuchte Cassandrix. „Was redest du da? Woher weißt du das?"

„Ich weiß von allem, was je auf diesem Server geschehen ist", lachte Lord Tenebris. „Und ich weiß, was du durchgemacht hast, Cassandrix. *So* eine tragische Geschichte … immer die beste Spielerin in der Spleef-Liga, doch nie entsprechend geschätzt, immer von deinen mittelmäßigen Teamkameraden zurückgehalten. Dann, nach Jahren der Bedeutungslosigkeit, kehrt Spleef nach Elementia zurück, und du siehst die Chance vor dir, den Ruhm zu ernten, den du immer verdient hast, nur um festzustellen, dass du im Vergleich zu den Neueinsteigern überaltert und nutzlos bist."

„Halt die Klappe!", knurrte Cassandrix, doch Lord Tenebris sprach weiter.

„Warum hast du dich ihnen also angeschlossen, Cassandrix? Du müsstest von allen doch am besten wissen, dass niedriglevelige Spieler nichts als Abschaum sind, der unseren Server überflutet und hart arbeitenden Spielern wie dir seine Chancen verbaut – Spielern, die schon in Elementia waren, bevor die Neulinge auch nur wussten, was Minecraft war. Warum also widersetzt du dich mir, wenn ich in jeder Hinsicht zu deinem Vorteil agiere?"

„Lieber würde ich sterben, als mich dir anzuschließen!", schrie Cassandrix wutentbrannt und starrte Lord Tenebris mit Tränen in den Augen an. „Was immer du von den niedrigleveligen Spielern denkst, sie sind doch Spieler, und kein Spieler verdient, was du ihnen angetan hast!"

Wieder lachte Lord Tenebris leise. „Nun gut, Cassandrix", erwiderte er in einem gleichbleibend beiläufigen Ton. „Wenn du gegen mich kämpfen möchtest, um eine Welt zu schaffen, in der niedrigleveligen Spielern alles auf dem Silbertablett serviert wird, auf Kosten älterer Spieler wie dir selbst, so sei es."

„Was hast du überhaupt für ein Problem mit den Niedrigleveligen?", rief Leonidas, während Cassandrix mit großen Augen und schockiertem Gesichtsausdruck zu Boden starrte. „Was haben sie dir je getan?"

Lord Tenebris wandte sich langsam Leonidas zu, der sofort zur Seite sah, um jeden Blickkontakt zu vermeiden.

„Sieh mal an, wenn das nicht General Leonidas ist", sagte Lord Tenebris. Sein emotionsloser Ton war verstörender, als jeder Schrei es hätte sein können. „Es ist so … interessant, dich hier zu sehen. Ich muss gestehen, dass mich dein Verrat überrascht hat. Ich halte große Stücke auf meine Voraussicht, aber ich habe nicht erwartet, dass du je neben dem Präsidenten von Elementia stehen und mit einem angelegten Pfeil auf mich zielen würdest."

„Beantworte meine Frage", zischte Leonidas und spannte die Sehne seines Bogens weiter.

Lord Tenebris lachte. „Leonidas, mein Freund, du missverstehst. Ich bin weit mehr als ein einfacher Spieler, dem neue Spieler etwas zuleide getan haben. Inzwischen solltest du es doch erkannt haben!"

Mit diesen Worten erhob sich Lord Tenebris von seinem Thron und streckte die Hand aus. Stan versuchte, seine Axt zu heben, um zu verhindern, was auch immer zu geschehen drohte, doch zu seinem Entsetzen konnte er sich keinen Millimeter bewegen. Ihn überkam das grauenhaft vertraute Gefühl, von Sallys Operator-Macht festgehalten zu werden, während er völlig unbeweglich dastand und in Lord Tenebris' paranormaler Umklammerung gefangen war. Er schielte neben sich und stellte zutiefst schockiert fest, dass auch all seine Freunde eingefroren waren, als wären sie lebendige Statuen. Sein Herz klopfte ihm vor Panik bis zum Hals, doch als er den Blick wieder auf Lord Tenebris richtete, blieb es fast stehen.

Lord Tenebris' Augen waren weit geöffnet, und durch die offenen Fenster der Ratskammer fuhr eine Windbö. Der Wind wurde von Sekunde zu Sekunde stärker, und nach wenigen Augenblicken tobte ein Sturm von der Stärke eines Hurrikans durch den Raum. Die Luft schien Lord Tenebris zu umwirbeln, während er sich langsam mit weit ausgestreckten Händen in die Luft erhob. Sein Gesichtsausdruck war nicht mehr jovial und beiläufig, sondern manisch und unnatürlich. Eine urtümliche Angst packte Stan, als Lord Tenebris den Mund öffnete und sprach.

„Ich existiere seit Anbeginn der Zeit, und ich bin das mächtigste Wesen in Minecraft!", erklang Lord Tenebris' Stimme und übertönte den wütenden Sturm, so verstärkt, als sprächen Tausende Stimmen direkt in Stans Kopf. Er hatte das Gefühl, als würde sein Trommelfell platzen. „Meine Macht ist unvergleichlich, und ich übertreffe alles, was sich jeder Spieler, jeder Operator je erträumen könnte! Nach dem Tod von König Kev war Elementia, der größte Minecraft-Server der Geschichte, Parasiten in die Hände gefallen, und ich wusste, dass es nach Jahren des Schlummers an der Zeit war, mich wieder zu erheben! Ich kam aus der Not heraus nach Elementia, um die in Ungnade gefallenen Soldaten zum Sieg über das Ungeziefer zu führen, das das Land befallen hatte! Und heute … heute ist der Tag gekommen, an dem ich beenden werde, was der große Märtyrer begonnen hat! Ich bin die universelle Verkörperung des Geistes des wahren Königs von Elementia! Ich … bin … Herobrine!"

Lord Tenebris' Mund stand weit offen und seine Augen schienen aus ihren Höhlen zu treten, als er einen animalischen Schrei ausstieß, der selbst die schneidenden Sturmwinde übertönte. Vor den Fenstern der Ratskammer sah Stan, wie Dutzende Blitze aufzuckten, den nun pechschwarzen Nachthimmel erhellten und den wirbelnden Raum, der Element Castle umgab, mit einer grausigen Mischung aus Licht und Dunkelheit erfüllten. Es war Stans Sinnen unmöglich, den Anblick wirklich zu erfassen. Es überstieg alles, was er sich in seinen schlimmsten Albträumen hätte ausmalen können. Er war jetzt sicher zu wissen, wohin die Energie floss, die aus Elementias Kern abgezogen wurde – von Lord Tenebris ging mehr reine Kraft aus, als Stan in seinem Leben je zuvor gespürt hatte.

Dann, urplötzlich, verloschen die Blitze. Der tiefschwarze Himmel vor dem Fenster erhellte sich und nahm wieder das schwammige Grau der Witherwolke an. Die Windhose, die den schwebenden Lord Tenebris umwirbelt hatte, legte sich schnell, und er selbst atmete tief ein und wieder aus, während er langsam hinabsank und auf dem Steinziegelboden landete. Er befand sich nicht mehr auf der erhöhten Plattform des Thrones, sondern mit dem Rücken zur Wand, auf einer Höhe mit Stan und seinen Freunden. Mit einem Schlag stellte Stan fest, dass er sich wieder bewegen konnte und hob seine Axt sofort in eine Abwehrhaltung, obwohl die Waffe von seinen zitternden Händen unbeherrscht durchgeschüttelt wurde.

Lord Tenebris' Miene war wieder entspannt. Sie zeigte zwar kein Lächeln, doch auch keine andere Gefühlsregung. Er hob wieder die Hand, und ehe Stan sich versah, spürte er hinter sich eine enorme Hitze aufsteigen. So schnell er konnte, sprang er vor und versuchte verzweifelt, dem Feuer zu entkommen, das hinter ihm aufgeflammt war. Als er neben seinen gleichermaßen verwirrten Gefährten auf dem Boden landete, sah er sich um. Fast die gesamte Ratskammer brannte lichterloh. Das Feuer umsäumte den Raum und versperrte die Tür. Im Innern des Feuerrings befand sich nur die Fläche aus Steinziegelblöcken, auf denen Lord Tenebris und die vier Spieler standen.

„Wie auch die Allianz, die ich führe, liegt mir das Prinzip der Ehre sehr am Herzen", erklärte Lord Tenebris, als wolle er ein Geschäft vorschlagen. „Daher überlasse ich euch die Wahl, was euer Schicksal angeht."

Stan hatte zu viel Angst, um zu antworten. Selbst in tausend Jahren hätte er sich nicht auf Lord Tenebris' Fähigkeiten vorbereiten können. Er hatte soeben eine Macht demonstriert, die alles überstieg, was ein Spieler, sogar einer mit Operator-Rechten, je würde erreichen können.

„Eure erste Option", fuhr Lord Tenebris fort, „ist, euch mit mir zum Schlachtfeld zu begeben. Dort, vor allen Bürgern Elementias, werdet ihr euch mir ergeben und den Krieg für beendet erklären. Danach werde ich jeden Einzelnen von euch sowie jeden eurer Kommandanten hinrichten. Es wird schnell und schmerzlos sein, und alle übrigen eurer Bürger werden in Frieden unter der Herrschaft der Noctem-Allianz leben.

Eure zweite Option", erklärte Lord Tenebris, nachdem er eine kurze Pause eingelegt hatte, damit die Spieler sein Angebot überdenken konnten, „ist hierzubleiben und mich vier gegen einen zu bekämpfen. Ich werde mich nicht zurückhalten, ich werde keine Gnade zeigen und den Kampf solange hinausziehen, wie ich nur irgend kann. Wenn ich mit euch fertig bin, werde ich mich aufs Schlachtfeld begeben und meinen Soldaten dabei helfen, alle auszulöschen, die euch dienen.

Ich habe nicht den Wunsch, das zu tun. Der Krieg ist vorüber, und ich möchte keine Zivilisten töten, wenn es nicht absolut nötig ist. Die Wahl liegt jedoch bei euch."

Sie schwiegen, und nur eine leichte Brise wehte durch die Ratskammer, während das Feuer um sie herum prasselte. Stan war zu benommen, um wirklich überlegen zu können. Nur ein einziger Gedanke durchdrang seinen Geist: *Ich werde gleich sterben.*

Er hatte keine Wahl, als Lord Tenebris zu gehorchen.

Keiner von ihnen würde der Ratskammer lebendig entkommen können, und selbst wenn, würde Lord Tenebris sie finden. Ihn zu bekämpfen käme einer reinen Folter gleich. Stan erinnerte sich an den Moment in seinem Kampf gegen König Kev, als der ihn angezündet und mehrfach in die Luft geschleudert hatte. Er hatte noch nie in seinem Leben größere Schmerzen gespürt, doch er wusste, dass sie im Vergleich zu denen, die ihnen Lord Tenebris zufügen würde, wenn sie sich weigerten, ein Kinderspiel wären. Und das war nur, was er *ihnen* antun würde. Wenn sie versuchten, Lord Tenebris anzugreifen, würde jeder, der Stan je gefolgt war, sein Schicksal teilen.

Andererseits, wenn sie sich entschieden, sich hinrichten zu lassen, um den Krieg zu beenden … was dann? Die Bürger von Elementia würden unter der Herrschaft der Noctem-Allianz leben müssen. War das wirklich ein besseres Schicksal als ein wenn auch qualvoller Tod? Die meisten von Stans Anhängern waren niedriglevelige Spieler. Man würde sie aus Element City verbannen und sie in der Wildnis ihrem Schicksal überlassen. Selbst mit den Fähigkeiten, die sie sich unter Kommandant Crunchs Führung angeeignet hatten, würde ihnen das Überleben schwerfallen. Die Noctem-Allianz würde sie außerdem vermutlich nicht in Frieden lassen. Stan war sicher, dass die hochleveligen Spieler sich geradezu Mühe geben würden, sie zu verfolgen und zu quälen. Wenn er sich ergab, würde sein Volk überleben, doch auch der Hass.

„Ich warte", sagte Lord Tenebris und klang inzwischen leicht irritiert. „Ich weiß ja nicht, wie es euch geht, aber ich würde diese Kämpfe gern so bald wie möglich beenden, um so viele meiner Anhänger zu behalten, wie ich kann.

Wenn ihr nicht bald eine Entscheidung trefft, vergesse ich mein Ehrgefühl vielleicht für einen Moment und wähle die Option, die mir am meisten Spaß machen würde."

Stan schnürte sich die Kehle zu, während er verzweifelt versuchte abzuwägen, welches das kleinere Übel darstellte. Die Tatsache, dass er in jedem Fall sterben würde, beschäftigte ihn aus irgendeinem Grund fast gar nicht. Er konnte nur daran denken, welche Wahl zu weniger Verzweiflung unter seinen Bürgern führen würde, die alles gegeben hatten, um die Noctem-Allianz zu bekämpfen. Sie verdienten so wenig Qual wie möglich, wie immer die Sache für ihn ausgehen mochte.

Plötzlich nahm Stan ein neues Geräusch in der totenstillen Kammer wahr – es waren Schritte. Stan sah auf. Kat war vorgetreten. Ihre Hände waren leer, und von seiner Position aus konnte er ihr Gesicht nicht sehen, nur die Rückseite ihrer Diamantrüstung. Er sah wie hypnotisiert zu, wie Kat sich direkt vor Lord Tenebris stellte, niederkniete und sich dann tief verneigte.

Lord Tenebris lächelte, und Stan konnte kaum begreifen, was er da sah. „So, so, Kat … du bist bereit, für deinen Präsidenten und dein Land zu sprechen und dich mir zu ergeben?"

Kat sagte nichts. Stattdessen sprang sie in einer fließenden Bewegung auf, packte ihr verzaubertes Diamantschwert und stieß es mit einem wilden Kampfschrei geradewegs in Richtung von Lord Tenebris' ungeschütztem Bauch.

Lord Tenebris reagierte nicht weniger schnell. Mit der linken Hand schlug er die Schwertspitze beiseite und streckte die rechte augenblicklich in Kats Richtung aus.

Sie wurde steif, erstarrte, während sie sich noch von ihrem Angriff erholte. Im gleichen Moment spürte Stan, wie ihn Lord Tenebris' telepathische Umklammerung packte. Wieder fühlte er die abgrundtiefe Hilflosigkeit, seinen eigenen Körper nicht unter Kontrolle zu haben. Lord Tenebris wirkte nicht mehr überheblich oder arrogant, nur noch schockiert und ausgesprochen wütend. Bald entstellte brennender Hass seine Züge und verwandelte sie in eine abstoßende Grimasse des Zorns.

„Falsche Entscheidung", zischte er drohend.

* * *

Außerhalb der Wehrgänge erklang ein knallender Donner, und Charlie musste sich mit aller Willenskraft zwingen, sich nicht zu rühren. Ohne jede Vorwarnung hatte ein orkanhafter Sturm den Turm durchfegt, und draußen sah er elektrische Entladungen, die Lichtblitze und Energie in den schwarzen Himmel schleuderten. Charlie wusste, dass dieses Ereignis keinen natürlichen Ursprung haben konnte und zog erschrocken den Schluss, dass Stan und die anderen vermutlich den Kampf gegen Lord Tenebris begonnen hatten. Sie waren wahrscheinlich direkt unter ihm in der Ratskammer.

Charlie gestattete sich jedoch keine weiteren Überlegungen zur Situation seiner Freunde. Er musste sich jetzt auf seine eigene Rettung konzentrieren, seinen Truppen zuliebe. Seine Gedanken überschlugen sich, einen Weg zu finden, auf sein Schwein zu springen und aus dem Turm zu galoppieren, bevor die ELM ihn vernichtete. Ihm fiel jedoch nichts ein, das funktionieren würde.

„Ich bin fast so weit, Arachnia!", gluckste Enderchick hinter ihm.

„Na, dann beeil dich", erwiderte Arachnia finster. Sie konnte mit normaler Lautstärke sprechen, denn die Winde waren so schnell verschwunden, wie sie aufgekommen waren. „Ich weiß nicht, was diesen Sturm ausgelöst hat, aber ich weiß, dass wir so schnell wie möglich den Turm verlassen müssen. Mir gefällt nicht, so nahe an Lord Tenebris zu sein."

Charlie stockte der Atem. Sie standen kurz davor, ihren Plan auszuführen! Sobald Enderchick mit seiner Spitzhacke verschwand, würde er niemals entkommen können – das Werkzeug war seine einzige Waffe gegen Arachnia und Lord Marrow. Er versuchte verzweifelt, sich seine Umgebung bildlich vorzustellen. Er hatte monatelang in dieser Burg gelebt und kannte sie wie seine Westentasche. Irgendetwas in seiner Umgebung musste ihm doch zur Flucht verhelfen können …

Dann, plötzlich, hörte Charlie es. Es war nur schwach, und zwischen den Sturmböen, dem prasselnden Regen und dem entfernten Kampfgetöse konnte er es kaum wahrnehmen … doch er hörte es ohne jeden Zweifel. Ein Atmen – schmerzhaft, entsetzlich rasselnd, fast schon metallisch – ein Geräusch, das der Luft alle Hoffnung und Wärme zu entziehen schien.

Ohne weiter nachzudenken, hob Charlie den Kopf. Es war egal, ob man ihn dabei beobachtete, er musste selbst sehen, was er gehört hatte. Tatsächlich, da war er und flog nicht allzu weit von den Turmmauern entfernt. Reine Finsternis entströmte seinem Körper und erhob sich in den Himmel. Die drei Skelettköpfe beobachteten die

Stadt. Charlie hatte keine Ahnung, was der Wither hier wollte, doch er fragte sich, ob er ihn vielleicht zu seinem Vorteil nutzen konnte.

Innerhalb einer Sekunde kam ihm eine wahnwitzige Idee. Er wusste, dass sie fast keine Aussicht auf Erfolg hatte. Nie zuvor hatte er einen Plan gefasst, bei dem so viele Fehlschläge möglich waren. Eine weitere Sekunde später hörte er, wie Enderchick hinter ihm aufstand und gähnte. Charlie vermutete, dass sie sich wohl streckte, erholt nach ihrer langen Rast. Jetzt ging es um alles oder nichts.

Okay, Charlie. Du schaffst das, sagte er sich und versuchte, nicht zu angestrengt nachzudenken. *Tu es einfach. Eins … zwei … DREI!*

Charlie schnellte auf die Knie und packte den Schaft seiner Spitzhacke, die auf dem Boden lag, in dem Moment, als Enderchick danach griff. Bevor sie auch nur merkte, was geschehen war, riss er ihr die Waffe aus der Hand, zielte und schleuderte sie, so fest er konnte, von sich. Als alle drei Mitglieder der ELM aufsprangen und ihre Waffen auf Charlie richteten, wirbelte die Spitzhacke über den Wehrgang hinweg durch den verregneten Himmel und traf den mittleren Hinterkopf des Withers.

Der Treffer zeigte sofort Wirkung. Der Bossmob stieß ein grauenerregendes Gebrüll aus. Bevor sie angreifen konnten, wirbelten die drei Mobjäger herum und starrten aus dem Fenster, um die Quelle des markerschütternden Lautes auszumachen. Sie machten große Augen, dann sprangen sie aus dem Weg, um den gewaltigen Explosionen zu entgehen, als die Sprengprojektile des Withers die Turmmauer in Stücke rissen. Inmitten der Druckwelle und der umherfliegenden Trümmer tastete Charlie nach dem Boden, richtete sich mit beiden Händen und seinem unversehrten Bein auf, hüpfte zur Seite und landete direkt auf Dr. Pigglesworth. Er stieß dem Schwein die Ferse in die Flanke, und beide rasten über den Turmboden auf die Tür zu, die zur Burgbrücke führte.

„Haltet ihn! Er entkommt!“, erklang Arachnias erstickter Schrei inmitten des Aufruhrs im Turm. „Enderchick!“

Charlie warf einen Blick zurück und sah, wie Enderchick in der Mitte das Turms stand und ihn direkt anstarrte. Sie war so auf Charlie und sein Schwein konzentriert, die mit halsbrecherischer Geschwindigkeit flüchteten, dass sie nicht einmal den Wither bemerkte, der in den Raum geschwebt war und mit allen drei Köpfen auf sie zielte. Bevor sie sich rühren konnte, trafen sie alle drei schwarzen Schädel und schleuderten sie in die Luft. Ein Schweif von Inventargegenständen löste sich noch im Flug aus ihrem Körper.

Charlie konnte es sich nicht verkneifen: Er befahl Dr. Pigglesworth, mitten auf der Burgbrücke anzuhalten, und sah sich nach dem Turm um. Durch den anhaltenden Rauch der Explosionen konnte Charlie die Umrisse von Arachnia und Lord Marrow ausmachen. Anfangs versuchten sie zwar, den Explosionen des untoten Dämons auszuweichen, doch schon bald hüllten die Detonationen den gesamten Raum ein, durchbrachen die Wände und verbargen die Mobjäger schließlich vor Charlies Blicken.

Regungslos starrte er den Turm an, der von innen heraus zerbarst. Die Explosionen hielten eine volle Minute lang an, bis der Wither sich schließlich über ein Feld aus Steinziegelblöcken erhob. Inmitten des Staubs und der fallenden Trümmerstücke sah Charlie drei Leichen, die auf dem noch unversehrten Boden lagen, umgeben von ihren Gegenständen, die auf den Blöcken um sie herumschwebten.

Charlie hatte keine Zeit zu reagieren. Er konnte nicht über die drei Spieler nachdenken, die er soeben getötet hatte. Ihm blieb nicht einmal Raum für Erleichterung darüber, dass die Kopfgeldjäger, die seinen besten Freund hätten gefangen nehmen sollen, nun vernichtet waren. Er sah nur den Wither, der über dem zerbombten Turm schwebte und seine sechs Augen auf ihn richtete.

Er ließ sein Schwein wenden und trieb es zu seinem Höchsttempo an, als der erste Schädel den Mund des Withers verließ. Er explodierte hinter ihm, und Charlie bereute sofort, der Zerstörung des Turms zugesehen zu haben. Auf Dr. Pigglesworths Rücken raste er voran, während zahllose schwarze Schädel auf ihn herabregneten und ihn verfolgten. Sie zerstörten die Steinziegelfläche, auf der König Kev und Stan vor vielen Monaten gekämpft hatten.

Der andere Turm, dachte Charlie verzweifelt und konzentrierte sich auf den Eingang am anderen Ende der Brücke. *Darin ist eine Treppe in die Burg … wenn ich nur den anderen Turm erreichen kann …*

Direkt vor ihm löste ein Geschoss eine riesige Explosion aus. Er packte Dr. Pigglesworths Zügel und riss sie zurück, sodass das Schwein aufquiekte und weniger als einen Block vor dem Abgrund zum Halten kam. Charlie suchte panisch nach einem Ausweg, fand jedoch keinen. Das Loch vor ihm versperrte ihm den Weg in die Burg, und die Brücke hinter ihm war vollständig zerstört. Nur der steile Abgrund, der zum Boden der Rotunde viele hundert Blöcke unter ihm führte, war übrig geblieben.

Der Wither schwebte direkt über dem Loch, das er gerade aufgerissen hatte. Das Monster atmete rasselnd ein und schoss, begleitet von einem Lichtblitz, einen Schädel aus seinem Mund. Das Projektil war nicht schwarz wie die anderen, sondern hellblau. Es flog außerdem weitaus langsamer – und direkt auf Charlie zu.

Er konnte nirgendwohin fliehen. Ihm blieb nichts, als Dr. Pigglesworth aus der Flugbahn des langsamen blauen Witherschädels zu führen, bevor das Geschoss das winzige, einzige verbliebene Stück Boden traf, auf dem Charlie stand, und explodierte.

* * *

Stan konzentrierte sich mit ganzer Kraft darauf, den Arm zu bewegen, der seine Diamantaxt hielt, aber es war zwecklos. Lord Tenebris' übernatürliche Umklammerung war zu stark. Er sah zu Cassandrix und Leonidas hinüber. Sie hatten den Kampf aufgegeben und die Sinnlosigkeit solcher Bemühungen eingesehen. Sie konzentrierten sich nur auf Kat.

Die stand vor Lord Tenebris, und ihre Diamantrüstung schimmerte im glühend orangefarbenen Feuerschein. Obwohl sie den Arm noch immer in der Position hielt, mit der sie den Anführer der Noctem-Allianz erfolglos angegriffen hatte und ebenfalls vollkommen unfähig war, sich zu bewegen, starrte sie ihn mit trotziger Miene an.

„So, so", flüsterte Lord Tenebris, und der Blick seiner weißen Augen bohrte sich in ihre. „Du hast gedacht, du könntest mich überlisten."

Kat sagte nichts. Sie starrte weiter unnachgiebig in Lord

Tenebris' weiße Augen. Ihr Hass auf ihn und die Allianz, die er befehligte, strahlte buchstäblich von ihr aus.

„Vielleicht hast du mich nicht verstanden, Kat", fuhr Lord Tenebris in einem sanften Tonfall fort, der Stan einen kalten Schauer über den Rücken jagte. „Wenn dir euer Volk auch nur im Geringsten wichtig ist, glaube ich, dass es in deinem Interesse liegt, vor mir niederzuknien."

„Niemals", knurrte Kat. Es war das erste Wort, das sie ausgesprochen hatte, nachdem sie die Ratskammer betreten hatten. Ihr Gesicht war zu einer entschlossenen Grimasse verzerrt, und ihre Augen zeigten keine Spur von Angst, während sie ihrem Gegner entgegenstarrte. Ihre Unbeugsamkeit brannte wie das Feuer, das sie umgab.

Lord Tenebris riss die Augen auf. Im Handumdrehen war jede Spur von Zurückhaltung und Raffinesse verflogen. Er verzerrte das Gesicht, und als das Feuer seine Gesichtszüge hervorhob, schien er einem Dämon gleich. Er erwiderte den unnachgiebigen Blick der Spielerin, die sich ihm widersetzte.

„Ich sagte … *knie nieder!*"

Kat sank auf die Knie. Ihre Hände wurden auf ihre Oberschenkel gezwungen, und langsam neigte sie sich vor. Ihre Stirn kam dem Boden immer näher. Sie zitterte am ganzen Körper, Schweiß tropfte von ihrem Gesicht, Adern traten hervor, und sie knirschte mit den Zähnen, während sie mit aller Kraft versuchte, sich Lord Tenebris' telepathischem Griff zu entziehen. Trotz ihrer Mühen neigte sie sich immer weiter vor. Kurz, bevor ihre Stirn den Steinziegelboden berührte, sprach sie wieder.

„*Auf … keinen … Fall*!"

Es kam Stan vor, als würde er eine Zeitlupenaufnahme

betrachten. Kat riss den Kopf hoch, ihr Körper schnellte aus seiner knienden Position empor, und sie streckte sich rückwärts, als sie sich aus Lord Tenebris' Griff befreite. Der Schwung hinter ihrer Bewegung schleuderte Kat aufwärts, bis sie wieder auf den Beinen stand, und sie schoss den auf ihrem Bogen angelegten Pfeil ab. Er bohrte sich direkt in Lord Tenebris' ungeschützte Brust.

Lord Tenebris sah auf das Geschoss hinab, das aus seinem Herzen hervorragte. Er zeigte keinen Schmerz, keinen Zorn, keine Überraschung. Er sah einfach nur verwirrt aus, als hätte er keine Ahnung, wie der Pfeil in seinen Körper gelangt war. Stan konnte diese Reaktion jedoch nur für den Bruchteil einer Sekunde beobachten, bevor Kats Schwert Lord Tenebris' Stirn traf.

Lord Tenebris taumelte benommen und überrumpelt zurück, während Kat einen weiteren Schlag ausführte, der seinen Bauch traf. Die Rückstoß- und Feuerverzauberungen der Klinge zeigten Wirkung. Der oberste Anführer der Noctem-Allianz ging in Flammen auf. Und Kat ließ nicht locker. Wie eine Maschine stürzte sie vor und traf Lord Tenebris immer und immer wieder, sodass er Stück für Stück rückwärts durch die Ratskammer getrieben wurde.

Stan fühlte, dass Lord Tenebris' telepathische Umklammerung nachließ, doch er konnte sich trotzdem nicht bewegen. Er sah zu, wie Kat Lord Tenebris, den Gegner, den sie monatelang bekämpft hatten, nun völlig dominierte.

In wenigen Sekunden hatte sie ihn bis auf die andere Seite der Kammer befördert. Mit einem dumpfen Schlag prallte er gegen die erhöhte Plattform, auf der sein Thron stand. Er sackte zusammen, den Rücken zur Wand, Arme,

Beine und Kopf schlaff herabhängend, während er inmitten des Feuerrings lag. Flammen umgaben seinen gesamten Körper.

Trotz ihres Adrenalinschubs gestattete sich Kat eine Atempause, ohne Lord Tenebris aus den Augen zu lassen. Dort, in der Mitte der Kammer, unter den ehrfürchtigen, ungläubigen Blicken ihrer drei Freunde, kam sie zu einem beängstigenden Schluss. Lord Tenebris war noch am Leben! Wäre er gestorben, hätte sie den verräterischen Ring aus Gegenständen gesehen – selbst im Feuer würden sie einen Moment lang sichtbar bleiben, bevor sie verbrannten.

Sie hatte alle empfindlichen Punkte seines Körpers mit dem Schwert getroffen, und er saß in einem Feuerwirbel. Kat wusste, dass er nicht mehr lange durchhalten könnte, selbst wenn er noch lebte. Sie könnte einfach abwarten, bis das Feuer ihn erledigte. Aber … nein, Kat wusste, dass sie das nicht konnte. Nach allem, was dieser Dämon ihr und ihren Freunden in den letzten Monaten angetan hatte, würde sie sich nicht mit weniger zufriedengeben, als selbst den Gnadenstoß zu führen.

Kat umfasste das Heft ihres Diamantschwerts fester. Sie starrte auf Lord Tenebris' bewusstlosen Körper hinab. Ihre Augen blitzen auf, sie stieß einen wilden Schrei aus und stürmte vor, ihr Schwert hinter sich. Als sie nur wenige Blöcke von ihm entfernt war, sprang sie hoch, flog über die Flammen hinweg und stieß die Klinge mit aller Kraft abwärts.

Das Diamantschwert kam abrupt zum Halten und fror ein, als es nur einige Pixel von der Krone auf Lord Tenebris' Kopf entfernt war. Kat war mitten in der Luft erstarrt.

Ihr Gegner lag noch immer zusammengekrümmt an der Thronplattform, schlaff und bewusstlos … mit Ausnahme seiner Hand. Er hatte seine Rechte erhoben und sie direkt vor Kats Gesicht zur Faust geballt. Urplötzlich fühlte Stan, wie Lord Tenebris seinen telepathischen Griff wieder verstärkte. Er konnte sich nicht bewegen, und er, Leonidas, Cassandrix und Kat waren gezwungen zuzusehen, als Lord Tenebris die Augen öffnete.

Der Noctem-Herrscher richtete sich auf. Seine noch immer brennenden Gesichtszüge waren von Abscheu erfüllt. Er atmete tief durch. Augenblicklich verschwanden alle Wunden, die Kats Schwert ihm zugefügt hatte. Der Pfeil wurde aus seiner Brust gedrückt und fiel ins Feuer, wo ihn die Flammen verzehrten. Die Brände an seinem Körper verloschen, und die ihn umgebende Glut zeigte keinerlei Wirkung auf ihn, als er emporschwebte, die Hand noch immer zu Kat ausgestreckt. Sie wurde mit ihm angehoben.

Die beiden Kontrahenten, er stehend, sie in der letzten Phase des Gnadenstoßes gefangen, stiegen immer weiter auf, bis sie schließlich auf Höhe des Thronsockels angekommen waren. Lord Tenebris sah zu Kat hoch. Seine Miene hatte sich gewandelt, als verstünde er erst jetzt ihre wahre Natur, etwas, das er offenbar entsetzlich und abscheulich fand.

„Warum, Kat?“, fragte Lord Tenebris angewidert.

„Wieso bekämpfst du mich? Wieso kämpfst du weiter, obwohl du weißt, dass du nicht gewinnen kannst?“

„Weil ich früher so war wie du.“

Kat war nicht mehr wütend oder schockiert. Sie sprach voller Leidenschaft, mit einer Energie, die alles übertraf, was ihre Wut je hätte hervorbringen können.

„Ich war gewalttätig. Ich war arrogant. Ich habe mich nicht gescheut, andere aus Eigennutz mit Füßen zu treten. Ich dachte, dass andere weniger wert sind als ich, selbst dann, wenn sie mir mit Güte und Gnade begegneten. Inzwischen habe ich verstanden, dass Güte und Gnade sie zu besseren Menschen gemacht haben, als ich es mir für mich je erhoffen kann.

Lord Tenebris, ich werde den Kampf gegen dich nie aufgeben. Solange du die fehlgeleiteten Spieler in Elementia deiner Gehirnwäsche unterziehst und ihren Hass nutzt, statt ihn zu heilen, werde ich *immer* zur Stelle sein, um dich aufzuhalten. Du kannst mit mir tun, was du willst. Du kannst mich foltern. Du kannst mich terrorisieren. Du kannst mich töten. Aber was auch immer du versuchst, du wirst nie meinen Willen brechen!"

Lord Tenebris sagte nichts. Lange herrschte Schweigen, während er Kat mit neugierigem Blick musterte. Dann, ohne Vorwarnung, riss er seine rechte Hand ruckartig nach links.

Kat wurde durch die Kammer geschleudert und prallte mit einem dumpfen Laut gegen die linke Wand. Schnell zog Lord Tenebris seine Hand nach rechts, die Faust noch immer geballt. Und Kat folgte der Bewegung, schnellte mit halsbrecherischer Geschwindigkeit ebenfalls nach rechts und prallte gegen die gegenüberliegende Wand. Immer und immer wieder riss Lord Tenebris seine Hand hin und her und schlug Kat gegen die Wände, wobei jeder Aufprall von einem unüberhörbaren Klatschen und von gelegentlichem Knirschen begleitet wurde.

Endlich ließ Lord Tenebris seine Hand langsam sinken, und Kat schwebte knapp über dem Boden. Sie war bewusstlos, ihre Glieder hingen schlaff herab, ihr Körper war von vielen Wunden übersät, doch sie hielt ihr Schwert noch immer fest in der Hand. Lord Tenebris atmete tief ein, zog seine Hand hoch und öffnete die Faust.

Kat wurde in die Luft geschleudert. Nicht mehr von Lord Tenebris' Geist gehalten, wirbelte sie durch die Luft und trudelte wild umher wie ein Kreisel, der kurz davor stand, umzufallen. Sie stieg weiter empor und verlor an Schwung, bis sie den höchsten Punkt erreichte und dann wieder auf den Boden zuraste.

Sie erreichte ihn nie. Lord Tenebris starrte das fallende Mädchen mit seinen leeren, gefühllosen Augen an. Er schloss ein Auge, um zu zielen, holte mit der Faust aus und ließ sie dann vorwärts schnellen. Ein unsichtbarer Energiestoß löste sich aus seiner Hand und raste geradewegs auf Kat zu.

Die Explosion erschütterte die Ratskammer.

Zu jeder anderen Zeit wäre Stan in Panik ausgebrochen, weil er seine Diamantaxt nicht anheben konnte, um den Angriff zu blocken. Zu jeder anderen Zeit hätte er die Zähne zusammenbeißen müssen, als die Schockwelle der Explosion ihn erfasste und seinen Körper erzittern ließ, als bestünde er aus Gelatine. Zu jeder anderen Zeit wäre er noch immer schockiert und würde versuchen zu verstehen, wie Lord Tenebris den Angriff überleben konnte, den er hatte aushalten müssen.

Aber Stan dachte an nichts davon.

Stattdessen konnte er zwar sehen, jedoch nicht glauben, nichts fühlen, nichts verstehen, als er auf Kats Körper mitten auf dem Boden der Ratskammer starrte. Sie lag mit dem Gesicht nach unten, die Gliedmaßen verrenkt, umgeben von einem kreisrunden Ring aus Gegenständen. Direkt neben ihrer Hand funkelten die Verzauberungen auf der Klinge ihres Diamantschwertes, das zu Boden gefallen war. Sie hatte es zum letzten Mal losgelassen.

TEIL II

HEROBRINES BOTSCHAFT

KAPITEL 10

ENDSPIEL

Stan hatte jetzt über ein halbes Jahr in Elementia verbracht. In dieser Zeit hatte er viele Freunde gefunden, von denen einige entweder im Kampf gegen König Kev oder später gegen die Noctem-Allianz gefallen waren. Er hatte viel Grauenhaftes gesehen, doch nachdem er DZs Tod vor über einem Monat überwunden hatte, war er sicher gewesen, mit allem fertig werden zu können.

Und doch war Stan nicht in der Lage, seinen Blick von der Mitte der Ratskammer zu lösen, wo Kats Körper verschwunden war, sodass nur ihr Schwert und ihre anderen Inventargegenstände zurückblieben. Seine Fassungslosigkeit überwältigte ihn vollkommen. Es war nicht nur irgendein Freund, es war Kat … *Kat*, die mit ihm durch dick und dünn gegangen war, seit er Elementia beigetreten war, die seine beste Freundin nach Charlie war, die so weit gekommen war, die sich von einem Mädchen, das aus dem Wald heraus unbewaffnete Spieler überfiel, zu einer tapferen Kriegerin entwickelt hatte, die alles opfern würde, um alle zu verteidigen, die ihr etwas bedeuteten.

War diese Spielerin … war Kat … eine seiner besten Freundinnen … wirklich tot?

Rechts von Stan gellte ein gequälter Schrei auf. Er drehte den Kopf ruckartig zur Seite, um Cassandrix anzusehen. Sie stand völlig neben sich. Ihre Augen waren wild, ihr Gesicht von besinnungslosem Zorn verzerrt, und obwohl sie die Zähne fest aufeinanderbiss, schaffte sie es, ihren Hass in einem Schrei ausstoßen, während sie auf Lord Tenebris zurannte. Das überraschte Stan am meisten, denn er konnte sich noch immer nicht bewegen.

Lord Tenebris starrte sie überrascht an, dann streckte er seine Hand direkt vor ihr aus. Sie erstarrte kurz und beugte sich unter der Last von Lord Tenebris' unsichtbarem Griff, doch dann richtete sie sich ruckartig und mit tierischem Gebrüll wieder auf. Stan sah mit überschäumenden Gefühlen zu, wie sie sich langsam vorkämpfte. Irgendwie schaffte sie es, sich gegen die telepathische Umklammerung zur Wehr zu setzen. Ihre Augen waren voller Verachtung, während sie sich dem verblüfften Dämon näherte. Es schien, als könne er sich nicht bewegen, als er ungläubig zusah, wie sich Cassandrix vor ihm aufbaute, ihr Schwert zog und es über ihren Kopf hob.

„*GENUG!*", brüllte Lord Tenebris. Mit einer schnellen Bewegung streckte er die Arme seitlich aus und ballte die Fäuste, um sie dann direkt vor Cassandrix' Gesicht aufeinanderzuschlagen.

Die weiß gekleidete Spleef-Spielerin wurde rückwärts durch die Ratskammer geschleudert und konnte sich gegen die schiere Kraft des Angriffs nicht wehren. Gleichzeitig schoss Leonidas, der mit offenem Mund neben Stan gestanden hatte, von dem, was sich abspielte, völlig überwältigt, plötzlich vorwärts, als hätte ihn eine ebenso mächtige Explosion von hinten getroffen. Beinahe mit

Schallgeschwindigkeit flogen beide Spieler durch den Raum. Genau in der Mitte der Kammer stießen ihre Köpfe mit lautem Knacken aufeinander, und sie prallten voneinander ab. Stan blieb fast das Herz stehen, als Cassandrix und Leonidas zusammengekrümmt zu Boden fielen.

Er starrte sie konzentriert an und weigerte sich einfach, zu akzeptieren, was er gerade gesehen hatte. Er wollte sich nicht einmal vorstellen, was Lord Tenebris seinen Freunden womöglich soeben angetan hatte. Dann machte sein Herz einen kleinen Sprung, als beide Spieler leise vor Schmerzen aufstöhnten. Sie waren nicht tot, nur benommen.

Plötzlich merkte Stan, dass jemand direkt vor ihm stand. Er löste den Blick von seinen Kameraden und richtete ihn langsam nach vorn, wo er den leeren, gefühllosen Augen von Lord Tenebris begegnete.

„Ah, Präsident Stan", lächelte der bösartig, ohne eine Spur von Mitleid oder Reue zu zeigen. „Du ahnst nicht, wie lange ich auf diesen Moment gewartet habe. Nur du und ich ... von Angesicht zu Angesicht."

So gern er auch wegschauen wollte, gestand Stan es sich nicht zu. Er hatte keine Ahnung, was ihm Lord Tenebris jetzt antun würde. Das einzig Wichtige war, alles zu tun, was er konnte, um sich diesem Dämon zu widersetzen. Stan wollte ihm nicht die Befriedigung der Rückzugs oder der Unterwerfung verschaffen, und so zwang er sich, Lord Tenebris direkt in die Augen zu sehen, während der sprach.

„Weißt du, Stan, ich hätte dich schon vor langer Zeit vernichten können, wenn ich nur gewollt hätte", fuhr Lord Tenebris fort. „Es wäre mir ein Leichtes gewesen, mich gleich zu Anfang nach Element Castle zu teleportieren und dich im Schlaf umzubringen. Aber ich habe es nicht getan. Du bist der Spieler, der König Kev getötet und dann das widerwärtigste Regime in der Geschichte von Elementia aufgebaut hat. Ich fand, dass es zum Besten wäre, dir eine faire Chance zu geben, bevor ich dich vernichte. Schließlich stimmt das Sprichwort ... Hochmut kommt vor dem Fall."

Stan brach den Blickkontakt nicht ab. Lord Tenebris in die Augen zu starren, gehörte zu den schwierigsten Dingen, die er je unternommen hatte – die beiden leeren weißen Augäpfel schienen eine Art finsteren Zauber zu verströmen, durch den Stans Seele zu verdorren schien. Nur sein verzweifelter Versuch, sich Lord Tenebris' Wünschen zu widersetzen und das Wissen, dass er in Kürze ohnehin sterben würde, gaben ihm die Kraft durchzuhalten.

„Allerdings, Stan", fuhr Lord Tenebris geradezu wild und irre fort und leckte sich dabei die Lippen, „hat dein Fall noch nicht einmal begonnen."

Er holte mit der rechten Hand aus, und Stan versuchte, sich vor der Druckwelle zu schützen. Er hatte vergessen, dass er noch immer festgehalten wurde. Doch statt auf Stan zu feuern, schlug Lord Tenebris die Hand nach oben, und eine Sekunde später explodierte die Decke der Ratskammer. Lord Tenebris holte Schwung und schnellte empor. Stan spürte, wie das Innere seines Körpers nach unten gedrückt wurde, während er in Sekundenschnelle beschleunigte, um sich Lord Tenebris' Geschwindigkeit anzupassen. Ihm blieb nichts übrig, als die Augen zu schließen, während er in den Himmel gehoben wurde. Fallende Trümmerstücke und Regentropfen schlugen wie Kugelhagel auf sein Gesicht ein.

In wenigen Augenblicken hatte Stan das Loch in der Kammerdecke durchbrochen. Er sah nach unten und stellte entsetzt fest, dass er fast fünfzig Blöcke hoch über der Burg schwebte. Ihm drehte sich der Magen um, als er auf Element Castle und die Stadt in weiter Ferne unter sich hinabblickte, voller Angst davor, was ihm Lord Tenebris hier oben antun mochte. Er wollte nicht weiter hinabsehen und ließ stattdessen den Blick über die weitläufige Stadt schweifen, wo über den fernen Kampfzonen Rauch aufstieg.

„Keine Sorge, Stan, ich werde dich nicht fallen lassen", sagte Lord Tenebris in aalglattem Ton. Er starrte von oben auf Stan herab und feixte sadistisch. „Ich dachte mir nur, dass du das Schauspiel von hier oben am ehesten genießen kannst."

Stan hatte kaum Zeit, sich zu fragen, was das bedeuten sollte, bevor er einen Strom von Lichtgeschwindigkeit spürte, ähnlich dem Gefühl, eine Enderperle zu nutzen. Es dauerte nur einen Augenblick, bis er sich wieder normal fühlte. Von der unerwarteten Teleportation erschüttert, öffnete Stan die Augen und richtete sich auf. Er sah zu Lord Tenebris empor, der mit ekstatischer Miene nach unten schaute. Stan folgte seinem Blick bis zum Boden, und das Schauspiel, das sich ihm bot, ließ ihm fast das Herz stillstehen.

Unter ihm lag das Avery-Gedächtnis-Gerichtsgebäude, vor dem sich beide Armeen, insgesamt fast siebenhundert Spieler, vollständig versammelt hatten. Sie kämpften jedoch nicht, und als Stan genauer hinsah, musste er mit Entsetzen feststellen, dass seine Männer vollkommen umzingelt waren. Weniger als die Hälfte der Soldaten trug Diamantrüstungen, und sie hatten sich auf einem Haufen zusammengekauert, unbewaffnet, die Hände über den Köpfen erhoben. Sie beäugten nervös den Ring aus schwarzgekleideten Truppen, der sie umgab.

Über Stan gackerte Lord Tenebris: „Ganz ehrlich, Stan … hast du wirklich geglaubt, dass deine Armee eine Chance hätte? Die Noctem-Freiheitskämpfer sind die höchstleveligen Spieler auf dem Server und kämpfen mit den besten Waffen, getrieben von der brennenden Überzeugung, dass sie allem überlegen sind. Hast du auch nur eine Sekunde lang gedacht, dass du deine armseligen, verwöhnten, niedrigleveligen Bürger auf dieselbe Stufe bringen könntest … und das auch noch in *einer Woche*?"

Stan war egal, woher Lord Tenebris wusste, dass sie nur eine Woche trainiert hatten. Er hörte kaum, was er gesagt hatte. Stan konnte nur auf die diamantene Masse unter sich hinabsehen, über der eine graue Rauchwolke aufstieg. Offenbar hatte man sie gerade mit Betäubungsgas besprüht. Die Sorge um die Sicherheit seiner Freunde durchfuhr ihn, als er an Charlie, Jayden, Ben, Bob, den Mechaniker, Kommandant Crunch und all die vielen anderen dachte, die dort unten Drake und Spyro schutzlos ausgeliefert waren.

„Sorge dich nicht, Stan, meine Generäle werden ihnen nichts tun, jetzt, da sie nicht mehr kämpfen", sagte Lord Tenebris, als könne er Stans Gedanken lesen. „Ohne meinen Befehl werden sie nicht handeln, und wir haben noch einiges zu erledigen, bevor wir uns um diese Verräter kümmern können."

Stan hatte kaum Zeit zu überlegen, was er damit meinte, als sie bereits mit Lichtgeschwindigkeit durch den

Raum sausten, um wieder mitten in der Luft anzuhalten. Stan öffnete die Augen, noch benommen von der Teleportation. Er fragte sich, wo sie waren, und womit Lord Tenebris ihn diesmal quälen wollte.

Er hob den Blick und bekam sofort das Gefühl, dass etwas nicht stimmte. Der Himmel über ihm war dunkel, und er konnte zahllose Sterne und das weiße Quadrat des Mondes erkennen. Wenn er den Himmel sehen konnte, bedeutete das, dass keine Wither mehr in der Nähe waren, und deshalb ... konnten sie nicht mehr über Element City sein. Stan blickte zu Boden und erstarrte.

Unter ihnen lag Adorias Dorf, von Wald umgeben und vom Schein der Fackeln erleuchtet. Die Mauer stand noch, doch er konnte keine Wachen entdecken.

„Ich muss schon sagen, Stan, eines hat mich ganz besonders beeindruckt. Mich hat sehr überrascht, dass es dir gelungen ist, mir dieses Dorf zu entreißen", erklärte Lord Tenebris. Seine Miene war unbewegt. „Nach allem, was ich höre, haben die Kopfgeldjäger, die Drake angeheuert hat, euch indirekt geholfen, also sollte ich dich vielleicht nicht über den grünen Klee loben. Aber dennoch hast du mich überrascht, was nicht leicht zu bewerkstelligen ist.

Und was für ein perfekter Ort für ein Befehlszentrum! Will sagen: Adorias Dorf wurde in dem Glauben gegründet, dass neue Spieler wie Kleinkinder behandelt werden sollten, denen man die schwachen kleinen Händchen halten muss, solange sie spielen. Ich schätze, man könnte Adorias Dorf als Symbol für alles betrachten, woran du glaubst, Stan."

Lord Tenebris' Lippen kräuselten sich zu einem verschlagenen Lächeln. Begleitet von einem plötzlichen Gefühl der Übelkeit verstand Stan, worauf er hinauswollte.

„Nein, bitte nicht", stammelte er.

„Weiß du, was ich tun muss, Stan?", fragte ihn Lord Tenebris mit spöttischer Stimme. „Ich muss etwas Großes tun, etwas Eindrucksvolles. Es muss von bleibender Wirkung sein und der Nachwelt als Demonstration meiner Macht in Erinnerung bleiben, damit niemand vergisst, was jedem widerfährt, der dumm genug ist, sich gegen die rechtschaffenen Ideale der Noctem-Allianz aufzulehnen ..."

„Lord Tenebris, ich flehe dich an!", bettelte Stan, und bevor er sich eines Besseren besinnen konnte, platzte es aus ihm heraus: „Da unten sind Zivilisten! Im Dorf sind Dutzende Spieler, die zu schwach oder zu verletzt sind, um zu kämpfen! Und außerdem NPC-Dorfbewohner!" Stan flossen Tränen über das Gesicht, als er verzweifelt versuchte, das herzlose Monster umzustimmen, das ihn in seiner Gewalt hatte. Er würde alles tun, um Oob, Mella, Stull und die restlichen seiner Spieler zu retten.

Lord Tenebris hob kurz die Augenbrauen, doch dann wirkte er plötzlich erbost. „Willst du mir etwa sagen", knurrte er, „dass da unten noch mehr Soldaten sind? Und sie haben dich im Stich gelassen, weil sie Angst hatten, sich meinen Männern zu stellen?"

„Nein!", brüllte Stan. „Es sind nur Zivilisten. Sie könnten selbst dann nicht kämpfen, wenn sie wollten! Du hast doch gesagt, dass du Zivilisten nicht angreifen würdest! Bitte bring sie wenigstens nach Element City, zum Rest meiner Leute! Auch deine Soldaten sind dort unten!", fügte Stan hinzu, dem diese Tatsache plötzlich eingefallen war. „Die Soldaten, die wir in der Schlacht gefangen genommen haben, sind im Dorf eingesperrt! Willst du wirklich deine eigenen Leute töten?"

Doch Lord Tenebris hörte nicht auf ihn. Die Orkanböen aus der Ratskammer waren wieder aus dem Nichts zurückgekehrt und umwirbelten Lord Tenebris wie ein Zyklon. Der klare Nachthimmel über ihnen wurde schnell von drohenden grauen Sturmwolken bedeckt. Weit unter sich konnte Stan Spieler sehen, die aus den Häusern strömten, zum Himmel emporblickten und versuchten zu verstehen, was geschah.

Lord Tenebris atmete tief ein und schloss die Augen. Langsam streckte er die rechte Hand über der Stadt aus, dann öffnete er sie wieder.

Sofort ging jedes einzelne Haus im Dorf in Flammen auf. Selbst, wenn Lord Tenebris ihn nicht festgehalten hätte, wäre Stan geistig und körperlich völlig erstarrt gewesen. Die Menschen unter ihm schrien vor Entsetzen, als ihre Behausungen vom Feuer verschlungen wurden. Stan sah, wie einige Spieler zu ihnen in den Himmel zeigten. Auch er sah zu Lord Tenebris hoch und fragte sich, wozu diese Bestie noch fähig war. Seine Hand leuchtete strahlend auf. Urplötzlich verstärkte sich das Licht so sehr, dass es Stan blendete und er den Blick abwenden musste. Unten im Dorf war der Wind stärker geworden, und es fiel Stans Bürgern schwer, aufrecht zu stehen.

Donner grollte, und ein Blitzschlag traf das Dach des Rathauses, sodass ein Teil davon abgesprengt wurde. In dem Sekundenbruchteil nach dem Einschlag war alles still, und Stan fühlte sich, als wäre die Luft selbst lebendig, als würde all die Energie, die ihn umgab, verdunsten. Im nächsten Augenblick wurde der dunkle Nachthimmel von

Licht, Lärm und Energie erfüllt. Tausende Blitze schossen aus dem Himmel herab und tauchten Adorias Dorf in gleißendes Licht. Stan schloss die Augen, doch es war so hell, dass er selbst durch seine Lider hindurch geblendet wurde und seine Sinne von den Orkanstürmen und dem Getöse der Explosionen überflutet wurden.

Langsam, aber sicher gewöhnten sich seine Augen an das Licht, und er konnte sogar die Lider ein Stück weit öffnen. Auf Adorias Dorf hinabzuschauen war noch immer wie ein Blick in die Sonne, doch er schaffte es, zu Lord Tenebris hinaufzusehen, dessen glühende Hand im Vergleich zu den Blitzen unter ihnen fast glanzlos erschien. Der Anblick des Gesichts seines Peinigers versetzte Stans Herz einen weiteren eisigen Stich. Die verzerrte Grimasse erschien durch Licht und Schatten teuflisch grausam.

Dann, so plötzlich, wie es begonnen hatte, kam der Tumult zu einem Ende. Die Winde legten sich. Lord Tenebris' Hand glühte nicht mehr, und das Blitzgewitter hörte auf. Das sich plötzlich verändernde Licht blendete Stan erneut, und es dauerte etwa eine halbe Minute, bis sich seine Augen angepasst hatten. Als die Welt unter ihm wieder sichtbar wurde, verschlug es ihm den Atem. Als er schließlich wieder uneingeschränkt sehen konnte, hatte er das Gefühl, das Ausmaß des Schreckens dort unter würde ihm das Bewusstsein rauben.

Adorias Dorf, das noch an diesem Morgen stolz und stark inmitten des Großen Waldes gestanden hatte, war dem Erdboden gleichgemacht worden. Kein einziges Gebäude stand noch. Wo sich einst das hölzerne Hotel befunden hatte, sah das Gelände aus, als wäre es nie von einem Spieler betreten worden. Die winzige Holzhütte, in der Oob und seine Familie wohnten, war gänzlich verschwunden. Das Rathaus aus Ziegeln war in Stücke gerissen worden, und doch war es das vollständigste verbleibende Gebäude des Dorfes: Zwei einsame Segmente der Steinziegelmauern, die eine Ecke bildeten, standen noch aufrecht.

Nirgendwo war ein einziger Spieler zu sehen.

Stan konnte kaum verarbeiten, was er sah, als er sich plötzlich, nach dem Blinzeln der Teleportation, mitten im Dorf befand. Die psychische Umklammerung gab ihn frei, und er fiel auf einem der wenigen Stücke des Kiesweges zu Boden, das die Blitzschläge nicht zersprengt hatten. Stan hob den Kopf und schaffte es, sich umzusehen, obwohl er am ganzen Leib zitterte.

Aus dieser Perspektive sah das Dorf noch schlimmer aus. Der Boden war aufgerissen worden und hatte sich in eine unebene, von Kratern durchzogene Landschaft verwandelt, die dem im Krieg entstandenen Graben vor Element City ähnelte. Die Feuer erschienen Stan zahlreicher, und er drohte, in der Hitze und dem Rauch, die ihn umgaben, zu ersticken. Noch stärker drängten sich ihm jedoch die Gegenstände auf. Jetzt, da er auf Bodenhöhe war, konnte er den fallen gelassenen Inventarinhalt zahlloser getöteter Spieler sehen, der überall in der Einöde verstreut war.

Während Stan versuchte, zu begreifen, was ihn umgab, fühlte er sich, als wäre sein Kopf voller Watte. Er konnte nicht ganz verarbeiten, was er sah, spürte jedoch, dass ihn jemand beobachtete. Langsam drehte er sich um. Direkt vor ihm stand Lord Tenebris auf der anderen Seite des Kieswegs. Völlig emotionslos starrte er auf Stan hinab. Stan erwiderte den Blick. Er spürte nichts mehr. Keine Wut, keinen Hass, nicht einmal Angst. Ihm blieb nur ein leerer Blick auf Lord Tenebris, wie der eines Kindes, das zum ersten Mal seine Umwelt zu begreifen versucht.

„Du hast gewusst, dass das geschehen würde, Stan", sagte Lord Tenebris tonlos. „Vielleicht hast du versucht, dir das Gegenteil einzureden, vielleicht hast du dich selbst belogen und geglaubt, dass du in diesem Krieg irgendwie die Oberhand gewinnen könntest, aber das war nie der Fall. Allein, all das einen Krieg zu nennen, wäre zu viel des Lobes. Schließlich muss es in einem Krieg wenigstens zwei Seiten geben."

Stan schwieg.

„Warum, Stan? Wenn dein Kampf so aussichtslos war, warum hast du ihn überhaupt gewagt? Dachtest du wirklich, du könntest die Noctem-Allianz mit taktvollen, ehrlichen Methoden stürzen, so, wie du es mit König Kev und seinem Königreich getan hast? Ich kann nicht glauben, dass du nicht wusstest, wer ich bin, bevor ihr mich heute herausgefordert habt, Stan. In dem Moment, in dem du es erfahren hast, hättest du auf der Stelle kapitulieren sollen. Du musstest doch wissen, dass du mich niemals würdest schlagen können, egal, was auch immer du gegen meine Allianz unternimmst."

Stan blieb stumm.

„Und jetzt sieh dich doch nur an. Dein jämmerlicher Widerstand ist niedergeschlagen, deine Truppen sind gefangen und deine Anführer werden schon in diesem Moment vor das Erschießungskommando gestellt, das nur auf meinen Befehl wartet, um in Aktion zu treten. Du hast keine Verstärkung, keinen Plan B, und deine beste

Freundin ist tot. Du bist erbärmlich und schwach, mir voll und ganz ausgeliefert. Wenn ich dich jetzt töten wollte, könnte ich es tun, ohne auch nur einen Finger zu rühren. Aber ... das werde ich nicht tun."

Stan, der Lord Tenebris ausdruckslos angestarrt hatte, senkte den Blick und sah auf den Kiesweg hinab, ohne sich vorstellen zu können, wie ihn sein Gegner noch weiter erniedrigen könnte.

Lord Tenebris beachtete ihn gar nicht. Stattdessen konzentrierte er sich auf seine beiden Hände. In seiner rechten erschien ein goldener, brillant glänzender Apfel, der die Dunkelheit heller erleuchtete als jeder goldene Apfel, den Elementia je gesehen hatte. In der linken Hand erschien eine Glasflasche, die bis unter den Rand mit einer blutroten Flüssigkeit gefüllt war.

„Eins muss ich dir lassen, Stan. So erbärmlich du sein magst, habe ich doch großen Respekt vor dir. Deine Ideale mögen selbstsüchtig und fehlgeleitet sein, und deine Anhänger mögen deine Arroganz und deinen Hochmut schätzen. Aber ich kann nicht leugnen, dass deine Treue zu deinem Volk bewundernswert ist. Außerdem hast du es weitaus länger geschafft, dich mir zu entziehen, als ich es für möglich gehalten hätte – auch, wenn es am Ende sinnlos war. Aus Respekt vor dir als Gegner halte ich es deshalb für angemessen, dir eine letzte Wahl zu lassen."

Er streckte die Arme nach unten aus und legte den goldenen Apfel und den Trank nebeneinander auf dem Block vor Stan ab. Der hob den Blick und starrte die beiden Gegenstände an.

„Diese beiden Gegenstände sind etwas ganz Besonderes, Stan", erklärte Lord Tenebris. „Der Apfel ist nicht nur irgendein goldener Apfel. Es ist ein verzauberter goldener Apfel – der beste Heilgegenstand in ganz Minecraft. Wenn du ihn isst, wirst du vollständig geheilt und kampfbereiter sein, als du es je gewesen bist. Den Trank dagegen müsstest du erkennen: Es ist ein Trank des Schadens. Dieser hier stammt aus meiner persönlichen Sammlung. Er ist auf Stufe drei gebraut, also viel wirksamer als jeder andere erhältliche Trank. Er ist stark genug, um dich zu töten, sobald er mit deinen Lippen in Kontakt kommt."

Stan fühlte sich, als würde ein schwarzes Loch in seinem Herzen entstehen, als er verstand, worauf Lord Tenebris hinauswollte.

„Das ist also deine Entscheidung, Stan. Du kannst den goldenen Apfel wählen und nach Element City zurückkehren, um mich herauszufordern. Dort werden wir vor all unseren Anhängern ein ehrenhaftes Duell bis zum Tod führen, und der Gewinner wird zum neuen Herrscher von Elementia gekrönt.

Oder du entscheidest dich, den Trank des Schadens zu trinken und dir die Schande zu ersparen. Es wird schnell, schmerzlos und sofort geschehen."

Lord Tenebris schwieg kurz, um Stan Gelegenheit zu geben, sein Angebot zu überdenken. Stan starrte die beiden Gegenstände fast eine Minute lang weiter an, noch immer fast ohne Verständnis, bis Lord Tenebris wieder sprach.

„Ich gebe dir Zeit bis zum Sonnenuntergang, um deine Wahl zu treffen. Ich warte in Element City darauf, dass du mich herausforderst. Wenn du dich für die zweite Option entscheidest, werde ich davon erfahren. Wenn du dich an meine Frist hältst, werden ungeachtet deiner Wahl keine deiner Bürger für ihre Taten unter deinem Befehl bestraft, mit Ausnahme deiner Anführer und engsten Freunde. Ich würde dir ja sagen, dass du nicht fliehen sollst, aber ich weiß, dass du das nicht tun wirst."

Mit diesen Worten wandte Lord Tenebris Stan den Rücken zu und ging langsam in die Rauchwolke, die sich über die flammenden Ruinen des Dorfes gelegt hatte, bis er völlig darin verschwand.

Eine gefühlte Ewigkeit lang verharrte Stan regungslos. So viel war in den letzten zehn Minuten geschehen. Er brauchte genug Zeit, alles zu verarbeiten. Erst als er die letzte Information verdaut hatte, ereilte ihn die lähmende Verzweiflung.

Stan hatte sich selbst und seine Bürger enttäuscht. Er hätte wissen müssen, dass Lord Tenebris viel zu mächtig war, um von ihm und seinen Freunden besiegt zu werden. Das Monster hatte recht – wie hatte er nur erwarten können, eine Armee mit weniger als den talentiertesten, fähigsten und erfahrensten Spielern einzusetzen, um ein Heer aus vierhundert Noctem-Soldaten zu besiegen? Sie hätten länger trainieren sollen, und bei diesem Gedanken erinnerte sich Stan mit Grauen an das, was Sally gesagt hatte. Wenn sie nur etwas länger gewartet hätten ... Stan hätte Operator-Rechte haben können, und er hätte all dies vermeiden können ...

Doch er verstand auch, dass dieser Gedanke idiotisch war. Selbst, wenn er irgendwie Operator-Rechte bekommen hätte, hätte er niemals Lord Tenebris besiegen können. Nach Lust und Laune Orkanstürme zu beschwören, Tausende Blitze in einem Sturm hervorzurufen – all das hatte er nie zuvor gesehen und überstieg alles, was ein normaler Operator bewerkstelligen konnte. Was auch immer Lord Tenebris mit sich selbst angestellt hatte, er wusste, dass er selbst nie etwas Ähnliches …

Plötzlich traf ihn etwas anderes, das Sally gesagt hatte, wie eine Lawine. Er wankte und fiel zu Boden, und bei der Erinnerung blieb ihm fast das Herz stehen. Lord Tenebris zog aus dem Server selbst Energie ab, um immer stärker zu werden. Schließlich würde die fehlende Energie Elementia korrumpieren und einen das Spiel zerstörenden Glitch bilden, der den gesamten Server ins Chaos stürzen würde. Dieser Glitch könnte als Virus durch das Internet verbreitet werden und zahllose andere Server infizieren, bis Mehrspieler-Minecraft nicht mehr existierte.

Das bedeutete … weil er Lord Tenebris nicht besiegt hatte … hatte Stan ganz Minecraft der Zerstörung preisgegeben. Dieses Spiel, das ihm, seinen Freunden und so vielen anderen Menschen auf der Welt so viel bedeutete, in dem man in seiner eigenen Welt spielen und tun konnte, was man nur wollte, in dem sie die Freiheit hatten zu bauen, zu entdecken und zu kämpfen, so viel oder so wenig sie wollten – all das würde verschwinden.

Stan sah auf die beiden Gegenstände hinab, die vor ihm auf dem Boden lagen. Der goldene Apfel war wahrlich schön und glänzte in wunderbaren Goldschattierungen, selbst in der Dunkelheit der verglühenden Stadt. Der Trank des Schadens stand mit seinem dunkelroten Inhalt auf dem Kies und machte einen harmlosen Eindruck, doch Stan wusste es besser.

Er fragte sich, ob es irgendeinen Sinn hatte, nach Element City zurückzukehren und Lord Tenebris herauszufordern. Was würde er damit erreichen? Er würde auftauchen, und Lord Tenebris würde mit ihm den Boden wischen. Er würde ihm unerträgliche Schmerzen und Erniedrigungen zufügen, bevor er ihm schließlich das Leben nahm. Was sein Volk anging, war die Entscheidung gleichgültig. Stan glaubte, dass Lord Tenebris die meisten seiner Bürger am Leben lassen würde, doch die Hinrichtung seiner Freunde konnte er nicht verhindern. Wenn er zurückging, wären die letzten Erinnerungen seiner Freunde in Elementia an ihren Anführer, wie er verstümmelt und vernichtet wurde. Außerdem musste er feststellen, dass ihm fast gleichgültig war, dass er und seine Freunde kurz vor dem Tod standen. Er fühlte sich innerlich bereits zu abgestorben, um mehr zu fühlen.

Er streckte seine Hand zum Boden aus und ergriff die Flasche mit der blutroten Flüssigkeit. Langsam hob er sie hoch und betrachtete sie eingehend. In seinem Spiegelbild, durch die rötliche Glaskugel leicht verzogen, erkannte Stan einen Spieler, der angeschlagen, erbärmlich und vollkommen niedergeschlagen aussah. Ihm kam ein gleichgültiger Seufzer über die Lippen. Es gab keine Hoffnung mehr.

Stan hob die Glasflasche an den Mund und kippte sie langsam.

„Wuff!“

Kurz, bevor der Trank seine Lippen berührte, schreckte ihn der Laut auf. Er sah sich hektisch um, versuchte dessen Ursprung zu finden und entdeckte ihn hinter sich. Dort, mitten auf der zerrissenen Straße, saß ein Wolf. Er hechelte leise, und seine eckige Zunge hing aus seinem Maul. Wundersamerweise war er völlig unversehrt, obwohl er sich inmitten der gänzlich zerstörten Stadt befand. Er war noch nicht einmal schmutzig.

„He, Rex", rief Stan.

Als er seinen Namen hörte, wedelte Rex und sprang auf Stan zu, stellte sich auf die Hinterbeine und fing an, ihm das Gesicht abzulecken. Irgendwo in Stans abgestorbener Seele entzündete sich ein Funke der Wärme, während er Rex' Zuneigung erwiderte, ihn hinter den Ohren und unter dem Halsband kraulte. Eine Zeit lang blieb Stan einfach sitzen und spielte mit dem Wolf, bis sogar etwas wie Freude in ihm aufkam.

„Wie hast du das bloß überlebt, Junge?", fragte Stan, noch immer völlig verblüfft.

Rex ließ sich wieder auf alle viere fallen und legte verwirrt den Kopf schräg. Stan fragte sich, wie viel der Wolf tatsächlich verstand. Er selbst hatte nie einen Hund gehabt, und mit Kat hatte er nie über …

In diesem Moment und zum ersten Mal seit Lord Tenebris ihn aus der Ratskammer herausgesprengt hatte, überkam Stan wieder die Erkenntnis, was geschehen war, und drohte, ihn zu erdrücken. Stan hatte seit Beginn der Schlacht so viel ertragen, dass er kaum Zeit gehabt hatte, jedes Detail vollständig zu begreifen. Doch jetzt, inmitten der Ruinen von Adorias Dorf, verstand er zum ersten Mal völlig, dass eine seiner besten Freundinnen Elementia für immer verlassen hatte.

„Du suchst nach Kat, nicht wahr?", fragte Stan leise, und ihm stiegen Tränen in die Augen.

Als er den Namen seiner Herrin hörte, spitzte Rex die Ohren. Der Wolf sah sich um, als erwartete er, Kat jeden Moment zu sehen. Stan unterdrückte ein Schluchzen, während Rex anfing, ihn zu umkreisen und voller Hoffnung überall zu schnüffeln.

Als er nichts fand, schaute der Wolf Stan an und legte fragend den Kopf schräg.

„Tja, das kannst du vergessen", presste Stan hervor. „Kat ist tot."

Rex blieb einen Moment lang still und regungslos sitzen. Dann legte er den Kopf auf die andere Seite und kläffte, als verstünde er nicht, was Stan ihm sagen wollte.

„Hast du nicht gehört?", stöhnte Stan mit zitternder, stockender Stimme. „Kat ist tot, Rex. Sie wird dich nicht holen kommen."

Rex sah ausgesprochen verwirrt aus und starrte Stan an, als wolle er dessen Körpersprache lesen. Der Wolf begriff, dass Stan kurz davor stand, in Tränen auszubrechen, und begann Stan zu imitieren – er begann leise zu winseln. Plötzlich verspürte Stan unbändige Wut auf Rex, auf dessen leeren Geist und fehlenden Verstand.

„Kapierst du es denn nicht, du blödes Tier!", brüllte Stan, sein Gesicht eine gequälte Grimasse, die Ströme seiner Tränen glichen Wasserfällen. *„Dein Frauchen ist tot! Sie wird dich nie wieder holen kommen! Du … wirst … sie … niemals … wieder …"*

Dann brach er zusammen und vergrub sein Gesicht in Rex' Fell. Er umklammerte den Hals des Wolfs, dankbar für jedes Wesen, das seine Trauer und sein gebrochenes Herz teilen konnte. Er fühlte sich, als hätte man ihm einen Teil seiner selbst entrissen, um ihn dann in Säure aufzulösen. Rex blieb aufrecht und standhaft sitzen, winselte zwar traurig, regte sich jedoch nicht, während Stan, einer der ersten Spieler, denen das Tier je vertraut hatte, an seiner Schulter weinte und von unendlichem Schmerz geschüttelt wurde.

Für lange Zeit saßen der Spieler und der Wolf inmitten des zerbombten Friedhofs, in den sich Adorias Dorf verwandelt hatte. Stans Trauer ließ nicht im Geringsten nach, während er sich an alles erinnerte, was Kat und er gemeinsam erlebt hatten – ihr erstes Treffen im Wald, ihre Ausbildung bei Sally und ihren Freunden, ihre Mission, König Kev zu stürzen, ihre Zeit als Ratsmitglieder, der Wiederaufbau von Elementia, ihr Krieg gegen die Noctem-Allianz, ihr Weg zurück in ihre Stadt und das letzte Gefecht, das ihm erschien, als läge es Jahrtausende in der Vergangenheit.

Plötzlich stand die Zeit still. Alles, was Stan umgab, fror ein. Seine Welt schien innezuhalten, als er zu einem monumentalen Schluss kam. Er erinnerte sich daran, in die Augen von Lord Tenebris gestarrt zu haben … die leeren weißen Augen, deren Anblick ihn schmerzte. Er hatte das Gefühl gehabt, diese Augen schon zuvor gesehen zu haben, irgendwo, obwohl er sich nicht erinnern konnte, wo …

Das war vorbei. Er erinnerte sich daran, wem die Augen gehörten. Er erinnerte sich an ein Ereignis, das eine Ewigkeit zurückzuliegen schien. Adrenalin raste durch seine Adern und seine ganze Welt stand auf dem Spiel, als Stan eine Enderperle auf die Mauer von Element Castle geworfen und auf der Brücke gelandet war. Er hatte sich umgedreht, um sich seinem Gegner zu stellen. Dort hatte König Kev gestanden und ihn angefeixt, das Schwert gezogen und deutlich herausfordernd auf Stan gerichtet. Er hatte ihm nur für den Bruchteil einer Sekunde in die Augen sehen können – Augen, die natürlich einzigartig waren und denen keines anderen Spielers in Minecraft glichen – bevor der Kampf begann.

Am heutigen Abend, nach seinem Angriff auf Lord Tenebris, hatte er wegsehen müssen, weil dessen Augen von einer Art dämonischer Macht besessen zu sein schienen, die aus ihrem tiefsten Innern entsprang und es unmöglich machte, den Blickkontakt aufrechtzuerhalten. Und doch hatte Stan durch all das Böse und all die Macht etwas in diesen Augen erkannt – dieselbe unbeschreibliche, einzigartige Eigenschaft, die er in den wenigen Sekunden entdeckt hatte, bevor er auf König Kev zugestürmt war, um den Diktator für immer von seinem Server zu bannen. Als er verstand, was das zu bedeuten hatte, fühlte er sich, als stünde alles, was er je für wahr gehalten hatte, auf Messers Schneide.

Lord Tenebris … und König Kev … könnten sie möglicherweise …

In Stans Gedanken explodierten Fragen wie Feuerwerk, während er all die Gründe aufführte, warum es nicht wahr sein konnte.

Und … doch … war er sich so sicher. Trotz aller Wahrheiten, die seiner Vermutung zu widersprechen schienen, wusste er genau, was er gesehen hatte. Die Augen waren die einzige Möglichkeit, Minecraft-Spieler zweifelsfrei voneinander zu unterscheiden. Skins konnte man wechseln, doch Augen blieben immer gleich, egal, wie ein Spieler aussah, selbst über verschiedene Spielerkonten hinweg. Aber … wie?

Obwohl Stans Gedanken sich überschlugen, weil er vermutete, dass Lord Tenebris und König Kev ein und dieselbe Person sein könnten, wusste er, dass es unmöglich war. König Kev war tot. Stan hatte gegen ihn gekämpft und gesehen, wie er starb. Außerdem hatte König Kev seine Operator-Rechte schon lange aufgegeben, bevor Stan dem Server beigetreten war. Hätte er sie gehabt, hätte er sie mit Sicherheit eingesetzt, als Stan und der Apotheker sein Leben bedrohten. Und wenn er aus irgendeinem fantastischen Grund mitsamt seinen Operator-Rechten nach Elementia zurückgekehrt war, dann war Lord Tenebris – oder eher Herobrine – offensichtlich kein Spieler. Er hatte Geschick und Fähigkeiten an den Tag gelegt, die die eines Operators weit übertrafen. Und letztlich war es unmöglich, dass er sich wieder auf den Server gehackt hatte, weil die Modelock-Mod aktiv war. Wenn Sallys Bericht über diese Mod stimmte, hätte er den Code seines eigenen Servers niemals beeinflussen können. Es war offensichtlich, dass nur Herobrine, ein Glitch, den Code von Elementia umgehen und so unglaubliche Kräfte erlangen konnte.

Stan versuchte sich einzureden, dass es unmöglich wahr sein konnte. Er wusste nicht, wozu Herobrine fähig war. Aller Wahrscheinlichkeit nach hatte er seine eigenen Augen so modifiziert, dass sie denen von König Kev ähnelten, nur um Stan einzuschüchtern. Vielleicht hatte er auch in beiden ihre gleichermaßen bösartige Natur erkannt. Vielleicht …

Stan wurde vom entfernten Knirschen tapsender Pfoten aus seinen Gedanken gerissen, die immer leiser wurden. Stan hob den Blick und sah, wie Rex über die holprige Straße rannte.

„He!", rief er. „Rex! Wo willst du hin?"

Als der Wolf Stans Stimme hörte, blieb er abrupt stehen. Langsam legte er den Kopf schräg und sah zu Stan, und in seinen Augen zeigte sich fast schon menschliche Entschlossenheit. Rex hob die Vorderpfote, ohne den Blick abzuwenden, und zog sie zweimal hoch, ein klares Zeichen, dass Stan ihm folgen sollte, bevor er sich wieder umdrehte und weiterlief.

Stan war völlig perplex. Er fühlte sich, als stünde sein Kopf kurz davor zu explodieren, während er versuchte, das alles zu verstehen. Er wurde von so vielen verschiedenen Gedanken und Gefühlen überflutet, dass er fast befürchtete, durchzudrehen und mitten auf der Straße in Ohnmacht zu fallen. Dann fasste er von einem Moment auf den anderen den Entschluss, damit aufzuhören. Alles, was ihn beschäftigte, verschwand aus seinem Kopf. Er erhob sich, dann steckte er den Trank des Schadens und den verzauberten Goldenen Apfel ein. Seine Gedanken waren klar und er folgte Rex.

Während der Wolf ihn durch die Straßen von Adorias Dorf führte, fragte er sich, was er da tat. Er folgte Rex durch das zerbombte Dorf … aber warum? Wohin gingen sie? Er dachte, dass er vielleicht verrückt geworden war, doch er lief Kats Haustier nicht aus einer irrsinnigen Logik nach, sondern aus reinem Instinkt. Eine Art Spannung packte ihn, und es überkam ihn das Gefühl, dass sich etwas Mysteriöses im Dorf befand, das er finden würde, wenn er nur Rex folgte.

Nachdem der Wolf Stan durch zahllose zerstörte Straßen und an Häuserruinen vorbeigeleitet hatte, erreichte Rex schließlich die Außenmauer von Adorias Dorf. Der Ort selbst war zwar zerstört, doch die Stadtmauer stand zum größten Teil noch, bis auf einen Krater, der bis in die Mauer hineingesprengt worden war und ein Loch an deren Fuß hinterlassen hatte, gerade breit genug, um hindurchzugehen. Rex sprang in den Krater und kletterte auf der anderen Seite hoch, dann schlüpfte er durch das Loch, dicht gefolgt von Stan.

Jetzt waren sie im Großen Wald, der bis an die Stadtmauer von Adorias Dorf reichte. Stan umrundete die Bäume und musste schneller laufen, um Rex nicht aus den Augen zu verlieren. Während er über den Waldboden sprintete und sich um eckige Baumstümpfe herumschlängelte, sah sich Stan im Licht des Mondes, das bedrohliche Schatten warf, nervös um. Er umklammerte seine Axt und bereitete sich darauf vor, jeden Moment von einem feindlichen Mob überrascht zu werden, der hinter einem Baum hervorsprang. Und doch konnte Stan, je weiter sie vordrangen, keinen einzigen Mob entdecken, wenn er in die Dunkelheit spähte. Er hatte selbst bei helllichtem Tag keine Monster in den Schatten des Großen Waldes ausgemacht … Warum waren sie verschwunden?

Rex ging weiter voran, und während Stan ihm folgte, war er überzeugt, dass der Wolf nicht einfach umherirrte. Er lief zielgerichtet und wusste, wohin es ging. Je länger sie unterwegs waren, und je weiter sie sich von Adorias Dorf entfernten, desto stärker verspürte Stan die seltsame Ahnung, dass sie auf etwas ganz Bestimmtes zuliefen. Er wusste nicht, was es war, aber sie kamen ihrem Ziel näher und näher.

Schließlich, nach vielen Minuten, trat Rex aus den Bäumen auf eine Lichtung hinaus. Sie bestand aus einem vollkommen flachen Kreis aus Grasblöcken, nicht einmal groß genug, um Platz für das Haus eines NPC-Dorfes zu bieten. Leichter Nebel schwebte über dem Boden, ein Anblick, den Stan noch nie zuvor in Minecraft gesehen hatte. Rex spitzte die Ohren und wedelte mit dem Schwanz, während er quer über die Lichtung sprang und sich schließlich treuherzig zu Füßen des Spielers fallen ließ, der auf der anderen Seite stand.

Stans Herz schlug ihm bis zum Hals, während er den Spieler musterte. Er kannte ihn. Die Geschichten und Gerüchte hatten seit Stans Wiedersehen mit seinen Freunden die Runde gemacht, doch er selbst hatte ihn nur einmal gesehen. Vor wenigen Tagen hatte Stan vor Nocturia gestanden und sich darüber den Kopf zerbrochen, ob er den Hebel ziehen sollte, der die gesamte Stadt in die Luft sprengen würde, und der Spieler war in einem Windstoß voller Eis und Schnee erschienen. Sein schwarzer Umhang und die Kapuze, die die obere Hälfte seines Gesichts bedeckte, die dunkelblaue Hose, die braunen Schuhe ... Stan hatte all das schon zuvor gesehen.

„Bitte", flüsterte er Schwarzkutte zu. „Meine Lage ist verzweifelter denn je. Meine Armee ist gefangen, Adorias Dorf ist vernichtet, die Noctem-Allianz hat Element City erobert, und eine meiner besten Freundinnen ist tot. Kannst du mir helfen?"

Einen Moment lang blieb Schwarzkutte stumm und rührte sich nicht, während der Nebel lautlos seine Füße umwirbelte. Der Mondschein fiel auf ihn herab und tauchte ihn in sanftes Licht. Ansatzweise verzog er den Mund, während er Stan musterte.

„Bitte", wiederholte Stan, und seine Verzweiflung war ihm deutlich anzuhören. „Du musst mich doch aus einem Grund hierher gebracht haben."

„Das habe ich, Stan2012."

Stan starrte Schwarzkutte mit großen Augen und halb

geöffnetem Mund an. Er hatte mit ihm gesprochen – etwas, das weder ihm noch einem seiner Freunde je widerfahren war. Stan wollte ihn gerade nach dem Grund fragen, als etwas geschah, das die Frage auf seinen Lippen ersterben ließ.

Schwarzkutte hob die rechte Hand und ergriff den Saum seiner Kapuze. Mit einer fließenden Bewegung schlug er die Kopfbedeckung zurück und zeigte sein ganzes Gesicht. Als er die Hand an seiner Seite sinken ließ, erkannte Stan, dass sein Haar braun war, und dass Schwarzkutte fast genauso aussah wie er selbst.

Bis auf die Augen.

Schwarzkuttes Augen waren weiß wie Schnee und leuchteten so hell wie das Mondlicht selbst. Einen kurzen Moment lang stieg Panik in Stan auf, und er befürchtete, dass Lord Tenebris vor ihm erschienen war, doch dann wurde ihm klar, dass das offensichtlich nicht der Fall war. Lord Tenebris' Augen waren so unnatürlich und bösartig, dass allein ihr Anblick Schmerzen verursachte, und Schwarzkuttes bildeten das genaue Gegenteil. Sie waren warm und einladend. Stan fühlte sich von ihnen angezogen wie eine Motte vom Licht. Während er ihm in die Augen blickte, spürte er, wie alles in der Welt sich zum Guten wendete, obwohl er aus bitterer Erfahrung wusste, dass dieser Eindruck nicht falscher hätte sein können.

„Wer … wer … bist du?“, presste Stan hervor.

Schwarzkutte starrte Stan unverwandt an, und zum ersten Mal seit seinem Blickwechsel mit Leonidas vor vielen Wochen lächelte er.

„Man nennt mich Herobrine“, antwortete er.

KAPITEL 11

DIE BOTSCHAFT

Schwarzkutte musterte Stan leicht amüsiert, während der auf der anderen Seite der Lichtung offensichtlich vollkommen verblüfft war. Es war die Reaktion auf seine Enthüllung, die er von Stan erwartet hatte. Insgeheim kicherte er. Es war das erste Mal seit vielen Jahren, dass er sich einem Spieler offen gezeigt hatte, und der Effekt war noch immer so köstlich, wie er ihn in Erinnerung hatte. Dennoch war die kurze humoristische Einlage bittersüß. Schwarzkutte wusste, dass er, indem er sich Stan zu erkennen gegeben hatte, den letzten Nagel mit Nachdruck in seinen eigenen Sargdeckel getrieben hatte – er hatte zweifellos nur noch wenige Stunden zu leben.

Obwohl ihm bei diesem Gedanken ein resignierter Seufzer entfuhr, wusste er, dass es sein Leben wert war. Stan brauchte ihn. Elementia brauchte ihn. Minecraft brauchte ihn.

„Aber … was … wie zum … wer … ich dachte …“, stammelte Stan. Sein Blick sprang hektisch hin und her, während er versuchte, das Unmögliche zu begreifen.

„Mir ist klar, was du denken musst, Stan2012“, sagte Schwarzkutte verschmitzt. „Noch vor wenigen Minuten hat ein Spieler unter meinem Namen und mit meinem Aussehen dein Leben völlig auf den Kopf gestellt."

„Also … bist du wirklich … Herobrine?", erwiderte Stan matt.

„Ja", antwortete er schlicht.

„Aber … ich dachte … ich dachte, Herobrine wäre böse! Also … also kannst du nicht Herobrine sein! Du hilfst meinen Freunden und mir jetzt schon seit Wochen!"

Schwarzkutte blickte ihn traurig an. „Stan2012, der verbreitete Glaube, dass ich ein gewalttätiger, dämonischer Glitch wäre, entspricht nicht mehr der Wahrheit. Um ehrlich zu sein, sind die meisten der Gräueltaten, die seit den Tagen der Minecraft-Alpha in meinem Namen begangen wurden, darunter auch alles, was Lord Tenebris getan hat, tatsächlich nicht mein Werk. Ich gebe mir zwar ganz und gar die Schuld daran, aber ich war nicht der Verantwortliche … jedenfalls nicht direkt."

Stan starrte Schwarzkutte an, als wolle er ein Anzeichen dafür entdecken, dass er log. Er fand keines, schloss die Augen und presste eine Hand an seine Schläfe.

„Na schön … sagen wir, dass ich dir für den Moment Glauben schenke und dir abnehme, dass du wirklich Herobrine bist. Wenn das stimmt … was … bist du?"

Schwarzkutte blieb einen Moment lang stumm, bevor er antwortete.

„Um ehrlich zu sein, Stan2012, ich bin mir nicht sicher. Ich weiß nicht, woher ich komme, seit wann ich existiere oder was ich bin. Allerdings, Stan2012, musst du mir nicht erzählen, dass deine Lage verzweifelter ist als je zuvor. Ich mag die Macht haben, alles zu sehen, was sich je in Elementia zugetragen hat, aber ich muss diese Fähigkeit nicht einsetzen, um zu erkennen, dass du mich brauchst."

„Oh, verstehe", fauchte Stan verbittert. „Also bist du, wie soll ich sagen, mein allgegenwärtiger Geisterführer, der *alles weiß, was je war, und alles, was je sein wird*, der jetzt ankommt, um mir zu zeigen, wie meine Zukunft aussieht, wenn ich ..."

„Verspotte mich nicht, Stan2012", unterbrach ihn Schwarzkutte und verzog wieder das Gesicht. „Ich verfüge über Informationen, die du dringend brauchst, wenn du dich und dein Land retten willst, aber wenn du sie hören willst, verlange ich, dass du mich ernst nimmst."

Stan machte große Augen. So sehr er an allem zweifelte, was Schwarzkutte sagte, fühlte er sich doch gezwungen, ihm Glauben zu schenken, ohne zu wissen, warum. Vielleicht lag es an der Ehrlichkeit, die seine Augen auszustrahlen schienen, vielleicht lag es daran, dass er seine Freunde in der Vergangenheit zweifellos verteidigt hatte. Was auch immer der Grund sein mochte, Stan vertraute ihm.

„Wir haben nur wenig Zeit", fuhr Schwarzkutte fort, als könnte er spüren, dass Stan sich ihm geöffnet hatte und bereit war, ihm zuzuhören. „Lord Tenebris hat vor, seine Frist zu wahren. Er wird anfangen, deine Freunde hinzurichten, wenn du nicht bei Sonnenaufgang zurückkehrst."

„Moment mal ... warte", sagte Stan, als verstünde er plötzlich, was es bedeutete, dass Schwarzkutte Herobrine war. „Wenn ... *du* Herobrine bist ... wer ist dann Lord Tenebris? Wie hat er es geschafft, sich eine Macht zu verschaffen, die stärker ist als die eines Operators, wenn er nicht Herobrine ist?"

Schwarzkutte seufzte erneut. „Weil Lord Tenebris ein Operator *ist*, Stan2012. Er war ein Operator von Elementia, seit der Server erstellt wurde, und ist seitdem dank seiner eigenen kranken Experimente immer stärker geworden."

„Aber ... wie kann das sein? In der Geschichte dieses Servers hat es nur zwei Operatoren gegeben, Avery007 und König Kev, und beide sind tot!"

„Es ist möglich, weil Lord Tenebris und König Kev ein und derselbe Spieler sind, Stan."

Schwarzkutte ließ ihn einen Moment lang darüber nachdenken. Er wusste, dass Stan diese Vermutung während seiner Trauer in Adorias Dorf gehabt hatte, doch dadurch wurde die Aussage nicht weniger schwierig zu begreifen. Er sah, wie schwer es Stan fiel, die Behauptung zu verdauen und konnte praktisch sehen, wie er in Gedanken alle Gründe auflistete, die sie unmöglich machten, bevor er sich ihm zuwandte.

„Ich glaube dir nicht", sagte Stan geradeheraus, obwohl er dabei klang, als wolle er mehr sich selbst überzeugen als sein Gegenüber. „Das ist unmöglich."

„Nun, Stan2012, warum erklärst du mir nicht, wie du zu diesem Schluss gekommen bist, damit ich dir erklären kann, warum es doch möglich ist", erwiderte Schwarzkutte freundlich.

„Ha!", schnaubte Stan. „Woher willst du irgendetwas über Lord Tenebris oder König Kev wissen? Woher willst du irgendetwas über diesen Server wissen?"

„Du vergisst, mit wem du sprichst, Stan2012", antwortete Schwarzkutte lächelnd. Er zeigte auf Rex, der sich zu seinen Füßen zusammengerollt hatte. Der Wolf hob vom

Boden ab und sah sich hektisch um. Dann fing er unsicher an zu wedeln, während er durch die Luft schwebte und dabei mit den Beinen ruderte, als würde er schwimmen, während Schwarzkutte fortfuhr und gedankenverloren weiter auf Rex zeigte.

„Ich bin der einzig wahre Herobrine, Stan2012. Ich habe Zugriff auf die Geschichte jedes Minecraft-Servers auf der ganzen Welt, darunter auch diesen. Ich bin ursprünglich hierhergekommen, weil ich eine schwere Störung des Gleichgewichts dieser einen Welt gespürt habe. Seitdem habe ich alles in Erfahrung gebracht, was sich in Elementia seit seiner Entstehung zugetragen hat, und ich werde mit Freuden jede Frage beantworten, die du mir stellen möchtest."

Schwarzkutte führte Rex abwärts, und der Wolf landete sanft auf dem Boden. Dann setzte er sich wieder hin, während Stan ihn staunend anstarrte. Nach einem Moment überraschter Stille sammelte sich Stan schließlich und antwortete.

„Na schön. Erstens ist König Kev tot! Ich habe gesehen, wie er sich selbst das eigene Schwert in die Brust gerammt hat und dann in Stücke gesprengt wurde, als der Turm explodiert ist. Kannst du mir erklären, *wie* er das überlebt hat?"

„König Kev hat die Schlacht um Elementia nicht überlebt, Stan2012. Er ist im Turm gestorben, genauso, wie du es immer geglaubt hast."

Stan kam aus dem Staunen nicht heraus. „Aber … dann … wie …"

„Erklär mir eines", warf Schwarzkutte ein. „Wie hat König Kev ausgesehen, kurz bevor er gestorben ist?"

So schwindelig ihn das Nachdenken machte, versuchte Stan doch, sich an jenen Tag vor vielen Monaten zu erinnern. „Also … ich habe ihn in den Turm gestoßen, gegen die Wand … Ich habe ein paar Sekunden gezögert, ihn zu erstechen …"

„Und wie sah er in den letzten Sekunden seines Lebens aus?", drängte Schwarzkutte.

Stan starrte ihn fassungslos an. „Warum ist denn das wichtig?"

„Beantworte meine Frage, Stan2012", erwiderte Schwarzkutte, diesmal etwas strenger.

Stan verstand beim besten Willen nicht, warum Schwarzkutte auf dieses winzige Detail beharrte, rief sich das Bild des Kampfes jedoch erneut vor Augen. „Also … er ist zu Boden geworfen worden und war nach unseren Angriffen geschwächt … Er ist gegen die Wand geschleudert worden und hat so versehentlich alle Fenster geöffnet … und dann war ich nicht sicher, ob ich mich dazu überwinden kann, ihn zu töten. Er sah so jämmerlich aus. Sein Gesicht war vor Angst verzerrt. Er hat darauf gewartet, dass ich ihn töte …"

„Das war keine Angst, Stan2012", erwiderte Schwarzkutte. „Während du darüber nachgedacht hast, ob du König Kev töten solltest oder nicht, hat er die größte Flucht in Minecrafts Geschichte vorbereitet."

„Was soll das heißen?", fragte Stan.

„Als König Kev mit dem Rücken zur Wand lag, wusste er, dass er die Schlacht nicht gewinnen kann", erklärte Schwarzkutte. „Nach den Duellen mit Avery007, Apothecary01 und dir, Stan2012, war er so geschwächt, dass weitere Kämpfe sinnlos waren. Er wusste, dass er versagt hatte, und dass seine einzige Chance, sich die Macht über Elementia zu erhalten, ein Neuanfang und der Aufbau eines neuen Imperiums von Grund auf war: der Noctem-Allianz."

„Aber das erklärt noch immer nicht, wie er fliehen konnte!"

„Er ist entkommen, indem er den Spielmodus von Elementia geändert hat", antwortete Schwarzkutte. „Während er sich an die Wand lehnte, hat er die Schwierigkeitsstufe von Elementia, so schnell er konnte, von Hardcore-PVP zu normalem PVP geändert. So konnten Spieler, die starben, erneut spawnen. Kaum war das erledigt, hat er Selbstmord begangen, ist am Spawnpunkt-Hügel wieder erschienen und hat die Schwierigkeitsstufe auf Hardcore-PVP zurückgesetzt, damit alle Spieler, die sterben, wieder aus Elementia verbannt werden."

Wieder gönnte Schwarzkutte Stan einen Moment, damit Stan verdauen konnte, was er ihm gerade erklärt hatte.

Einen Moment später antwortete Stan: „So ist es auf keinen Fall gewesen."

„Und wieso nicht, Stan2012?" erwiderte Schwarzkutte geduldig und bereitete sich darauf vor, alle Argumente zu widerlegen, die Stan nun vorbringen würde.

„Also, erstens braucht man Operator-Rechte, um den Spielmodus des Servers zu ändern!", begann Stan. „Und König Kev hat seine Operator-Rechte schon vor langer Zeit aufgegeben!"

Schwarzkutte lachte leise. „König Kev hat *behauptet*, er hätte seine Operator-Rechte schon vor langer Zeit aufgegeben, meinst du wohl. Denk darüber nach, Stan2012. Hast du je Beweise dafür gehört oder gesehen, dass er seine Operator-Rechte *wirklich* aufgegeben hat, davon abgesehen, dass er sie nie eingesetzt hat?"

Stan öffnete den Mund, um zu antworten, doch ihm versagte die Stimme, als ihm klar wurde, dass Schwarzkutte recht hatte. Während seines gesamten Aufenthalts in Elementia hatte man Stan erzählt, dass Kev zwar ein Operator gewesen war, seine Macht jedoch aufgegeben hatte, um sein Volk zufriedenzustellen. Er hatte jedoch nie gehört, *wie* er das bewerkstelligt hatte oder einen einzigen Beweis dafür gesehen, dass er es wirklich getan hatte. Er hatte sie nur nie eingesetzt.

„Aber … dann … na gut", fuhr Stan fort und sortierte seine Gedanken. „Wenn König Kev die ganze Zeit über Operator-Rechte hatte, warum hat er sie nicht eingesetzt, als wir auf der Brücke gekämpft haben? Ich meine, ich verstehe ja, warum er sie nicht die ganze Zeit zur Schau gestellt hat, nachdem er behauptet hatte, er hätte sie aufgegeben, aber er hätte doch sicherlich in Erwägung gezogen, sie zu benutzen, um sein eigenes Leben zu retten!"

„Und hier haben wir König Kevs fatale Schwachstelle", erwiderte Schwarzkutte traurig. „Er ist arrogant und hält große Stücke auf sich selbst. Er war zu sehr von sich überzeugt, um seine Macht einzusetzen, damit er schnell siegen könnte. Er wollte mit dir spielen, bevor er dich vernichtet. Diese Eigenschaft – und auch diese Schwachstelle – haben sich auf König Kevs neue Identität als Lord Tenebris übertragen. Selbst, als Avery007 ihn herausgefordert hat, war er viel zu hochmütig, um seine Macht einzusetzen. Hätte er Avery007 nicht fair und in einem Kampf unter gleichen Bedingungen besiegt, hätte das seinen Stolz verletzt.

Und außerdem", fuhr Schwarzkutte fort, bevor Stan ihn unterbrechen konnte, „selbst wenn er nicht zu eitel gewesen wäre, seine Kräfte zu nutzen, hätte er es doch nicht getan, weil das Risiko bestand, dass jemand es herausfinden könnte. Hätten die hochleveligen Spieler erfahren, dass König Kev sie hinters Licht geführt hat, wäre sämtliches Vertrauen in ihn als Herrscher verloren gewesen."

Wieder machte Schwarzkutte eine Pause, damit Stan überdenken konnte, was er gesagt hatte. Stan sah verzweifelt aus und griff nach jedem Strohhalm, um noch einen Grund zu finden, warum König Kev nicht zurück sein konnte. Endlich fand er Worte.

„Na schön, stellen wir uns mal mit viel Fantasie vor, dass das, was du behauptest, aus irgendwelchen wahnwitzigen Gründen wahr ist. König Kev hat die ganze Zeit über seine Operator-Rechte behalten. Er hat die Schwierigkeitsstufe des Servers verändert, damit er neu spawnen konnte, und dann hat er sie sofort zurückgesetzt. Wenn der Server sich also auch nur einige Sekunden lang nicht im Hardcore-PVP-Modus befunden hat, sollte dann nicht wenigstens *ein* weiterer Spieler neu gespawnt sein? Ich meine, wir waren mitten in einer riesigen Schlacht. Überall sind Spieler gestorben. Sollte nicht noch jemand gestorben und in den paar Sekunden neu gespawnt sein, in denen König Kev die Schwierigkeitsstufe wieder auf normales PVP gestellt hat?"

Schwarzkutte lächelte. „Fällt dir denn niemand ein, der unerklärlicherweise in Elementia neu gespawnt ist, Stan2012?"

Kaum hatte er es ausgesprochen, erinnerte sich Stan sofort. Er erinnerte sich daran, wie er und seine Freunde sich zurück nach Element City gegraben hatten und die ELM sie unterwegs überfallen hatten. Fast wären sie überwältigt worden, wäre nicht eine riesige Gruppe Gefangener durch den Tunnel gestürmt, um die Kopfgeldjäger zu verjagen. Ihr Anführer war ein Spieler mit verrücktem Funkeln in den Augen … ein Spieler, von dem Stan wusste, dass er tot war …

„Sirus“, stöhnte Stan.

„Ja“, bestätigte Schwarzkutte. „Sirus666 ist während der Schlacht um Elementia gefallen, in genau dem Moment, in dem König Kev die Schwierigkeitsstufe des Servers auf Normal gesetzt hat, und so konnte er wie auch König Kev erneut spawnen. Sie sind fast im selben Moment am Spawnpunkt-Hügel erschienen. Natürlich hat sich König Kev versteckt, weil er befürchtete, entdeckt zu werden, doch Sirus666 litt zu diesem Zeitpunkt unter von einem Trank ausgelösten Halluzinationen, und so hat er König Kev auf seiner Flucht in den Wald nicht erkannt, obwohl er ihn dabei beobachtete.“

Als sich alle Puzzleteile zusammenfügten, wurde Stan ganz schwindelig. Er hatte erwartet, Dutzende Schwachstellen in Schwarzkuttes Ausführungen zu finden, und doch … irgendwie … ergab alles einen Sinn.

„Also …“, flüsterte Stan schwach, „es ist … wahr? Lord Tenebris und König Kev … sind wirklich ein und derselbe Spieler?“

„Ja“, bestätigte Schwarzkutte.

Stan sank auf die Knie und vergrub sein Gesicht in den Händen.

Schwarzkutte seufzte traurig, während er Stan dabei beobachtete, wie er diese schreckliche Wahrheit begriff.

Die ganze Zeit über hatte er geglaubt, dass König Kev und Lord Tenebris zwei verschiedene Personen waren, von denen eine auf der anderen aufgebaut hatte, die unabhängig voneinander versucht hatten, ihn zu besiegen. Erst jetzt erkannte Stan, dass all das das Werk eines einzigen Spielers war, der dem Tod selbst getrotzt hatte, um nach Elementia zurückzukehren und alles ihm Mögliche zu tun, um Stan und seine Freunde zu vernichten.

„Ich ... habe noch eine Frage", brachte Stan hervor, obwohl er sich fühlte, als hätte er alle Luft aus den Lungen verloren.

„Ich werde mein Bestes tun, sie zu beantworten", antwortete Schwarzkutte.

„Also ... es ist nur ... *warum*? Warum hat König Kev sich all diese Mühe gemacht, um nach Elementia zurückzukehren? Warum hat er die Niederlage nicht einfach eingesteckt und nach seinem Tod einen neuen Server aufgemacht?"

Schwarzkutte atmete tief durch. Die Antwort auf diese Frage war lang und kompliziert, enthielt jedoch Wahrheiten, die Stan erfahren musste, wenn er eine Chance haben sollte, König Kev für immer zu besiegen. Schwarzkutte wusste, dass er sich richtig ausdrücken musste.

„Die Antwort darauf ist recht einfach, Stan2012. König Kev hatte in Elementia noch Rechnungen offen."

„Meinst du die niedrigleveligen Spieler?", fragte Stan erbost. „Wollte er sie wirklich *so dringend* loswerden?"

„Die niedrigleveligen Spieler loszuwerden war König Kev nie wirklich wichtig, Stan2012."

„*Was*?", schrie Stan so laut, dass Rex vor Überraschung bellte.

„Bist du wahnsinnig? Ich habe alles verloren, weil ich versucht habe, zwei verschiedene Diktaturen unter diesem Kerl zu beenden, und der Hauptgrund für beide war, dass er niedriglevelige Spieler hasste!"

„Tut mir leid, Stan2012", erwiderte Schwarzkutte. „So habe ich das nicht gemeint. Natürlich war es König Kev wichtig, niedriglevelige Spieler loszuwerden. Aber es war ihm nicht halb so wichtig wie den anderen Mitgliedern der Noctem-Allianz. Weißt du, warum König Kev vor all den Monaten die Proklamation gemacht hat, mit der deine Reise begann?"

„Also ich dachte, es läge daran, dass er die niedrigleveligen Spieler gehasst hat", sagte Stan langsam.

„König Kev hatte zwar Probleme mit diesen Spielern, aber das war nicht der Grund, dieses Gesetz zu verabschieden. Das geschah, weil Caesar und Charlemagne ihn darum gebeten hatten. Der einzige Zweck des Ganzen war, die hochleveligen Spieler, die mit der größten Macht, zufriedenzustellen und auf seiner Seite zu halten. Das liegt daran, dass alles, was König Kev in Elementia je wollte, Macht war, vollständige Dominanz über den ganzen Server. Das ist die treibende Kraft hinter allem, was er dir angetan hat, sowohl als Herrscher des Königreichs Elementia und als Anführer der Noctem-Allianz."

„Aber ... das ist doch völlig sinnlos!", rief Stan aus. „Wenn er die ganze Zeit über Operator-Rechte hatte, warum ist es wichtig, die hochleveligen Spieler zufriedenzustellen? Er hätte sie einfach zwingen können, zu tun, was er wollte!"

„In der Tat. In den frühen Tagen von König Kevs Herrschaft war das genau das, was er getan hat. Nachdem

Avery007 besiegt und König Kev der einzige verbleibende Operator in Elementia war, erlebte der Server eine Ära der Angst. Jeder, der sich dem König widersetzte, wurde zum Schweigen gebracht, und viele hochrangige Beamte wurden des Verrats beschuldigt und getötet. Mecha11, Apothecary1, Bill33, Ben33 und Bob33 wurden allesamt in die Wildnis verbannt. Niemand war glücklich darüber, nicht einmal die hochleveligen Spieler. Die Angst durchstreifte das Land wie ein Rudel Wölfe, und schon bald löste sie eine Revolte aus.

Viele Spieler fanden, dass ihre Freiheit es wert war, dafür zu sterben, und sie haben versucht, König Kev zu stürzen, so wie auch du, Stan2012. Mit seinen Operator-Möglichkeiten konnte er eine Rebellion nach der anderen niederschlagen. Die meisten wurden von hochleveligen Spielern angeführt. König Kev verstand jedoch auch, dass Elementia zu einem hasserfüllten, hässlichen Ort geworden war. Es war nicht die Sorte Server, über die er herrschen wollte. Also hat er beschlossen, ein neues Kapitel aufzuschlagen und Elementia zu verbessern. Kaum jemand glaubte, dass er dazu fähig wäre, aber als er behauptet hat, seine Operator-Rechte aufgegeben zu haben und fortan ein normaler Spieler zu sein, so mächtig und so sterblich wie jeder andere, hat sich das Volk um ihn geschart. Die Leute glaubten, dass er sich tatsächlich verändert hatte, und Elementia ist in ein neues Zeitalter des Wohlstands eingetreten."

„Aber er hat seine Operator-Rechte doch gar nicht aufgegeben. Er hat alle angelogen!", erwiderte Stan.

„Das hat er, aber gleichzeitig war er darauf bedacht, seine Macht nie wieder einzusetzen. Er hat sie nur für absolute Notfälle beibehalten ... zum Beispiel für den Moment, als du kurz davorstandest, ihn zu töten."

„Aber ... ich verstehe es immer noch nicht", antwortete Stan perplex. „Wenn alle in Elementia so glücklich waren, nachdem der König angeblich seine Operator-Rechte aufgegeben hatte, wie konnten die niedrigleveligen Spieler dann in eine so schlimme Lage geraten?"

„Das, Stan2012, liegt daran, dass König Kev sehr gerissen und manipulativ war. Er wusste, dass ihm die mächtigsten Spieler die Treue halten mussten, wenn er seinem Volk gegenüber wohltätig und gnädig erscheinen wollte. So würde ihm eine starke Gruppe durch dick und dünn zur Seite stehen, falls je wieder eine Rebellion aufkam. Obwohl er also versuchte, allen gegenüber freundlich zu sein, verlieh König Kev den hochleveligen Spielern, die am längsten in Elementia gelebt hatten und die meisten Ressourcen angehäuft hatten, besondere Privilegien. Er gründete einen Regierungsrat, den Rat der Operatoren, den er mit solchen Spielern besetzte. Dank dieser Sonderbehandlung liebten diese Spieler ihren König und waren bereit, alles zu tun, um ihn an der Macht zu halten.

Anfangs wurden die niedrigleveligen Spieler überhaupt nicht unterdrückt. Sie verfügten zwar nicht über die besonderen Privilegien der Hochleveligen, doch sie konnten noch immer in Frieden leben. Dann, als Elementias Prestige wuchs, traten immer mehr neue Spieler dem Server bei. Die hochleveligen Spieler bekamen mit der Zeit Angst vor der wachsenden Mehrheit dieser Neulinge. Sie baten König Kev, das Gesetz des Einen Todes zu verabschieden, was den Servermodus in Hardcore-PVP ändern sollte, sodass neue Spieler bei ihrem Tod nicht neu spawnen würden. Der König war begierig, die alten Spieler zufriedenzustellen, und stimmte zu.

Doch die Hochleveligen hatten noch immer Angst. Sie waren gegenüber den Neuen in der Minderheit, und sie mussten feststellen, dass das Gesetz des Einen Todes nicht nur für die neuen Spieler galt, sondern auch für sie selbst. Deshalb baten sie ihn nun, alle neuen Spieler aus Element City zu verbannen. Ich glaube, Stan2012, dass du weißt, was danach geschah."

„Aber nachdem er gestorben ist, hatte er doch keine Macht mehr!", warf Stan ein. „Sein gesamter Plan, mithilfe der hochleveligen Spieler seine Position zu halten, ist mit dem Königreich selbst in die Brüche gegangen. Warum ist er also als Lord Tenebris nach Elementia zurückgekehrt?"

„Du hast recht, Stan2012. Direkt nach dem Untergang des Königreichs konnte König Kev die hochleveligen Spieler nicht auf dieselbe Weise einsetzen. Doch als du Elementia übernahmst, erkannte er die Gelegenheit, sie auf neue Art zu nutzen.

Er wusste, dass viele Mitglieder der Oberschicht ihren Anführer und ihre Sonderstellung verloren hatten, nachdem du die Schlacht um Elementia gewonnen hattest. Er sah, dass die meisten der hochleveligen Spieler dich so sehr hassten wie die niedrigleveligen Spieler, die du schützen wolltest.

Also nahm er seine neue Identität als Lord Tenebris an und redete den Hochleveligen ein, dass ihr Hass auf die Niedrigleveligen gerechtfertigt sei. Er versammelte sie um sich und vereinte sie unter dem Banner ihrer Verachtung und ihres Hasses.

Anfangs sind die Hochleveligen der Noctem-Allianz nur beigetreten, um an den Niedrigleveligen Rache zu üben und sich zurückzuholen, was sie in der Revolution verloren hatten. Doch jetzt sind sie Lord Tenebris unerschütterlich treu, ewig dankbar dafür, dass er ihnen ihre alte Stellung zurückgegeben hat, und sie werden ihm gehorchen, egal, was er befiehlt … so, wie sie auch König Kev treu waren.

Damals, in den früheren Zeiten des Servers, hat König Kev noch Jahre gebraucht, um sein Volk unter seiner Herrschaft zu vereinen, im Namen von Vertrauen und Gemeinschaft. Aber *Lord Tenebris* hat nur vier Monate benötigt, sie unter Angst und Hass zu versammeln. Mit der Gründung der Noctem-Allianz hat Lord Tenebris den Hochleveligen gegeben, wonach sie sich sehnten: einen neuen Anführer, um den sie sich scharen konnten, eine Chance, ihre Herrschaft über den Server zurückzugewinnen, und eine Gruppe, der sie die Schuld für alles geben konnten, was ihnen widerfahren war. Dabei handelte es sich natürlich um dich und deine Anhänger.

So haben auch die schlimmsten Tyrannen der Geschichte ihre Imperien aufgebaut, Stan2012. Verzweifelte Menschen vereinen sich unter der Führung skrupelloser Anführer, oft unter dem Banner des Hasses auf eine andere Gruppe. Es ist eine schnelle, effektive Art, Macht zu gewinnen. Doch derart hässlichen Zielen so viel Macht zu verleihen, fügt der Welt unausweichlich bleibende Wunden zu."

Nachdem er seine Rede beendet hatte, beobachtete Schwarzkutte Stan dabei, wie er über das Gesagte nachdachte. Stan beeindruckte ihn. Er hatte in den letzten 24

Stunden so viel durchgemacht. Doch schaffte er es irgendwie, alle neuen Informationen aufzunehmen.

„Na schön", sagte Stan und sah endlich nicht mehr aus, als würde ihm die Anstrengung das Bewusstsein rauben. „Eine Frage habe ich noch."

„Ja?"

„Also ... es ist nur ...", fing Stan unbeholfen an. Schwarzkutte erkannte, dass Stan ihn mit seiner nächsten Frage, was immer sie auch sein mochte, nicht beleidigen wollte. „Also ... wenn du die ganze Zeit über davon gewusst hast ... warum hast du mir oder meinen Freunden nicht schon früher davon erzählt? Ich meine, all meine Freunde haben mir davon berichtet, wie du sie mehrfach beschützt hast ... und du bist mir vor Nocturia erschienen. Also, warum hast du mich nicht vorher informiert?"

Schwarzkutte seufzte traurig. Er hatte gewusst, dass Stan diese Frage früher oder später stellen würde, und er wollte sie nicht beantworten. Selbst jetzt, während er hier herumstand, spürte er, wie er immer schwächer wurde, und je mehr er Stan erzählte, desto früher würde ihn der Tod ereilen. Doch Schwarzkutte wusste, dass es unausweichlich war. Hoffentlich könnte er Stan alles sagen, was dieser wissen musste, bevor es geschah.

„Stan2012, was weißt du über die Geschichte von Herobrine ... über *meine* Geschichte?"

Wieder wurde es Stan schlagartig bewusst, dass er mit Herobrine sprach, dem mythischen Minecraft-Wesen, das so viele einen Dämon genannt hatten und das doch ihn und seine Freunde unter rastlosem Einsatz beschützt hatte. Die Verwunderung hielt jedoch nur einen Moment lang an. Stan wusste, dass ihm die Zeit ausging und dass Lord Tenebris' Frist bald ablaufen würde. Er war sich instinktiv sicher, dass er die Lösung seiner Probleme finden würde, wenn er weiter mit Schwarzkutte sprach.

„Ähm ... ich weiß, dass alle glauben, du wärst eine Art Glitch-Dämon, der in Minecraft lebt und die Spieler heimsucht ... und das wäre schon alles."

Wieder lachte Schwarzkutte leise. „In der Tat, Stan2012, das ist wahr, und es gibt einen Grund, aus dem mich sehr viele Menschen so sehen. Es liegt daran, dass ich ... für die längste Zeit ... *tatsächlich* eine Macht der Zerstörung und des Chaos in Minecraft war."

„Was?", fragte Stan überrascht. „Aber ... du hast mir und meinen Freunden so oft geholfen! In Elementia hast du nichts als Gutes getan."

„Auch das ist wahr", erwiderte Schwarzkutte. „Aber so hat es nicht angefangen. Wie schon gesagt, ich weiß wirklich nicht, woher ich gekommen bin, und meine frühesten Erinnerungen sind verworren und ungenau. Mit Sicherheit weiß ich nur, dass ich während der frühesten Tage der Alpha von Minecraft entstanden bin. Ich habe schon bald festgestellt, dass ich alle Fähigkeiten besaß, die einem Spieler in Vanilla-Minecraft zur Verfügung standen.

Anfangs hielt ich es nicht für nötig, Welten zu zerstören oder zu verheeren. Ich habe Minecraft als eine schöne Welt voller Wunder und voller Pracht angesehen. Besonders die Spieler haben mich fasziniert: Wesen aus einer Dimension außerhalb von Minecraft, die die natürliche Welt so beeinflussen konnten wie ich auch. Sie haben ihre Fähigkeiten eingesetzt, um fantastische Gebilde zu erschaffen auf eine Art, die ich selbst nie beherrschen würde. Ich machte es mir zur Gewohnheit, ihnen aus der Ferne bei der Arbeit zuzusehen. All das, was sie bauten, faszinierte mich. Ich ließ mich nie blicken, weil ich befürchte, dass sie mit der Arbeit, die ich so hinreißend fand, aufhören könnten.

Doch eines Tages hat mich ein Spieler entdeckt, einen Screenshot gemacht und ihn im Internet veröffentlicht. Ich habe mir keine großen Gedanken darüber gemacht. Es wurden immer mal wieder gefälschte Bilder von spielerähnlichen Glitches hochgeladen. Ich bin davon ausgegangen, dass das keine Auswirkungen haben würde. Doch schon bald musste ich entsetzt feststellen, dass das Team von Mojang einen Patch für das Spiel veröffentlicht hatte, der mich für immer und aus allen Welten von Minecraft verbannte.

Ich war verwirrt und wütend. Ich hatte niemandem Leid zugefügt, ich hatte nur die anderen Spieler beobachtet! Warum sollte Mojang mich aus dem Spiel entfernen wollen? Jedenfalls erkannte ich, dass es praktisch egal war. Schließlich bin ich ein anpassungsfähiger Glitch, und ich stellte fest, dass die Verbannung nicht allzu schwer zu umgehen war. Schon bald war ich zurück in Minecraft, entschlossen, mich nie wieder entdecken zu lassen, damit Mojang mich nicht mehr hinauswerfen konnte.

Leider waren meine Bemühungen, nicht aufzufallen, vergebens. Schon bald veröffentlichte Mojang einen weiteren Patch, der mich erneut verbannte, und diesmal war es noch schwerer, wieder hineinzugelangen. Ich war daher mehr als wütend, ich war rasend vor Zorn. Warum warf man mich aus dem Spiel? Wegen meines ungewöhnlichen Aussehens? Woran es auch liegen mochte, es war mir egal. Ich war entschlossener denn je, wieder ins Spiel zu kommen. Aber ich wollte den Spielern nicht mehr einfach nur zusehen. Ich wollte sie angreifen, sie heimsuchen und erschrecken, um Rache an dem Spiel zu nehmen, das grundlos beschlossen hatte, dass ich nicht mehr dazugehörte.

Ich fand heraus, dass der Spieler, der einen Screenshot von mir gemacht hatte, eine Geschichte über mich erfunden hatte und behauptete, ich würde in die Welt eingreifen, indem ich Pyramiden und Tunnel baute, dass ich der Geist von Notchs verstorbenem Bruder sei, und dass ich Herobrine hieße. Ich habe die Rolle und den Namen angenommen und Spieler während der gesamten Alpha- und der frühen Betaphasen terrorisiert. Mojang versuchte pausenlos, mich zu entfernen, doch ich konnte ihre Verteidigungsmaßnahmen immer umgehen, Minecraft wieder betreten und weitere Spieler heimsuchen. Ich wurde stärker und stärker, je mehr neue Fähigkeiten dem Spiel hinzugefügt wurden. Es war, als wären sie dafür geschaffen, dass ich sie imitierte.

Als die offizielle Veröffentlichung näherrückte, wusste ich, dass das Team bei Mojang versuchen würde, so viele Glitches wie möglich loszuwerden, um das Spiel auf die neue Spiel-Engine des Abenteuer-Updates vorzubereiten. Ich hätte jedoch nie vorhersehen können, was sie in das Spiel einfügten, um gegen mich vorzugehen."

„Was haben sie denn eingefügt?", fragte Stan gespannt.

Schwarzkutte schloss die Augen. „Bis heute bin ich nicht wirklich sicher, was es ist. Ich weiß nur, dass das, was sie dem Code hinzugefügt haben, mehr ist als nur ein Patch, der mich aussperren soll. Was immer es auch sein mag, es lebt, es denkt, es ist anpassungsfähig wie ich auch. Ich weiß nicht, was es ist, aber ich nenne es … die Stimme im Himmel."

Kaum hatte Schwarzkutte den Namen ausgesprochen, erklang über ihnen ein Donnergrollen. Stan blickte erschrocken hoch. Der Regen hatte schon vor einer Weile aufgehört, und der Himmel über ihnen war klar.

„Das war sie, Stan2012", erklärte Schwarzkutte leise. „Sie lebt im Himmel und beobachtet mich."

„Wa… was tut er denn?"

„Ich … bin nicht sicher", antwortete Schwarzkutte schlicht. „Ich weiß nicht, wer sie ist, was sie ist oder was sie tut. Ich weiß nur, dass, wann immer ich einen Minecraft-Server betrete und mit den Blöcken interagiere – mit den Mobs, den Spielern oder irgendetwas anderem – die Stimme im Himmel ertönt und mir sagt, ich solle aufhören. Dann … wenn ich nicht aufhöre … sinkt meine Energie rasant ab."

Schwarzkutte hielt kurz inne, um zu Atem zu kommen. Während er noch davon sprach, wie sein Körper Energie verlor, geschah es. Stan sein Gesicht zu zeigen, hatte ihm Schwung verliehen, weil er sich darauf freute, endlich wieder mit einem Spieler zu sprechen. Doch jetzt holte ihn die Erschöpfung ein, und er fühlte, dass seine Lebenskraft nachließ, je länger er sich dieser verbotenen Aktivität widmete.

„Um zu verhindern, dass ich einfach aus meiner Existenz verschwinde", fuhr Schwarzkutte nach einer Pause fort, „habe ich mich von Minecraft-Servern ferngehalten, dazu verdammt, in der Leere des Cyberspace zwischen

Tausenden von Minecraft-Servern zu schweben. Ich konnte sie aus der Ferne betrachten, sie jedoch nie betreten, mit ihnen interagieren oder in ihnen Chaos anrichten, ohne dass die Stimme im Himmel mich dabei erwischte.

Und … doch … während ich diese Hunderttausende von Minecraft-Welten aus der Ferne beobachtete, versiegte mein Verlangen, sie zu zerstören. Ich sah den Spielern dabei zu, wie sie zusammenarbeiteten, gemeinsam bauten und unglaubliche Gebäude und Welten erschufen. Das Staunen, das ich bei meinem ersten Betreten des Spiels empfunden hatte, stellte sich wieder ein, und ich sah ein, wie sehr ich mich geirrt hatte. Minecraft ist ein wunderschönes Spiel … eigentlich mehr als ein Spiel. Es ist eine faszinierende Welt. Menschen finden darin einen Ort, an dem sie alles tun können, was sie wollen, wo nur ihre eigene Fantasie ihnen Grenzen setzt. Ich verstand, wie dumm es gewesen war, ein so prächtiges Universum schädigen zu wollen.

Doch es war zu spät. Die Stimme im Himmel beobachtete mich weiter, und wann immer ich eine Minecraft-Welt betrat, konnte ich spüren, wie meine Lebensenergie von Sekunde zu Sekunde schwächer wurde. Ich war nur sicher, wenn ich im Niemandsland zwischen den Minecraft-Welten schwebte und sie sehnsüchtig aus der Ferne betrachtete.

Was ich sah, schockierte mich. Obwohl die Spieler dieser Welten von nichts zurückgehalten wurden, nichts versuchte, sie auszusperren, hatten doch viele von ihnen das Bedürfnis, andere zu bekämpfen. Ich sah zwar die, die in Frieden miteinander bauten, doch auch zahllose Griefer, die sich bemühten, anderen ihre Erlebnisse in Minecraft zu verderben. Als ich bei diesen Kämpfen zusah, konnte ich nicht anders, als mich verantwortlich zu fühlen. Ich war der erste, ursprüngliche Griefer, derjenige, der das Konzept überhaupt eingeführt hatte. Es war meine Schuld, dass Minecraft nicht mehr nur eine Welt der Kreativität und des Staunens war, sondern eine Welt, in der man ständig auf der Hut sein musste, um nicht vernichtet zu werden.

Von meiner Schuld erdrückt, wusste ich, dass ich es irgendwie wiedergutmachen musste. Ich schwor mir auf der Stelle, dass ich, wenn Minecraft je ernsthaft bedroht würde, alles in meiner Macht Stehende tun würde, um die Gefahr zu bannen. Diese Gelegenheit bot sich erst vor Kurzem, als mir euer Minecraft-Server auffiel, Stan2012."

„Lass mich raten", sagte Stan mit finsterer Miene. „Du hast gespürt, wie König Kev Energie von anderen Servern abzog, um sich stärker zu machen, und bist zu dem Schluss gekommen, dass er damit einen Glitch riskierte, der Minecraft zerstören könnte."

„Genau", erwiderte Schwarzkutte grimmig. „Ich verstand, dass König Kev, wenn man ihn nicht aufhalten würde, mit seinem unstillbaren Machthunger unwissentlich einen Glitch erschaffen könnte, der seinen geliebten Server zerstören könnte und zahllose weitere mit ihm. Ich wusste, dass ich ihn aufhalten musste, was immer auch geschehen mochte.

Ich wusste, dass mir das unmöglich war. Ebenso war mir klar, dass die Stimme im Himmel eingreifen würde, wenn ich König Kev vor den Folgen seiner Taten zu warnen versuchte. Sie würde mich vernichten, bevor ich den Anführer der Noctem-Allianz auch nur erreichen könnte.

Also sah ich mir die Geschichte des Servers Elementia an, um herauszufinden, ob ich dieses grausige Schicksal auf andere Art verhindern könnte. Und so, Stan2012, erfuhr ich zum ersten Mal von deiner Geschichte – der bemerkenswertesten Geschichte von allen in Minecraft."

„Was?", rief Stan aus. „Was ist an meiner Geschichte so bemerkenswert? Ich habe doch kaum etwas getan!" Niedergeschlagen dachte er darüber nach, wie wahr seine Worte waren. „Ich habe eine Rebellion gegen König Kev geführt, hatte aber nicht einmal den Mut, ihn zu töten, sodass er sich mit Cheats zurück auf den Server schleichen konnte. Hätte ich ihn sofort erstochen, als ich die Chance dazu erhielt, hätte er nie die Schwierigkeitsstufe ändern können! Dann, als ich ihn wieder stürzen wollte, hat er praktisch mit mir den Boden gewischt!"

„Du hast recht, Stan2012", erwiderte Schwarzkutte. Stan starrte ihn überrascht an. Er hatte Widerspruch erwartet oder ein Eingeständnis, wie spektakulär er in Wahrheit war.

„Kaum etwas von dem, was du getan hast, macht auf lange Sicht einen Unterschied. Damals im Turm von Element Castle hat dich deine eigene Milde zurückgehalten, und so konnte König Kev fliehen und die Noctem-Allianz gründen. Und in dem Moment, in dem König Kev zu Lord Tenebris geworden war, ohne jeden Skrupel, seine Operator-Kräfte einzusetzen, hattest du nicht mehr die Spur einer Chance gegen ihn. Allerdings gibt es etwas, Stan2012, auf das du stolzer sein könntest."

„Und das wäre?", schnaubte Stan verbittert.

„Du hast niemals aufgehört zu kämpfen", antwortete Schwarzkutte. Die unglaubliche Leidenschaft in seiner

Stimme überrumpelte Stan. „Du warst so überzeugt davon, dass die niedrigleveligen Spieler dieses Servers ihre Unterdrückung nicht verdienten, dass du nie aufgegeben und dich nie ergeben hast, selbst, als deine Lage aussichtslos war."

„Aber nichts davon hat funktioniert!", rief Stan. „Was hilft es also, wenn ich es versucht habe, ohne damit erfolgreich zu sein?"

„Stan2012, du musst verstehen, was du bewerkstelligt hast", fuhr Schwarzkutte fort. In seiner Stimme klang noch immer tiefe Leidenschaft mit. „Du hast während deiner Mühen, König Kev zu stürzen, ein ganzes Land um dich versammelt, und selbst wenn du es nicht geschafft hast, den König selbst zu stürzen, hast du doch sein Königreich vernichtet. Zum ersten Mal seit Jahren war Elementia ein Ort, an dem Spieler aller Level in Frieden miteinander leben konnten.

Glaubst du, dass dein Volk je vergessen wird, wie es sich anfühlt, in einem Land voller Glück und Gleichheit zu leben? Glaubst du, dass sie jetzt, nachdem sie erlebt haben, was wahre Freiheit ist, jemals aufhören werden, um sie zu kämpfen? Natürlich nicht! All das ist geschehen, weil *du*, Stan2012, tapfer genug warst, Stellung gegen die Ungerechtigkeit zu beziehen. Man muss etwas Besonderes sein, um sich zu erheben, wenn Ungerechtigkeit Gesetz ist, und du, Stan2012, bist etwas sehr Besonderes."

Stan zögerte einen Moment lang, bevor er antwortete. „Okay. Tun wir so, als hättest du recht. Tun wir so, als wäre ich so besonders, dass die Leute auch lange nach mir noch gegen König Kev kämpfen werden. Sie werden doch niemals gewinnen! König Kev ist der einzige Operator dieses Servers. Er wird sich nie stürzen lassen! Meine Leute werden einfach weiterkämpfen, bis sie alle tot sind!"

„Und dann darf König Kev wieder von vorn anfangen", erwiderte Schwarzkutte triumphierend. „Er wird über ein Imperium des Elends und der Verzweiflung herrschen, so wie damals, nachdem er Avery007 besiegt hat. Bedenke, dass alles, was König Kev will, Macht ist. Ihm ist egal, über wessen Leichen er gehen muss, um sie zu bekommen. Und dank deinem Vorbild, Stan2012, wird dein Volk König Kev wissen lassen, dass es nicht kampflos zu Leichen werden wird."

Eine Weile lang verstummten Stan und Schwarzkutte. Sie standen nur auf der Lichtung, während der Nebel sich zu ihren Füßen kräuselte und sich lichtete und während langsam die Sonne aufging.

„Stan2012, ich möchte dir danken", sagte Schwarzkutte, und Stan sah verblüfft, wie ihm eine Träne aus einem seiner strahlend weißen Augen die Wange hinunterlief. „Ich dachte die längste Zeit über, dass ich Minecraft ruiniert hätte. Ich dachte, dass ich mit meinem Chaos und meiner Zerstörung Griefern und Tyrannen auf den zahllosen Spielservern ein Vorbild gewesen wäre. Deine Geschichte hat mir gezeigt, dass es immer, wie schlimm die Lage auch werden mag, Menschen geben wird, die für das eintreten, was richtig ist.

Ich glaube, was ich sagen will, ist ... danke, Stan2012. Dafür, dass du das Richtige getan hast, wie schwierig es auch sein mochte", antwortete Schwarzkutte und lächelte Stan dankbar an.

Stan atmete tief durch. Er wusste, dass Schwarzkutte

recht hatte: Er hatte immer getan, was er für das Richtige für Elementia gehalten hatte, und durfte jetzt nicht damit aufhören. Stan umfasste seine Axt fest, doch mit klammen Händen. Er sah zum Himmel empor. Dort verblassten die Sterne, und ein hellrosafarbenes Glühen begann, den Himmel im Osten zu erleuchten.

„Ich werde zurückgehen müssen, nicht wahr?", meinte Stan ernst, als er sich gen Norden wandte, in Richtung von Element City.

„Ja", erwiderte Schwarzkutte. „Element City braucht seinen Präsidenten jetzt mehr denn je."

Stan griff in sein Inventar, um den goldenen Apfel und den Trank des Schadens hervorzuholen. Es erschien ihm ganze Äonen her zu sein, dass Lord Tenebris in den Ruinen von Adorias Dorf vor ihm gestanden und ihm die beiden Gegenstände angeboten hatte. Er sah sich beide an und entdeckte sein Spiegelbild in der goldglänzenden Rundung des Apfels ebenso wie in der rot gefärbten Flasche. Aus beiden erwiderte ein tapferer, stolzer Spieler seinen Blick, der seinem Land nie den Rücken gekehrt hatte und bis zum Tod kämpfen würde, um es und seine Liebsten zu verteidigen.

Er hob den goldenen Apfel an die Lippen und aß ihn in drei Bissen. Sofort wurde sein Körper von Energie durchflutet, die von seinem Kopf über den Rumpf in seine Gliedmaßen überging. Er fühlte sich, als hätte er drei Tränke der Schnelligkeit auf einmal getrunken. Erbost starrte Stan den Trank des Schadens in seiner anderen Hand an und warf ihn, so fest er nur konnte, mit einer fließenden Bewegung in den Wald. Sekunden später erklang in weiter Ferne das Klirren von Glas.

Stan umklammerte seine Axt, und die aufgehende Sonne erhellte die rechte Seite seines Gesichts. Er atmete tief ein und ließ die Luft mit einem entschlossenen Knurren wieder entweichen. Er wusste, dass er innerhalb einer Stunde tot sein würde. Lord Tenebris würde ihm grausige, entsetzliche Dinge antun, bevor er ihn vor den Augen seines Volkes vernichtete, zusammen mit seinen engsten Freunden. Doch Stan wusste, dass keiner der Spieler, die ihm gefolgt waren, ihr Opfer je vergessen würden. Selbst wenn er starb, würde der Geist der Rebellion überleben.

Stan wandte sich ein letztes Mal Schwarzkutte zu. Die Augen des Glitch-Spielers leuchteten auch im aufkommenden Tageslicht noch hell, während er Stan stolz betrachtete, den Spieler, dem Elementia so viel zu verdanken hatte und der bereit war, mehr zu opfern, als ihm je vergolten werden konnte. Schwarzkutte seufzte und schaute ihm in die Augen.

„Stan2012, ich habe alles getan, was ich konnte, um dir zu helfen, ohne meine eigene Existenz zu gefährden", sagte er mit Bedacht. „Ich habe jedem deiner Freunde auf verschiedene Arten geholfen, aber doch dabei versagt, dir selbst eine Hilfe zu sein."

„Das ist nicht wahr", erwiderte Stan mit bittersüßem Lächeln. „Du hast mir geholfen, zu verstehen, was ich tun kann, um mein Volk zu retten. Du hast dein Leben riskiert, um das zu tun. Ich kann dir nicht genug danken."

„Dennoch …", fuhr Schwarzkutte getragen fort. „Ich glaube, dass ich dir schulde, etwas zu tun, das dir helfen könnte … auf andere Art."

„Das ist nicht nötig", sagte Stan grimmig. „Da, wo ich hingehe, werde ich keine Hilfe brauchen."

„Es war keine Empfehlung", sagte Schwarzkutte schlicht und streckte seine Hand nach Stan aus.

Sofort spürte Stan, wie er nach vorn zu Schwarzkutte gezogen und in die Knie gezwungen wurde. Er erkannte das grauenhaft vertraute Gefühl, in Lord Tenebris' telepathischer Umklammerung gefangen zu sein. Er wollte gerade vor Angst schreien, als Schwarzkutte auch die andere Hand ausstreckte, um seinen Kopf zu berühren.

Plötzlich war Stans Angst verflogen. Die Kraft, die dank des goldenen Apfels durch seine Adern strömte, schien sich zu verstärken und immer weiter auszubreiten, bis Stan sich fühlte, als verströme er aus jeder Pore seines Körpers Energie. Seine Kraft wuchs und wuchs, bis sie schließlich ihren Gipfel erreichte. Stan fiel zusammengekrümmt zu Boden und zitterte, während er versuchte, der schieren Macht Herr zu werden, die er in sich spürte.

„Stan! Stan, antworte mir schnell!"

Erschrocken hob Stan den Blick. Er hatte in diesem Moment vieles erwartet, doch nicht Sallys Stimme, die kristallklar und ohne jedes statische Rauschen durch den Äther hallte.

„Ich bin hier, Sal", antwortete er und starrte den Boden an, während er versuchte, sich auf ihre Stimme zu konzentrieren. „Kannst du mich hören?"

„Ja, ich kann dich hören!", erwiderte sie. Stan war überrascht von der Klarheit, mit der sie sprach. „Stan, hast du gerade etwas mit Elementias Code angestellt?"

„Was? Nein!", rief er aus. „Wieso? Was ist passiert, Sally?"

„Ich bin nicht sicher", kam die Antwort. Sie klang aufgeregt. „Ich weiß nur, dass sich irgendwie, und ich weiß nicht warum, ein Loch in den Verteidigungssystemen vor Elementias Code aufgetan hat."

Stan blieb fast das Herz stehen. „Moment mal … wirklich?"

„Ja", bestätigte sie. Sie hielt kurz inne. Dann …

„Stan … ich glaube, ich habe dir gerade Operator-Rechte gegeben."

Stan antwortete nicht. Sein Herz schlug ihm bis zum Hals, während er seine Diamantaxt fallen ließ und die rechte Hand ausstreckte. Er atmete tief ein und konzentrierte sich, ohne so recht an seine Fähigkeiten zu glauben, auf seine Handfläche. Er stellte sich einen Diamanthelm vor.

Mit einem leisen Ploppen erschien ein Diamanthelm in seiner Hand.

Stans Mund stand offen, dann wuchs sein Lächeln zusehends in die Breite, während er immer mehr Objekte erscheinen ließ – Schüsseln mit Pilzsuppe, Feuerzeuge, Blöcke aus Tropenholz, Kies, Endstein. Der wild zusammengewürfelte Haufen aus Gegenständen auf dem Boden unter ihm wuchs immer weiter an. Stan holte mit der Faust aus, zielte auf einen nahen Baum und stieß sie vor. Der Baum explodierte sofort, als der unsichtbare Energiestoß ihn traf. Stan lachte ausgelassen, atmete tief ein, sprang in die Luft … und blieb dort schweben, getragen von seinen brandneuen Operator-Kräften.

„Hat es funktioniert?", rief Sallys Stimme aus dem Nichts.

„Ja!", schrie Stan und stieß triumphierend die Faust in die Luft, während er in den Himmel schnellte und einen Looping vollführte, um dann wieder sanft auf dem Boden zu landen.

„Fantastisch!" jubelte Sally. Stan konnte sich ihr Grinsen fast vorstellen. „Und jetzt los, Noob, verschwende keine Zeit mehr … geh und verpass Herobrine einen ordentlichen Tritt in den Hintern! Erzähl mir danach, wie es gelaufen ist."

Bevor Stan antworten konnte, verstummte Sallys Stimme mit leisem statischem Knistern.

Stan stand vor lauter Freude neben sich. Er hatte Operator-Rechte! Er müsste sich nicht einfach Lord Tenebris ausliefern, um zu sterben. Er hatte eine faire Chance. Es war sogar möglich, dass er Lord Tenebris und die Noctem-Allianz vernichten könnte.

Urplötzlich wurde ihm klar, was geschehen sein musste. Er verstand, warum sich ein Loch in den Verteidigungsmaßnahmen gebildet hatte. Er begriff es erst jetzt, da er über die Fähigkeiten eines Operators verfügte. Er wandte sich langsam um, um Schwarzkutte anzusehen … doch der war verschwunden. Stan ließ den Blick verwundert über die Lichtung schweifen, konnte jedoch keine Spur des weißäugigen Glitch-Spielers entdecken – und auch von Rex nicht.

Stan erinnerte sich daran, was Schwarzkutte gesagt hatte: Je mehr er mit Spielern interagierte, desto schwächer wurde er. Das musste der Grund sein, weswegen Schwarzkutte seinen Freunden nur erschienen war, als sie in allerhöchster Gefahr schwebten. Er ging davon aus, dass allein sein Gespräch mit Stan ein unwägbares Risiko für ihn gewesen sein musste, das seine Existenz selbst bedrohte. War es möglich, dass Schwarzkutte, indem er Sally Zugriff auf Elementias Codes verschaffte, sich …

Irgendwo in der Ferne hörte Stan eine Explosion, die

ihn aus seinen Gedanken riss. Er hatte keine Zeit, über Schwarzkuttes Schicksal nachzudenken. Dazu würde er auch später noch Gelegenheit haben. Er wusste genau, was er jetzt tun musste.

Während Stan hier auf der Lichtung stand, das Gesicht vom Licht der aufgehenden Sonne erhellt, bereitete Lord Tenebris seine Freunde sicherlich auf das Erschießungskommando vor. Wenn Stan nicht bald auftauchte, würden sie alle sterben. Er wusste, dass Lord Tenebris' Operator-Fähigkeiten von der Energie, die er dem Server entzogen hatte, verstärkt waren, doch Stan hatte etwas, das ihm fehlte: das Überraschungsmoment. Lord Tenebris hatte nicht die geringste Ahnung, dass Stan über Operator-Rechte verfügte, und wenn er sich geschickt anstellte, könnte er vielleicht den Anführer der Noctem-Allianz überwältigen und den Krieg endlich beenden.

Wie auch immer seine Chancen lagen – Stan wusste, dass er wenigstens den Versuch wagen musste. Solange es auch nur den kleinsten Hoffnungsschimmer gab, war das seine Pflicht.

Und so atmete Stan tief durch, hob seine Diamantaxt auf, konzentrierte sich voll und ganz auf das Avery-Gedächtnis-Gerichtsgebäude und löste sich im Handumdrehen in nichts auf. Nun war die Lichtung bis auf den wabernden Nebel vollkommen leer.

KAPITEL 12

DIE RÜCKKEHR DER HELDEN

Leonidas zuckte zusammen, als helles Licht auf seine geschlossenen Lider traf. Stöhnend zwang er sich, die Augen zu öffnen und stellte fest, dass er direkt in die aufgehende Sonne starrte. Er senkte den Blick, um die grellen Strahlen zu meiden, und schüttelte seine Benommenheit ab.

Er stand auf Holzbrettern und konnte einige Blöcke unterhalb seiner Füße einen Kiesweg sehen. Offenbar stand er aufrecht, mit dem Rücken zu einer Wand aus Holzbretterblöcken. Seine Arme lagen auf Hebeln, die an der Wand befestigt waren.

Leonidas' Schläfe pochte an der Stelle, wo er und Cassandrix mit dem Kopf aneinandergestoßen waren. Bald drang der Lärm, der ihn umgab, in sein Bewusstsein, und seine pulsierenden Kopfschmerzen nahmen zu. Langsam schärfte sich sein Blick. Die Sonne schien tatsächlich direkt in seine Augen, doch sie war nicht so hell, wie er erwartet hatte, weil sie den dichten Wolkenschleier durchdrang, den die Wither in der Luft über ihm verbreiteten.

Als er seine Sinne wieder vollständig unter Kontrolle hatte, entdeckte Leonidas eine Gruppe von Soldaten, die die Plattform, auf der er stand, umringten. Ihre Köpfe waren etwa auf der Höhe der zwei Blöcke hohen Plattform aus Holzbrettern. Die Noctem-Armee war noch immer in schwarze Rüstung gekleidet und vertrieb sich die Zeit damit, zu johlen und die Spieler über sich zu verspotten. Offenbar war Leonidas nicht allein. Er blickte nach links und rechts und sah, dass alle Anführer von Stans Armee an der Wand lehnten. Sie standen aufrecht, die Arme auf Hebeln emporgezogen, reglos wie Statuen.

Leonidas blieb fast das Herz stehen, als er verstand, was das zu bedeuten hatte: Sie befanden sich vor einem Erschießungskommando.

Er überprüfte schnell sein Inventar und musste bestürzt feststellen, dass man es vollständig geleert hatte. Seinen besten Bogen, „Hornisse", hatte er in Element Castle verloren, und nun waren auch seine beiden anderen Bögen und sein Schwert verschwunden. Doch das war jetzt egal. Er wusste, dass man ihn, wenn er auch nur einen Finger rührte, geschweige denn sich bewaffnete, innerhalb von Sekunden töten würde.

Aus morbider Faszination sah sich Leonidas die Reihe der Spieler genauer an, um herauszufinden, wer noch dort war. Sie alle mussten ohnehin bald sterben, also könnte er sich ruhig einen Überblick darüber verschaffen, wer an seiner Seite ins Gras beißen würde.

Zu seiner Linken befand sich nur ein Spieler, bevor die Reihe endete, und das war Jayden. Er hatte ein blaues Auge und eine beachtliche Wunde an der Stirn, sah jedoch eher erschöpft aus, denn von Schmerzen geplagt. Zu seiner Rechten erkannte Leonidas Ben, der vollkommen niedergeschlagen wirkte, und Bob, der auf Ivanhoes Rücken saß und alle Anzeichen der Übelkeit an den Tag legte. Und auch Leonidas drehte sich der Magen um, während er sich fragte, ob man selbst das Schwein hinrichten würde.

Hinter den beiden standen der Mechaniker, der in Gedanken versunken zu sein schien, Sirus, der hektisch und nervös um sich blickte und Cassandrix, deren Miene von rasender, entstellender Wut verzerrt war. Am anderen Ende der Reihe stand Kommandant Crunch, der irgendetwas brüllte, das Leonidas durch das Meer der johlenden Noctem-Soldaten nicht verstehen konnte, doch ab und zu unterbrach er sich selbst mit dem volltönenden Gelächter eines Seebären.

Leonidas zählte schnell durch: Sie waren zu acht, sich selbst eingeschlossen. In Gedanken ging er die Liste der Spieler durch, die fehlten, und ihm fielen nur drei ein.

Stans Abwesenheit überraschte ihn nicht im Geringsten. Da er der Anführer der Republik war, hatte Lord Tenebris für ihn vermutlich besondere Pläne. Wahrscheinlich lebte er noch, um ihn irgendwann später vorzuführen, sicher, damit Lord Tenebris ein Exempel an ihm statuieren konnte.

Was Kat anging … Leonidas glaubte nicht, dass er den Anblick, wie sie hilfloser als eine Puppe durch die Ratskammer geschleudert wurde, je vergessen würde. Leonidas und Kat hatten nicht oft miteinander gesprochen, seit er ihrer Armee beigetreten war, aber er wusste, dass sie eine zähe Spielerin mit ausgeprägtem Sinn für Gerechtigkeit gewesen war, die sich von niemandem hatte einschüchtern lassen. Das Bild von einer so willensstarken und kräftigen Spielerin, die in absolute Wehrlosigkeit gezwungen wurde, würde ihn nie wieder loslassen. Obwohl er wusste, dass die anderen Mitglieder der Armee durch ihren Tod in tiefe Trauer versetzt werden würden, fand Leonidas, der sie kaum kennengelernt hatte, ihren Tod weitaus schrecklicher und verstörender als alles andere.

Also verblieb nur noch der letzte fehlende Spieler. Er hatte Kat nicht gut kennengelernt, doch bei Charlie sah das anders aus. Der hatte Leonidas ursprünglich gehasst, um ihn dann als Verbündeten und Freund zu akzeptieren. Bei dem Gedanken, dass Charlie jetzt, nachdem sie endlich Freundschaft geschlossen hatten, tot sein könnte, wurde ihm vor Angst schlecht. Er versuchte, sich einzureden, dass es noch andere Möglichkeiten gab. Dass er vielleicht irgendwie entkommen war und überlebt hatte. Schließlich hatte Leonidas keinerlei Anhaltspunkte, und es gab keine Beweise für Charlies Tod.

Doch dann, von einem Moment auf den anderen, hörte er auf, sich darüber Gedanken zu machen. Es war, als hätte jemand seine Fähigkeit, sich Sorgen zu machen, abgeschaltet. Wo lag auch der Sinn darin? Sie standen vor einem Erschießungskommando der Noctem-Allianz. Sie alle würden in jedem Fall sterben.

Fast sofort, nachdem ihm dieser Gedanke gekommen war, erschien eine Gestalt mit lautem Knallen auf der Holzbretter-Plattform vor der Reihe der Gefangenen. Ihr Skin war genau wie der von Stan, doch obwohl Leonidas sie nur von hinten sehen konnte, wusste er es besser. Es überraschte ihn etwas, dass Lord Tenebris sich seinem Volk zeigte. Soweit er wusste, hatte niemand außer ihm je Lord Tenebris' Gesicht gesehen und überlebt. Andererseits war dies wohl ein besonderer Anlass.

Urplötzlich verstummten der Spott und die Buhrufe der

tobenden Menge. Zum ersten Mal überhaupt sahen sie ihrem Anführer ins Gesicht. Leonidas konnte beobachten, wie der gesamte Mob ihn einen Moment lang fasziniert und sprachlos anstarrte, bevor sich aller Augen abwandten, als sie feststellten, dass sie Lord Tenebris nicht länger als eine Sekunde anblicken konnten.

„Ich grüße euch, meine treuen Untertanen“, donnerte Lord Tenebris mit tiefer Stimme, die mühelos über den stillen Platz vor dem Avery-Gedächtnis-Gerichtsgebäude zu hören war. „Heute erlebt Elementia einen historischen Tag. Ich enthülle nicht nur zum ersten Mal mein Gesicht, sondern es ist auch der Tag, an dem wir unseren Sieg über die Truppen von Stan2012s Republik Elementia feiern! Viva la Noctem!“

„VIVA LA NOCTEM!“, wiederholte die Menge wie Donnerhall. Leidenschaftlicher hatte Leonidas das Volk der Noctem-Allianz dieses Motto nie rufen hören.

„Vor euch, ganz und gar meiner Gnade ausgeliefert, stehen die Anführer der Republik Elementia“, fuhr Lord Tenebris fort, drehte sich zu ihnen um und deutete in ihre Richtung. Während die Menge weiter grölte und spottete, hörte Leonidas, wie mehrere seiner ebenfalls an der Wand stehenden Freunde entsetzt aufkeuchten, als sie zum ersten Mal Lord Tenebris' Gesicht sahen und ihm nicht in die Augen blicken konnten.

„Diese Spieler sind gestern um zwölf Uhr mittags in unsere Stadt marschiert“, fuhr Lord Tenebris fort, und seine Anhänger verstummten sofort, als er sich wieder der Menge zuwandte. „Sie hatten die Absicht, sie uns zu entreißen. Sie glauben, dass Element City alle Spieler mit offenen Armen willkommen heißen sollte, unabhängig davon, ob sie sich ihren Platz unter uns verdient haben oder nicht. Tatsächlich bestand ein großer Teil ihrer Invasionsarmee aus niedrigleveligen Spielern. Ganz recht. Die Spieler, die ihr vor euch seht, waren so arrogant, zu glauben, ihre niedrigleveligen Freunde wären euch nach lediglich einer Woche der Ausbildung ebenbürtig. Euch, den Noctem-Freiheitskämpfern, die seit Jahren in Elementia leben."

In der Menge wurden entrüstete Schreie laut, gefolgt von weiteren Zwischenrufen. Lord Tenebris tat nichts, um sie zu unterbinden, und Leonidas konnte sich das sadistische Grinsen auf seinen Lippen nur zu gut vorstellen.

„Ich möchte mich bei euch, meinen Bürgern, bedanken", fuhr Lord Tenebris fort und entschloss sich, den Aufruhr etwas zu bändigen. „Ich möchte euch dafür danken, dass ihr die jämmerlichen Versuche der Republik, sich zu wehren, über so lange Zeit toleriert habt. Die Stärke der Noctem-Allianz wächst seit Monaten in Vorbereitung auf den Tag, an dem wir uns zurückholen, was rechtmäßig uns gehört. Und doch wartete, wohin auch immer wir kamen, überall die Armee der Republik von Elementia auf uns, um unsere Arbeit ein kleines bisschen unangenehmer zu machen, wie eine Fliege, die unsere Köpfe umschwirrte und fast nicht zu erwischen war.

Doch heute", fuhr Lord Tenebris fort, „heute ist das lästige Insekt endlich zerquetscht worden. Am heutigen Tag beanspruche ich den Minecraft-Server Elementia im Namen der Noctem-Allianz! Viva la Noctem!"

„VIVA LA NOCTEM!", erscholl das Echo der Menge.

„Und nun werden wir alle Zeugen des Todes der Republik sein. Wir werden ihm so beiwohnen, wie wir angefangen haben – gemeinsam. Ich bitte euch, eure Aufmerksamkeit auf die verbleibenden Kampftruppen der Republik von Elementia zu richten."

Leonidas riss den Kopf hoch und folgte dem Blick Hunderter Spieler, die ihn umgaben, bis in die Mitte der Menge, wo sich ein großer, menschenleerer, abgesperrter Bereich befand, der ihm zuvor nicht aufgefallen war. Dort, unter dem lauten Rasseln von Redstone-Mechanismen, erhob sich der Boden, bis er mehrere Blöcke über dem Platz zum Stillstand kam. Auf dieser riesigen Plattform standen fast einhundertfünfzig Spieler, die Überlebenden des Angriffs. Man hatte ihnen ihre Diamantrüstung abgenommen. Sie waren wie Vieh zusammengepfercht und starr vor Angst.

„Ich gebe euch den Rat, euch von der Plattform fernzuhalten", übertönte Lord Tenebris die Beleidigungen und Flüche, die den Spielern entgegengeschleudert wurden. „Die Plattform ist mit TNT-Blöcken versehen, die sofort gesprengt werden, falls auch nur einer von ihnen einen Ausbruchsversuch wagt."

Die Masse der dreihundert Soldaten in schwarzer Lederrüstung zog sich von der Plattform zurück, doch die Beschimpfungen und Spottrufe ließen nicht nach, bis sich Lord Tenebris wieder an sein Publikum wandte.

„Die Spieler auf der Plattform werden verschont, sofern sie mit mir kooperieren", fuhr er fort. Leonidas hob erstaunt die Augenbrauen, wie auch viele Zuschauer in der Menge.

„Die Gedanken dieser Personen wurden von ihren Anführern vergiftet, die auf der Plattform vor euch stehen. Sie werden für ihre Verbrechen im Brimstone-Gefängnis büßen. Sobald sie dort inhaftiert sind, werden die übrigen Bürger dieser Stadt, die dort momentan eingesperrt sind, freigelassen. Diese Bedingungen erfüllen eine Abmachung, die ich mit Präsident Stan getroffen habe."

Seit Anfang der Rede hatte die Menge darauf gewartet, dass der Name des meistgesuchten Spielers der Noctem-Allianz fallen würde, und nun war es so still, dass man eine Stecknadel hätte fallen hören können. Lord Tenebris hielt einen Moment lang inne und warf einen Blick auf die vollends aufgegangene quadratische Sonne.

„Präsident Stan hätte inzwischen hier sein sollen. Die Abmachung war, dass ich, wenn er nicht bis Sonnenaufgang erscheint, anfangen werde, seine Freunde hinzurichten. Nun sagt mir: Hat einer von euch Präsident Stan2012 gesehen?"

Aus der Menge waren mehrere verneinende Rufe zu hören, und die Noctem-Soldaten lachten. Leonidas starrte nur verbittert zu Boden. Er wusste, dass Stan zweifellos gekommen wäre, wenn er dieser Abmachung zugestimmt hätte. Außerdem hatte Lord Tenebris ihn sicherlich getötet oder verkrüppelt und wollte ihn zum Vergnügen schlecht aussehen lassen. Leonidas schüttelte den Kopf. Inzwischen war ihm auch das egal. Er wollte nur, dass bald alles vorbei war.

„Doch bevor das Schauspiel beginnt", sagte Lord Tenebris, während das Gelächter sich legte, „muss ich fragen, ob einer der Spieler, die in Kürze sterben werden, noch letzte Worte zu sagen hat."

Kurz herrschte Schweigen, und Leonidas versuchte, sich etwas Passendes einfallen zu lassen. Doch es gelang ihm nicht. Und selbst wenn, die Noctem-Allianz hatte ohnehin gewonnen.

Lord Tenebris sah zu ihnen hinüber und grinste überheblich. „Nun, wenn es so ist …"

Doch dann wurde seine Bemerkung von den Schritten eines einzelnen Spielers unterbrochen. Leonidas hob den Blick und sah den Mechaniker, der keinen niedergeschlagenen, sondern einen entschlossenen Eindruck machte, während er an den Rand der Plattform trat.

„Na, sieh mal einer an", spottete Lord Tenebris. „Wenn das nicht der berühmte Mecha11 ist, der Redstone-Architekt großer Teile dieser Stadt und Erfinder der TNT-Kanone. Ich muss zugeben, es ist eine Schande, einen so brillanten Spieler töten zu müssen … jedenfalls ein wenig. Na los, lass uns ein paar letzte weise Worte aus deinem klugen Köpfchen hören."

Trotz des bösartigen Gelächters der Menge sah der Mechaniker unbeeindruckt aus. Stattdessen nahm er einen tiefen Atemzug und sprach.

„Es gibt einiges, das ich sagen möchte. Sowohl zu meinen Kameraden unter den Kommandanten als auch zu den tapferen Kriegern, die auf der Plattform in der Menge stehen. Erstens möchte ich …"

Zu Leonidas' Überraschung zitterte die Stimme des Mechanikers leicht, als stünde er kurz davor, in Tränen auszubrechen. Das Redstone-Genie nahm einen weiteren tiefen Atemzug, sammelte sich und fuhr fort.

„Erstens möchte ich mich bei euch allen entschuldigen. Während meiner Zeit als euer Anführer habe ich meinem Land nicht gut gedient. Ich habe mir den Druck zu Kopf steigen lassen und versucht, ihm mit Methoden zu entkommen, die …", er kam kurz ins Stocken, bevor er weitersprach, „… die zum Verlust eines Freundes geführt haben. Dann habe ich mich von Trauer und Schuldgefühlen beherrschen lassen und deshalb die Bedürfnisse des Volkes ignoriert. Ich übernehme die volle Verantwortung für all das Leid, das euch widerfahren ist, während ihr in der Mine wart.

Aber nichts davon ist jetzt noch wichtig."

Leonidas, der sich in Erwartung einer langen, selbstkritischen Rede, in der der Mechaniker sich bestimmt für alle Fehler selbst die Schuld geben würde, unwohl fühlte, hob den Kopf und spitzte die Ohren.

„Ich sage euch, was jetzt wichtig ist." Er zeigte auf die Spieler auf der Plattform, die ihn anstarrten und jedes seiner Worte aufsogen. „Meine Freunde und ich werden heute sterben. Wir können nichts dagegen unternehmen. Aber ihr alle werdet weiterleben. Eure Gefangenschaft in Brimstone wird nicht leicht sein, aber ihr werdet sie überleben. Und obwohl wir die Verantwortlichen für unsere Lage nicht besiegen konnten, flehe ich euch an: Vergesst nie, wie es sich angefühlt hat, ein Bürger der Republik Elementia zu sein.

Erinnert euch an eure Freiheit. Erinnert euch an das Gefühl, sich auf der Straße sicher zu fühlen. Erinnert euch, wie es war, zu wissen, dass eure Familien und Freunde nur eine Bahnfahrt entfernt lebten. Es mag sein, dass weder ich noch einer meiner Freunde irgendetwas für euch tun kann. Aber wenn ihr euch nur fest an diese Erinnerungen klammert, dann kann ich euch garantieren, dass ihr euch eines Tages selbst helfen und Elementia wieder in das Land eurer Erinnerung verwandeln könnt – ein Land, in dem Gerechtigkeit und Gleichheit für alle herrschen."

Der Mechaniker kam zu Ende. Er atmete tief durch und

trat zurück. Die Menge der Noctem-Soldaten kicherte und machte abfällige Bemerkungen. Leonidas jedoch starrte den Mechaniker verwundert an, als der die Mauer erreichte und die Hände wieder auf die Hebel legte, die sie hochhielten.

Leonidas ließ seinen Blick von ihm zu den Soldaten auf der Plattform über der Menge schweifen. Sie alle trugen die gleiche Miene zur Schau: nachdenklich und entschlossen. Leonidas war sicher, dass die Rede des Mechanikers sie beeindruckt hatte. Sie würden sie nie vergessen – und der Mechaniker hatte recht. Eines Tages, so weit er auch in der Zukunft liegen mochte, würden diese Spieler nach Elementia zurückkehren. Vielleicht wäre es ihnen möglich, ihr Land wieder in das zu verwandeln, für dessen Schöpfung und Verteidigung Stan und seine Freunde so verbissen gekämpft hatten.

Leonidas' Herz tat einen Sprung, als er erkannte, dass der Mechaniker seine Schuld beglichen hatte. Es war sogar möglich, dass er die Zukunft Elementias soeben zum Guten gewendet hatte.

„Das war sehr rührend, Mecha11", kommentierte Lord Tenebris beiläufig. Er wandte sich wieder an die Reihe der Gefangenen. „Möchte noch jemand sprechen?"

„Ich habe etwas zu sagen."

Leonidas spitzte die Ohren. Er erkannte die Stimme. Er sah sich nach rechts um, so wie alle anderen Versammelten auch, um den Ursprung der Stimme zu finden. Dort betrat, mit leeren Händen, in zerfetzter, abgenutzter Kleidung, Stan2012 aus einer Seitengasse den Platz. Feixend blickte er Lord Tenebris an.

In der Menge brach sofort Tumult aus. Die Noctem-Soldaten stießen ihre bisher lautesten, bösartigsten Beleidigungen aus, was jedoch nur knapp den Applaus und Jubel von Stans Verbündeten auf den beiden Plattformen übertönte.

Als Stan die Stufen zur Erschießungsplattform erklomm und sich direkt gegenüber von Lord Tenebris aufbaute, war der Lärm so ohrenbetäubend, dass Leonidas kaum noch seine eigenen Gedanken vernehmen konnte.

„Schweigt!“, donnerte Lord Tenebris. Leonidas hatte das schreckliche Gefühl, die Stimme des Noctem-Anführers direkt in seinem Kopf zu hören, sodass ihm die Ohren schmerzten. Doch sogleich legte sich aller Lärm.

Langsam, aber sicher hoben alle Spieler die Köpfe, um Stan2012 und Lord Tenebris dabei zu beobachten, wie sie einander von gegenüberliegenden Seiten der Plattform aus anstarrten. Beide Herrscher hielten dem Blick des anderen stand, während das gedämpfte Sonnenlicht den grauen Schleier der Wither durchdrang. Leonidas musterte Stan verblüfft. Wie konnte er Lord Tenebris' Blick so lange aushalten, ohne wegzuschauen?

„Du bist spät dran“, sagte Lord Tenebris.

„Verzeihung“, grinste Stan. „Ich habe einen alten Freund getroffen, und wir hatten uns viel zu erzählen.“

Lord Tenebris erwiderte das Grinsen. „Na, dann hoffe ich mal, dass euer Treffen es wert war. Ich hätte deine Freunde in ein paar Sekunden hingerichtet.“

„Glaub mir“, sagte Stan. „Es hat sich mehr als nur gelohnt.“

Plötzlich wurde Leonidas von einem seltsamen Gefühl ergriffen. Er hatte so etwas noch nie gespürt, und es hielt nur wenige Sekunden an.

„Ich vermute, du erinnerst dich an die Bedingungen unserer Abmachung?“, fragte Stan ruhig.

„In der Tat“, bestätigte Lord Tenebris. „Der Sieger dieses Duells ist der rechtmäßige Herrscher über Elementia.“

Während die Noctem-Soldaten in der Menge lachten, merkte Leonidas plötzlich, dass sein Inventar nicht mehr leer war. Er überprüfte den Inhalt so unauffällig wie möglich und stellte mit grenzenlosem Erstaunen fest, dass sich darin ein unverbesserter Bogen und zwei Stapel Pfeile befanden.

Neben sich hörte Leonidas ein leises Keuchen, und als er an der Reihe seiner Freunde entlangblickte, war ihnen anzusehen, dass sie ebenso überrascht waren wie er. War es möglich, dass *sie alle* auf mysteriöse Art Waffen bekommen hatten?

„Also dann“, sagte Stan, nachdem sich das sarkastische Gelächter gelegt hatte. „Wie wäre es, wenn wir keine Zeit mehr verschwenden und anfangen?“

„Mit Vergnügen“, erwiderte Lord Tenebris. Er atmete tief ein, und in seiner linken Hand erschien ein Diamantschwert, auf dem verschiedene Verzauberungen glühten.

Stan rührte sich nicht. Er stand nur da, scheinbar unbewaffnet, und lächelte Lord Tenebris an. „Na los“, stichelte er. „Du darfst anfangen.“

Leonidas starrte Stan verwirrt an. Warum hatte er keine Waffe gezogen? Was sollte das alles?

Lord Tenebris streckte die leere rechte Hand in Stans Richtung aus, holte tief Luft und stieß ein Schnauben aus, woraufhin sich ein Pfeil aus seinen Fingerspitzen löste, der direkt auf seinen Gegner zuflog. Stan stand weiterhin regungslos da und gab sich keinerlei Mühe, sich zu verteidigen. Leonidas machte erst große Augen und kniff sie dann zusammen, als der Pfeil im Begriff war, in Stans Brust einzudringen …

Doch das geschah nicht. Kurz bevor das Geschoss ihn erreichte, änderte es seine Flugbahn, wich nach links aus und verfehlte Stans linken Arm knapp.

Die Menge hielt merklich den Atem an. Wieder hob Lord Tenebris die Hand und schleuderte drei weitere Pfeile direkt auf Stan zu. Allen dreien widerfuhr dasselbe: Kurz bevor sie Stan treffen konnten, wechselten sie plötzlich den Kurs und flogen in unterschiedliche Richtungen davon.

Jetzt war die Menge vollkommen verstummt, und Leonidas starrte mit offenem Mund auf die beiden Kontrahenten. Was ging da nur vor?

Lord Tenebris' Lippen teilten sich, und mit geweiteten Augen versuchte er zu verstehen, was sich abspielte. Er hob erneut die rechte Hand und führte einen Schlag aus, der einen Feuerball auslöste. Er flog so schnell, wie die Pfeile es getan hatten, direkt auf Stan zu.

Ohne mit der Wimper zu zucken, hob auch Stan die rechte Hand. Als der Feuerball sie traf, fing er ihn auf und stoppte seinen Flug. Vollkommen fassungslos sah Lord Tenebris, wie Stan die flammende Kugel hochhielt und sie dann in seiner Faust zerquetschte. Als er die Hand wieder öffnete, waren nur noch ein paar hellgraue Rauchwirbel übrig, die schnell im Wind verwehten.

Inzwischen war Lord Tenebris' Fassungslosigkeit verflogen und grenzenloser Wut gewichen. Er holte mit der Faust aus, atmete ein und schleuderte etwas mit aller Macht in Stans Richtung. Der spürte die Welle explosiver Energie auf sich zurasen. Er streckte die Hand aus und fing sie auf, nutzte ihren eigenen Schwung, um sie herumzuwirbeln und wieder freizugeben, sodass sie in Lord Tenebris' Richtung zurückraste.

Der Noctem-Anführer schrie vor Überraschung leise auf, als er das Geschoss auf sich zukommen spürte und verbarg das Gesicht hinter verschränkten Armen, während die Explosion ausgelöst wurde. Sie warf Lord Tenebris rückwärts auf den Rand der Plattform zu. Er senkte die Arme, von denen noch der Rauch der Detonation aufstieg, und starrte Stan an, der weiterhin völlig regungslos dastand. Jeder Pixel im Gesicht des Noctem-Herrschers war von Fassungslosigkeit gezeichnet.

„Was hast du ... wie hast du ...?", stieß Lord Tenebris hervor. „Was tust du da?"

Stan starrte ihn kurz an, vollkommen selbstsicher, und genoss jede Sekunde von Lord Tenebris' Schock, bevor er antwortete.

„Ich nehme mir mein Land zurück", sagte er mit entschlossenem Grinsen, dann rief er: „Armeen von Elementia! Zum *Angriff!*"

Sofort stürzte Leonidas vor und attackierte die Noctem-Soldaten am Boden. Er stürmte an Stan vorbei von der Plattform hinunter und in die Menge, während er seinen Bogen spannte. Er warf einen staunenden Blick auf die anderen Kommandanten von Stans Armee: Auf einer Seite zog Jayden eine Diamantaxt, auf der anderen legte Bob einen Bogen an und stürzte sich, von Ivanhoe getragen, über den Rand der Plattform in die Menge der verblüfften Noctem-Soldaten.

Lord Tenebris sah sich panisch um und versuchte zu verstehen, was sich abspielte. Sein Blick richtete sich auf die Plattform, auf der die gefangenen Kämpfer der Republik standen. Zu seiner abgrundtiefen Überraschung und Bestürzung strömten auch diese Spieler mit gezogenen Diamantwaffen über die Seiten der Plattform. *Wie ist das möglich?*, dachte er. *Ihre Inventare waren leer! Nun ja, eigentlich ist das egal … sie werden sowieso alle sterben!*

„SPRENGT DIE PLATTFORM!", rief Lord Tenebris und hoffte inständig, dass der Soldat, der den Hebel bedienen sollte, ihn ziehen konnte. Und doch sprangen die Soldaten weiter von der Plattform in die überrumpelten Truppen.

Lord Tenebris wiederholte seinen Befehl zweimal, doch es war zwecklos. Die Plattform blieb solide und intakt. Inzwischen hatte die Hälfte der Spieler sie verlassen und befand sich im Kampf mit den Noctem-Soldaten, die vollkommen unvorbereitet waren. Vor Zorn stand Lord Tenebris völlig neben sich. *Warum zieht niemand den Hebel?*

„Suchst du das hier?"

Lord Tenebris wandte sich langsam um und sah sich Stan gegenüber. Der stand seelenruhig am anderen Ende der Plattform und hielt ihm in der ausgestreckten Hand einen Hebel entgegen, von dem sich Redstone-Staub löste – er war soeben aus einem Schaltkreis herausgerissen worden. Stan ließ ihn los. Scheppernd fiel er zu Boden.

Einen Moment lang starrte Lord Tenebris Stan nur an. Er konnte beim besten Willen nicht verarbeiten, was geschehen war. *Wie hatte Stan plötzlich diese wundersamen Fähigkeiten erlangt?*

Doch Stan ließ ihn nicht lange darüber nachdenken. Er

sprang in die Luft und schwebte knapp über dem Boden, während eine leuchtende Diamantaxt in seiner Hand erschien. Lord Tenebris öffnete den Mund, schloss ihn jedoch wieder, und ein grausames Lächeln verzerrte sein Gesicht.

Na schön, dachte er. *Dann eben auf deine Art, Stan.*

Er nahm das verzauberte Diamantschwert in die rechte Hand, hielt es vor sich, sprang in die Luft und rannte auf Stan zu, der es ihm gleichtat und direkt auf ihn zuschnellte. Innerhalb weniger Sekunden trafen sich die beiden Spieler in der Mitte der Holzbretter-Plattform. Ihre Klingen prallten aufeinander, und ein Funkenregen stob empor, bevor sich die beiden Operatoren davonteleportierten.

* * *

Jayden stellte mit einem Blick auf das Schlachtfeld fest, dass die meisten der Noctem-Soldaten ihren Schock überwunden hatten und sich nun zur Wehr setzten. Er hatte noch immer nicht die geringste Ahnung, wie eine Diamantaxt in sein Inventar gelangt war oder wie seinen Freunden und Verbündeten dasselbe hatte widerfahren können.

Er wusste nur, dass all das, was auch immer es war, an Stan lag, den Jayden dabei beobachtet hatte, wie er auf Lord Tenebris zuflog, um sich danach in den Himmel zu teleportieren. Offensichtlich war er irgendwie an Operator-Rechte gelangt und benutzte die damit verbundenen Kräfte jetzt, um gegen Lord Tenebris zu kämpfen. Jayden war sicher, dass Stan ihnen, sobald das Duell beendet wäre, helfen würde, die Noctem-Truppen zu überwältigen. Bis dahin würden sie ihm jedoch so viel Zeit wie nur möglich erkaufen müssen.

„Sieh einer an … wen haben wir denn da?", erklang hinter ihm eine Stimme.

Jayden wirbelte herum und sah drei Spieler, die ihn voller Verachtung anstarrten. Erschrocken erkannte er einen von ihnen als Zingster, den gnadenlosen Unteroffizier, der Jaydens Ausbildung in Nocturia geleitet hatte. Der andere war LemonKipper mit seinem Meermann-Skin, ein hochnäsiges Mitglied von Stans Ausbildungsgruppe. Den Dritten erkannte er nicht. Er hatte kein Gesicht. Sein oder ihr Skin – Jayden konnte nicht mehr ausmachen – war vollständig schwarz bis auf eine riesige Nummer 4, die sich vom Kopf bis zum Fuß des Spielers erstreckte.

„He Jungs", sagte Jayden, hob die Axt und ging in Kampfstellung. „Lange nicht gesehen." Er hatte Zingster und Kipper kämpfen sehen und wusste, dass er beide besiegen konnte.

„Brauchst gar nicht so fröhlich zu klingen", fauchte Kipper. „Wir lassen dich für das bezahlen, was ihr Nocturia angetan habt, Ratsherr Jayden."

„Moment … ach ja", erwiderte Jayden, dem jetzt erst aufging, dass Kipper und Zingster eigentlich tot sein müssten. „Wie seid ihr drei aus Nocturia entkommen?"

„Die haben mich erwischt, als ich etwas QPO gestohlen habe", sagte Kipper ohne jeden Anflug von Reue, „und Zingster wollte mich in die Tundra bringen, um mir eine Lektion zu erteilen. Als die Bombe hochgegangen ist, haben wir uns entschlossen, hierherzukommen."

„Ich habe ihm den Diebstahl durchgehen lassen",

schnaubte Zingster. „Wir haben nämlich Wichtigeres zu erledigen!"

Zingster zog seine Spitzhacke und raste auf Jayden zu, während Kipper dasselbe mit seinem Schwert tat. Jayden schlug die Spitzhacke beiseite und verkeilte die Klinge seiner Axt mit dem Schwert. Kurz kämpften die beiden darum, die Oberhand zu gewinnen, dann hatte sich Zingster erholt und griff seinerseits erneut an. Jayden musste Kipper mit einer Finte entgehen und ausweichen.

Also, immerhin sind sie beide besser geworden, dachte sich Jayden, während er mit der Axt auf Zingsters Hand zielte. Der Noctem-Unteroffizier wich aus und nutzte Jaydens Blöße, um ihn anzurempeln und ihn zu Boden zu bringen. Der rollte sich beiseite, um einem Schwertstoß von Kipper zu entgehen, und wand sich mehrfach hin und her, um der Klinge auszuweichen, die sich immer wieder in den Kies bohrte. Plötzlich wurde Jayden die Axt aus der Hand geschlagen, und er konnte gerade noch sehen, wie Zingster mit seiner Spitzhacke zum Schlag ausholte, während Kipper es ihm gleichtat.

Jayden warf sich zur Seite und zog die Füße hoch, wich dem Schwertstoß aus und fegte Zingster mit einem gezielten Tritt von den Beinen. Seine Spitzhacke flog dabei in die Luft. Jayden nutzte seinen Schwung, um aufzuspringen, die wirbelnde Spitzhacke aufzufangen und damit Kippers Schwertstreich zu kontern. Wieder drückten beide Spieler die Klingen aneinander, bis Funken flogen und Jayden langsam die Oberhand gewann. Er kam seinem Ziel, Kipper zu überwältigen, immer näher und stand kurz davor, ihn zu besiegen, als er aus dem Augenwinkel etwas auf sich zufliegen sah.

Instinktiv duckte er sich, und der fliegende Trank traf Kipper mitten ins Gesicht. Der Aufprall warf ihn zu Boden, und er stürzte auf Zingster, der sich gerade erholt hatte. Die graue Rauchwolke löste sich aus der Flasche und ergoss sich über den Boden, wo sie die beiden Spieler umhüllte und bewusstlos werden ließ.

Auch Jayden hatte Spritzer der Flüssigkeit abbekommen und fühlte sich leicht benommen. Er drehte sich zum Werfer des Trankes um – dem Spieler mit der 4. Ohne ein weiteres Wort holte der einen zweiten Trank hervor und warf ihn mit einem angestrengten Grunzen auf Jayden.

Die gute Nachricht war, dass Jayden an diesem Grunzen erkannte, dass er einen weiblichen Spieler vor sich hatte. Die schlechte dagegen war der Hagel aus Tränken der Langsamkeit, die aus ihren Händen auf ihn zuschnellten. Jayden war noch immer mit Zingsters Spitzhacke bewaffnet, deren Reichweite nicht genügte, um die Tränke abzublocken, ohne getroffen zu werden. Also musste er sich unter den Tränken wegducken. Die Dämpfe der Flüssigkeit stiegen auf, und Jayden spürte, wie sich ihre Wirkung langsam verstärkte.

Schon bald beschloss Jayden, aufzugeben und lieber vor der Spielerin zu fliehen. Trotz größter Anstrengung beschwerten ihn die Tränke jedoch, und er fühlte sich, als bestünden seine Beine aus Bleiblöcken. Er wusste genau, dass es sinnlos war. Als er die Spielerin hinter sich hörte, lief jedoch weiter, bis sie ihn anrempelte und nach vorn schleuderte. Er landete am Fuß des Avery-Gedächtnis-Gerichtsgebäudes, schlug sich den Kopf an der untersten Stufe an und blieb ausgestreckt und bewusstlos am Boden liegen.

Die Spielerin mit der 4 auf dem Körper lächelte und zog einen Trank des Schadens aus dem Inventar. Sie näherte sich Jayden, hielt die Flasche über sein Gesicht und wollte gerade loslassen, als …

„He!"

Sie sah auf, und oben, am Kopf der Treppe zum Gerichtsgebäude, stand ein weiterer Spieler. Seine Ledertunika und seine Hose waren hellbraun, die Kleidung angesengt, doch er saß aufrecht und stolz auf seinem Reitschwein und zielte mit einem Bogen auf das Mädchen.

„Geh weg von ihm", knurrte Charlie und schoss einen Pfeil ab.

Er hatte gut gezielt. Die Flasche zersprang in ihrer Hand. Die rote Giftwolke umhüllte ihren Arm, und sie schrie auf vor Schmerz. Dann sah sie verächtlich zu Charlie hoch und zog zwei weitere Tränke des Schadens, bevor sie ihn ins Visier nahm.

Charlie rührte sich nicht und lächelte. Er wusste, dass er als Bogenschütze nicht gut genug war, um mit Sicherheit einen zweiten solchen Treffer zu landen, also hob er die Hand und vollführte eine Geste in Richtung der Spielerin mit der 4.

Sie wirkte kurz leicht verwirrt, dann weiteten sich ihre Augen vor Entsetzen, als eine riesige Welle von Spielern aus dem Gerichtsgebäude heraus direkt auf sie zuströmte. Sie machte auf dem Absatz kehrt und sprintete, so schnell sie konnte, auf das Schlachtfeld. Es war ihr panischer Versuch, der gigantischen Wand aus Tausenden Spielern zu entgehen, die die Treppe hinabrannten. Keiner von ihnen trug eine Rüstung, doch alle hatten verschiedene Waffen aus allen möglichen Materialien dabei. Sie riefen „Nieder mit der Allianz!" und „Lang lebe Präsident Stan!", während sie sich in den Kampf mit den Noctem-Truppen stürzten.

Einige Minuten später hatten die vielen Spieler das Gerichtsgebäude verlassen und das Schlachtfeld erreicht. Während er den Blick über den Platz schweifen ließ und die Spieler, die er gerade aus dem Gericht geführt hatte, dabei beobachtete, wie sie sich in den Kampf stürzten, grinste Charlie zufrieden. Dann entdeckte er Jayden, der noch immer am Fuß der Treppe lag und sich wieder zu rühren begann.

Charlie lenkte Dr. Pigglesworth die Stufen hinab und stellte sich neben ihn. Er holte einen Eimer Milch aus dem Inventar und goss ihn in dessen Mund. Die Wirkung des Trankes verflog sofort, und Jayden richtete sich auf. Er rieb sich den Kopf an der Stelle, mit der er auf die Stufe geprallt war. Benommen schaute er sich um und machte große Augen, als er Charlie erkannte.

„Charlie?", fragte er verwundert.

„Ja, ich bin's", erwiderte Charlie lächelnd.

„Aber … wie bist du hierhergekommen?", wollte Jayden wissen, während Charlie ihm aufhalf. „Und … *woher* hast du so viele Spieler zu Hilfe geholt?"

„Also, das ist eine lange Geschichte", antwortete Charlie, während Jayden einen Heiltrank aus dem Inventar holte.

„Fass sie mir einfach zusammen", bat Jayden und fing an, zu trinken.

„Gut, kurz gesagt, die ELM hat mich gefangen genommen und in den Turm teleportiert, und ich habe die Aufmerksamkeit eines der Wither auf mich gezogen, um zu entkommen", erklärte Charlie. „Er hat sie schließlich umgebracht, aber er hat mich auch vom Turm gesprengt."

„Autsch!", meinte Jayden. „Wie hast du das überstanden?"

„Genau wie Stan", erwiderte Charlie. „Ich hatte einen Trank der Feuerresistenz bei mir. Na ja, ganz so war es doch nicht", korrigierte er sich und kraulte sein Schwein zwischen den Ohren. „Ich habe meinen Trank im Fallen Dr. Pigglesworth gegeben, und er hat eine Art feuerfestes Rettungsboot gespielt und ist mit mir aus dem Lavagraben geschwommen, nachdem wir gelandet waren. Ich habe mich ein bisschen versengt", fügte er hinzu und zeigte auf die Brandspuren an seinen Kleidern, „aber das habe ich überstanden."

„Okay", nickte Jayden, „doch das erklärt immer noch nicht, woher du die Tausende von Spielern genommen hast, die einfach so kommen und für uns kämpfen!"

„Na ja, umgeben von der Lava, hatte ich eine Idee", erklärte Charlie. „Mir ist der Gedanke gekommen, dass bei all den Kämpfen in Element City wahrscheinlich niemand außer den Witherskeletten Brimstone bewacht. Ich war schon so lange nicht mehr auf dem Schlachtfeld, dass meine Abwesenheit jetzt auch keinen Unterschied mehr machen würde, und ich dachte mir, dass wir Verstärkung vermutlich am dringendsten brauchen. Also habe ich mich, nachdem wir aus der Lava gekommen sind, zurück in die Burg geschlichen und bin in den Nether gegangen."

„Und da hast du alle befreit, die in Brimstone gefangen waren?", fragte Jayden verblüfft.

„Genau! Also, um ehrlich zu sein, habe ich das alles

dem kleinen Kerl hier zu verdanken", lächelte Charlie und streichelte seinem Schwein wieder über den Kopf. „Ich konnte über die Brücke vom Netherportal der Burg das Gefängnis erreichen, aber da waren noch immer die Witherskelette, und ich hatte keine Waffe. Dr. Pigglesworth ist ihren sämtlichen Attacken ausgewichen, und ich konnte alle Soldaten und Bürger befreien, die die Noctem-Allianz dort eingekerkert hatte ... und das war, wie mir entfallen war, die gesamte Stadtbevölkerung."

„Und sie haben sich alle in den Kampf gestürzt?"

„So ist es", erwiderte Charlie. „Ich habe ihnen gesagt, dass die letzte Schlacht gegen die Noctem-Allianz läuft, und alle wollten helfen. Sie haben die Lagerkammer im Gefängnis geplündert, alle Waffen zusammengekratzt, die sie finden konnten, und sind mir zum Portal im Gerichtsgebäude gefolgt. Das heißt also, dass jetzt gerade die gesamte Bevölkerung von Element City, Zivilisten und Bürger zusammen, da vorn gegen die Noctems kämpft."

Beide Spieler wandten sich um und betrachteten wieder das Schlachtfeld. In der Tat waren die Noctem-Truppen jetzt, da die Bürger aus Brimstone sich in den Kampf gestürzt hatten, zehn zu eins in der Unterzahl. Jayden und Charlie wussten, dass die Noctem-Soldaten trotz dieser zahlenmäßigen Überlegenheit geschickte Kämpfer waren, und dass die beiden Wither noch immer ihre tödlichen Schädel auf die Kämpfenden herabregnen ließen. Bis zum Sieg in dieser Schlacht lag noch ein langer Weg vor ihnen.

KAPITEL 13

DAS LETZTE SCHLACHTFELD

„Bob!"

Ben blickte von der Karte auf, die er einem toten Noctem-Soldaten abgenommen hatte, und sah, wie sein Bruder auf Ivanhoe auf sein Versteck in einem verlassenen Laden zuritt. Als er durch den leeren Türrahmen kam, war Ben erleichtert. Auf der Karte hatte er einige sehr merkwürdige Details entdeckt, nach denen er unbedingt fragen musste.

„He, Bruderherz", sagte Ben, als Bob ihn erreichte. „Was ist denn da draußen los? Also, entweder funktioniert diese Karte nicht richtig, oder etwa tausend neue Spieler haben gerade das Schlachtfeld betreten."

„Die funktioniert schon", erwiderte Bob, und Ben stellte überrascht fest, dass sein Bruder freudig strahlte. „Charlie ist eben zurückgekommen und hat alle mitgebracht, die in Brimstone eingesperrt waren."

„Wirklich?", staunte Ben. „Das ist ja fantastisch! Und sie kämpfen alle?"

„Ja, aber das ist nicht unbedingt gut", erwiderte Bob ernst. „Einerseits haben wir jetzt viel mehr Kämpfer als die Noctems. Aber andererseits müssen wir uns immer noch um *das da* Gedanken machen."

Bob deutete aus dem Fenster, und Ben folgte seinem Fingerzeig, bis er einen der Wither entdeckte. Der gigantische skelettartige Mob, der harmlos durch die Lüfte gestreift war, schoss jetzt wahllos in die Menge. Ein Schnellfeuer aus schwarzen Schädeln flog aus den drei Mündern des Monsters und löste so eine Reihe von Explosionen überall unter den Kontrahenten aus.

„Jetzt, da so viele Kämpfer für die Republik auf dem Schlachtfeld sind, hat der Wither keinen Grund mehr, sich zurückzuhalten“, erklärte Bob mit drängender Stimme. „Er weiß, dass er, egal, wohin er zielt, vermutlich mehr Soldaten unserer Seite treffen wird. Wir müssen das Ding loswerden, und zwar schnell.“

Ben war völlig verdattert über die Vorstellung, dass irgendein Mob im Spiel zu so komplexen Gedankengängen fähig sein könnte. Andererseits hatte Lord Tenebris' Gedankenkontrolle den Geist dieses einen Withers vermutlich auf unerklärliche Art verändert. Es war auch nicht weiter wichtig. Ben wusste, dass sein Bruder recht hatte. Die Wither loszuwerden musste ihr erstes Ziel sein.

„Na gut“, erwiderte Ben. „Legen wir los!“

Ben riss einen Trank der Schnelligkeit aus seinem Inventar, stürzte ihn herunter und spürte sofort, wie ein Energieschub seine Adern durchströmte. Er atmete tief durch und rannte aus dem Gebäude auf das Schlachtfeld, dicht gefolgt von Bob. Ivanhoe war schnell genug, um mit dem trankverstärkten Ben mitzuhalten. Also rannten die Brüder Seite an Seite am äußeren Rand des Platzes auf den Wither zu.

Während sie noch liefen, sah Ben zu den kämpfenden Spielern hinüber und stellte mit Freude fest, dass die Noctem-Truppen langsam, aber sicher überrannt wurden. Mehrere Gruppen schwarzgekleideter Spieler kämpften Rücken an Rücken, während sie von der schieren Überzahl der Republik-Spieler, die auf dem Schlachtfeld angekommen waren, überwältigt wurden. Ihm wurde fast übel, als er sah, wie ein Soldat der Republik stürzte und seine Gegenstände wie ein schnell fallender Heiligenschein um ihn herum niedergingen. Es trieb ihn nur dazu an, sich noch mehr zu beeilen.

Nachdem sie so schnell wie nur möglich gesprintet waren, hatten sich die beiden Polizeipräsidenten dem Wither so weit genähert, dass sie die Schreie seiner Opfer hören konnten, während er seine lebensentziehenden Geschosse weiter in die Menge feuerte.

Ben sah zu seinem Bruder hinüber, der auf ein Gebäude aus Ziegelblöcken an einer Ecke des Platzes zeigte. Das Erdgeschoss war von TNT-Explosionen zum Teil weggesprengt worden. Ben nickte, und beide sprinteten hinein. Die verfallenen Überreste eines Ladens fielen ihm kaum auf. Stattdessen richtete er seine Aufmerksamkeit sofort auf die Treppe. Ohne langsamer zu werden, stürmte er die Stufen hinauf. Sein Bruder folgte ihm auf seinem Schwein.

Sie betraten das Dach, von wo sie den Platz vor dem Avery Gedächtnis-Gerichtsgebäude überblicken konnten, auf dem inzwischen Tausende Spieler kämpften. Nicht allzu weit von ihnen entfernt schwebte der Wither hoch über dem Schlachtfeld und bombardierte das Gelände mit Schädeln. Obwohl die Explosionen die Kämpfer der Noctem-Allianz und jene der Republik gleichermaßen trafen, versuchte niemand, das Monster aufzuhalten. Sie alle waren zu sehr mit ihren Gefechten untereinander beschäftigt.

„Wie sollen wir das Ding nur töten?", fragte Bob verzweifelt und musterte seinen Bruder, der scheinbar tief in Gedanken versunken war. „Hast du eine Idee, Bruder?"

„Also … eine habe ich …"

„Spuck's schon aus!", rief Bob.

„Also …", begann Ben und hielt dann kurz inne, als sei er nicht sicher, ob er diesen Vorschlag überhaupt machen sollte. Schließlich antwortete er: „Wir könnten es mit Operation Haken, Schnur und Schwimmer versuchen."

Bob starrte seinen Bruder kurz an und dachte über die wahnwitzige Idee nach.

„Aber … eine solche Operation ist doch auf Ghasts ausgelegt! Das Ding hat vermutlich zwanzigmal so viel Feuerkraft wie ein Ghast!", rief Bob von der Vorstellung überwältigt. „Und außerdem würden wir dafür Bill brauchen."

„Tut mir ja leid, aber hast du eine bessere Idee?", wollte Ben wissen. Eine besonders heftige Explosion erschütterte das Schlachtfeld, gefolgt von einem weiteren grausigen Chor aus Schreien. „Wenigstens werden wir ihn eine Weile ablenken und hoffentlich im Zaum halten können, bis Stan so weit ist, herunterzukommen und ihn zu erledigen!"

„Können wir vielleicht helfen?", erklang da hinter ihnen eine Stimme. Als die Brüder sich umdrehten, überquerten gerade Sirus und Kommandant Crunch mit Pfeil und Bogen in der Hand das Dach.

„Ja, könnt ihr!", rief Ben erfreut, dankbar für jede Unterstützung, die sich ihnen bot.

„Woher wusstet ihr überhaupt, dass wir hier oben sind?“, fragte Bob.

„Ach, wir waren auf dem Dach des Gebäudes da drüben …“, Sirus zeigte auf das Haus nebenan, „… und es war wirklich lustig, weil wir eigentlich da reingelaufen sind, um vor dem Wither zu fliehen, aber dann haben wir herausgefunden, dass es ein Ambossladen ist, also haben wir vom Dach aus Ambosse auf die Köpfe der Bösewichter fallen lassen!“

„Äh … Jungs?“, meinte Ben. Er sah zwischen den beiden hin und her, als wären sie verrückt geworden. „Ihr … habt doch beide Pfeil und Bogen in der Hand. Warum habt ihr die nicht benutzt?“

„Ach, tut mir ja leid, du Vernunftmensch“, erwiderte Kommandant Crunch sarkastisch. „Bitte verzeih, dass wir inmitten dieses grausigen Krieges das Bedürfnis verspürt haben, ein bisschen klassischen Zeichentrick-Humor zu verbreiten.“

Ben und Bob starrten ihn kurz an, nun wirklich absolut überzeugt, dass er wahnsinnig war, bevor sie beschlossen, dass es gleichgültig war. Sirus und Crunch waren hier, und beide konnten mit Pfeil und Bogen umgehen – alles andere war unwichtig.

„Okay, unser Plan ist folgender“, erklärte Ben, während Sirus und Kommandant Crunch aufmerksam zuhörten. „Ihr drei stellt euch hinter mich und schießt auf ihn. Ich wiederum werde mit dem Schwert all seine Angriffe blocken.“

Die drei anderen Spieler nickten und stellten sich, ohne eine Sekunde zu verschwenden, nebeneinander hinter Ben auf, legten Pfeile an ihre Bögen und zielten damit auf den Wither. Ben ging in Kampfstellung, das Schwert erhoben und bereit, jeden Gegenangriff zu blocken.

„Anlegen ... zielen ... FEUER!"

Auf Bens Befehl sausten drei Pfeile über seinen Kopf und über die Menge der sich bekriegenden Spieler hinweg, direkt in jeden der drei Hinterköpfe des Withers. Der riesige Bossmob kreischte vor Schmerz, dann fuhr er herum und nahm das Dach ins Visier, auf dem die vier Spieler standen. Bob, Kommandant Crunch und Sirus ließen nicht nach und schossen weiter auf den Körper des Withers, während das Monster seine erste Angriffssalve entfesselte.

Ben trat in Aktion, schwang sein Schwert und spaltete jeden einzelnen Witherschädel, sodass nur kleine graue Explosionen entstanden, die kaum seine Haut berührten. Der Wither und die Spieler beschossen sich weiter. Während sich immer mehr Pfeile in die vereinzelten schwarzen Fleischfetzen am skeletthaften Brustkorb der Bestie bohrten, ließ Ben sein Schwert kreisen und wehrte zahllose Explosionen ab. Die Rückstoß-Verzauberung der Klinge hielt die Detonationen ausreichend auf Distanz, um den meisten Schaden von ihm fernzuhalten.

Schon bald schien der Wither müde zu werden. Offensichtlich hatte er schweren Schaden durch die Pfeilsalven erlitten und er begann, langsamer zu feuern.

„Kommt schon, Leute, macht weiter!", rief Ben, während er zwei weitere Schädel mit einer doppelten Explosion aus der Luft holte. „Er ist fast tot!"

Während die drei Spieler weiter auf den riesigen Mob schossen, stellte der Wither einen Moment lang seine Angriffe ein. Ben war verwirrt. Dann sah er, dass der Boss-

Mob das Maul öffnete und wie in Zeitlupe ein einziges Geschoss aus dem mittleren Mund spuckte.

Noch während Ben sein Schwert hob, um den Schuss abzuwehren, erkannte er, dass es keine Zeitlupe war. Ein einziger Schädel hatte sich aus dem Maul des Withers gelöst und flog im Schneckentempo auf ihn zu. Im Gegensatz zu den anderen Projektilen, die schwarz und verkohlt waren wie die Köpfe des Monsters selbst, war dieser hellblau. Ben schleuderte dem Schädel mit einem Schwung seines Schwertes eine Rückstoß-Welle entgegen.

Kaum hatte die Energiewelle den Schädel berührt, wurde eine gigantische schwarze Explosion ausgelöst, die Ben zurückwarf. Bob, Kommandant Crunch und Sirus blieb keine Zeit, um zu reagieren, und so prallte Ben gegen sie. Die ganze Gruppe fiel in einem wilden Durcheinander zu Boden.

Ben, der oben lag, fühlte sich, als wäre er von einer Art ätzendem Schleim bedeckt. Er hatte die volle Wucht der Explosion des blauen Schädels abbekommen und fühlte, wie seine Energie schwand, während er versuchte aufzustehen. Doch es war zwecklos. Er fühlte sich plötzlich tonnenschwer, unfähig, sich zu bewegen. Mit Grauen beobachtete er, dass sich schwarzer Rauch aus seinem Körper löste und auf den Wither zuschwebte, der über ihnen in der Luft hing. Kaum erreichte er den Körper des Monsters, lösten sich die Dutzende von Pfeile aus seinem knochigen Brustkorb und fielen klappernd auf das Dach.

Ben war wie betäubt und konnte sich nicht rühren, während sein Bruder, seine Freunde und Ivanhoe versuchten, ihn von sich hinunterzuschieben. Der Wither schwebte näher und näher an sie heran. Ben musste hilflos zusehen, und ihm blieb beinahe das Herz stehen, als sich die drei Mäuler des Monsters öffneten und zu leuchten begannen. Hinter sich hörte er ein dreifaches, erschrecktes Keuchen, und er kniff in Erwartung des Angriffs die Augen zusammen …

„He!"

Der Ruf kam von Bens linker Seite, und er öffnete die Augen gerade noch rechtzeitig, um eine Diamantspitzhacke zu sehen, die durch die Luft wirbelte, den rechten Kopf des Withers traf und darin stecken blieb. Während der Schädel ein geisterhaftes Heulen ausstieß und schlaff zur Seite fiel – das Werkzeug ragte noch immer daraus hervor –, wandte sich der Wither der Quelle des Schreis zu und kreischte wütend. Auch Ben und seine drei Mitstreiter drehten sich um, und er musste zweimal hinsehen, um sich zu überzeugen, dass er sich nicht geirrt hatte.

Dort, auf dem Dach des Hauses zu ihrer Linken, stand neben einer geladenen TNT-Kanone aus Bruchstein der Mechaniker. In der rechten Hand hielt er eine weitere Diamantspitzhacke, und die linke ruhte auf einem Hebel an der Seite der Kanone. Mit finsterer Miene durchbohrte er den Wither mit seinen Blicken.

„Versuch es mal hiermit!", sagte er und riss den Hebel herunter.

Der Mechanismus neben ihm zischte, und eine Sekunde später erklang eine gedämpfte Detonation. Ein aktivierter TNT-Block segelte durch die Luft direkt auf den Wither zu. Der gezündete Sprengstoff traf das Monster in einer riesigen, gleißenden, ohrenbetäubenden Explosion. Der Sekelettdämon stieß ein gequältes, gespenstisches Heulen aus und sank langsam zu Boden.

Ben sah geradezu ehrfürchtig zu, wie der Mechaniker mit Höchsttempo zum Rand des Daches lief. Er sprang über die Lücke zwischen den beiden Gebäuden und kam auf dem Dach gegenüber auf, während der Wither auf den Boden schlug und, von der Explosion noch immer benommen, von einem seltsamen weißen Energiefeld umhüllt wurde. Ben fand nie heraus, was dieses Feld zu bedeuten hatte, denn der Mechaniker war bereits in die Luft gesprungen und verpasste dem Monster einen Tritt, der es zu Boden warf. Ohne zu zögern, hob er die Spitzhacke auf und rammte sie, so fest er nur konnte, zwischen die skeletthaften Rippen des Mobs.

Sofort entwich der Brust des Withers ein entsetzliches hohes Kreischen, und jeder in der Nähe hielt sich die Ohren zu. Das Monster riss gequält Augen und Mäuler auf, die gleißend weiß leuchteten, bevor die Schädel zerfielen und sich in feinen schwarzen Staub verwandelten, der sofort vom sanften Wind verweht wurde. Der Wither zitterte, und das ohrenbetäubende Schreien hörte nicht auf, bis auch Fleisch und Knochen, aus denen das Monster bestand, zu verschwinden begannen und im Wind zu Staub zerfielen.

Dann, ohne Vorwarnung, blitzte aus dem Inneren der Kreatur ein weißes Licht auf. Es war so blendend und unerwartet, dass Ben, der Mechaniker und alle anderen auf dem Dach kurz erblindeten. Es hielt jedoch nur wenige Sekunden an, und als sie wieder sehen konnten, war von dem Wither nur noch ein schwarzer Staubfleck auf dem Dach übrig.

Der Mechaniker nahm sich keine Zeit, über seinen Sieg nachzudenken. Stattdessen richtete er seine Aufmerksamkeit sofort auf Bens erschlafften Körper, der noch immer lang ausgestreckt auf den anderen am Boden lag, während die versuchten, sich aus dem Haufen zu lösen. Der Mechaniker holte einen roten Trank hervor, den er einem toten Soldaten abgenommen hatte, während Bob erst jetzt bemerkte, was mit seinem Bruder geschehen war.

„Nein“, sagte er mit zitternder Stimme, während er sich unbeholfen zu Ben hinüberzog. Er schüttelte den Kopf und packte seinen Bruder bei den Schultern. „Nein … alles ist in Ordnung, Bruder … mit dir *muss* alles in Ordnung sein …“

„Es geht ihm gut“, antwortete der Mechaniker und schob Bob sanft beiseite, bevor er protestieren konnte. Dann goss er Ben den Trank in den Mund.

„Was … was ist mit ihm passiert?“, fragte Bob und starrte Ben weiter an, während Sirus und Kommandant Crunch ihn hochzogen und ihm auf Ivanhoes Rücken halfen.

„Der Explosionsradius der blauen Schädel ist größer als der der schwarzen, und stärker sind sie auch. Die blauen können alles, außer Grundgestein sprengen“, erklärte der Mechaniker, während er eine Hand auf Bens Stirn legte. „Er ist davon getroffen und mit dem Ausdörrungseffekt belegt worden. Das ist wie eine schlimmere Version der Vergiftung und kann tödlich sein, wenn man es nicht behandelt.“

„Also … wird er …“, stammelte Bob mit kreidebleichem Gesicht.

Der Mechaniker lächelte ihm zu. „Dein Bruder wird gesund, Bob. Der Trank, den ich ihm gerade verabreicht habe, wird ihm genug Kraft geben zu überleben, bis der Ausdörrungseffekt nachlässt."

„Mechaniker ..."

Der Blick des Mechanikers folgte dem Klang der schwachen Stimme, und er sah, dass Ben zu ihm aufsah. Seine Lider hatten sich flatternd geöffnet. Bob war die Erleichterung anzusehen, doch Ben hatte nur Augen für den alten Redstone-Mechaniker mit dem wirren weißen Haar. Er sah erschöpft aus, doch seine Mundwinkel deuteten ein Lächeln an, während er sprach.

„Danke. Und ... es tut mir leid."

„Keine Ursache", antwortete der Mechaniker und erwiderte Bens schwaches, aber ehrliches Lächeln.

Ben öffnete den Mund, als wolle er etwas hinzufügen, überlegte es sich jedoch anders und seufzte zufrieden. Dann schloss er die Augen, sein Kopf sank zur Seite, und er wurde bewusstlos.

* * *

Leonidas löste sich aus dem Getümmel der kämpfenden Spieler und atmete tief durch. Die Schlacht, die jetzt den gesamten Platz vereinnahmte, war erbittert, und er war gerade durch das dichteste Gewühl gesprintet. Wohin er auch sah, schlossen sich die zahlenmäßig überlegenen Soldaten und Bürger der Republik zusammen, um sich den Noctem-Soldaten mit ganzer Kraft entgegenzustellen, und die schwarzgekleideten Truppen wehrten sich mit aller Macht. Zweimal hatte Leonidas seinen Lauf durch die Menge unterbrochen, mit dem Bogen gezielt und auf einen Noctem-Soldaten geschossen, um einem

Bürger, der kurz vor einer Niederlage stand, das Leben zu retten.

Er hätte gern mehr als zweimal eingegriffen, doch er hatte eine Aufgabe zu erledigen.

Selbst, wenn man es ihm nicht aufgetragen hätte, hätte er diese Mission gewählt. Es ging um etwas Persönliches.

Leonidas umrundete den äußeren Rand des Schlachtfeldes, und je weiter er sich vom Rathaus entfernte, desto mehr Noctem-Soldaten befanden sich in der Menge. Lord Tenebris' Soldaten kämpften mit vollem Einsatz, stürzten sich mit glänzenden Waffen und Feuer in den Augen in die Schlacht, doch Leonidas konnte in ihren Gesichtern auch ein anderes Gefühl klar und deutlich erkennen: Angst. Während die Soldaten mit ganzem Einsatz gegen tausende Spieler der Republik kämpften, drehte sich ihnen der Magen um, als sie die Möglichkeit überdachten, diese Schlacht nicht gewinnen zu können.

Fast hatte Leonidas die Hinrichtungsplattform erreicht, und er erkannte, dass dies der einzige Bereich des gesamten Schlachtfelds war, auf dem die Mehrheit der Spieler das Schwarz der Noctem-Allianz trug. Hier hatten sie sich verschanzt und kämpften am erbittertsten. Selbst in den wenigen Sekunden, in denen Leonidas zusah, konnte er fast zehn Spieler von Elementia dabei beobachten, wie sie versuchten, sich in das Meer aus schwarzem Leder vorzukämpfen und dabei umkamen.

Ihm wurde das Herz schwer, den Tod dieser Spieler mit ansehen zu müssen, doch es bestätigte nur, was er ohnehin vermutet hatte. Hier, an der Hinrichtungsplattform, setzte sich die Noctem-Allianz am stärksten zur Wehr, und dieser Bereich wäre für die Truppen der Republik am schwersten zurückzuerobern. Wenn er sein Ziel finden würde, dann hier.

Leonidas versuchte, der Aufmerksamkeit der Noctem-Soldaten zu entgehen, indem er sein Gesicht bedeckte und vorsichtig in das verfallene Haus schlich, das der Plattform am nächsten war. Dem verwitterten Schild nach zu urteilen, hatte es einst zu der Gruppe von Trankmischern des Apothekers gehört. Tatsächlich fand er dort, während er durchs Erdgeschoss ging, wahllos verstreute Kessel und Braustände. Zerbrochene Glasflaschen bedeckten den Boden und ließen ihn funkeln. Leonidas bemühte sich, jedes Geräusch zu vermeiden, während er die Treppe zum ersten Stock hinaufschlich.

Dieses Geschoss war vollkommen leer. Vermutlich war es einst der Wohnraum von jemandem gewesen, doch auf dem Holzbretterboden war kein einziger Gegenstand mehr zu finden. Er ging zum Fenster. Von hier aus hatte er einen Überblick über den gesamten großen Platz vor dem Avery-Gedächtnis-Gerichtsgebäude. Leonidas war sicher, dass die Spieler, die den Platz bis zum Bersten füllten, die letzte Schlacht des Krieges schlugen, wie auch immer sie ausgehen mochte.

Er wusste, dass der beste Weg, zum Sieg der Republik beizutragen, darin bestand, die gegnerischen Anführer auszuschalten. Er holte seinen Bogen hervor. Während er einen Pfeil anlegte und die Sehne spannte, spähte er aus dem Fenster und ließ den Blick über die schwarzen Gestalten unter sich schweifen. Er sah sich jedes Gesicht, das er erkennen konnte, genau an und versuchte verzweifelt, einen der beiden Spieler zu entdecken, die er finden wollte. Während er noch suchte, fing sein Herz an zu rasen.

Er wusste genau, dass, je länger er aus diesem Fenster schaute, die Chance stieg, dass er …

„Suchst du mich?“, rief jemand hinter Leonidas.

Langsam und mit gespanntem Bogen wandte sich Leonidas um, bis er Spyro entdeckte. Der Noctem-General stand am Kopf der Treppe. Sein glühendes Diamantschwert ließ seine schwarze Lederrüstung bedrohlich schimmern, als er mit bösartigem Grinsen in Kampfstellung ging.

Einen Moment lang starrten die beiden Spieler einander an. Leonidas erinnerte sich, wie Spyro ihm vor langer Zeit, als dieser nur ein Gefreiter gewesen war, beim Bau von Nocturia geholfen hatte. Damals war er so unschuldig gewesen, so frei von Vorurteilen. Er hatte sogar gezweifelt, ob die Allianz, der er beigetreten war, das Richtige tat. Jetzt stand Leonidas jedoch einem brutalen Mörder gegenüber, den Monate des Führens einer auf Hass und Intoleranz basierenden Organisation entstellt hatten. Er wusste, dass er keine Wahl hatte, als den Noctem-General zu vernichten … doch er wusste auch, dass er wenigstens versuchen musste, den Konflikt zu vermeiden.

„Leg die Waffen nieder“, sagte Leonidas mit monotoner Stimme, während er mit dem Bogen auf Spyros Stirn zielte. „Ich will dich nicht verletzen, Spyro. Du bist kein schlechter Mensch … nur fehlgeleitet. Die Noctem-Allianz wird heute fallen. Bitte, falle nicht mit ihr.“

„Wie amüsant“, erwiderte Spyro und hob eine Augenbraue. „Der große General Leonidas, der mich ausgebildet hat, würde niemals versuchen, eine Kapitulation auszuhandeln. Er würde einfach so schnell wie möglich den Kampf beginnen und ihn noch schneller beenden.“

„Der General Leonidas, den *du* kennst, ist tot“, antwortete Leonidas stolz. „Ich fange nie wieder einen Kampf an, wenn ich nicht dazu gezwungen bin, und heute will ich es ganz bestimmt nicht. Bitte, Spyro … ich flehe dich an … leg die Waffen nieder. Mach ein Ende.“

Einen Moment lang starrte Spyro ihn mit großen Augen und offenem Mund an, als würde er angestrengt nachdenken. Dann, ganz plötzlich, runzelte er die Stirn. Seine Augen röteten sich, und sein Gesicht wurde zu einer hässlichen Fratze der Wut, während er einen Schlachtruf ausstieß und einen Wurftrank des Schadens direkt auf seinen früheren Vorgesetzten schleuderte.

Leonidas zuckte nicht einmal zusammen. Er mochte sich geschworen haben, nie wieder einen Kampf zu beginnen, doch er würde niemals zögern, einen zu beenden. In Sekundenschnelle hatte ein Pfeil den Trank in der Luft getroffen, und von Leonidas' Bogen ging ein Projektilhagel auf Spyro nieder.

Obwohl Spyro sich größte Mühe gab, die Geschosse mit seinem Schwert abzuwehren, waren es einfach zu viele Pfeile, die zu schnell auf ihn zusausten. Es war nur eine Frage von Sekunden, bis sich einer von ihnen in eine Schwachstelle von Spyros Rüstung gebohrt hatte und er fiel, während fünf weitere Pfeile folgten.

Sobald Spyro von sechs Pfeilen durchbohrt am Boden lag und um sein Leben kämpfte, näherte sich Leonidas mit einem letzten angelegten Pfeil. Er stellte sich über den Noctem-General und sah mitleidig auf ihn hinab, während Spyro ihm mit abgrundtiefer Abscheu entgegenstarrte.

„Irgendwelche letzten Worte?“, fragte Leonidas traurig und spannte die Sehne, während er direkt auf Spyros Schläfe zielte.

Spyro sagte nichts. Stattdessen hob er die Hand mit einer für einen Sterbenden überraschend schnellen Bewegung an die Lippen und ließ einen langen, hohen Pfiff ertönen.

Leonidas hatte keine Gelegenheit, nachzuvollziehen, was er tat. Sekunden nach dem Pfiff explodierte die Wand hinter Leonidas, überzog ihn mit Staub und Schmutz, warf ihn zu Boden und entriss ihm den Bogen mitsamt dem angelegten Pfeil. Leonidas kniff in der Staubwolke die Augen zu. Dann, als er durch das riesige Loch in der Wand nach draußen sah, blieb ihm fast das Herz stehen. Dort, direkt über ihm, schwebte der Wither. Sein rasselnder, metallischer Atem pfiff durch den verkohlten schwarzen Brustkorb, und sechs Augen richteten sich auf Leonidas.

„Da!“, hustete Spyro, und Leonidas löste seinen entsetzten Blick von dem riesigen Skelettmob. Spyro zeigte auf Leonidas' Bogen, der noch immer in der Ecke des Zimmers lag. Als er seine Waffe auf dem Holzbretterboden sah, traf ihn zum ersten Mal wie ein Schlag die Erkenntnis, dass er unbewaffnet und vollkommen hilflos war. Kaum hatte er angefangen, sich in Richtung der Ecke zu bewegen, verzweifelt bemüht, seinen Bogen wiederzubekommen, als er hörte, wie der Wither erneut von hinten auf ihn schoss. Leonidas blieb kaum Zeit, sein Gesicht mit den Armen zu schützen, bevor der fliegende Schädel auf den Bogen traf. Die Druckwelle der Explosion traf Leonidas und schleuderte ihn wieder zu Boden. Schwarze Rauchfahnen kräuselten sich über seinen Armen.

Entsetzt sah Leonidas die Stelle an, wo einst der Boden gewesen war – die gesamte Ecke des Hauses war in Stücke gesprengt worden. Seine Waffe war verschwunden.

Leonidas' Herz, das ihm nach der Attacke des Withers ohnehin bis zum Hals schlug, fing jetzt an zu rasen. Er war vollkommen schutzlos. Er hatte zwar noch Pfeile im Überfluss, aber nichts, womit er sie hätte abschießen können. Er konnte sich nicht gegen den Wither wehren, der nun erneut auf ihn zielte.

Ihm blieb nichts übrig, als sich seitlich abzurollen und verzweifelt zu versuchen, den Explosionen zu entgehen, die den Boden um ihn herum zertrümmerten. Leonidas sah sich panisch um, und er musste feststellen, dass die Angriffe des Withers fast den gesamten Boden zerstört hatten. Nur wenige Holzbretterblöcke schwebten weiterhin über dem Boden der Ladenfläche unter ihm. Über sich entdeckte Leonidas ein Fenster. Ohne weiter nachzudenken, aus reinem Überlebensinstinkt, sprang er hoch und schnellte durch die Öffnung, bevor der Wither auch ihn in die Luft sprengen konnte.

Leonidas spürte, wie er einen Moment lang fiel, dann landete er mit einem knirschenden Geräusch auf den Erdblöcken unter sich. Er schrie auf, als brennender Schmerz seine Beine durchfuhr, und gestattete sich, eine Sekunde still liegen zu bleiben, um ihn abklingen zu lassen. Währenddessen sah er sich um. Er war in einer schmalen Gasse gelandet, die etwa vier Blöcke breit war. Das Gebäude auf einer Seite erkannte er als das Fischrestaurant wieder, das sich an das Avery-Gedächtnis-Gerichtsgebäude anschloss. Auf der anderen Seite lag die Apotheke, oder zumindest ihre Überreste. Die explosiven Angriffe des Withers hatten große Teile des ersten Stocks weggesprengt, und Leonidas konnte nur noch einige Fragmente der Steinziegelwand sehen.

Er hörte rasselnden Atem und wusste, dass seine kurze Verschnaufpause beendet war. Obwohl seine Beine sich noch immer anfühlten, als würden sie in Flammen stehen, zwang er sich aufzustehen. In diesem Moment schwebte der Wither hinter der Hausecke hervor. Alle sechs glänzenden weißen Augen waren auf Leonidas gerichtet, der bei der Vorstellung, dieses Wesen ohne Bogen bekämpfen zu müssen, zitterte.

Urplötzlich flog eine Enderperle vom ersten Stock der Apotheke herab und landete direkt unter dem Wither. Leonidas staunte mit offenem Mund, als General Spyro aus der violetten Rauchwolke hervortrat. Er war nicht mehr mit Pfeilen gespickt und klammerte sich mit Mühe an seinen letzten Lebensfunken, sondern sah vollkommen glücklich, zufrieden und sadistisch wie eh und je aus. Während Leonidas ihn anstarrte, fiel ihm auf, dass sich über dem Noctem-General die roten Rauchwölkchen eines Heiltrankes kräuselten, während er zum Wither hochschaute und auf Leonidas zeigte.

„Mach ihn fertig“, befahl Spyro grausam lächelnd.

Der Wither atmete erneut tief ein und feuerte drei Schädel direkt auf Leonidas ab. Trotz der kolossalen Belastung seiner Beine fand er die Kraft, zurückzuspringen und den Explosionen auszuweichen, die riesige Löcher in den Boden rissen.

Während er noch versuchte, zu Atem zu kommen und seinen Kampfwillen zu behalten, stellte er erschrocken fest, dass die Löcher, die der Wither in die Erdblöcke der

Gasse gesprengt hatte, keine einfachen Krater waren. Stattdessen tat sich an ihrem Boden ein Abgrund von über zehn Blöcken auf, der in eine Höhle führte. Leonidas erkannte, dass sie sich über einer der verlassenen Minen unter der Stadt befinden mussten. Aus der Höhle strahlte ein helles Licht, aber woher es kam, war ihm herzlich egal. Er wusste nur, dass er schon viel Schaden genommen hatte und nicht mehr über genug Gesundheit verfügte, um einen Sturz von zehn Blöcken zu überleben. Wenn die Explosionen des Withers ihn nach dort unten schleuderten, würde er beim Aufprall sterben.

Der Wither feuerte einen unaufhörlichen Strom von Geschossen auf Leonidas ab und gönnte ihm keine Atempause, während dieser der Explosionsserie immer nur um wenige Zentimeter entgehen konnte. Schon bald wurde ihm klar, dass es zwecklos war, vor den Detonationen auszuweichen, die die Gasse zerfetzten und immer mehr der alten Mine darunter freilegten. In der verzweifelten Hoffnung, dass er den Angriffen des Withers entkommen könnte, bevor einer ihn traf, machte Leonidas kehrt und sprintete, so schnell er konnte, die Gasse entlang.

Er hatte nicht erwartet, mit dem Kopf voran auf eine Ziegelwand zu treffen.

Benommen fiel er zu Boden, sah hoch und stellte mit aufkommender Übelkeit fest, dass er sich in einer Sackgasse befand. Sofort durchströmte ihn ein Adrenalinstoß, und er sprang auf die Beine, um verzweifelt nach einem Ausweg zu suchen. Doch es gab keinen. Dort, über dem aufgerissenen Erdboden der Gasse, schwebte der Wither näher und näher.

Leonidas stand kurz davor zusammenzubrechen und

inmitten dieser entsetzlichen Lage alle Beherrschung zu verlieren, doch stattdessen seufzte er nur. Er atmete tief durch und kam zu dem Schluss, dass er nichts an der Situation ändern konnte. Seine Zeit war schlicht und einfach gekommen. Er hatte dem Tod schon zu oft ein Schnippchen geschlagen, und jetzt war alles vorbei. Er schloss die Augen und dachte darüber nach, wie froh und zufrieden er war, die Fehler seiner Vergangenheit wiedergutgemacht zu haben, während er sich darauf gefasst machte, vom Wither in Stücke gesprengt zu werden.

„Arraaaughh!"

Leonidas zuckte zusammen, als er den zermürbenden, hohen Schrei vom anderen Ende der Gasse her hörte. Er schlug die Augen auf und folgte den Blicken Spyros und der Witherköpfe, um den Verursacher dieses ohrenbetäubenden Geräusches zu entdecken. Was er sah, ließ ihn daran zweifeln, dass der Ausdörrungseffekt, der seinen Körper vergiftete, nicht auch seine Wahrnehmung beeinflusste. Er musste sich einfach irren.

Dort, am Eingang der Gasse zwischen den beiden Ziegelgebäuden, standen Oob, Mella und Stull. Die drei Dorfbewohner kreischten und heulten, während sie zum Wither emporblickten, als führten sie eine Art schauriges Singspiel auf. Das Monster drehte sich um und betrachtete die drei NPCs skeptisch.

Während Spyro verblüfft dreinschaute, rutschte Leonidas vor Angst das Herz in die Hose. *Was machen die Dorfbewohner hier?*, dachte er verzweifelt. *Warum sind sie nicht in Adorias Dorf? Hier ist es für sie viel zu gefährlich!*

Spyro schien endlich seine Fassung wiederzugewinnen

und schielte zu dem Wither empor, der die Dorfbewohner jetzt eingehend musterte, als würde er jedes Heulen, das sie ausstießen, genau abwägen.

„Was machst du denn, du blödes Monster?“, schimpfte Spyro und starrte den Wither empört von unten an. „Vernichte diese unverschämten Dorfbewohner, und dann erledige Leonidas!“

Der Wither schoss nicht auf die Dorfbewohner. Stattdessen drehte er sich um und funkelte Spyro wütend an. Brennender Zorn flackerte in allen sechs Augen.

Spyros blieb der Mund offen stehen, und er kauerte sich ängstlich zusammen, als der Wither ein grässliches, hohl klingendes Gebrüll ausstieß. Die drei Münder zielten auf Spyro, und er zuckte in Erwartung einer Explosion zusammen, die allerdings nicht eintrat. Die drei Köpfe zielten nur mit bedrohlich weißglühenden Mäulern, schossen aber nicht.

„Alles in Ordnung, Leonidas!“, rief Mella Leonidas durch die verwüstete Gasse zu. Der starrte den abtrünnigen Wither weiter an und traute seinen Augen nicht. „Das große schwarze Boss-Skelettmonster-Dings ist jetzt auf unserer Seite. Es wird dich nicht mehr angreifen.“

„Aber … aber … wie habt ihr das gemacht?“, stammelte Leonidas und versuchte zu begreifen, was gerade geschehen war. „Und was tut ihr überhaupt hier?“

„Wir haben dem großen schwarzen Boss-Skelettmonster-Dings gesagt, dass es aufhören soll, dich anzugreifen!“, sagte Oob, als wäre das offensichtlich. „Wir sind hier, weil wir uns in Adorias Dorf gelangweilt haben und lieber helfen wollten. Und das ist auch gut so, weil wir einen lauten Knall gehört haben, direkt nachdem wir …“

„Aber … aber … warum hat es dann gehorcht und aufgehört?“, unterbrach ihn Leonidas.

„Das große schwarze Boss-Skelettmonster-Dings hat auf uns gehört, weil wir in seiner Muttersprache mit ihm gesprochen haben. Wir haben uns daran erinnert, wie man diese Sprache spricht, weil wir sie gelernt haben, als man uns in Zombies verwandelt hat.“

„Halt, Moment mal … ihr erinnert euch noch daran, wie man die Withersprache spricht? Und ihr habt ihm einfach gesagt, dass er aufhören soll, mich anzugreifen?“

„Haben wir nicht genau das gerade gesagt, Leonidas?“, fragte Mella entnervt. „Der … äh … wie nennst du ihn … Wither … hört nur auf das, was ihm in seiner Sprache gesagt wird.“

„Aber … wenn ihr die Wither die ganze Zeit über aufhalten konntet … warum habt ihr dann bis jetzt damit gewartet?“, stammelte Leonidas.

„Der Grund, aus dem wir bis jetzt damit gewartet haben, mit dem Wither zu reden, ist, dass uns bis jetzt nicht eingefallen ist, mit dem Wither zu reden. Äh …“ Oob sah zu Boden und errötete, bevor er sich wieder an Leonidas wandte. „Bitte sag das den anderen Spielern nicht, Leonidas … aber ich habe den Verdacht, dass wir Dorfbewohner im Vergleich zu Spielern nicht sehr schlau sind.“

Leonidas verdrehte die Augen und lachte freundlich. Er wollte den Dorfbewohnern gerade für seine Rettung danken, als ihm etwas ins Auge fiel. Hinter den NPCs war eine Gestalt erschienen, die ein Schwert in der Hand hielt …

„Achtung, hinter euch!“, brüllte Leonidas, aber es war zu spät. Drake hatte sein Schwert bereits in Mellas Rücken gestoßen und es wieder herausgezogen. Sie fiel vorwärts zu Boden. Bevor ihre Söhne reagieren konnten, packte Drake Stull mit einer Hand an seinem braunen Kragen und legte mit der anderen seine leuchtende Diamantklinge an die Kehle des kleinen Dorfbewohners.

Leonidas brüllte wutentbrannt auf und wollte Drake etwas zurufen, doch ihm drehte sich der Magen um. Er sah auf seine Haut hinab, von der schwarzer Rauch aufstieg. Mit Schrecken wurde ihm klar, dass er vor lauter Freude über seine Rettung durch die Dorfbewohner gar nicht bemerkt hatte, wie das tödliche Gift, das er durch den Angriff des Withers abbekommen hatte, immer stärker wurde. Er versuchte, ein letztes Wort hervorzupressen, doch die Ausdörrung überwältigte ihn, und er sackte bewusstlos zusammen.

Oob sah hektisch zwischen seiner Mutter, seinem Bruder und dem Noctem-General hin und her. Mella lag vollkommen reglos und still am Boden. Oob konnte nicht sagen, ob sie tot oder lebendig war. Stull war starr vor Angst und fürchtete sich vor der kleinsten Bewegung. Er stand still wie eine Statue, die Miene von Entsetzen gezeichnet, das Schwert an seinem Hals. Drake wirkte wie das personifizierte Böse, während er das Schwert stillhielt und ruhig zu Spyro hinüberblickte, der sich weiterhin unter dem Blick des Withers zusammenkauerte. Dann wandte er sich wieder Oob zu.

„Wenn du nicht willst, dass der Kleine endet wie sie", sagte er langsam und nickte in Mellas Richtung, die noch immer auf dem Boden lag, „dann sagst du dem Wither, dass ihm ab sofort verboten ist, Befehle von Dorfbewohnern auszuführen. Nur noch von Mitgliedern der Noctem-Allianz."

Oobs Gedanken überschlugen sich. Seine Sorge um seine leblose Mutter drang kaum zu ihm durch, während er seinen Bruder anstarrte. Er war hin- und hergerissen. Einerseits wusste er, dass die Noctem-Allianz den Wither benutzen würde, um Böses zu tun, wenn er ihn zurückgab … *sehr* Böses. Aber andererseits … wenn er es nicht tat … würden sie Stull töten.

Drake lachte leise, und seine Lippen kräuselten sich zu einem Lächeln, während er die Anzeichen innerer Zerrissenheit in Oobs Gesicht beobachtete. „Das muss dir nicht peinlich sein, Kleiner", knurrte Drake bedrohlich, während er das Schwert fester gegen den Hals des Dorfbewohner-Kindes presste. „Diese Wahl würde einem *Spieler* schwerfallen, und du … du bist weit, *weit* weniger als ein Spieler. Du bist nichts als ein dümmlicher, ignoranter, nutzloser kleiner … Aaaauggh!"

Drake schrie auf, als sich ein Pfeil in seine rechte Hand bohrte. Das Schwert fiel scheppernd zu Boden, als er die linke hektisch zur Seite riss. Er ließ Stull unwillkürlich los und schleuderte ihn durch die Luft, sodass er gegen seinen älteren Bruder prallte. Drake wand sich vor Schmerz, riss den Pfeil aus seiner Hand und wirbelte herum. Er entdeckte am Ende der Gasse eine weitere Spielerin, die gerade ihren Bogen senkte. Ihre Lederrüstung war völlig weiß, wenn auch von den Spuren des Krieges gezeichnet, und die riesigen roten Lippen fielen ihm im Vergleich zu ihrer empörten Grimasse fast nicht auf.

„Wage es *ja* nicht, ihnen ein Haar zu krümmen!", zischte Cassandrix.

Drake schnappte sich hastig sein Schwert vom Boden und erhob es über den beiden Dorfbewohnern, die noch immer übereinander neben ihrer Mutter auf dem Boden lagen. *Na schön*, feixte er in Gedanken. *Wenn ich den Wither nicht haben kann … soll ihn niemand bekommen.* Drake stieß sein Schwert nach unten, und es war kurz davor, in Oobs Rücken einzudringen, als etwas mit Wucht gegen Drake prallte. Cassandrix hatte ihn mit der Schulter voran angerempelt, sodass er über den Boden purzelte und am Rand eines der Löcher liegen blieb, die der Wither in den Boden gesprengt hatte.

Sekunden später stand sie wieder vor ihm. Bevor Drake auch nur auf die Beine kommen konnte, hatte ihr Diamantschwert seine schwarze Lederrüstung aufgeschlitzt, und er taumelte zurück. Bevor er in die alte Mine hinabstürzte, streckte er die Hand aus und packte Cassandrix am Fuß, um sie mit sich in den Abgrund zu reißen.

Ihr Fall dauerte einige Sekunden, und die beiden drehten sich um sich selbst, bevor sie mit einem dumpfen Geräusch auf den Erdblöcken unter sich landeten und nach dem Aufprall einige Blöcke weit auseinanderrollten, bevor sie zum Halten kamen. Cassandrix öffnete die Augen und zuckte zusammen. Der Sturz hatte ihr beträchtlichen Schaden zugefügt, und es fühlte sich an, als wäre in ihrem Inneren einiges aus den Fugen geraten. Sie hörte ein Stöhnen hinter sich und fand sofort ihre volle Konzentration wieder. Auch Drake war verletzt – das war ihre Chance, ihn endgültig zu erledigen. Sie zwang sich aufzustehen und eilte, so schnell es ihre versehrten Beine zuließen, auf Drake zu, der sich noch immer erfolglos bemühte hochzukommen.

Im Gehen fiel ihr etwas Ungewöhnliches auf: Das Geräusch ihrer Schritte auf den Erdblöcken unter ihr war anders als gewöhnlich und klang doch seltsam vertraut. Sie sah sich in der Höhle um und entdeckte mehrere Löcher im Boden, durch die Licht schien. Eines davon befand sich direkt zu ihrer Rechten, und sie warf einen Blick hinein. Fast blieb ihr das Herz stehen, als sie einen riesigen Lavasee fast zwanzig Blöcke darunter ausmachte. Bei näherer Betrachtung stellte sie schockiert fest, dass das Erdblockfeld, auf dem sie und Drake gelandet waren, nur einen einzigen Block tief war.

Urplötzlich traf sie die Erkenntnis, dass sie auf einem „Spielfeld" aus Erdblöcken, das eine einen Block starke Plattform über einem See bildete, stand. Sie baute sich vor ihrem Gegner auf, der gerade eine leere Trankflasche beiseite warf. Roter Rauch stieg von ihm auf.

Na schön, Cassandrix, dachte sie. *Zeit, sich den Titel „Beste Spleef-Spielerin in Elementia" zu verdienen.*

Cassandrix und Drake hoben gleichzeitig ihre Schwerter, doch sie blieb stehen, als er auf sie zustürmte. *Ich muss defensiv spielen*, dachte sie. *Ich habe jede Menge Schaden erlitten, und er ist durch den Trank völlig geheilt, also muss ich warten, bis er erschöpft ist.*

Drake hatte sie fast erreicht und holte mit dem Schwert zum Stoß aus. Kurz bevor er traf, wich Cassandrix seitlich aus, drehte sich und stelle Drake ein Bein. Während er fiel, holte sie ihrerseits aus und wusste, dass Drake einen Schwertstich von ihr erwartete und sich aus dem Weg rollen würde. Sie ließ genau das zu. Während er sich rückwärts rollte, stach sie stattdessen auf den Erdblock ein, festigte ihren Griff um das Heft und drehte die Waffe. Die brüchige Erde zerfiel sofort, stürzte in die Lava unter ihnen und verschwand in einem Rauchwölkchen.

Drake war wieder auf den Beinen und bäumte sich zu einem weiteren Stoß auf. Cassandrix spürte den brennenden Schmerz, den ihr Sturz verursacht hatte, in den Beinen und wusste, was sie zu tun hatte. Während Drake auf sie zuraste, wich sie wieder aus und verringerte die Wucht, mit der Drakes Klinge sie traf, dann konterte sie mit ihrer eigenen Diamantwaffe. Einen Moment lang pressten beide Spieler ihre Waffen gegeneinander, und wann immer sie aneinander entlanggezogen wurden, stoben Funken auf den Boden. Drake, durch den Trank gestärkt, stand kurz davor, Cassandrix zu überwältigen. Sie atmete tief durch und stieß ihr noch immer mit Drakes Klinge verkeiltes Schwert nach unten. Beide Waffen durchbohrten die Erde und schnitten ein halbmondförmiges Loch in den Boden, unter dem die Lava sichtbar wurde.

Drake fiel der geschmolzene Stein unter sich kaum auf. Er konzentrierte sich ganz auf Cassandrix, die ruhig und berechnend jedem seiner Angriffe auswich. Fast bei jeder Attacke grub sich Drakes Schwert tief in die Erde, und wann immer er es herausriss, brach der Block knirschend auseinander, und die Überreste fielen in die Lavagrube.

Nachdem Drake eine Minute lang so gekämpft hatte, ohne einen Treffer zu landen, konnte Cassandrix ihm seine Frustration ansehen. Seine Augen waren wild und manisch, seine Schwertstreiche wurden kräftiger, jedoch weniger treffsicher, und mit jedem Schlag zerstörte er ein weiteres Stück des Bodens. Cassandrix blieb gleichmütig und bewegte sich weiter im Kreis um Drake. Sie wich einem Hieb nach dem anderen aus, während er die Erde um sich herum zerstörte. Der Untergrund war jetzt so zerstückelt, dass sie zwischen einzelnen, über dem jetzt offen liegenden Lavasee schwebenden Blöcken hin und her springen musste, doch Drakes Angriffe waren in seinem Jähzorn so unkontrolliert, dass sie ihnen mühelos ausweichen konnte.

Nachdem auf diese Weise einige Minuten verstrichen waren, trat Cassandrix nach einem besonders heftigen Schwerthieb zurück und blickte ihn lächelnd an.

„Es ist vorbei, Drake“, sagte sie.

„Was redest du da?“, fauchte Drake, und vor lauter Zorn löste sich Schaum von seinem Mund. „Keiner von uns hat einen einzigen Treffer gelandet!“

„Doch“, erwiderte Cassandrix selbstzufrieden und zeigte auf den Boden um ihn herum. „*Du* schon.“

Drake sah nach unten, und vor Schreck stand ihm der Mund offen: Er stand auf einer winzigen Insel aus Blöcken, die inmitten eines Rings der Leere schwebte, weit über der Lava. Er blickte verzweifelt um sich, hoffend, einen Weg zu finden, dieser Insel zu entkommen, doch dann musste er entsetzt mit ansehen, wie Cassandrix mit dem Schwert in den Boden stach und alle verbleibenden Blöcke zerstörte, zu denen er vielleicht noch hätte springen können.

Als sie damit fertig war, schaute sie ihn an. Er machte große Augen, und seine Pupillen verengten sich zu Stecknadelköpfen, als sie ihren Bogen zog.

„Nein! Nein, bitte nicht!“, bettelte Drake und fiel auf die Knie. „Ich flehe dich an … hab Gnade!“

„Die könnte ich haben, Drake“, erwiderte Cassandrix, während sie den Bogen spannte. Hass war ihr ins Gesicht geschrieben. „Wenn irgendjemand anders einen unschuldigen Dorfbewohner erstochen und gedroht hätte, ein

Kind zu ermorden, dann hätte ich ihn vielleicht, wenn er sich für unzurechnungsfähig erklärt hätte, am Leben gelassen. Aber du hast etwas vergessen, Drake … du bist nichts als ein dümmlicher, ignoranter, nutzloser kleiner Noctem."

Und dann schoss sie den Pfeil ab.

Drake riss, so schnell er konnte, sein Schwert hervor und blockte den Pfeil ab, doch zwei weitere waren bereits in seine Richtung unterwegs. Er versuchte, den Pfeilhagel abzuwehren, der von Cassandrix' Bogen flog, und anfangs hatte er Erfolg. Ein Fehltritt reichte jedoch, und der nächste Pfeil bohrte sich in Drakes Hand, sodass er gequält aufheulte und unwillkürlich seine Waffe in die Lavagrube unter sich fallen ließ.

Von diesem Moment an war alles vorbei. Nur ein letzter Pfeil traf seine Brust, und Drake stürzte von seiner kleinen Insel in den glühenden Abgrund.

Cassandrix lief zum Rand des Grabens und zielte mit dem Bogen auf Drakes fallenden Körper, um zu vermeiden, dass er mithilfe eines Tranks der Feuerresistenz den Aufprall überleben könnte. Ihre Sorge war unbegründet. Kaum traf Drake auf die Oberfläche, platzten seine Inventargegenstände in einem Ring aus ihm heraus und wurden sofort eingeäschert, während seine Leiche langsam in der Lava versank.

Cassandrix atmete tief durch. Nach dem Sturz in die Höhle hatte sie noch immer starke Schmerzen, und sie sehnte sich inständig danach, sich einen Moment hinzusetzen und sich zu heilen, bevor sie auf das Schlachtfeld zurückkehrte. Doch sie wusste, dass das unmöglich war. Sie hatte zwar einen der drei verbleibenden Anführer der Noctem-Allianz eliminiert, doch damit hatte sie sich den Luxus einer Verschnaufpause noch nicht verdient. Sie musste Mella und Leonidas medizinische Hilfe zukommen lassen, bevor es zu spät war, und dann einen Weg finden, mit Spyro fertig zu werden.

Sie griff in ihr Inventar und holte eine Enderperle hervor, die sie einem toten Soldaten auf dem Schlachtfeld abgenommen hatte. Sie freute sich nicht gerade auf die weiteren Schmerzen, die die Teleportation ihren Beinen zufügen würde, atmete jedoch tief durch und warf die türkisfarbene Kugel auf den verheerten Boden der über ihr schwebenden Gasse. Die Perle segelte durch einen der Krater und landete auf der Straße. Cassandrix verschwand in einer violetten Rauchwolke und ließ die flammende, blubbernde Lavagrube, die soeben einen der Generäle der Noctem-Allianz verschlungen hatte, hinter sich.

KAPITEL 14

DAS DUELL DER GÖTTER

Kaum ließ der Rausch der Teleportation nach, stieß sich Stan von Lord Tenebris' Schwert ab, und sein Gegner tat es ihm gleich. Die beiden Spieler wurden durch die Luft voneinander weggetrieben und hielten in einem Abstand von etwa zehn Blöcken an. Sie waren von dem grauen, wolkengleichen Nebel umgeben, mit dem die Wither den Himmel überzogen hatten. Er war zwar nicht dicht genug, um ihre Sicht zu behindern, doch er ließ die Skins beider Spieler dunkler erscheinen. In nicht allzu weiter Ferne sah Stan die Spitzen der größten Hochhäuser der Stadt, die auf etwa gleicher Höhe emporragten. Weiter entfernt war Element Castle zu sehen, das sich noch höher in den Himmel erhob. Viele hundert Blöcke unter ihnen waren die sich bekriegenden Fraktionen über den Platz vor dem Avery-Gedächtnis-Gerichtsgebäude verteilt, das mit Sicherheit das letzte Schlachtfeld dieses Krieges sein würde.

Er hatte jedoch keine Zeit, sich weiter mit diesen Details zu befassen, und konzentrierte sich voll und ganz auf seinen weißäugigen Doppelgänger, der ihm gegenüber schwebte.

Lord Tenebris sah nicht weiter überrascht darüber aus, dass Stan jetzt die Macht eines Operators hatte. Stattdessen schien er in Gedanken versunken zu sein, während er Stan anstarrte. Es war, als wolle er durch ihn hindurchsehen, als könne er, wenn er sich nur genug konzentrierte, seinen Gegner wie ein offenes Buch lesen und so herausfinden, woher dessen neue Fähigkeiten stammten.

„Ich muss zugeben, Stan, du hast es geschafft, mich zu überrumpeln", sagte Lord Tenebris nach einem Moment des Schweigens. „Das hat bisher noch kein Spieler geschafft."

„Ich fasse das als Kompliment auf", erwiderte Stan bissig.

„Es ist mir allerdings egal, wie du an diese Fähigkeiten gelangt bist, Stan", fuhr Lord Tenebris fort. Seine Augen erschienen von Sekunde zu Sekunde bösartiger, während in der Ferne Donner grollte. „Deine Macht verblasst noch immer im Vergleich zu der meinen, der des großen und mächtigen Lord ..."

„Du kannst dir das Theater sparen, jetzt, da wir hier oben sind", unterbrach ihn Stan verbittert. „Ich weiß, wer du wirklich bist, Kev."

Lord Tenebris öffnete kurz den Mund und wirkte empört, und Stan war sich sicher, dass er in irgendeine Tirade ausbrechen würde. Doch so schnell sein Zorn aufgeflammt war, legte er sich auch wieder. In Stans Stimme war etwas zu hören gewesen, das er ebenfalls nicht erwartet hatte: Gewissheit. Stan hatte nicht nur einen Schuss ins Blaue gewagt, um ihn zu verunsichern – Lord Tenebris schwebte vor einem Spieler, der unzweifelhaft die Wahrheit über ihn kannte.

„Also … du hast es endlich herausgefunden", sagte Lord Tenebris und musterte Stan berechnend.

„Ja", erwiderte er, sah zu Lord Tenebris hinüber und schüttelte den Kopf. „Ich fand es schon immer schwer zu glauben, dass zwei egomanische Diktatoren innerhalb von nur sechs Monaten die völlige Kontrolle über denselben Minecraft-Server gewinnen könnten. Immerhin ergibt das alles etwas mehr Sinn, jetzt, da ich weiß, dass immer nur du dahintergesteckt hast."

„Ich muss fragen, Stan", sagte Lord Tenebris ruhig, und eines seiner Augen zuckte dabei unwillkürlich, obwohl er versuchte, seine selbstsichere Fassade aufrechtzuerhalten, „wie hast du es herausgefunden? Ich dachte, ich hätte meine Spur ganz gut verwischt."

„Sagen wir einfach, dass ich auf einen Freund getroffen bin, der mir geholfen hat, die Puzzleteile zusammenzufügen", sagte Stan mutig. „Es war sogar derselbe Freund, der mir geholfen hat, die Macht zu erlangen, durch die ich jetzt hier schweben und mit dir sprechen kann."

Lord Tenebris machte große Augen, dann wandelte sich seine Miene zu einer hässlich feixenden Grimasse.

„Es war dieses Aas Sally, nicht wahr?", fauchte er. „Sie ist mir jetzt schon seit Monaten ein Dorn im Auge mit ihren unaufhörlichen Versuchen, meine Verteidigung zu durchbrechen, die vielen Schutzschichten zu entfernen, die ich installiert habe, um meinen geliebten Server zu schützen … Sie hat es schließlich doch geschafft einzubrechen …"

„Tja, Sally hat mir schon sehr geholfen", erwiderte Stan, und sein fröhlicher Plauderton stachelte Lord Tenebris' Zorn nur weiter an. Der Anführer der Noctems war es gewohnt, dass jeder Spieler, mit dem er sprach, vor Angst zitterte und ihn nicht wie einen Witz behandelte. „Sie ist aber nicht die Person, die ich meine."

„Und du wirst mir wohl nicht sagen, wer es war", schnaubte Lord Tenebris.

„Das könnte ich schon", antwortete Stan, und sein stählerner Blick stand dem seines Gegners in nichts nach, während er seine Axt fest mit beiden Händen umfasste, „wenn wir nicht Wichtigeres zu tun hätten."

„Das haben wir in der Tat, Stan, das haben wir in der Tat", sagte Lord Tenebris leise und hob das Schwert vor seine leeren weißen Augen. Seine Lippen verzerrten sich zu einem abstoßenden Lächeln. „Die Zeit ist gekommen, dieser Sache ein für alle Mal ein Ende zu setzen. Die Zeit für die Machtprobe, die schon immer das eigentliche Ziel war. Du und ich, Stan, einer gegen einen, ohne Armeen, ohne Fallen, ohne Tricks.

Oh, und vergiss nicht, Stan ... ich stehe zu meinem Wort", erklärte er mit affektierter Höflichkeit und neigte den Kopf. „Die Bedingungen unseres Duells bleiben unverändert. Wer auch immer diesen Kampf gewinnt, wird zum rechtmäßigen Herrscher des Minecraft-Servers Elementia erklärt."

„An deiner Stelle würde ich mich nicht so aufplustern, Kev", zischte Stan, legte seine Axt zurück in sein Inventar und hob beide Hände. „Ich habe dich schon einmal geschlagen ... und ich werde es wieder tun."

„Ach, wie süß. Du hast recht, Stan, du hast mich einmal geschlagen", lachte Lord Tenebris, während auch er sein Schwert ablegte und Stans Geste nachahmte. „Aber du vergisst eins – hier oben in der Luft hast du keinen Avery und keinen Apotheker, die für dich sterben könnten. Du kannst dich nur auf dich selbst verlassen."

„Und genau das tue ich", antwortete Stan, atmete tief durch, holte mit der Faust aus und schoss eine Welle explosiver Energie durch die Luft auf Lord Tenebris zu.

Lord Tenebris nahm Kampfhaltung an, teleportierte sich dann aus der Schusslinie und erschien einige Blöcke weit entfernt. Stan feuerte sofort einen zweiten Schuss auf ihn ab. Die beiden wiederholten ihren Tanz noch sechsmal, und bei jeder Teleportation tauchte Lord Tenebris näher und näher wieder auf. Nach dem letzten Schuss war er in Reichweite, und in seiner Hand erschien ein Schwert, mit dem er nach Stans Bauch stieß. Stan reagierte, indem er seinerseits eine Axt heraufbeschwor, das Schwert beiseite schlug und mit einer fließenden Bewegung eine Kugel aus Dutzenden Lohen um sich und Lord Tenebris erscheinen ließ, während er sich davonteleportierte.

Er erschien zehn Blöcke höher wieder und sah die zahllosen Feuerblitze, mit denen sämtliche Lohen in der Kugelformation auf Lord Tenebris zuschossen. Dann, urplötzlich, wurden all die kleinen Flammen von einer ohrenbetäubenden, blendenden Explosion überlagert, die Lord Tenebris um sich herum erschaffen hatte. Sämtliche Mobs wurden mit einem Schlag vernichtet, und ein Regen aus Lohenruten fiel weit unter ihnen zu Boden. Stans Gegner raste auf seine Höhe hinauf, erhob zehn Blöcke von ihm entfernt die Hand und verschoss eine Salve aus Hunderten Pfeilen in seine Richtung.

Stan wusste, dass er so viele Geschosse nicht gleichzeitig mit reiner Gedankenkraft umlenken konnte, und so hob er die Hand und ließ eine Kuh erscheinen, die in einem Rauchwölkchen materialisierte. Die Pfeile durchbohrten die Haut des Tieres und töteten es sofort, woraufhin es zusammen mit zwei rohen Steaks und einem Stück Leder zu Boden stürzte. Stan konzentrierte sich auf die Luft über Lord Tenebris, und sofort erschienen mit einer Reihe ploppender Geräusche Dutzende Kiesblöcke direkt über seinem Kopf. Sie fielen abwärts auf seinen Kopf zu.

Der Noctem-Anführer war gerade dabei, einen weiteren Angriff vorzubereiten, als ihn der erste Block am Kopf traf. Er verlor den Fokus und stürzte ab, direkt in die Flugbahn des nächsten Blockes. Er sah hoch und stellte fest, dass er in einem Sturm aus fallendem Kies gefangen war, atmete tief durch und zielte mit einem Faustschlag gen Himmel. Die unsichtbare Energiewelle traf auf einen der Würfel und löste so eine Explosion aus, die sämtlichen Kies vernichtete. Mit dem nächsten Schlag zielte Lord Tenebris direkt auf Stan, der sich noch von der Anstrengung erholte, mitten in der Luft Blöcke zu erschaffen.

Als er spürte, wie sich die explosive Energie näherte, war es bereits zu spät, sie abzublocken. Er konnte die unsichtbare Kugel mit ihrer tödlichen Kraft nur in den ausgestreckten Händen auffangen. Die unsichtbare Macht raste auf Stans Brust zu, doch zu seiner großen Überraschung stellte er fest, dass er sie mit aller Konzentration daran hindern konnte, ihn zu erreichen und zu detonieren. Gleichzeitig wurde die Welle stärker, je mehr er sich darauf konzentrierte, sie fernzuhalten, und sie schien sich aufzubäumen, um ihm näherzukommen. Die Energie wuchs immer weiter an, während Stan versuchte, sie zwischen seinen Händen im Zaum zu halten. Als er kurz davor war, sie nicht mehr halten zu können, stieß er die Arme vorwärts und schleuderte das nun verstärkte Geschoss auf Lord Tenebris zu.

Er fühlte das verstärkte Projektil lange bevor es ihn erreichte, und Lord Tenebris wusste, dass die unsichtbare Energie, was auch immer Stan mit ihr angestellt hatte, mächtiger war als alles, was er je erschaffen hatte. Er zweifelte daran, dass er es überleben könnte, wenn die Explosion ausgelöst würde, oder dass er sie abwehren könnte, wenn er es versuchte. Stattdessen hob er die Arme und konzentrierte sich voll und ganz darauf, eine drei mal drei Blöcke große Obsidianbarriere vor sich zu erschaffen. Als das Projektil die Blöcke traf und mit gigantischer Wucht explodierte, während er vollkommen sicher dahinter blieb, wurde ihm klar, dass er einen entsetzlichen Fehler gemacht hatte.

In fast genau dem Moment, in dem die drei Blöcke in der Luft vor Lord Tenebris erschienen, hatte Stan seine Hand in Richtung des Obsidianschilds ausgestreckt. Bevor sich der Noctem-Anführer noch entschließen konnte, sich wegzuteleportieren, erschienen weitere Obsidianblöcke an seinem Schild, nahmen seinen Platz ein und wuchsen an, bis er von dem schwarzen Gestein völlig umgeben war.

Stan betrachtete den fünf Kubikblöcke großen Obsidianwürfel zufrieden. Lord Tenebris war gänzlich eingeschlossen. Er konnte sich nicht mehr bewegen und würde schon bald ersticken.

Doch Stan wollte kein Risiko eingehen. Er vertraute auf nichts und niemanden außer sich selbst, um Lord Tenebris endgültig zu töten. Er ließ ein Diamantschwert in seiner rechten Hand erscheinen und streckte es vor sich aus, während er direkt auf das Obsidiangefängnis zurannte.

Während er noch auf den schwarzen Felswürfel zuflog, konnte er ein leises Grollen darin hören und wurde schneller, verzweifelt bemüht, Lord Tenebris mit seinem Schwert zu durchbohren, bevor ihm ein Ausweg einfallen könnte.

In der Sekunde, bevor Stans Schwert die Oberfläche des Obsidians berührte, explodierte der Würfel in tausend Stücke. Mitten in der Luft hielt Stan abrupt an und musste sich dennoch rückwärts teleportieren, um die vielen Hundert Diamantspitzhacken zu umgehen, die in der Luft um Lord Tenebris wirbelten. Sie rotierten um ihn herum wie Satelliten und drehten sich mit gefährlicher Geschwindigkeit, während Lord Tenebris selbst ruhig in ihrer Mitte schwebte, ein verschlagenes Lächeln im Gesicht, den Blick der weißen Augen auf Stan gerichtet.

Oh Mann, dachte Stan, und sein Herz stand fast still. *Ich weiß nicht, was er angestellt hat, um sich so viel Macht zu verleihen, aber ich wünschte, ich …*

Schlagartig wurde Stan sein grauenhafter Fehler bewusst. Er hatte sich so darauf konzentriert, seine neuen Fähigkeiten zu demonstrieren, darauf, Lord Tenebris in völlige Fassungslosigkeit zu stürzen, dass er die Gefahr, in der nicht nur dieser Server, sondern ganz Minecraft schwebte, fast vergessen hatte. Wenn Lord Tenebris solche neuen Fähigkeiten einsetzte, indem er dem Server Energie entzog … dann musste das bedeuten …

„Kev! Stopp!“, brüllte Stan verzweifelt dem Tornado wirbelnder Spitzhacken entgegen. „Du musst aufhören, diese …“

Aber es war zu spät. Lord Tenebris hatte bereits die Hand nach Stan ausgestreckt und die Kugel aus Spitzhacken aus ihrem Orbit gezwungen, um sie ihm dann direkt entgegenzuschleudern. Stan scheute sich zu teleportieren, aus Angst, direkt in der Flugbahn einer Spitzhacke wieder aufzutauchen, und so ließ er sein Diamantschwert fallen und beschwor stattdessen eine Axt in seine Hand. Die Spitzhacken flogen mit Höchstgeschwindigkeit auf ihn zu, und er drehte und wirbelte seine Axt herum. Wann immer eines der Werkzeuge auf die Klinge seiner Axt traf, prallte es scheppernd und in einem Funkenregen ab, um dann zu Boden zu fallen.

Die Kugel aus wirbelnden Diamantspitzhacken schrumpfte zusehends, und Lord Tenebris atmete ein, um dann beide Hände in Stans Richtung auszustrecken. Mit einer einzigen Bewegung ließ er sämtliche verbliebenen Hacken auf Stan zufliegen. Es waren zu viele, um sie einzeln abzublocken. Obwohl er die Axt, so schnell er nur konnte, drehte und sich verzweifelt bemühte, alle zu kontern, passierte eine von ihnen seine Abwehr und traf ihn direkt zwischen die Augen.

Glücklicherweise hatte ihn das stumpfe Ende der Klinge getroffen, nicht die Spitze, sonst hätte sie ihm den Schädel durchbohrt. Die Kraft des Schlages reichte dennoch aus, ihn zu Fall zu bringen, und er ließ seine Axt los, um sich gequält an die Stirn zu greifen. Er stürzte einige Dutzend Blöcke, richtete sich auf und öffnete die Augen, nur um festzustellen, dass er nichts sehen konnte. Er atmete tief durch, konzentrierte sich ganz darauf, sich zu heilen und seine fehlende Gesundheit wiederherzustellen. Sofort fühlte er sich besser und konnte wieder sehen – gerade noch rechtzeitig, um Lord Tenebris zu entdecken, der mit Höchstgeschwindigkeit auf ihn zuraste, das Schwert ausgestreckt und direkt auf ihn gerichtet.

Stan blieb keine Zeit, eine neue Axt zu beschwören, um die Attacke abzuwehren. Er konnte gerade noch eine Diamantbrustplatte auf seinem Körper erscheinen lassen, bevor sich die Schwertspitze in seinen Bauch bohrte. Er spürte, wie die Rüstung in ihrer Mitte einen großen Sprung entwickelte, doch sie wurde nicht durchstoßen. In dem Sekundenbruchteil, nachdem das Schwert aufgetroffen war, sah Stan jedoch alle drei Verzauberungen auf der Klinge leuchten. Rückstoß und Feuer traten ein, Stan ging in Flammen auf und wurde von der wuchtigen Schockwelle der Waffe getroffen.

Er stürzte durch die Luft, viel schneller, als er es in Minecraft für möglich gehalten hatte. Er war völlig benommen, kaum in der Lage, einen klaren Gedanken zu fassen. Als er wieder zu sich kam, fielen ihm als Erstes die Flammen auf, die aus seinem Körper austraten und einen grauen Rauchschweif hinter ihm verursachten, während er durch die Luft raste. Er konzentrierte sich darauf, sich zu schützen, und fühlte das prickelnde Gefühl der Feuerresistenz aufsteigen. So schwer es auch war, bei dieser Geschwindigkeit die Augen geöffnet zu halten, zwang sich Stan, in seine Flugrichtung zu blicken und entdeckte bestürzt, dass er in etwa fünfzig Blöcken gegen ein Hochhaus prallen würde. Ihm blieb nichts übrig, als seine Brustplatte abzulegen und sich von Kopf bis Fuß in eine neue, verzauberte Diamantrüstung zu hüllen, bevor er auf die Gebäudewand prallte.

Sein Körper verhielt sich wie eine Abrissbirne, während

er mitten durch den Wolkenkratzer brach und dabei zahllose Blöcke mit sich riss. Während Stans in ein Geschoss verwandelter Körper Hunderte Blöcke von ihrem Platz riss, ging er in eine Art Trance über, in der seine Sinne fast versagten. Er verwandelte sich in eine Art lebenden Meteoriten, als er den Kern des Gebäudes durchschlug, auf der anderen Seite wieder austrat und auf die Steinblockstraße am Boden auftraf. Er spürte, wie er mit einem widerwärtigen Knirschen in den Boden getrieben wurde, bevor er endlich anhielt.

Eine lange Zeit lag Stan in seinem Krater auf einer der vielen Straßen, die einander zwischen den Gebäuden von Elementias Wolkenkratzerviertel kreuzten. Langsam, aber sicher kehrten seine Sinne zurück, und er stellte fest, dass er noch am Leben war. Er war nicht ganz sicher, wie es geschehen sein konnte – selbst mit verzauberter, vollständiger Diamantrüstung und der erhöhten Gesundheit eines Operators war er überzeugt, dass ein so harter Aufprall ihn hätte töten sollen.

Stan öffnete ein Auge einen winzigen Spalt breit, und das Herz schlug ihm bis zum Hals, als er die Silhouette von Lord Tenebris sah, die sich aus dem grauen Himmel auf die Stelle stürzte, an der er nun lag. Er musste aus dem Krater verschwinden. So sehr er für immer liegen bleiben wollte, stand viel zu viel auf dem Spiel, um Risiken einzugehen. Mit einem einzigen tiefen Atemzug erfasste Stan erneut eine Welle der Heilung, gerade, als Lord Tenebris neben ihm landete und das Diamantschwert über ihm erhob, um ihm den Gnadenstoß zu geben.

In dem Moment, in dem die Klinge auf ihn niedersauste, verschwand Stan und erschien mitten auf der Straße wieder, direkt hinter Lord Tenebris. Das Schwert bohrte sich scheppernd in den Stein am Boden des Kraters, und Lord Tenebris fluchte laut, bevor er herumwirbelte, dort Stan entdeckte und ihm in die Augen sah.

„Ich muss mit dir reden, Kev", sagte Stan gebieterisch. „Wenn du nicht aufhörst, mit der En…"

Er unterbrach sich, als Dutzende Feuerbälle aus Lord Tenebris' Händen direkt auf ihn zuflogen. Er konnte sich gerade noch aus dem Weg teleportieren. Die Geschosse kollidierten mit dem nächsten Wolkenkratzer. Sofort ging das Fundament des kolossalen Gebäudes in Flammen auf, und Stan sah, wie das Feuer immer höher an den Wänden emporzüngelte. In wenigen Minuten würde es den gesamten Turm verschlungen haben.

Ihm blieb jedoch kaum Zeit, es wahrzunehmen. Zu sehr war er davon beansprucht, der rasenden Mischung aus Feuerbällen und Explosionswellen aus dem Weg zu gehen, die Lord Tenebris wie aus einer Maschinenpistole auf ihn abfeuerte, während er abwechselnd Schläge mit seinen Fäusten ausführte. Mit jedem neuen Stoß stöhnte Lord Tenebris vor Anstrengung auf. Er sah aus, als wäre er vollkommen wahnsinnig geworden.

Stan teleportierte sich hin und her und entging den Attacken jedes Mal nur knapp, während ein ums andere Gebäude Feuer fing oder von einer Explosion zerrissen wurde, wenn die Geschosse ihr Ziel verfehlten und in die Stadt flogen. Stan versuchte, wenigstens einen Moment lang mit Lord Tenebris zu sprechen, um ihn anzuflehen, wenigstens um seiner selbst willen aufzuhören, doch wann immer er wieder erschien, raste bereits eine neue Welle aus Feuer und explosiver Energie auf ihn zu.

Schon bald wurde Stan müde. Das pausenlose Teleportieren setzte ihm zu. Und so, nachdem er einem Angriff besonders knapp entgangen war, teleportierte er nicht mehr, sondern floh, sprang in die Luft und flog wie eine Rakete durch die Stadt. Hinter sich hörte er, wie ein anderer Spieler abhob, wandte sich um und entdeckte Lord Tenebris, der ihn verfolgte und zu ihm aufschloss, während er seinen Beschuss aus der ausgestreckten Hand fortsetzte.

Stan konnte die Hitze spüren, als die Feuerbälle näherkamen, und rollte zur Seite. Die Projektile prallten gegen die Wand eines Bruchsteingebäudes. Mit einer scharfen Wendung wich er einer weiteren Reihe von Feuergeschossen aus, flog dann senkrecht nach oben und umrundete die Ecke eines Wolkenkratzers. Hinter sich sah er das Dach des Gebäudes, das er gerade passiert hatte, detonieren, als ein weiterer von Lord Tenebris' Angriffen sein Ziel verfehlte.

Stan flog weiter, schlängelte sich, so schnell er konnte, zwischen den gigantischen Bauwerken hindurch und versuchte verzweifelt, einen Plan zu entwickeln, mit dem er Lord Tenebris aufhalten und mit ihm sprechen konnte, bevor es zu spät war. Er ließ eine Serie von explosiven Geschossen auf sich zurasen und vollführte eine Fassrolle, um ihnen zu entgehen. Immer weiter flog er durch die Stadt und schaffte es nur mit Mühe, der schnellen Reihe von Explosionen zu entgehen, die von Lord Tenebris' Hand ausgingen. Stan warf einen Blick hinter sich und sah, dass die Gebäude der Stadt von einer scheinbar geraden Linie von Sprengungen in Stücke gerissen wurden, als würden sie von einer Machete durchtrennt, die sich ihm unaufhaltsam näherte.

Dann, urplötzlich, verstummten die Explosionen. Stan raste weiter vorwärts, doch die Reihe der Detonationen, die die Gebäudefassaden zerstört hatten, hatte sich vollkommen gelegt. Sein Herz schlug schneller. Als er verstand, was geschehen sein musste, wandte den Blick wieder nach vorn und entdeckte dort, wie erwartet, Lord Tenebris. Er schwebte direkt vor ihm und zielte mit der Faust geradewegs auf Stan.

Na endlich, dachte Stan.

Mit einer fließenden Bewegung erschuf Stan eine Axt in seiner Hand und schlug zu. Die Explosionsenergie löste sich mitten im Flug, knapp vor seinem Gesicht. Er nahm kaum wahr, wie die Detonation seine verbliebene Diamantrüstung abriss und er unversehrt blieb. Stan ließ seine Axt zu Boden fallen, dann streckte er beide Hände in Lord Tenebris' Richtung aus. Der Noctem-Anführer tat es ihm gleich.

Sofort erstarrte Stans gesamter Körper, und er konnte sich kaum noch bewegen, als ihn Lord Tenebris' psychische Umklammerung packte. Er hob schockiert den Blick und sah, dass auch sein Gegner steif wie ein Brett war, unfähig, einen Muskel zu rühren, während er die Hände nach Stan ausstreckte. Die beiden Operatoren schwebten in gegenseitiger telekinetischer Umklammerung, vollkommen reglos in der Luft. Als Stan merkte, dass er sprechen konnte, erkannte er seine Chance.

„Kev, zu deinem eigenen Besten“, flehte er Lord Tenebris an. „Bitte, hör mir … *aaugh*!“

Urplötzlich spürte er, wie sich der Griff, der ihn festhielt, um ein Zehnfaches verstärkte. So sehr er sich mühte, dagegen anzukämpfen, fühlte er, wie sich sein Arm zurückzog. Verzweifelt hob er den Blick und sah, dass von Lord Tenebris eine Art blauer Schimmer ausging, der wie Flammen von seiner Haut aufstieg, während er Stan mit seinen Blicken durchbohrte.

Als würde er sich von selbst bewegen, verdrehte sich Stans Arm hinter seinem Rücken. Er schrie gequält auf. Je mehr er sich wehrte, desto brutaler verbog Lord Tenebris' Macht seinen Körper und verdrehte ihn auf bizarre, unnatürliche Art. Stans Rücken bog sich vor, viel weiter, als es normalerweise möglich wäre, und er spürte, wie sich seine Beine spreizten und sich auf seinen Kopf zubewegten. Es war, als befände sich sein gesamter Körper in einer Müllpresse, und er stünde kurz davor, durch die schiere Abnormität seiner von Lord Tenebris erzwungenen Verrenkungen zu ersticken.

Schallendes Gelächter übertönte in Stans Ohren alles andere, und er sah zu Lord Tenebris auf. Obwohl er in Stans psychischer Umklammerung gefangen war, lachte er wie ein Wahnsinniger, während er Stan Kraft seiner Gedanken folterte.

Je länger er dem Lachen dieses bösartigen, sadistischen Monsters zuhören musste, desto klarer wurde Stan, wer ihm das antat. Er wurde von König Kev gequält – und von Lord Tenebris. Dies war der Spieler, der versucht hatte, alle niedrigleveligen Spieler zum Verlassen der Stadt zu zwingen. Es war der Spieler, der Adorias Dorf zerstört hatte – zweimal. Der Spieler, der die Misshandlung von, die Angriffe auf, den Mord an den NPC-Dorfbewohnern angeordnet hatte, um sich selbst zu bereichern. Es war der, der Charlie bis an den Rand des Wahnsinns gefoltert hatte. Der Spieler, der so viele von Stans Freunden getötet hatte – Adoria, den Apotheker, Sally, DZ … und Kat …

Plötzlich sah Stan in Lord Tenebris den einen Spieler in Elementia, den er am meisten hasste, der so viele grausame, verabscheuungswürdige Taten zu verantworten hatte, persönlich und über seine Anhänger – und dass er weder seine Schuld tilgen noch je Reue empfinden würde.

Stan wusste, dass er nicht zulassen durfte, dass dieses Monster ihn demütigte und quälte. Er spürte, wie in ihm enorme Kraft hochkochte, angefacht von seinem Zorn und Hass auf den Spieler, der ihm gegenüber schwebte und seinen Körper in unnatürliche Verrenkungen zwang, während er vor Vergnügen lachte. Die Macht stieg und stieg, und als sie schließlich ihren Höhepunkt erreichte hatte, gab Stan sie frei.

„GENUG!“, brüllte er, und seine Stimme dröhnte im Inneren von Lord Tenebris' Kopf wie tausend TNT-Explosionen. Lord Tenebris riss erschrocken die Hände hoch und presste sie auf seine Ohren, während Stan wieder eine aufrechte Haltung annahm und Arme und Beine von sich stieß, was um ihn herum eine gigantische Explosion auslöste. Die Schockwelle traf Lord Tenebris und drückte ihn von Stan fort, während der weitersprach.

„KÖNIG KEV, DEIN EINGREIFEN IN DIE INNEREN MECHANISMEN VON ELEMENTIA HABEN DEINEN SERVER UND GANZ MINECRAFT IN GROSSE GEFAHR GEBRACHT!“, schrie Stan, und hinter ihm schlug ein Blitz ein, während er seinen Erzfeind so laut er nur konnte anbrüllte. „STELLE DEINE UNNATÜRLICHEN, HEXERISCHEN AKTIVITÄTEN SOFORT EIN, SONST WIRST DU ELEMENTIA ZERSTÖREN, UND DAMIT ALLES,

FÜR DESSEN SCHÖPFUNG DU SO HART GEARBEITET HAST!"

Stan fühlte, wie seine Wut zunahm und drohte überzukochen, während Lord Tenebris seinem Ausbruch vollkommen verblüfft zusah. Dann, so plötzlich, wie seine Rage begonnen hatte, hielt Stan inne. Die Gewitterwolken, die sich über seinem Kopf zusammengezogen hatten, teilten sich, und Stan holte tief Atem, öffnete die Augen und blickte Lord Tenebris an. Er wusste, dass er ruhig bleiben musste, um diesen Kampf zu gewinnen.

„Wo... wovon redest du da?", fragte Lord Tenebris ungläubig.

„Während Sally den Code von Elementia durchforstet hat, um mir Operator-Rechte zu geben, hat sie Beweise dafür gefunden, dass du Energie vom Server selbst beziehst, um deine eigene Stärke zu vergrößern."

„Na und?", schnaubte Lord Tenebris. „So ist der Krieg, Stan. Nichts ist tabu."

„Sie hat herausgefunden", fuhr Stan ruhig fort, als hätte man ihn nie unterbrochen, „dass du den Server, indem du ihm Energie entzogen hast, geschwächt hast. Je häufiger du Fähigkeiten eingesetzt hast, die über deine normale Macht als Operator hinausgingen, desto wahrscheinlicher wurde es, dass du einen Glitch schaffen würdest, der Elementia korrumpieren konnte. Die Welt, an deren Schöpfung du jahrelang gearbeitet hast, könnte für immer verloren sein. Und von dort aus könnte der Glitch sich über das Internet verbreiten und jeden Minecraft-Server korrumpieren, mit dem er in Kontakt gerät."

Lord Tenebris starrte Stan an. So sehr es ihm widerstrebte, es zu glauben, wusste er doch, dass Stan die Wahrheit sagte. Er hatte vermutet, dass es Nebenwirkungen geben könnte, wenn er sich so verstärkte, doch so schwere Konsequenzen hatte er nicht erwartet.

„Du und ich sind sehr verschieden, Kev“, stellte Stan gleichmütig fest. „Unsere Ideale sind sehr unterschiedlich, so wie auch unsere Führungsstile. Ich streite nicht ab, dass ich dich verabscheue, und ich werde nicht ruhen, bis du tot bist. Aber es gibt etwas, das wir vermutlich gemeinsam haben: unsere Liebe zu diesem Server, Elementia.“

Lord Tenebris musterte Stan einen Moment lang, dann senkte er den Blick. Als er wieder aufschaute, nickte er widerwillig.

„Wir haben beide lange und hart um diesen Server gekämpft und versucht, ihm unsere eigene Vorstellung von Gerechtigkeit und Freiheit einzuprägen. Aber sieh dir nur an, was wir der Welt, die wir so lieben, angetan haben!“, rief Stan aus.

Lord Tenebris folgte Stans Fingerzeig, und sein Blick fiel auf das Wolkenkratzer-Viertel. Mehrere Gebäude waren von ihrem explosiven Kampf in Stücke gerissen worden, und einige der Wolkenkratzer, sogar einige der höchsten, standen vollständig in Flammen. Schwarzer Rauch stieg dicht und beißend aus dem Viertel auf, und in der Ferne sahen beide Spieler weitere dunkle Rauchfahnen über den Vierteln, in denen sich die Kämpfe zwischen ihnen und ihren Anhängern abgespielt hatten.

„Wir waren so darauf konzentriert, einander zu bekämpfen, dass wir beinah genau das zerstört hätten, *worum* wir kämpfen“, sagte Stan ernst. „Wir müssen mit diesem Wahnsinn sofort aufhören. Wenn wir das nicht tun, gibt es bald nichts mehr, wofür sich der Kampf lohnt.“

„Ha, was willst du denn vorschlagen?", spottete Lord Tenebris. „Dass wir eine Art Friedensvertrag schließen und von jetzt an Seite an Seite leben, bis dir auffällt, wie abgrundtief ignorant du warst und auf Knien zu mir zurückkriechst?"

„Das habe ich nie gesagt", sagte Stan langsam, obwohl ihm bei diesen Worten eine faszinierende Idee gekommen war. Er nahm sich vor, sie nicht zu vergessen und war sicher, dass er sie später umsetzen könnte.

„Ich habe es schon einmal gesagt, und ich wiederhole es: Ich verachte dich, Kev, und ich werde nicht ruhen, bis du tot bist. Ich sehne das Ende dieses Krieges genauso herbei wie du, und ich würde niemals auf einem Server leben wollen, auf dem du noch existierst. Ich bin sicher, dass du diese Einstellung in Bezug auf mich teilst. Aber ich glaube, dass wir unseren Konflikt auch mit weniger Kollateralschäden und Risiken für unseren Server austragen können."

Lord Tenebris sah Stan nachdenklich an. „Was schlägst du also vor, Stan?", fragte er.

Stan holte tief Luft und antwortete entschieden.

„Kev, ich fordere dich zum Duell heraus. Zu einem *traditionellen* Duell, so wie jenes, das wir vor Monaten auf der Brücke von Element Castle geführt haben. Keine Operator-Rechte. Kein Fliegen. Keine Energie vom Server. Keine Heilung und keine Verstärkungen, egal welcher Art. Nur du und ich, mit nichts als unseren Waffen und unserem Verstand ausgerüstet, in einem Kampf bis zum Tod, als wären wir ganz normale Spieler.

Die Duellbedingungen bleiben so, wie sie vorher waren – wer immer auch überlebt, ist der wahre und rechtmäßige Herrscher über Elementia."

Lord Tenebris hob eine Augenbraue, lachte kurz in sich hinein und antwortete dann: „Stan, ich nehme deine Herausforderung an."

Stan lächelte. Er wusste ganz genau, was Lord Tenebris dachte. Bei ihrem letzten Kampf war er Stan so haushoch überlegen gewesen, dass es eigentlich eine Dummheit sein musste, ihn wiederholen zu wollen. Doch Stan wusste es besser. Seit der Schlacht um Elementia war er von Tag zu Tag stärker geworden, während Lord Tenebris im Fungarus gesessen und seine Truppen befehligt hatte, ohne selbst einen einzigen Kampf auszutragen. Der Noctem-Anführer war aus der Übung, Stan dagegen auf dem Höhepunkt seines Könnens.

Stan richtete den Blick nach unten und konzentrierte sich mit aller Kraft. Mit einem Ploppen erschien ein einzelner Grundgestein-Block mitten in der Luft, hoch über dem brennenden Wolkenkratzer-Viertel. Stan atmete tief und erschuf weitere Steinwürfel, und eine Sekunde später war ein zwanzig mal zwanzig Blöcke breites Quadrat aus Grundgestein entstanden. Stan und Lord Tenebris schwebten zu den gegenüberliegenden Seiten des Feldes hinab, die Hände vollkommen leer. Sie hielten Blickkontakt und starrten einander wütend an, bis ihre Füße gleichzeitig die Plattform berührten.

Beide atmeten tief durch, und sofort erschienen verzauberte Diamantbrustplatten und Helme auf ihren Körpern. Zwei verzauberte Diamantäxte hefteten sich an Stans Rücken, während ein Diamantschwert mit Rückstoßverzauberung an einer Seite von Lord Tenebris' Gürtel erschien, dazu ein Bogen und ein Köcher voller Pfeile an der anderen, wie auch an Stans Hüfte. Schließlich erschufen beide

Spieler Waffen in ihren Händen. Stans Axt war mit Schärfe verzaubert, und der violette Schimmer leuchtete unter der finsteren Wolkendecke. Lord Tenebris' Schwert funkelte rot und violett, und er umfasste es fest.

Einen Moment lang musterten die beiden Anführer ihrer jeweiligen Gruppen einander. Keiner von beiden sprach. Sie erkannten die Ironie der Lage: Nach Monaten der Schlachten, der Machtkämpfe, der Versuche, einander zu übertrumpfen, standen sie nun wieder ganz am Anfang. Seitdem hatte sich so viel verändert, und doch war so vieles gleich. Während sie sich gegenseitig nicht aus den Augen ließen, wussten sie, dass der endgültige Abschluss ihres Konfliktes bevorstand.

Ohne ein sichtbares Signal rannten beide Spieler gleichzeitig los. Stan hielt seine Waffe hinter sich, wie an dem Tag in Adorias Dorf, als er zum ersten Mal eine Axt in der Hand gehabt hatte, während Lord Tenebris mit der Schwertspitze direkt auf Stan zielte, so wie auch auf der Brücke von Element Castle, als sie zum ersten Mal die Klingen gekreuzt hatten. Genau in der Mitte der Plattform trafen die beiden Operatoren aufeinander und begannen ihr Duell.

Während die Waffen herumwirbelten und laut scheppernd aufeinandertrafen, sodass Funken auf das Grundgestein unter ihnen stoben, fiel Lord Tenebris sofort auf, wie sehr sich Stan seit ihrem letzten Kampf verbessert hatte. Er war kein aufstrebender Axtkämpfer mehr, dem sein Gegner, ein meisterhafter Schwertkämpfer, weit überlegen war. Stans Axt sauste mit fließenden Bewegungen an Lord Tenebris' Körper auf und ab und fand zahllose ungedeckte Stellen, an denen der Noctem-Anführer nur mit Mühe mit der Schwertklinge blocken konnte. Stan dagegen wehrte seine Konter fast mühelos ab. Er kämpfte wie ein wahrer Meister der Axt.

Während des Duells bewegten sich die Waffen so schnell, dass sie fast nicht mehr zu sehen waren. Langsam fing Stan an, seine Offensive auszubauen. Er zog die Axt zurück und wirbelte sie um sich herum. Die Klinge durchschnitt die Luft vor ihm und beschrieb ein X. Lord Tenebris wich vor ihr zurück, weiter und weiter auf den Rand der schwebenden Plattform zu, doch er war unbesorgt. Stattdessen grinste er. Stan hatte seinen ersten Fehler gemacht.

Gerade als Stans Axt wieder vor ihm durch die Luft sauste, trat Lord Tenebris vor und presste sein Schwert gegen den Schaft von Stans Axt. Er ließ es nach unten gleiten, bis es auf dessen Hand traf. Stan ließ gerade noch rechtzeitig los, und die Waffe schlitterte scheppernd rückwärts über die Grundgestein-Plattform. Lord Tenebris schlug wieder mit dem Schwert zu und schnitt über die Vorderseite von Stans Diamantbrustplatte. Der Hieb hinterließ einen brennenden Spalt, und Stan stolperte zurück und stürzte.

Lord Tenebris drängte vorwärts und hoffte, die Schwäche seines Gegners ausnutzen zu können, während der am Boden lag. Doch gerade als er zustieß, rollte sich Stan zurück und griff hinter sich. Eine der Diamantäxte auf seinem Rücken wirbelte durch die Luft direkt auf Lord Tenebris zu. Sie traf ihn am Kopf, schleuderte ihn zu Boden und riss seinen verzauberten Diamanthelm ab, der davonflog und vom Rand der Grundgestein-Plattform in die Stadt darunter stürzte.

Stan ergriff die Axt, die Lord Tenebris ihm aus der Hand geschlagen hatte, und stürmte wieder auf den Noctem-Herrscher zu, während der sich noch aufrichtete. Er schüttelte den Kopf, um die Benommenheit loszuwerden, die der Treffer mit der Axt verursacht hatte. Sein erster Gedanke war, dass er sich einen neuen Diamanthelm erschaffen sollte, doch in letzter Sekunde hielt er sich zurück. Er hatte geschworen, seine Operator-Kräfte nicht zu benutzen, und er würde jetzt nicht damit anfangen. Stattdessen hob er sein Diamantschwert, um Stans Axtattacken zu kontern.

Die Waffen prallten in einem Funkenregen aufeinander, und die beiden meisterlichen Kämpfer führten ihr Duell fort. Sie standen jetzt nahe am Rand der Plattform, parallel zur Kante. Stan versuchte, Lord Tenebris dazu zu zwingen, seitlich auszuweichen und nach einem Fehltritt über den Rand zu fallen – denn wenn das einem von beiden passierte, war er schließlich verpflichtet, nicht zu fliegen und würde daher in den Tod stürzen. Lord Tenebris verstand, was Stan vorhatte und senkte mit einer Bewegung sein Schwert.

Der Schwung, mit dem Stan angegriffen hatte, ließ ihn vorwärts stolpern, und er taumelte gefährlich nah an den Abgrund. Während er noch versuchte, seinen Sturz zu verhindern, spürte er, dass sich hinter ihm irgendetwas näherte und erkannte, dass Lord Tenebris kurz davor war, ihn umzuwerfen. So schnell er konnte, duckte sich Stan unter dem Angriff weg und fühlte einen Luftstrom über seinem Kopf, als die Diamantklinge während seiner Rolle über ihn hinwegsauste. Lord Tenebris erholte sich von seinem kraftvollen Schwerthieb und starrte Stan an. Gerade noch rechtzeitig sah er, wie Stans zweite Ersatzaxt direkt auf ihn zuflog.

Er entging dem Wurfgeschoss nur um wenige Pixel und wich dem nächsten Schwung mit Stans letzter Waffe ebenso knapp aus. Fast hätte er ihn über den Rand getrieben.

Lord Tenebris geriet in Panik. Er wurde immer schneller zurückgestoßen, überwältigt von der schieren Geschwindigkeit, Stärke und Wildheit hinter Stans Axtschwüngen. In seiner Verzweiflung wurden Lord Tenebris' Blocks und Konter immer wilder, immer hektischer, während Stans Attacken, so mächtig sie sein mochten, weitaus kontrollierter und überlegter waren. Lord Tenebris konnte keinen einzigen Treffer landen, doch alle paar Axtschwünge erwischte Stan ihn an der Brustplatte, sodass er rückwärts stolperte und nur mit Mühe den nächsten Schlag abwehren konnte.

Lord Tenebris wurde schneller und schneller zurückgedrängt. In einem Moment sah er nach unten und stellte mit Entsetzen fest, dass er über die gesamte Plattform hinweg getrieben worden war und nun in einer der Ecken stand, nur wenige Blöcke vom Rand entfernt. Dann, ohne Vorwarnung, spürte er einen stechenden Schmerz in der Hand und schrie auf. Stan hatte den Noctem-Anführer getroffen und sein Schwert in die Luft gestoßen, von der Plattform hinab.

Lord Tenebris prallte mit einem dumpfen Geräusch auf den Boden und umklammerte seine schmerzende Hand, während er über die Grundgestein-Plattform rutschte. Er kam genau dort zum Halten, wo die beiden Kanten der quadratischen Plattform aufeinandertrafen. Seine Hand schmerzte, sein Kopf hing über den Rand der Plattform, der Rest seines Körpers war auf der Ecke ausgestreckt. Er zwang sich, hochzusehen und entdeckte Stan, der auf ihn zusauste. Er hatte die Axt hoch über den Kopf erhoben, dann schlug er sie mit aller Kraft nach unten gegen Lord Tenebris' Kopf.

Der Hieb traf nicht. Lord Tenebris hatte mit einem Faustschlag einen unsichtbaren Energiestoß direkt gegen Stans Brust geschleudert.

Stans Axt löste sich augenblicklich aus seiner Hand und fiel über den Rand der Grundsteinplattform, während er das Energiegeschoss mit beiden Händen fing und wieder mit aller Macht zu verhindern versuchte, dass die Welle ihn traf. Er wand sich vor Konzentration und hob den Blick, um zu verstehen, was geschehen war. Er sah, wie Lord Tenebris wieder auf die Plattform schwebte und schwer atmete. Roter Rauch begann, von seiner Haut aufzusteigen.

Stans Wut kochte hoch, während er sich mühte, die explosive Energie in seinen Händen zurückzuhalten. Lord Tenebris hatte ihn betrogen und seine Operator-Kräfte eingesetzt.

Während der Zorn in ihm brodelte, spürte Stan, wie der Energiestoß in seinen Händen immer stärker wurde, bis er ihn kaum noch zurückhalten konnte. Endlich, als er es nicht mehr konnte, stieß er die Hände vorwärts und schickte die explosive Kraft zurück an ihren Ursprung.

Lord Tenebris spürte, wie sich das Geschoss näherte und warf Stan einen hasserfüllten Blick zu, bevor er tief einatmete und sich wieder eine Art blaue Aura um ihn herum bildete. Stans Herz schlug ihm bis zum Hals, als Lord Tenebris die Hände ausstreckte, um die Energiewelle zu fangen. Erneut zog er Kraft vom Server ab.

Die unsichtbare Energie traf Lord Tenebris wie eine rasende Lokomotive, und er rutschte wieder auf die Kante zu, über der er eben noch gehangen hatte. Er schnitt eine Grimasse, während er sich bemühte, die unermessliche Energie im Zaum zu halten. Eine Sekunde lang, die wie eine Ewigkeit erschien, hielt er den Stoß in den Händen, und selbst aus der Distanz konnte Stan fühlen, wie er stärker wurde. Dann, mit mächtigem Gebrüll, stieß Lord Tenebris die Energiewelle nach vorn, direkt auf Stan zu.

Stan konnte fühlen, wie sie sich näherte. Inzwischen sah er sogar ein leichtes Schimmern in der Luft, wie Hitzewellen über heißem Pflaster, während die Welle auf ihn zuflog. Stan brach fast in Panik aus und fragte sich, ob die überladene Explosionsenergie ihn bei der ersten Berührung überwältigen würde. Schon der letzte Versuch, sie zurück auf Lord Tenebris zu schleudern, hatte ihn ausgelaugt, und er runzelte die Stirn. Er versuchte, sich auf den Aufprall vorzubereiten und streckte entschlossen die Hände aus. Es war egal, ob er die Energie zurückschleudern könnte oder nicht – er war zu müde, um sich zu teleportieren. Er musste es versuchen.

Nie zuvor hätte sich Stan die schiere Kraft des Energiestoßes vorstellen können, den er nun mit den Händen aufzuhalten versuchte. Es schob ihn zehn Blöcke weit rückwärts über das Grundgestein. Die Kugel war kaum größer als ein Block, doch der Kampf mit der ungezähmten Macht fühlte sich an, als müsse Stan einen ganzen Planeten daran hindern, ihn zu zerquetschen. Er versuchte, die Energie von sich zu stoßen, doch es war, als wolle er die Erde selbst anhalten. Langsam, aber sicher, trotz seiner größten Mühe, drückte sich der Energiestoß ihm entgegen … quetschte ihn … drohte, ihn zu überwältigen … bis endlich …

Stan, rief eine geisterhafte, vertraute Stimme in seinem Kopf. *Lass dich nicht von der Kraft beherrschen … wehr dich, Stan, du musst dich wehren …*

„Ich … kann nicht …", presste Stan hervor, und sein Atem wurde inmitten seiner übermenschlichen Anstrengung flacher. „Es … ist … zu viel …"

Vergiss nicht, warum du kämpfst, Stan, hallte die Stimme in seinem Kopf wider. *Du kämpfst im Namen der Gerechtigkeit … du kämpfst für die, die sich nicht selbst verteidigen können … du kämpfst im Namen der Gefallenen … du kämpfst, um das Spiel Minecraft und den Server, den du liebst, zu schützen …*

Stan riss die Augen auf. Er musste es überstehen. Würde er das nicht tun, würde nicht nur Elementia zerstört, sondern auch Minecraft, die Welt, die er und so viele andere fast so sehr liebten wie ihre eigene, würde vernichtet. Er durfte es nicht zulassen. Und wenn er einen Teil seiner selbst opfern müsste, um sie zu retten … dann sollte es so sein.

Stan stieß einen wilden Schrei aus und richtete sich zum ersten Mal vollständig auf. Der Energieball war eng an seinen Bauch gepresst. Während er noch schrie, leitete Stan all seine Kraft in den Stoß – all seine Liebe für sein Volk, seinen Server und sein Spiel –, und das Geschoss wuchs immer mehr an. Schon bald fühlte Stan, dass er nichts mehr zu geben hatte. Trotz seiner frischen Entschlossenheit begann die Intensität der Energie, ihn wieder zu Boden zu pressen. Mit einer gewaltigen Bewegung stemmte er sich gegen den Boden, zwang die Energiekugel aus seinen Händen und schleuderte sie wieder auf Lord Tenebris zu.

Stan brach zusammen. Er konnte nicht mehr stehen und sich kaum bewegen. In diesem einen letzten Angriff hatte er sich verausgabt. Wenn er Lord Tenebris nicht zerstörte, trotz seiner zusätzlichen, gestohlenen Macht, wäre es unmöglich. Und das konnte nicht geschehen ... selbst ein Operator könnte niemals einen explosiven Schuss solcher Größe zurückschlagen. Vermutlich hätte Lord Tenebris Glück, nicht von der schieren Wucht der eintreffenden Welle ausgelöscht zu werden. Langsam zwang er sich, den Blick zu heben, um den Aufprall zu sehen.

Er traute seinen Augen nicht.

Lord Tenebris stand still, noch immer in seine himmelblaue Aura gehüllt. Seine Augen waren geschlossen, und er hatte sich nicht einmal die Mühe gemacht, die Hände auszustrecken, um das Geschoss aufzufangen. Er hielt nur eine Hand vor sich, darin ein Diamantschwert, dessen Spitze geradewegs auf die riesige Energiewelle zeigte. Stan sah, wie die explosive Energie es traf, scheinbar die Klinge entlanglief und in Lord Tenebris' Körper verschwand, als wäre die Diamantwaffe eine Art Blitzableiter, der die rohe Gewalt des Angriffs absorbierte. Die Energie umhüllte Lord Tenebris' Körper, und seine Aura leuchtete heller und heller, bis sie schließlich fast völlig weiß war. Den Bruchteil einer Sekunde später ging ein Blitz vom Anführer der Noctem-Allianz aus, so grell, dass Stan sich fühlte, als würde er seine Augen rösten.

Einen Moment lang war alles weiß. Stan fiel zu Boden,

und er konnte nichts sehen. Die Lichtexplosion hatte ihn vollständig geblendet, und sein letzter Versuch, Lord Tenebris zu töten, hatte ihn so erschöpft, dass er keinen Muskel regen konnte. Er konnte nur wie eine Marionette auf dem Grundgestein liegen und beten, dass sein Plan funktioniert hatte, verzweifelt hoffen, dass, was auch immer Lord Tenebris vorhatte, nach hinten losgegangen war, dass er sich im gleißenden Licht aufgelöst hatte.

Doch als er endlich wieder sehen konnte und in den grauen Himmel hinaufsah, blieb ihm vor Entsetzen fast das Herz stehen, als er feststellte, dass eine finstere Gestalt direkt über ihm stand. Während sein Blick sich schärfte, erkannte Stan, dass Lord Tenebris nicht im Geringsten finster war. Die hellblaue Aura, die seinen Körper umhüllt hatte, bevor er die Energiewelle absorbiert hatte, war nicht mehr blau, sondern hatte einen prächtigen Goldton angenommen. Winzige elektrische Funken tanzten auf seinem Körper.

Obwohl er sich fühlte, als ob er ganz und gar aus Gummi bestünde, zwang Stan sich, den Kopf zu heben. Er handelte aus reinem Instinkt. Seine Gedanken waren durch den Energieverlust zu abgestumpft, um zusammenhängende Pläne zu fassen. Während Lord Tenebris auf ihn hinunterblickte wie ein Falke auf eine verwundete Maus, holte Stan aus und schleuderte einen Faustschlag gegen Lord Tenebris. Nicht einmal die kleinste explosive Ladung löste sich aus Stans Hand, und er sackte wieder schlaff zu Boden, zu ausgelaugt, um Lord Tenebris' leises Lachen über den schwächlichen Angriffsversuch wahrzunehmen.

„Danke, Stan", sagte Lord Tenebris mit aufgesetzter

Höflichkeit, während er auf die erbärmliche Hülle eines Spielers, die der am Boden liegende Stan nun darstellte, hinabblickte. „Danke, dass du mir so großzügig alles überlässt, was du besessen hast. In meinem Körper befindet sich nun die Macht zweier ausgewachsener Operatoren. Und jetzt, da ich weiß, dass ich diesem Server keine Energie entziehen darf, werde ich sie allen anderen Servern entziehen und sie zerstören. Elementia wird als einziger verbleibender Minecraft-Server über allen stehen, und ich werde sein unangefochtener und unbesiegbarer Herrscher sein."

Stan schwieg. Er konnte kaum verstehen, was Lord Tenebris sagte. Er hatte keine Energie mehr, um noch einen klaren Gedanken zu fassen.

„Aber für dich, Stan …", fuhr Lord Tenebris fort und erhob das Schwert, mit dem er Stans gesammelte Energie in seinen Körper gezogen hatte, dabei ließ er seinen Finger liebevoll über die Klinge gleiten, als wäre sie der kostbarste Gegenstand der Welt, „… ist es vorbei."

Er hob das Schwert hoch über seinen Kopf. Stan nahm nicht wahr, was sich abspielte. Er lag am Boden, ohne jede Sorge, endlich glücklich darüber, dass er nach allem, was er seit seinem ersten Tag in Elementia durchgemacht hatte, ruhen durfte.

Die Klinge stieß auf ihn herab.

In genau dem Moment, als das Schwert die Rückseite von Stans Diamantbrustplatte durchstieß, erhob sich ein Rauschen aus Licht und Klängen, gefolgt von einem metallischen Scheppern. Lord Tenebris wurde mit gewaltiger Kraft zurückgestoßen und purzelte über den Boden. Seine goldene Aura flackerte hinter ihm wie die Flamme einer olympischen Fackel, sein Schwert wirbelte in die Luft und landete klirrend neben Stans bewusstlosem Körper.

Wieder kam Lord Tenebris direkt am Rand der Grundgestein-Plattform zum Halten. Er schnaufte vor Schock und sah, dass vor Stan jemand stand. Die Überraschung hatte seinen Blick getrübt, doch als er die Augen zusammenkniff, erkannte er einen blaugrünen Körper, hinter dem ein schwarzer Umhang im Wind flatterte.

Lord Tenebris rieb sich die Augen und stand mühsam auf, überzeugt, dass er nicht richtig gesehen hatte. Kaum auf den Beinen, öffnete er die Augen erneut, um ein zweites Mal hinzusehen ... und blickte direkt in ein weißes Augenpaar, das hell wie der Mond leuchtete.

Sein Mund stand sperrangelweit offen, und seine eigenen weißen Augen wurden größer und größer, während er sein Spiegelbild anstarrte, das in einen schwarzen Umhang mit Kapuze und Schal gehüllt war. Schiere Angst ließ Lord Tenebris am ganzen Körper zittern, als er in das Gesicht mit den gleißenden Augen blickte, ein Gesicht, das von Sekunde zu Sekunde wütender und angewiderter aussah. Das Wesen, das sich vor ihm aufgebaut hatte ... Ihn gab es nicht ... Lord Tenebris *wusste*, dass es ihn nicht gab ... Er hatte sich als dieser Dämon verkleidet, um den leichtgläubigen Idioten Angst zu machen, die glaubten, dass er wirklich existierte ...

Lord Tenebris' wurde von Panik ergriffen und blendete alles andere aus. Er bäumte sich auf, versuchte zu verschwinden und auf seinem Thron wieder zu erscheinen, nur um feststellen zu müssen, dass eine unsichtbare Kraft ihn an Ort und Stelle hielt: Er konnte sich nicht teleportieren, geschweige denn bewegen. Er war gezwungen, geradeaus zu blicken, direkt in die weißen Augen des Dämons, der voller Verachtung und Hass direkt in seine Seele zu starren schien.

Lord Tenebris wehrte sich, versuchte, all seine Willenskraft einzusetzen, um sich zu bewegen, um anzugreifen, alles zu tun, was ihn aus dieser Situation befreien könnte. Doch stattdessen stieg seine Panik in unermessliche Höhen. Die goldene Aura, die die ganze Zeit über seinen Körper umgeben hatte, wurde plötzlich wieder himmelblau, dann löste sie sich gänzlich auf. Gleichzeitig spürte Lord Tenebris, wie unsagbar viel Energie aus seinem Körper strömte.

„Was … machst … du … mit … mir?“, stammelte er schwach.

Der Dämon antwortete nicht. Er starrte weiter durch Lord Tenebris hindurch, der gezwungen war, regungslos vor dem weißäugigen Monster zu stehen, während sein Geist zu zersplittern schien.

Über ein Dutzend Blöcke entfernt riss Stan die Augen auf. Er hatte keine Erinnerung an das, was geschehen war, nachdem er den explosiven Schuss mit all seiner Energie auf Lord Tenebris geschleudert hatte. Doch plötzlich fühlte er sich hellwach. Als er auf seinen Arm hinunterblickte, sah er mit tiefem Erstaunen, dass ihn eine gleißend blaue Aura umgab, genau wie die, die Lord Tenebris umflackert hatte, als er dem Server Energie entzogen hatte. Stan hatte kaum Gelegenheit, darüber nachdenken, was das zu bedeuten hatte, als ihn ein weiterer Energiestoß durchfuhr. Die Flammen, die ihn umgaben, wechselten die Farbe von Himmelblau zu glänzendem Gold.

Als er aufstand, bebend unter der schieren Macht, die

seinen Körper unerklärlicherweise erfüllte, warf er einen Blick zur anderen Seite der Grundgestein-Plattform. Dort, direkt am Rand, lag Lord Tenebris. Er war schwach, ausgelaugt, starr vor Angst beim Anblick einer anderen Gestalt, die Stan den Rücken zugewandt hatte, den Kopf unter einer schwarzen Kapuze verborgen. Kaum hatte er erkannt, wer es war, als Stan aus dem Augenwinkel ein blaues Blitzen bemerkte. Er wandte sich danach um und entdeckte auf dem Boden Lord Tenebris' Schwert, mit dem er Stans letzten Angriff absorbiert hatte.

Plötzlich kam Stan eine Idee. Genauer gesagt war es weniger eine Idee als eine Tatsache. Er wusste, was er zu tun hatte, und als er sich bückte, um das Schwert des Noctem-Herrschers aufzuheben, fühlte er sich, als wäre es schon von Anfang an seine Bestimmung gewesen, diesen Plan auszuführen.

Stan atmete tief durch und umfasste das Heft des vor Verzauberungen leuchtenden Schwertes, dann lief er auf die beiden Gestalten am gegenüberliegenden Ende der Grundgestein-Plattform zu. Als er seine Höchstgeschwindigkeit erreichte, stellte er fest, dass er sie noch weiter erhöhen konnte, als stünde er unter dem Einfluss von QPO.

Schon bald merkte Stan, dass er schneller lief, als ihn seine Beine tragen konnten, und so sprang er in die Luft, beschleunigte immer mehr und flog über das Grundgestein hinweg, direkt auf die beiden Spieler zu.

Kurz bevor er auf Schwarzkutte traf, hob er das Schwert vor sich. Zu seiner Überraschung streckte auch Schwarzkutte die rechte Hand vor und spiegelte Stans Haltung perfekt. Stan raste weiter vorwärts und wurde nicht langsamer, als das Diamantschwert Schwarzkuttes Rücken durchstieß. Im Handumdrehen verschwand Schwarzkutte in einer violetten Rauchwolke, und Stan starrte Lord Tenebris direkt ins Gesicht. Der erwiderte den Blick mit völligem Unverständnis.

Stan hätte nicht anhalten können, selbst wenn er gewollt hätte. Er war viel zu schnell. Obwohl Lord Tenebris aus Schwarzkuttes telepathischer Umklammerung befreit war, blieb ihm keine Zeit zu reagieren, bevor sein eigenes Diamantschwert in Stans ausgestreckter Hand die Mitte seiner Brustplatte durchbohrte. Die Diamantrüstung zersprang in tausend Stücke, in denen sich das gleißende Leuchten der verzauberten Klinge spiegelte, während sie Lord Tenebris' Herz durchstieß.

Stan blickte seinem mächtigsten Gegner entgegen, und die Zeit schien stillzustehen, als sie einander zum letzten Mal in die Augen sahen.

Jeder Zoll von Lord Tenebris' Gesicht spiegelte seine Niederlage wider, als er einen letzten, traurigen Blick mit Stan wechselte. Dann, in der Sekunde, in der der Ring aus seinen Inventargegenständen aus seinem Bauch hervorbrach, atmete Lord Tenebris ein letztes Mal ein, schloss die Augen und hörte auf zu existieren.

Einen kurzen Moment lang, während Stan noch durch den Ring der Gegenstände pflügte und sie wild in die Luft schleuderte, kam Panik in ihm auf. *Was, wenn er wieder den Spielmodus verändert hat?*, dachte er. *Was, wenn er einen anderen Weg zurückfindet?*

Dann wurde Stan auf einmal von einem geradezu überwältigenden Gefühl der Ruhe eingeholt. Eine Stimme erklang klar und deutlich in seinem Kopf, und ein helles

Licht erschien an genau der Stelle, an der Lord Tenebris verschwunden war.

Sorge dich nicht, Stan, sagte Schwarzkuttes Stimme, während sich das Licht ausdehnte und Stan kurz darauf in einer riesigen Supernova aus Licht und Klängen einhüllte. *Er wird nie wiederkommen. Es ist vorbei.*

KAPITEL 15

DIE ZWEI STÄDTE

Augenblicklich hörten alle Kämpfe auf. Die etwa hundert verbliebenen Mitglieder der Noctem-Allianz, die bis zur Hinrichtungsplattform zurückgedrängt worden waren, und die Anführer von Stans Armee, die die Grenze zwischen den beiden Parteien ausmachten, sahen nach oben, so wie auch jeder andere Spieler auf dem Platz. Die Explosion war gigantisch, erhellte den Himmel und ließ eine Schallwelle über der Menge der Spieler brechen, ihre Gesichter von oben von weißem Licht angestrahlt. Jeder Einzelne von ihnen wusste instinktiv, dass das Duell zwischen ihren Anführern beendet war, wie auch immer es ausgegangen sein mochte.

Die Spieler sahen weiter gen Himmel, während er wieder seine matte blassgraue Farbe annahm. Es war, als hätten sie ihre Gegner ganz vergessen, wie auch die Tatsache, dass sie überhaupt kämpften. Jeder Soldat, Bürger und Dorfbewohner auf dem Platz erkannte langsam, dass ein Quadrat aus Blöcken wie eine Art Plattform hoch in der Luft schwebte. Neben dieser Plattform erschien ein einziger, fast unsichtbarer Punkt, der sich näherte, dabei größer und größer wurde und die Form eines Spielers annahm.

Langsam stieg er vom Himmel herab, ein leuchtendes Schwert in der Hand. Seine Augen waren geschlossen, also war nicht zu erkennen, welcher der beiden großen Anführer es war. Alle Noctem-Kämpfer verspürten jedoch Erleichterung im Herzen, während bei den Bürgern von Element City Bedrückung herrschte. Schließlich hielt die Gestalt ein verzaubertes Schwert … und wann hatte Stan zuletzt ein Schwert in der Schlacht geführt?

Charlie, Jayden, Leonidas, Ben, Bob, der Mechaniker, Sirus, Cassandrix, Kommandant Crunch und die Dorfbewohner starrten konzentriert auf die Gestalt und wichen zurück, um dem herabsteigenden Spieler einen Landeplatz zu schaffen. Selbst auf diese kurze Entfernung konnten sie nicht feststellen, ob er ihr bester Freund oder ihr größter Feind war, da beide dieselben Skins benutzten und sich nur ihre Augen unterschieden – und er hielt sie noch immer geschlossen.

Kurz stand der Spieler mit ernster Miene vor ihnen. Er atmete tief durch. Dann öffnete er die Lider, und die blauen Augen von Stan2012 leuchteten auf. Er sah siegreich aus, doch auch erschöpft und auf unerklärliche Art weiser als zuvor.

Sofort brach tosender Applaus aus, und Jubel und Geschrei erfüllten die Luft. Die Begeisterung ließ die Gesichter der Bürger von Element City auf dem überfüllten Platz wie Sonnenlicht strahlen, denn sie begriffen, dass ihr langer Albtraum endlich vorüber war und dass ihr geliebter Präsident den Vertreter von Finsternis und Schmerz endgültig bezwungen hatte.

Charlie sprang von Dr. Pigglesworths Rücken und humpelte, so schnell er nur konnte, auf Stan zu. Ihm liefen

Tränen über die Wangen, als er seinem Freund entgegenstürmte und ihn fest umarmte. Leonidas warf die beiden fast um und drückte seinen Freund, denn er verstand, dass Stan den Anführer der Organisation vernichtet hatte, die ihn fast sein eigenes Leben gekostet hatte. Dann kam Cassandrix, jubelnd und glücklich lachend. Oob und Mella folgten ihr. Roter Rauch trat noch immer aus der Wunde an ihrem Bauch aus. Sie warfen sich in die Gruppenumarmung, und Stull, der auf den Schultern seiner Mutter saß, rief: „Sieg! Wir haben den Sieg davongetragen!"

Dann drängten sich auch Jayden, der Mechaniker, Kommandant Crunch, Ben, Bob, Sirus und all die anderen in die Gruppe. Der beherzte Einsatz der Spieler, die so viel gemeinsam durchgemacht und in ihrem Kampf für Gerechtigkeit und Frieden alles gegeben hatten, war endlich von Erfolg gekrönt worden.

Inmitten der Umarmung, begleitet von freudigem Schluchzen und Rufen der Dankbarkeit, dass er gesiegt hatte und ihm nichts passiert war, gestattete Stan sich ein kleines Lächeln, als er erkannte, dass der Jubel begründet war. Nach so langer Zeit – nach so viel Hass, Gewalt und Blutvergießen – hatten sie ihre Ziele endlich erreicht. Elementia war frei, und jetzt, zum ersten Mal, seit Stan den Server betreten hatte, brach ein wahrhaft neues Zeitalter an.

Erst als Stan darüber nachdachte, was diese neue Ära mit sich bringen würde, verschwand sein Lächeln wieder und wich einem Ausdruck trauriger Ernsthaftigkeit.

Langsam legte sich dann aber der Jubel. Obwohl das Volk von Element City noch immer fast freudig genug strahlte, um den weiterhin grauen Himmel zu erhellen, hatten sie alle denselben Gedanken. Die Bürger von Elementia musterten die Traube ihrer Anführer, die ihren verehrten Präsident in ihrer Mitte hatten, und stellten fest, dass er seit seiner Ankunft kein Wort gesprochen hatte. Innerhalb einer Minute schwieg die Versammlung wie noch vor wenigen Momenten, als sie Stan dabei beobachtet hatten, wie er aus dem Himmel herabgeschwebt war.

Bald wurde auch Stans Freunden bewusst, dass man wohl von ihm erwartete, etwas zu sagen. Sie wichen vor ihm zurück und schafften etwas Platz. Während Charlie auf einem Bein zurück zu Dr. Pigglesworth hüpfte, atmete Stan tief durch. Seine Freunde hatten keine Ahnung, dass er lange und angestrengt über das, was er nun sagen sollte, nachdachte. Zweifellos würde das, was er hier und heute aussprechen würde, die Zukunft des Servers Elementia auf Jahre hinaus prägen.

„Stan?", fragte Leonidas besorgt, als der immer niedergeschlagener wirkte, je tiefer er in seinen Gedanken versank. „Alles in Ordnung?"

Stan blickte Leonidas mit großen Augen an. Er sagte nichts. Er würde später noch Zeit haben, mit seinen Freunden zu sprechen, ihnen für ihre Selbstlosigkeit und ihre Hingabe für ihre Ziele zu danken. Aber jetzt war nicht der rechte Moment. Stan musste sich um etwas Wichtigeres kümmern, etwas von historischer Bedeutung.

Stan atmete tief ein, schloss die Augen und erhob sich in die Luft. Er hörte zahllose Spieler überrascht keuchen, als sie diese Zurschaustellung seiner Operator-Kräfte sahen, doch als er die Augen öffnete und auf die versammelten Zuschauer hinabblickte, entstand ein Tumult. Je höher er aufstieg, desto mehr schwarzgekleidete Spieler lösten sich aus der Menge und entfernten sich von ihr. Stan war zufrieden – das war genau die Reaktion, die er sich erhofft hatte.

Von oben sah es aus, als würde sich Tinte von klarem Wasser trennen, während sich die wenigen verbliebenen Noctem-Soldaten durch die Tausende von Kämpfern der Republik in ihrer Diamantrüstung drängten. Wie von einem Magneten angezogen wichen die Noctems zur Hinrichtungsplattform zurück. Dort entdeckte Stan General Spyro, der reglos wie eine Statue dastand, die Augen gen Himmel gerichtet. Stan drehte sich um und folgte dem Blick des versteinerten Noctem-Generals. Neben ihm in der Luft, alle drei Köpfe auf Spyro gerichtet, schwebte der Wither.

Stan flog zu dem Mob empor und hielt direkt vor seinem mittleren Kopf an. Der Skelett-Bossmob sah verwirrt aus, als könne er sich nicht vorstellen, warum ein Spieler so fliegen konnte wie er. Stan drehte sich um, den Rücken dem Wither zugewandt, und streckte die Hand aus. Er konzentrierte sich auf die Luft vor ihm.

Sofort erschien vor Stan ein schwebender Ring aus Obsidianblöcken, und den Bruchteil einer Sekunde später blitzte seine Mitte grell violett auf. Dann bildete sich der leuchtende Nebel eines Netherportals. Unten keuchten die Spieler oder schrien sogar überrascht auf, als die Blöcke auftauchten, doch Stan konzentrierte sich voll und ganz auf den Wither. Seine weißen Augen wurden groß, als er die Präsenz des Portals spürte, fast, als würde ihn eine unsichtbare Macht in den Nether rufen.

Langsam schwebte der Wither wie hypnotisiert vorwärts durch die Luft, in den Nebel des Portals. Violettes Licht blitzte auf, als der Mob verschwand. Er war in die Dimension zurückkehrt, die seine Heimat war. Dann hob Stan beide Hände in Richtung des Portals, und es löste sich sofort in Luft auf. Dutzende schwarzer Partikel fielen etwa zwanzig Blöcke unter ihm zu Boden. Stan senkte die Hände vor sich und schloss die Augen.

„Geh in Frieden“, flüsterte er, und die dunklen Wolken verschwanden. Die quadratische Sonne konnte wieder ungehindert scheinen.

Nach einem Moment der Stille öffnete Stan die Augen und sank zurück in Richtung Boden. Dort strahlten seine Freunde über das ganze Gesicht, denn sie erwarteten, dass er endlich zu ihnen sprechen würde. Doch zu ihrer Verblüffung kam Stan nicht zu ihnen. Stattdessen flog er vorwärts auf die Hinrichtungsplattform zu.

Die Spieler dort standen dicht gedrängt. Jedes einzelne verbliebene Mitglied der Noctem-Allianz hatte es geschafft, sich auf die erhöhte Bühne aus Holzbrettern zu zwängen, die niemals dafür ausgelegt worden war, hundert Spieler zu tragen. Als sich Stan durch die Luft näherte, brach aus der diffusen Angst, die unter ihnen brodelte, seit Stan erschienen war, rückhaltlose Panik hervor. Stan wirkte zwar noch ruhig und ernst, ohne auch nur einen Anflug von Aggression, doch die Kämpfer der Noctem-Allianz schrien vor Grauen, als ihnen der allmächtige Spieler näher und näher kam. Sie hatten Angst, sich zu bewegen, Angst, mit Stan zu sprechen. Doch selbst jetzt, im Angesicht ihrer vollständigen Niederlage und Schande, waren sie als Team vereint, eine große schwarze Masse, bereit, bis zum bitteren Ende beisammenzubleiben.

Als Stan endlich am Rand der Plattform landete, entstand Gedränge – jemand schob sich durch die Menge nach vorne. Kurz darauf löste sich Spyro aus der ersten Reihe. Er hielt ein Diamantschwert in der Hand und richtete es augenblicklich auf Stan, obwohl es ihm schwerfiel, es in Position zu halten, so heftig zitterten seine Hände. Seine Miene war von einer Mischung aus Abscheu, Trauer und Angst gezeichnet. Einige Sekunden lang starrten die höchstrangigen Mitglieder der verfeindeten Organisationen einander regungslos an.

Dann …

„Du bist gekommen, um uns zu zwingen, deiner Seite beizutreten, nicht wahr?", sagte Spyro heiser. Seine Stimme zitterte nicht weniger als seine Hände.

Stan erwiderte nichts. Er musterte den Noctem-General nur traurig.

„Also, eins sage ich dir, Stan … das wird *nie* geschehen!", brüllte Spyro aus voller Brust. Seine Schluchzer der Trauer und der Angst drohten, seine Stimme zu ersticken, während er den Operator, der vor ihm stand, anschrie. „Nicht ein einziges Mitglied der Noctem-Allianz wird je deiner abscheulichen Republik beitreten! Wir werden nicht aufhören, für die Gerechtigkeit in Elementia zu kämpfen, solange wir leben! Egal, wie oft du uns niederschlägst, egal, wie tief du uns sinken lässt, wir werden nie aufhören zurückzukommen, um dich zu bekämpfen! Du hast Lord Tenebris getötet … das größte Wesen in ganz Minecraft …" Fast wurde Spyro von seinem Schluchzen überwältigt, und den hundert Mitgliedern der Allianz hinter ihm erging es nicht anders. Kurz darauf wandelte sich seine Pein zu Rage.

„Und das, Stan, werden wir dir *niemals* verzeihen! Lang lebe die Noctem-Allianz! VIVA LA NOCTEM!“

„*VIVA LA NOCTEM!*“, erklang der Chor der Noctem-Soldaten hinter ihm, und Stan konnte an ihrem Ton hören, dass sie jedem einzelnen Wort, das Spyro ausgesprochen hatte, Glauben schenkten. Sie würden tatsächlich lieber sterben, als mit der Republik zusammenzuarbeiten.

Also antwortete Stan wieder nicht. Stattdessen griff er in sein Inventar und holte ein verzaubertes Diamantschwert hervor. Er richtete es auf Spyro.

Obwohl mehrere Noctem-Soldaten beim Anblick der Waffe fast den Verstand verloren und in Schreie oder Schluchzen ausbrachen, blieb Spyro standhaft. Sein Körper zitterte so heftig wie zuvor, doch in seinen Augen funkelte Entschlossenheit, als er sich darauf vorbereitete, der Nächste in der endlosen Reihe von Märtyrern der Oberschicht-Spieler von Element City zu werden. Stan kam näher und näher, bis er in Reichweite des Noctem-Generals angekommen war. Spyro wich nicht zurück, schloss die Augen und bereitete sich auf den Schlag vor …

„Nimm es.“

Spyro öffnete die Augen und starrte das Diamantschwert an, das Stan in der ausgestreckten Hand hielt. Es war keine Angriffsstellung, stattdessen hielt er es in einer offenen Geste, als biete er es Spyro an.

„Was … was redest du da?“, fragte Spyro.

„Nimm das Schwert“, flüsterte ihm Stan zu, so leise, dass man ihn nur auf der Plattform hören konnte. „Dieses Schwert hat eurem Anführer gehört. Er hat es im letzten Kampf seines Lebens geführt. Ich möchte, dass du es behältst. Tu damit, was immer du für richtig hältst. Errichte ihm ein Denkmal und baue das Schwert irgendwie darin ein, wenn du möchtest."

Spyro starrte Stan verständnislos an. Langsam streckte er die Hand aus und ergriff das Schwert, auf dem die Verzauberungen Feuer, Schärfe und Rückstoß leuchteten, und nahm es Stan aus der Hand. Einen Moment lang betrachtete er die Diamantwaffe ehrfürchtig, als wäre sie ein Schatz von unermesslichem Wert. Dann, hastig und verschlagen, steckte er das Schwert ein und blickte streitlustig zu Stan empor.

„Was soll das werden?", zischte er.

Stan atmete tief durch und sah Spyro direkt in die Augen, woraufhin der eingeschüchtert zurückwich. Es war keine Absicht, und Stan, der nicht falsch verstanden werden wollte, zwang sich zu einem winzigen Lächeln. Als er weitersprach, erhob er die Stimme, sodass ihn auch die Menge am Boden hören konnte.

„General Spyro von der Noctem-Allianz, ich erkläre hiermit, dass dir und jedem Mitglied der Organisation, die du nun anführst, das Leben geschenkt wird, und dass ihr für eure Verbrechen an Elementia nicht inhaftiert werdet."

Die Menge keuchte auf, dann brach Chaos aus. Die Bürger der Republik brüllten ihre Empörung heraus, während die hundert Noctem-Soldaten auf der Hinrichtungsplattform benommen und verwirrt wirkten. Stans Freunde sahen ihn allesamt an, als hätte er den Verstand verloren, so wie auch Spyro. Im Augenwinkel bemerkte Stan, wie sich eine weiße Gestalt aus der Menge löste, und er wandte sich um. Cassandrix stand am Rand der Plattform und machte einen vollkommen fassungslosen Eindruck.

„Stan, was tust du da?", fragte sie, als Stan auf sie herabblickte. „Erinnerst du dich nicht daran, was die Mitglieder dieser Organisation getan haben? An die letzten drei Monate voller Krieg und Leiden? Erinnerst du dich nicht, dass das die Leute sind, die ... die Kat getötet haben?"

Als dieser Name fiel, ergriff ein gequältes Gefühl Besitz von Stan. Er spürte es durch Mark und Bein, im Herzen, im Magen, schließlich im Kopf, als ihm wieder bewusst wurde, dass eine seiner besten Freundinnen für alle Zeit verloren war. Er wandte sich wieder Spyro zu, der benommen neben ihm stand und so viel Böses getan, so viel Schmerz verursacht hatte. Einen Moment lang flammte in Stan das Feuer der Rache auf, und er zog in Betracht, seine verkündete Gnade zurückzuziehen, um Spyro zu pulverisieren, zusammen mit jedem Mitglied der Noctem-Allianz, das hinter ihm stand.

Dann, so schnell seine Wut aufgekommen war, versiegte sie wieder. Stan atmete tief durch und wurde sich bewusst, dass er nun ein Operator war. Er war der bei Weitem mächtigste Spieler in Elementia und konnte mühelos jeden beliebigen Gegner töten. Die Bürger, die ihm nach seiner Ankündigung noch immer ihre Wut entgegenschrien, glaubten, dass Stan ihnen als Anführer helfen würde, all denen ihren Willen aufzuzwingen, die nicht ihrer Meinung waren. Doch Stan wusste, dass er, wenn er sein Versprechen an sich selbst erfüllen wollte, wenn er Elementia wirklich zu dem Ort machen wollte, den König Kev bei der Gründung des Servers im Sinn gehabt hatte, nicht dieselben Fehler machen durfte wie Kev. Die Geschichte stand kurz davor, sich zu wiederholen, und Stan wusste, dass die Zeit gekommen war, sich von ihr zu lösen und einen neuen Weg zu beschreiten.

„Ruhe, bitte“, sagte Stan und sorgte dafür, dass ihn jeder Anwesende auf dem Platz hörte. Er schrie zwar nicht, wie Lord Tenebris es getan hatte, doch seine Stimme erklang im Kopf jedes einzelnen Spielers in der Menge. Sofort legte sich der Aufruhr, und Stan wandte sich um. Mit einem Blick auf Cassandrix fuhr er fort.

„Ich bleibe bei meinem Urteil, dass General Spyro und die Noctem-Allianz für ihre Verbrechen nicht bestraft werden. Ich möchte aber deutlich betonen, dass das ihre Verbrechen nicht weniger abscheulich macht. Sie haben dennoch zahllose Spieler ausgeraubt, gefoltert und ermordet und Terrorakte begangen, die unser geliebtes Elementia in einen Abgrund der Finsternis und des Hasses gestürzt haben. Allerdings … glaube ich, dass wir uns auf wichtigere Dinge als Vergeltung konzentrieren müssen.“

Stan legte eine kurze Pause ein, während die Bürger Elementias seine Worte diskutierten. Die Noctem-Soldaten sahen ihn weiter gebannt an und versuchten herauszufinden, was er im Schilde führte.

Stan musste eine Entscheidung treffen. Wenn er es wollte, war dies der beste Zeitpunkt, die wahre Identität von Lord Tenebris öffentlich zu machen. Jetzt, da er tot war, hielt Stan nichts davon ab, die Wahrheit zu verbreiten. Doch nachdem er die Frage überdacht hatte, entschied er sich dagegen. Es würde nicht nur das Argument, das er gleich vorbringen würde, deutlich schwächen, es würde außerdem nur zu mehr Empörung und Hass auf die Noctem-Allianz führen, die seine Behauptungen mit Sicherheit bestreiten würde. Stan beschloss, dass er Lord

Tenebris und König Kev weiter als separate Personen bezeichnen würde. Wenigstens für den Moment.

„Niemand wusste, was genau Lord Tenebris war", sagte Stan schlicht. „Manche glauben, er ist ein Glitch gewesen, andere halten ihn für eine Reinkarnation des Geistes von König Kev. Doch was auch immer er war, seine Macht hat annähernd der eines Operators entsprochen. Und mit dieser Macht hat er versucht, seinen Willen und seine Ansichten durchzusetzen, ohne auf das Volk von Elementia zu hören. Daraus ist im Laufe von drei Monate der schlimmste Krieg entstanden, der unseren Server je heimgesucht hat, und er hat zu unzähligen toten Spielern und einer Atmosphäre des Hasses und der Feindseligkeit geführt, die im ganzen Land verbreitet ist.

„Und nun …", fuhr Stan fort, hielt inne und wählte seine Worte mit Bedacht, „… ist Lord Tenebris tot. Ich bin der letzte verbleibende Operator in Elementia. Es wäre mir daher ein Leichtes zu sagen, dass die Ideale der Noctem-Allianz falsch waren, weil sie den Krieg verloren haben. Ich könnte behaupten, dass, weil ihre Ideale falsch waren, *meine* Ideale zu hundert Prozent richtig sind. Ich könnte meine Macht einsetzen, um dem Volk von Elementia meine Überzeugungen aufzudrücken. Aber … das werde ich nicht tun."

Stan schwieg kurz, damit seine Zuhörer Zeit hatten, seine Botschaft zu überdenken. Seine Freunde starrten ihn an. Sie glaubten zwar nicht mehr, dass er verrückt geworden war, doch sie fragten sich, zu welchem Schluss er kommen würde. Stan sprach weiter.

„Es ist wahr, dass ich glaube, dass alle Spieler, ungeachtet ihres Levels, die Chance haben sollten, in Elementia zu leben – selbst, wenn das bedeutet, dass die hochleveligen Spieler ab und zu einige ihrer sauer verdienten Besitztümer verlieren müssen, um den niedrigleveligen zu helfen. Ich nehme es jedoch niemandem übel, wenn er mir nicht zustimmt. Ich mag anderer Meinung sein und werde vielleicht meinen Standpunkt erklären, weil ich hoffe, dass ich ihn umstimmen kann. Aber ich werde dennoch mit ihm in Frieden leben können, sofern er meine Meinung und meine Ideale so respektiert wie ich seine.

Der Grund, aus dem ich Krieg gegen die Noctem-Allianz geführt habe", erklärte Stan und wandte sich wieder an die schwarzgekleideten Soldaten, „ist, dass sie meine Meinung nicht respektiert haben. Statt zu versuchen, friedlich mit uns zusammenzuleben, haben sie meinen Idealen den Krieg erklärt – Idealen, die viele andere Spieler auf diesem Server teilen. Ich musste mich wehren, um mein Volk zu schützen.

Doch das ist jetzt nicht wichtig", warf Stan hastig ein, während die Noctem-Truppen ihn aggressiv anfunkelten und Buhrufe und Zwischenrufe gegen die Noctem-Allianz aus der Menge aufstiegen. „Ich bin nicht hier, um Schuldzuweisungen zu machen. Der Krieg ist jetzt vorüber. Es wird Zeit, in die Zukunft zu blicken. Wir dürfen unsere Geschichte nicht vergessen, aber sie darf uns auch nicht definieren. Die Zeit ist gekommen, die Vergangenheit ruhen zu lassen und die Welt so zu sehen, wie sie ist, nicht so, wie wir sie sehen wollen. Denn wer sich die Zeit nimmt, genau hinzusehen, wird schon bald feststellen, dass die Welt jede Menge fantastische Gelegenheiten für alle Spieler bereithält – für neue und für alte."

Stan atmete tief durch. In wenigen Momenten würde er

etwas verkünden, das jeden einzelnen Spieler in Elementia schockieren musste. So unbeliebt er sich damit auch machen würde, wusste er doch, dass ihm keine Wahl blieb, wenn er seinen eigenen Weg gehen wollte.

„In den letzten drei Monaten", fuhr Stan fort, „waren die Spieler dieses Servers tief gespalten und haben einander aus Glaubensgründen bekriegt. Aufgrund unserer Kämpfe liegt Elementia in Schutt und Asche."

Stan hob die Hand und deutete auf die Silhouette von Element City. Alle Umstehenden drehten sich um und ließen den Blick über die zahllosen schwarzen Rauchwolken schweifen, die über den verschiedenen Vierteln der Stadt aufstiegen, über die wütenden Feuer und die Wolkenkratzer, aus denen riesige Stücke herausgesprengt worden waren.

„Obwohl unsere Vorstellungen davon, was für Elementia das Beste ist, sich unterscheiden", erklärte Stan, „wollten beide Fraktionen genau das: das Beste für Elementia. Und doch haben wir mit unserer ignoranten Sturheit und unserer Weigerung, zusammenzuleben und an Kompromissen zu arbeiten, Elementia in Stücke gerissen, es verwüstet und ein Chaos hinterlassen, das wir nur mit vereinten Kräften wieder richten können. Heute, da wir alle auf diesem Platz stehen und der Krieg endlich vorüber ist, bietet sich uns eine ganz neue Chance."

Stans Herz klopfte so stark, dass er glaubte, es müsse zerspringen. Das war sie also: Die Proklamation, die Elementia für immer verändern würde. Stan atmete tief ein und wieder aus.

„Als Operator dieses Servers", fuhr Stan selbstsicher fort, „beschließe ich, Stan2012, dass sowohl die Großrepublik Elementia als auch die Nation der Noctem-Allianz hiermit aufgelöst sind. Von heute an existiert weder die eine noch die andere."

Alle Spieler im Publikum starrten Stan an, als hätte er ihnen eine Ohrfeige verpasst, und versuchten zu begreifen, was er gerade gesagt hatte. Wollte er wirklich ihre beiden Länder abschaffen, an deren Aufbau und Verteidigung sie so lange und schwer gearbeitet hatten?

„Beide Länder sind aus dem Krieg untereinander entstanden, und wenn sie weiter bestehen, bezweifle ich, dass die Wunden je heilen werden. Besonders jetzt, da sie noch frisch sind. Ich glaube daher nicht, dass die Bürger der ehemaligen Republik oder der ehemaligen Nation der Noctem-Allianz in Frieden miteinander leben können. Von jetzt an wird es in Elementia zwei Städte geben", erklärte Stan und zeigte ein kleines Lächeln, als er den Plan enthüllte, den er für die Zukunft seines Servers entworfen hatte. „In einer dieser Städte wird das Gesetz der Noctem-Allianz herrschen. Nur ältere Spieler dürfen sie betreten, und sie werden alles, was sie verdient haben, vollständig behalten – niemand wird sie zwingen, mit irgendjemandem zu teilen. Die andere Stadt wird Spieler aller Level willkommen heißen. Die älteren Spieler werden den neuen helfen, zu lernen und zu wachsen, und die Neuen werden sich revanchieren, indem sie wiederum den dann Neuen helfen, wenn sie selbst höhere Level erreichen.

Doch bevor ihr nervös werdet, meine Freunde: Ihr dürft nicht glauben, dass ich euch je damit allein lassen würde, eine neue Stadt von Grund auf zu errichten!", rief Stan. „Ich werde beiden Fraktionen mit meinen Operator-Möglichkeiten helfen, ihre Städte zu bauen. Ich werde keine Seite bevorzugen, und schon bald wird jeder Spieler eine Stadt haben, die er sein Zuhause nennen kann.

Meine ehrliche Hoffnung ist, dass das Volk von Elementia in Zukunft vereint leben kann", sagte Stan, und leise Traurigkeit schwang in seiner Stimme mit. „Ich hoffe, dass die Bewohner dieses Servers mit der Zeit ihren Streit beilegen und miteinander auskommen können. Doch jetzt, direkt nach dem Krieg, ist es noch nicht so weit. Das ist Arbeit, die in Zukunft verrichtet werden muss. Jetzt lade ich die Spieler Elementias ein zu klatschen, wenn sie der Erschaffung von zwei Städten zustimmen."

Einen Moment lang herrschte Schweigen. Stan war nicht überrascht. Schließlich hatte er einen radikalen Vorschlag gemacht, der Elementia für immer verändern würde und jedem Spieler Arbeit und Mithilfe abverlangte. Stan konnte nur hoffen, dass sie sich selbst durch seine Augen sehen konnten: Als zwei Gruppen, die nicht nur von ihren Idealen, sondern auch von Hass entzweit waren, die Zeit brauchten, ihre Wunden zu heilen, bevor sie sich vereinen konnten. Abgesehen davon hätte es Stan überrascht, wenn beide Parteien die Vorstellung ihrer eigenen Stadt, ohne die andere Seite, nicht ansprechend fänden.

Schon bald hörte Stan, wie ein Einziger der Anwesenden klatschte. Er blickte in die Menge hinab und sah, wie Leonidas in der ersten Reihe langsam applaudierte. Kaum hatte Stan ihn bemerkt, als auch Charlie, der neben Leonidas auf Dr. Pigglesworth saß, ebenfalls zu klatschen begann. Der Applaus breitete sich aus, erst stimmten Stans Freunde ein, dann auch den Rest der Menge. Einzelne zustimmende Rufe wurden laut, dann Jubel, schließlich

Pfeifen und donnernder Applaus für Stans Vorschlag. Er lächelte, als er die Menge betrachtete, dann wandte er sich an die Mitglieder der Noctem-Allianz auf der Plattform hinter ihm.

Sie alle standen stocksteif da, applaudierten nicht und starrten ihren Anführer an, der allein an ihrer Spitze stand und zu Boden starrte, während er das Angebot überdachte. Als er Stans Aufmerksamkeit wahrnahm, sah er auf und schaute Stan in die Augen.

„Ich verspreche dir, Spyro", flüsterte ihm Stan zu, sodass nur er ihn hören konnte, „ich nutze dich nicht aus. Ich will nur das erreichen, was für *alle* Spieler auf dem Server am besten ist."

Spyro starrte Stan weiter an, und er konnte dessen Miene nicht lesen, während er versuchte zu entscheiden, ob er ihm trauen konnte oder nicht. Dann, langsam, hob Spyro die Hände und fing an zu klatschen. Kaum hatte ihr Anführer damit angefangen, applaudierten auch die anderen Mitglieder der Noctem-Allianz ohne weiter zu zögern.

Stan war überglücklich, dass die Bürger von Elementia bereit waren, seinen Plänen zu folgen. Jetzt, da der gesamte Platz in Jubel ausgebrochen war und sich über die Idee einer brandneuen Stadt ohne Konflikte freute, wusste Stan, dass es noch ein Problem zu lösen gab, bevor der Wiederaufbau beginnen konnte.

„Ich danke euch allen für eure Unterstützung", erklärte Stan lächelnd, während der Applaus verstummte. „Ich bin sicher, dass ihr mit meiner Hilfe die großartigsten Städte in der Geschichte von Minecraft aufbauen könnt. Aber es gibt noch eine Frage zu klären: Wenn wir als zwei Völker leben wollen, in zwei Städten, müssen wir noch entscheiden, was aus der Stadt werden soll, die wir bereits haben."

In der Menge wurde nervöses Murmeln laut, als die Spieler verstanden, worauf Stan hinauswollte. Beide Seiten hatten zahllose Leben geopfert und den ganzen Krieg über große Not gelitten, um Element City für sich zu gewinnen. Jetzt, da der Krieg vorüber war und sie sich trennen sollten ... was würde aus der Stadt werden?

„Ich glaube", fuhr Stan fort, „dass es unvernünftig wäre, zwei ganz neue Städte aufzubauen, wenn wir bereits eine haben. Es stimmt schon, dass Element City durch die Kämpfe schweren Schaden genommen hat, und es mag Monate dauern, alles vollständig zu reparieren, aber das ist immer noch einfacher, als eine ganz neue Stadt von Grund auf zu errichten. Und im Geiste der Demokratie glaube ich, dass es nur einen Weg gibt, endgültig zu entscheiden, wer Element City bekommen soll – eine Abstimmung."

Das Murmeln in der Menge wurde lauter, und Stan sah zu Spyro hinüber, der ihn wie alle anderen Kämpfer der Noctem-Allianz voll verächtlichem Zweifel anstarrte. Schließlich befanden sich Tausende Bürger von Element City in der Stadt, und nur hundert Mitglieder der Noctem-Allianz. In einer Wahl würden sie unweigerlich unterliegen.

Stan wusste tatsächlich, dass es vermutlich am einfachsten und gerechtesten wäre, Element City einfach ohne Diskussion den Bürgern der ehemaligen Republik zu überlassen. Schließlich waren sie den Noctem-Soldaten zahlenmäßig weit überlegen, und es wäre weitaus leichter, einfach die Mehrheit zufriedenzustellen – besonders, weil Stan ihre Ideale teilte. Doch er wusste auch, dass er das nicht tun durfte. Wenn er dem Server Elementia als Operator eine bessere Zukunft ermöglichen wollte, musste er neutral bleiben. Beide Seiten sollten eine faire Chance bekommen, und er wusste schon, wie er genau das erreichen konnte.

„Allerdings", sagte er langsam, und das Flüstern in der Menge nahm zu, „wird nicht jeder Spieler auf dem Server eine Stimme für diese Wahl haben. Das liegt daran, dass ich zwar nicht glaube, dass die älteren Spieler von Natur aus überlegen sind, aber doch, dass sie sich mehr Weisheit angeeignet haben als die neueren Spieler. Sie haben am längsten in Elementia gelebt, und daher werden sie entscheiden, was für den Server, den sie so lange ihr Zuhause genannt haben, am besten ist. Daher dürfen nur die Spieler, die seit einem Jahr oder länger in Elementia gespielt haben, abstimmen."

Spyro machte große Augen, und in der Menge brandeten empörte Rufe auf. Das Meer der Tausenden schien wütend und sich hintergangen zu fühlen, weil die Spieler in dieser bahnbrechenden Entscheidung keine Stimme haben würden. Selbst Stans Freunde, die nachdenklich über Stans Vorschlag zweier Städte gebrütet hatten, starrten ihn nun an, als hätte er den Verstand verloren. Charlie trat aus ihrer Reihe vor und schaute zu Stan hoch.

„Stan, was soll das?", fragte er. „Wie kannst du die älteren Spieler entscheiden lassen? Die Noctem-Soldaten sind alle hochlevelige Spieler!"

„Charlie, ich habe mir das gründlich überlegt", antwortete Stan ruhig und geduldig. „Ich habe einen Plan, der allen nutzt, und das gehört dazu."

„Aber du …"

„Charlie, vertraust du mir?"

Charlie hob die Augenbrauen, den Mund noch geöffnet. Einen Moment lang sahen sich die beiden Freunde in die Augen. Sie hatten einander schon so oft den Rücken freigehalten, zahllose Gefahren überwunden und sich aufeinander verlassen, um den nächsten Tag zu erleben. Und nun fragte Stan Charlie, ob er ihm zutraute, den Server neu zu gestalten, um den sie so hart gekämpft hatten.

Charlie atmete tief durch und nickte, ohne seinen Blick von Stan zu lösen.

„Danke", sagte Stan. Und so richtete er sich auf, ließ den Blick über die tobende Menge schweifen und rief mit seiner donnernden, durchdringenden Stimme: „Ruhe, bitte!"

Wieder entfaltete seine Stimme ihre mysteriöse Wirkung auf jeden Spieler auf dem Platz, und die Menge verstummte.

„Ich möchte euch versichern, dass ich genau durchdacht habe, worum ich euch jetzt bitte", sagte Stan mit dem Hauch eines Befehlstons in der Stimme. „Ich will nur, was für Elementia und alle, die hier leben, das Beste ist. Und diejenigen unter euch, die glauben, dass ich euch aufgrund eurer Überzeugungen den Kürzeren ziehen lasse, irren sich. Von heute an bin ich nicht einer Fraktion gegenüber loyal, sondern gegenüber dem gesamten Server und allen Spielern darauf. Ich werde tun, was nötig ist, um wieder Gleichgewicht und Ordnung herzustellen, und ich werde nur dann Maßnahmen gegen eine der Gruppen ergreifen, wenn sie diese Balance gefährdet.

Ich wiederhole es noch einmal: Nur diejenigen, die seit einem Jahr oder länger in Elementia spielen, dürfen darüber abstimmen, welche Gruppe Element City übernimmt."

Stan deutete mit der Hand in Richtung der Hinrichtungsplattform und atmete ein. Einige der Noctem-Soldaten zuckten zusammen, weil sie glaubten, dass er sie angreifen würde. Stattdessen dehnte sich die Plattform aus Holzbretterblöcken, auf der sie standen, aus, bis sie dreimal so groß war wie zuvor. Eine Seite der vergrößerten Fläche bestand ganz aus Lapislazuli-Blöcken, die andere aus Eisenblöcken. Beide Erweiterungen waren so groß wie die Holzbretter-Plattform, an die sie anschlossen.

„Mitglieder der Noctem-Allianz, wir fangen mit euch an", sagte Stan mit einem Blick auf Spyro. „Wenn ihr möchtet, dass Element City zu einer Stadt der hochleveligen Spieler wird, betretet die Plattform aus Eisen. Wer möchte, dass sie eine Stadt für Spieler aller Level wird, geht auf die Plattform aus Lapislazuli."

Noch bevor Stan zu Ende gesprochen hatte, machte Spyro sich auf den Weg über die Holzplattform, und bei Stans letztem Wort stand er bereits auf den Eisenblöcken. Sofort schwärmte die gesamte Gruppe der Noctem-Soldaten von den Holzbrettern, um sich zu ihrem Anführer zu gesellen. Während sie hinüberströmten, zählte Stan sie und überprüfte mithilfe seiner Operator-Rechte, ob sie tatsächlich länger als ein Jahr in Elementia gespielt hatten. Das hatten sie in der Tat, und als der letzte Noctem-Soldat die Plattform betrat, war Stan bei einhundertvier angekommen.

„Na schön", sagte Stan, von der Zahl kaum überrascht. „Nun bitte ich alle Spieler im Publikum, die seit einem Jahr oder länger in Elementia spielen, vorzutreten und eine Seite zu wählen."

Die Menge geriet in Bewegung, als sich die älteren Spieler durch die Masse der neueren drängten, schließlich an der Vorderseite ankamen und die Treppe zur Hinrichtungsplattform betraten.

Stans Herz schlug höher, als er beobachtete, wie sie ihre Seiten wählten. Ein fast ungebrochener Strom von Spielern bog scharf rechts zur Lapislazuli-Plattform ab. Sie breiteten sich auf den blauen Blöcken aus wie ein Gas, das einen Behälter füllte, fast schneller, als Stan zählen konnte. Und doch stellten sich nicht alle nach rechts. Stan zählte weitere zehn Spieler, die sich von den anderen lösten und sich auf die Eisenplattform begaben, auf der die Noctem-Allianz stand.

Stan war schockiert. Wenn diese hochleveligen Spieler nicht Teil seiner Armee gewesen waren, musste die Noctem-Allianz sie in Brimstone eingekerkert haben. Warum sollten sie also ihrer Stadt beitreten wollen? Stan rief sich in Erinnerung, dass es nicht nur eine Stadt für die Noctem-Allianz sein sollte – sie stand auch jedem offen, der ihren Idealen zustimmte. Stan ging davon aus, dass es sicherlich einige Spieler gab, die den Ideen der Allianz nahestanden, ihr aber nicht beigetreten waren.

Nach etwa einer Minute wurde der Strom der Spieler zu einem vereinzelten Tröpfeln, dann versiegte er vollends. Stan hatte hundertvierzehn Spieler auf der Eisenplattform gezählt, hundertneun auf der aus Lapislazuli. Die Seite der Noctem-Soldaten war in der Überzahl. Stan wurde das Herz schwer. Er wollte gerade das Ergebnis verkünden, als sich die erste Reihe der Zuschauer regte.

Stan sah, wie unten Leonidas, Ben, Bob, der Mechaniker, Cassandrix und Kommandant Crunch die Stufen betraten. Er vermutete, dass sie zurückgeblieben sein mussten, um die Spieler auf jeder Seite zu zählen, und als er selbst nachrechnete, war er erleichtert: Wenn seine sechs Freunde alle die Lapislazuli-Seite wählten, würden sie einen Spieler mehr haben und Element City behalten können.

Breit lächelnd beobachtete Stan, wie Kommandant Crunch, Ben, Bob, Leonidas und der Mechaniker stolz nach rechts marschierten und sich der Lapislazuli-Plattform anschlossen. Stan öffnete bereits den Mund, um zu verkünden, dass Element City Spielern aller Level offenstehen würde, als er plötzlich merkte, dass er beim Nachzählen bei einem Gleichstand angekommen war. Er war verwirrt. Hatte er sich etwa verzählt?

Dann warf er einen Blick zur Holzplattform. Dort, genau zwischen den beiden Plattformen, stand Cassandrix. Statt den anderen geradewegs auf die blaue Seite zu folgen, schaute sie zwischen beiden hin und her und überlegte offenbar, welcher sie sich anschließen sollte.

Stan blieb fast das Herz stehen. Er wusste zwar, dass er sich vorgenommen hatte, unparteiisch zu bleiben, doch er konnte sich nicht von all dem lösen, was er gegen die Noctem-Allianz unternommen hatte. In seinem Herzen wusste er, dass er den Spielern auf der Lapislazuli-Plattform den Sieg wünschte. Und während er erwartet hatte, dass all seine Kommandanten seine Seite wählen würden, hatte er Cassandrix ganz vergessen. Er musterte sie. Offenbar war sie tief in Gedanken versunken, und er hatte nicht die geringste Ahnung, welcher Seite sie sich anschließen würde.

Lange standen sich beide Parteien gegenüber und starrten die Spielerin mit den großen Lippen und der weißen Kleidung an. Soweit Stan wusste, konnte keiner der anderen Spieler wissen, wie knapp die Wahl war, bis auf seine Freunde, die Cassandrix mit angehaltenem Atem beobachteten.

Endlich, nachdem sie minutenlang mit gesenktem Kopf dagestanden hatte, öffnete sie die Augen und hob den Blick. Sie atmete tief durch, schaute ein letztes Mal erst zur Eisen-Seite, dann zur Lapislazuli-Seite hinüber. Schließlich wandte sie sich ihren Freunden zu und gesellte sich auf der blauen Plattform zu ihnen.

„Das Ergebnis steht fest", verkündete Stan laut und bemühte sich, einen neutralen Gesichtsausdruck zu wahren, während seine Freunde über das ganze Gesicht strahlten. „Mit einer Mehrheit von einer einzigen Stimme steht Element City allen Spielern offen, ungeachtet ihres Levels!"

Auf der Lapislazuli-Seite und in der Menge um die Plattformen brach Jubel aus, so laut, dass man ihn vermutlich bis zum Spawnpunkt-Hügel hören konnte. Stans Freunde stürzten nach vorn und umarmten Cassandrix gemeinsam, was sie mit einem warmen Lächeln über sich ergehen ließ. Stan wandte sich der Lapislazuli-Plattform zu und gestattete sich, nachdem er sichergestellt hatte, dass die andere Seite ihn nicht beobachtete, ein kleines Lächeln zur Feier der Tatsache, dass Element City nach all seinen Mühen und seiner Arbeit endlich zu einem Ort wahrer Gleichheit und Gerechtigkeit für alle Spieler geworden war.

Seine Freude hielt jedoch nur wenige Sekunden an, bevor er sich der Eisenplattform zuwandte. Spyros Miene glich der jedes anderen Spielers hinter ihm – sie zeigte abgrundtiefen, vollkommenen Schock, der im krassen Gegensatz zu der überheblichen Selbstsicherheit stand, die die Noctem-Spieler an den Tag gelegt hatten, seit Stan verkündet hatte, dass nur die älteren Spieler wählen durften. Stan überquerte die hölzerne Plattform, bis er wieder Spyro gegenüberstand.

„Keine Sorge", sagte Stan, während er furchtlos in die hasserfüllten Augen des Noctem-Anführers blickte. „Ich werde euch helfen, eine neue Stadt zu errichten und wiederzubekommen, was ihr verloren habt. Und du solltest wissen, dass ihr alle auf dieser Plattform in Element City immer willkommen sein werdet."

„Solange noch niedriglevelige Spieler in unserer Stadt sind, werden wir *niemals* unter ihnen leben", fauchte Spyro und versuchte, so viel Verachtung und Abscheu wie nur möglich in diesem Satz mitschwingen zu lassen.

„Vergiss aber nicht, Spyro", sagte Stan und musste sich bemühen, sich seine erneut hochkochende Wut auf die Noctem-Allianz nicht anhören zu lassen, „dass ich euch eine zweite Chance gebe, und das ist ein Privileg, kein Recht. Ich hätte euch alle mit Leichtigkeit für eure Taten töten können."

Stan trat noch näher an Spyro heran, bis ihre Gesichter nur noch wenige Zentimeter voneinander entfernt waren. Zum ersten Mal ließ er es zu, dass seine Miene die Abscheu, die Spyro zeigte, erwiderte.

„Glaube nicht für eine Sekunde, Spyro,", zischte Stan, „dass ich Zeit meines Lebens vergessen werde, was du dem NPC-Dorf angetan hast … oder den Pilzinseln. Ich will nicht mehr gegen euch kämpfen, und ich werde euch helfen, eine neue Stadt zu errichten. Und denke daran, Spyro, dass ich immer tun werde, was nötig ist, um alle Bürger dieses Servers zu schützen. Wenn du oder einer deiner Leute je versuchen sollte, neuen Spielern zu schaden und sie oder irgendjemand anderes bedrohen, wird meine Großzügigkeit schlagartig ein Ende finden."

Dann trat Stan einen Schritt zurück, doch Spyro sah ihn weiter an. Ihm waren die unterschiedlichen Gefühle deutlich anzusehen, die in ihm tobten, während er über das nachdachte, was Stan gesagt hatte. Schließlich stieß er einen resignierten Seufzer aus.

„Na schön", sagte er leise. „Wo sollen wir hingehen?"

„Geht erst einmal zurück zur Brücke am Eingang der Stadt", erwiderte Stan. „Nimm deine Leute mit, und warte dort auf mich. Wenn ich hier fertig bin, baue ich euch ein paar Häuser für den Übergang, die ihr nutzen könnt, bis wir ein gutes Stück Land in der Wildnis finden, auf dem ihr eure Stadt errichten könnt."

Spyro nickte widerwillig und rief der Traube von Spielern hinter ihm zu, ihm zu folgen. Sofort marschierten alle hundertvierzehn Mann hinter ihm her, über die Holzplattform und die Treppe hinab. Stan beobachtete sie, während sie an ihm vorbeigingen und ihm giftige Blicke zuwarfen. Dann sah er ihnen nach, während die gesamte Horde schwarzgekleideter Spieler, mit einigen wenigen anderen Farben gemischt, die Plattform verließ und ihrem einzigen verbliebenen General in eine der Seitenstraßen folgte.

Die Spielergruppe marschierte immer weiter, durch die

Straßen der Stadt, vorbei an zahllosen Gebäuden, aus deren Fassaden TNT große Stücke herausgerissen hatte oder die von Feuerkugeln verkohlt waren. Auf ihrem Weg durch die Gassen verschmolzen ihre schwarzen Uniformen mit dem dunklen Rauch, der aus mehr als der Hälfte der Häuser aufstieg. Stan wandte sich nicht ab, bis schließlich auch das letzte Mitglied der Noctem-Allianz auf seinem Weg in eine neue Heimat außer Sichtweite war.

Stan atmete tief durch. Wieder konnte er sich trotz seiner Vorsätze ein Gefühl tiefer Befriedigung nicht verkneifen, als er die so lange bekämpften Feinde hinter dem Horizont verschwinden sah.

Er wandte sich um und ließ den Blick über die Bürger schweifen, die beschlossen hatten, in der Stadt zu bleiben. Auf der Holzplattform feierten seine Freunde noch immer ihren Sieg. Umarmungen wurden ausgetauscht wie Geschenke, während jeder versuchte, seiner Freude über den Abzug der Noctem-Allianz Ausdruck zu verleihen.

Charlie und Leonidas umarmten sich fest, während Ben, Bob und Ivanhoe zur Feier des Tages ein Tänzchen wagten – egal, wie oft er ihn vorführte: Ivanhoes Moonwalk wurde einfach nie langweilig. Der Mechaniker schien sich höflich bei Cassandrix zu bedanken, die ihm ihrerseits Komplimente für die Rede machte, die er vor der Schlacht gehalten hatte, um die Bürger auf die Schlacht vorzubereiten. Kommandant Crunch, Sirus und Oob waren damit beschäftigt, auf seltsamere Art zu feiern, indem sie Stull durch die Luft warfen und mit Mella, die verzweifelt versuchte, ihren Sohn zu fangen, „Schweinchen in der Mitte" spielten. Stull schien einen Heidenspaß daran zu haben, wie ein Spielball durch die Luft zu fliegen.

Stan lächelte. Irgendwann würde er sich dem Jubel sicher anschließen. Doch jetzt, während er auf das Meer der Tausenden von Spielern hinausblickte, die wie seine engsten Freunde ihrer Freude Ausdruck verliehen, war er noch nicht in Feierlaune.

Er wusste, dass er soeben möglicherweise einen entsetzlichen Fehler gemacht hatte, indem er die Noctem-Allianz nicht nur fortbestehen ließ, sondern ihnen auch noch ihre eigene Stadt versprochen hatte. Er mochte jetzt zwar Operator-Rechte haben, doch er war noch immer der einzige. Nicht nur das, er hatte die beiden Fraktionen voneinander getrennt, statt zu versuchen, sie zusammenzuzwingen. Es war gut möglich, dass aus dieser Trennung neuer Hass entstehen würde, der Elementia in Zukunft vergiftete.

Und doch waren Stans Befürchtungen eben nur das: Befürchtungen. Er hatte getan, was er für das Richtige hielt. Der Weg, der vor ihm lag, würde lang, schwer und anstrengend sein, wenn er versuchen wollte, dem Server eine neue Richtung zu geben. Ob es eine gute oder schlechte war, konnte er nicht sagen. Doch er wusste, dass er immer da sein würde, um über den Server zu wachen, und solange das der Fall war, würde es zumindest eine bessere Richtung sein.

Stan atmete tief durch. Er ließ all seine Ängste wie einen Ballon in den Himmel über Element City steigen, der zum ersten Mal seit Wochen wieder blau war. Er warf einen letzten Blick auf die Stelle, an der Spyro und die Noctem-Soldaten verschwunden waren, dann machte er kehrt und überquerte die hölzerne Plattform, bereit für alles, was die Zukunft bereithalten mochte … komme, was wolle.

Epilog

EIN GEHALTENES VERSPRECHEN

Eine sanfte Brise strich über die von der Sonne erwärmten Dünen der Enderwüste. Trotz eines langen Tages in der brennenden Hitze kühlten sich die Sandblöcke, aus denen das riesige Biom bestand, langsam ab, während die Sonne im Westen hinter dem Horizont unterging. Eine eckige Mondsichel schwebte am schwarzen Himmelszelt, neben Tausenden winziger funkelnder Punkte, die einen fernen Kosmos andeuteten. Die Kakteen ragten stolz vor dem endlosen Meer dunkelgelber Blöcke auf, und die Mobs fingen gerade zu spawnen an, wanderten ziellos und scheinbar völlig unbeschwert umher.

Die Nacht war wunderschön. Es wirkte, als habe der Server selbst verstanden, dass ein großer Konflikt beendet war und er nun Frieden finden konnte.

Während der Mond am Nachthimmel aufstieg, wanderte eine Gestalt durch die Dünen. Der Spieler kam aus dem Dschungel, über dem soeben die Sonne untergegangen war. Er begann seine Reise durch die Wüste, indem er sich genau auf die Mitte der leeren Weite aus Sand ausrichtete. Einige Mobs drehten sich nach ihm um, als er vorbeiging und wollten gerade angreifen, als ein seltsames Gefühl von ihnen Besitz ergriff und sie zwang, diesen einen Spieler in Ruhe zu lassen.

Immer weiter marschierte er über die Dünen und schlängelte sich zwischen den Kakteen hindurch. Die Mondsichel schien auf ihn herab und beleuchtete sein braunes Haar, sein türkisfarbenes Hemd, seine blaue Hose und die blauen Augen. In Stan2012's Gesicht zeichnete sich Entschlossenheit ab.

Während sich der Himmel langsam über ihm drehte, lief Stan weiter durch die Nacht. Er war nicht ganz sicher, wohin er unterwegs war, doch er wusste, dass er das richtige Ziel finden, es mit seinem Gefühl erspüren würde. Natürlich hätte er fliegen können, statt zu laufen. Er hätte sich sogar direkt an den Ort teleportieren können, den er erreichen wollte. Doch er hatte sich dagegen entschieden. Er wollte seine Reise beenden und es zu Fuß tun, ohne seine Operator-Macht einzusetzen.

Auf seinem Marsch dachte Stan über alles nach, was sich seit gestern zugetragen hatte, nach seinem Sieg über Lord Tenebris und die Auflösung der beiden Nationen in Elementia. Die Feierlichkeiten in Element City hatten den ganzen Tag lang angedauert und hätten sich bis in die Nacht hingezogen, wenn Stan den Leuten nicht gesagt hätte, dass sie sich vor der morgigen Arbeit etwas ausruhen sollten. Stan selbst hatte nicht an den Feiern teilgenommen. Stattdessen hatte er den Abend an der äußeren Stadtmauer verbracht und Spyro Notunterkünfte und einen Vorrat an Lebensmitteln und Ausrüstung zur Verfügung gestellt. Man hatte ihn einstimmig zum Anführer der Spieler bestimmt, die die eiserne Seite der Plattform gewählt hatten.

Nach einer ausgiebigen Nachtruhe hatte Stan der Geburt zweier neuer Nationen in Elementia beigewohnt. Spyro hatte sein Volk auf das Eiserne Königreich eingeschworen, während man den Mechaniker übergangsweise zum Anführer der Lazuli-Republik gewählt hatte.

Es amüsierte Stan, dass beide Länder sich nach den Seiten der Hinrichtungsplattform benannt hatten, die er ihnen rein zufällig zugewiesen hatte, doch es war ihm eigentlich egal – er würde sich keiner der beiden Parteien anschließen.

Stan hatte der neuen Lazuli-Republik beim ersten Wiederaufbau ihrer Stadt geholfen und die Vorräte aus den Lagerhäusern von Element City verteilt. Gleichzeitig hatte er dafür gesorgt, dass das Eiserne Königreich alles hatte, was man in den Notunterkünften zum Überleben brauchte, bis er von seiner Reise zurückkehrte und den Spielern bei der Suche nach einem Standort für ihre neue Stadt helfen konnte.

Obwohl er wusste, dass ihm viel Arbeit bevorstand, wollte Stan seine Reise nicht übereilen. Er hatte sein Wort gegeben, und er würde es halten.

Er erreichte die Spitze einer besonders hohen Düne und stellte fest, dass sich hier ein ausgezeichneter Aussichtspunkt bot, von dem aus er nach seinem Ziel Ausschau halten konnte. Er blinzelte in die Dunkelheit, und nachdem er den Horizont einige Sekunden lang abgesucht hatte, entdeckte er eine seltsame Farbe zwischen den endlosen Sanddünen. Bei genauerem Hinsehen entpuppte sich die Stelle als Oase. Es war ein kleiner Teich, von Grasblöcken umgeben und für Stans Vorhaben perfekt geeignet.

Auf seinem Weg zur Oase erinnerte er sich an den Teil

des vergangenen Tages, der ihm am besten gefallen hatte. Kurz bevor er sich auf den Weg durch die Wüste gemacht hatte, war in seinem Kopf eine vertraute Stimme aufgetaucht, so klar und deutlich, wie sie es nur sein konnte. Stan hatte Elementia für eine Weile verlassen, um SalAcademy zu besuchen.

Eine halbe Ewigkeit lang hatte Stan Sally alles erzählt, was geschehen war, eine lange, verworrene Geschichte, während Sally nur dasaß und alles in sich aufsog. Sie hatte kaum auf das, was er sagte, reagiert. Nur ihr Lächeln war in die Breite gewachsen, je mehr sie hörte. Als Stan zum Ende kam, hatte er eine Frage.

„Sally, glaubst du, dass es ein Fehler war – die Länder aufzulösen, die Spieler zu trennen und ganz neu anzufangen?"

Einen Moment lang hatte Sally nur dagestanden und nachgedacht, um ihm schließlich in die Augen zu sehen. Dann hatte sie geantwortet: „Ich weiß es nicht, Noob."

Stan hatte sie angestarrt, ohne eine Ahnung zu haben, was er sagen sollte. Langsam hatte sich Sallys Lächeln wieder in ihr Gesicht gestohlen, doch es war nicht das offene Lächeln von vorher, sondern ihr typisches, sarkastisches Grinsen. In diesem Moment war Stan klar geworden, dass es egal war, ob er einen Fehler gemacht hatte oder nicht. Was geschehen war, war geschehen, und er würde damit leben müssen. Wichtig war nur, dass seine Freunde immer an seiner Seite bleiben würden … Sally eingeschlossen.

Oder zumindest die meisten seiner Freunde.

Stan hatte die Oase erreicht und zwang sich, seinen Geist zu befreien. So sehr er den süßen Triumph des Sieges und die Begeisterung, Sally davon zu berichten, mit seinen anderen Freunden weiter genießen wollte, wusste er, dass er es nicht konnte. Nicht jetzt. Die Zeit zu feiern war noch nicht gekommen.

Die Oase war klein. Der Teich bestand aus einem Quadrat von drei mal drei Blöcken, aus dem einige weitere Wasserblöcke hervortraten. Stan griff in sein Inventar und holte eine Holzschaufel hervor. Er hatte sie aus Tropenholz aus dem Dschungel gebaut, durch den er vor seiner Wanderung durch die Wüste gekommen war. Wenn er sein Vorhaben umsetzen würde, dann in Handarbeit.

Stan entfernte sich von der Oase und fing an, im Sand zu graben, bis er auf harten Untergrund stieß. Er tauschte seine Schaufel gegen eine Holzspitzhacke und baute den Sandsteinblock sowie einen weiteren darunter ab. Er grub sich weiter in das Loch und verbreiterte es, während er immer mehr Sandsteinblöcke einsteckte. Dann und wann fiel Sand auf die Stelle herab, an der er graben wollte, und er musste ihn mit der Schaufel entfernen.

Nach einigen Minuten hatte Stan genug Sandstein gesammelt. Er setzte einen Sandblock unter sich und sprang darauf, dann wiederholte er diesen Vorgang, bis er aus dem Loch geklettert war. Er ging zurück zur Oase und begann, mit dem Sandstein zu bauen.

Erst erschuf er daraus Säulen, drei Blöcke hoch, an jeder Ecke des Teiches. Aus dem Wasser war jetzt eine Kreuzform entstanden. Dann baute er vom Gras aus eine Sandsteintreppe, die sich über das Wasser auf die Höhe der Säulen erstreckte. Dann füllte er die Lücke zwischen den oberen Säulenblöcken aus, bis sich eine Sandsteinplattform über dem Wasser erhob, von den Säulen getragen.

Stan holte eine Truhe aus seinem Inventar und stellte sie auf die Mitte der Plattform. Er öffnete sie und sah sich die leeren Fächer darin an. Mit einem tiefen Atemzug griff er ein weiteres Mal in sein Inventar und zog ein Diamantschwert daraus hervor, auf dem die Rückstoß-Verzauberung leuchtete.

Ihm stiegen Tränen in die Augen, als er sich an die Zeit erinnerte, in der er dieses Schwert geführt hatte – und noch schmerzlicher an die Zeit, die die Waffe mit seinem Besitzer verbracht hatte.

Stan hatte nie zuvor jemanden wie DZ gekannt, und er bezweifelte, dass er je wieder jemanden treffen würde, der ihm auch nur ähnlich war. Oberflächlich betrachtet war er ihm wie ein ungewöhnlicher, leicht verrückter Spieler erschienen, der nicht jedes Wort auf die Goldwaage legte und jeden mit seinem verrückten Charme zum Lächeln bringen konnte. Dieser Eindruck täuschte zwar nicht, doch nachdem er DZ besser kennengelernt hatte, war ihm aufgegangen, dass er noch viel mehr zu bieten hatte.

Davon abgesehen, dass er ein meisterlicher Schwertkämpfer war, verbarg sich hinter der Fassade von DZs wildem Auftreten eine tiefgründige, in sich gekehrte Person, die versuchte, ihren Platz in der Welt zu finden. Er war ein unglaublicher Freund gewesen, verlässlich und treu, der sich selbst geopfert hatte, damit Stan aus dem Gefängnis am Fungarus entkommen konnte.

Er hatte sich nie bei DZ bedanken können und würde nie eine Chance dazu bekommen.

Während ihm eine Träne über die Wange lief und er leise schniefte, platzierte Stan das Schwert behutsam in der

Truhe. Es blieb dort liegen, unbeweglich und doch lebendig, da die blaue Verzauberung schimmerte wie die Sterne am Himmel.

Ein letztes Mal griff Stan in sein Inventar, diesmal mit zitternden Händen. Während er sich bemühte, nicht schluchzend zusammenzubrechen, zog er ein zweites Diamantschwert hervor. Es leuchtete noch heller als das von DZ, denn auf der Klinge befanden sich drei verschiedene Verzauberungen: Schärfe, Feuer und Rückstoß.

Der „heiße Häcksler". Kats Schwert.

Selbst nach all der inzwischen verstrichenen Zeit konnte Stan nicht genau sagen, warum er Kat gebeten hatte, ihn auf seiner Reise zu Adorias Dorf zu begleiten, als er zum ersten Mal gelernt hatte, wie man Minecraft spielte. Vermutlich war es unvernünftig gewesen – schließlich war sie kurz zuvor aus dem Wald hervorgestürmt und hatte versucht, ihn und Charlie zu töten. Und doch hatte Stan sie aus irgendeinem Grund gebeten, sich zu ihnen zu gesellen, und sie hatte zugestimmt.

Langsam, aber sicher, während ihrer Mission, das Königreich Elementia zu Fall zu bringen und in den Monaten danach, war das Mädchen, das sie überfallen hatte und ihm und Charlie alles stehlen wollte, was sie bei sich trugen, zu einem anderen Menschen geworden. Sie hatte sich unaufhaltsam in eine von Stans besten Freundinnen in ganz Elementia verwandelt. Ihre Rücksichtslosigkeit und ihre Geringschätzung verblassten und wichen Weisheit und Mitgefühl, obwohl sie ihre Bereitschaft, Risiken einzugehen, nie verlor. Sie sagte den Leuten immer genau das, was sie hören mussten, selbst dann, wenn es ihnen nicht gefiel. Das Wichtigste war jedoch ihre unerschütterliche Loyalität gegenüber denen, die sie verdienten, und sie ließ sich von nichts und niemandem einschüchtern.

Bei seinen Reisen über den Server, in ihrer eiligen Mission, König Kev zu stürzen, während er die Republik durch das Minenfeld der Noctem-Allianz führte, dann während seiner Bemühungen, den Server den Armeen von Lord Tenebris zu entreißen – Stan hatte nie das Staunen darüber abgelegt, so großartige Freunde zu haben. Charlie und Kat waren die besten Gefährten, die er sich hätte wünschen können, und Stan hatte immer geglaubt, dass sie gemeinsam alles erreichen konnten, wonach ihnen der Sinn stand.

Die Tatsache, dass eine von ihnen jetzt für immer fort war, zerriss ihm das Herz.

Stan konnte sein Zittern nicht unterdrücken, genauso wenig wie sein Schluchzen oder die Tränen, die jetzt wie Wasserfälle über seine Wangen liefen. Ihm blieb nichts anderes übrig, als Kats verzaubertes Schwert neben das von DZ in die Truhe zu legen, würdevoll in eine Ecke gelehnt. Stan atmete tief durch, und bevor er einen weiteren Blick auf die Waffen seiner zwei verstorbenen Freunde werfen konnte, schloss er den Deckel mit einem Knarzen und einem Knall.

Selbst ohne die Waffen vor sich zu sehen, war er im Strudel seiner Trauer gefangen, der drohte, ihn zu verschlingen, als spüre er den Schmerz zum ersten Mal. DZ … und Kat … zwei seiner besten Freunde … tot … für immer verloren …

Er atmete tief ein und blickte zum Nachthimmel hinauf. Wenn er konzentriert durch den Schleier seiner Tränen blickte, konnte er sehen, wie sich der Kosmos über ihm bewegte. Dieser Server, Elementia … war so wunderschön. Dieses Spiel, Minecraft, war so voller Wunder, voller Potenzial, bot so viel Freiheit – und vor weniger als zwei Tagen hatte es am Rand der Vernichtung gestanden.

Und doch würde es überleben. Die Besitzer der beiden Klingen, die nun sicher in der Truhe vor ihm ruhten, waren der Grund dafür.

Kat und DZ hatten ihre Leben dem Aufstand gegen König Kev gewidmet. Bilder von Dutzenden Momenten im Leben seiner Freunde zogen an Stans innerem Auge vorbei.

Kat, die aus dem Lavameer sprang, von einer roten Aura umgeben, um Becca zu erstechen und sie in die glühende Flüssigkeit zu schleudern. DZ, der in eine ganze Grube voller Zombies sprang und sie in Sekunden mit zwei Schwerthieben vernichtete. Kat im Ende, die Dutzende Endermen gleichzeitig bekämpfte. DZ, wie er sein Schwert in den Hals des Enderdrachens stieß, sodass die Bestie in einem gleißenden Blitz explodierte. Dutzende weiterer Szenen spielten sich vor ihm ab.

Stans Schluchzen verstummte, doch seine Tränen flossen weiter. Je länger er darüber nachdachte, dass er seine Freunde nie wiedersehen würde, desto mehr fühlte er sich, als hätte sich in ihm eine schwarze Leere aufgetan, die drohte, all seine Fröhlichkeit für immer und ewig zu verschlingen. Dennoch wusste Stan, wenn er bedachte, wofür sie gestorben waren und dass sie das Spiel Minecraft gerettet hatten, dass er sein Leben weiterführen könnte. Es würde sehr schwer sein, und der Schmerz würde nie vollständig versiegen, doch er würde überleben.

Stan holte die Sandsteinblöcke aus seinem Inventar und

umgab die Truhe mit einem Ring. Dann bedeckte er ihn mit einem Quadrat von drei mal drei Blöcken und verbarg so die Truhe. Niemand würde je auf die Idee kommen, dass darin zwei verzauberte Diamantschwerter versteckt waren. Sie würden für immer dort bleiben. Wenn jemand die Stufen zur Spitze des Monuments erklomm, würde er dort zwei Schilder vorfinden, die Stan an der Spitze nebeneinander angebracht hatte. Auf ihnen stand:

KITKAT783 „KAT“
UND
DIEZOMBIE97 „DZ“

HELDEN VON
ELEMENTIA
R. I. P.

Stan stieg die Sandsteintreppe hinab und betrachtete sein Denkmal. Es erhob sich aus der Oase und sah vor der weiten Ebene der Wüste und den kurzen Kakteen darin sehr eindrucksvoll aus. Alle Spieler, die es entdeckten, würden die Sandsteinstufen emporsteigen und die Namen der beiden wunderbaren Spieler erfahren, die alles für den Server, den sie liebten, geopfert hatten.

Stan holte tief Luft und wandte mit Tränen in den Augen dem Schrein den Rücken zu. Dann ging er in die Wüste hinaus. Er holte eine Diamantaxt aus seinem Inventar und umklammerte sie fest. Er wusste, dass die Mobs ihn bemerken würden, und er würde sie abwehren müssen. Das war es, was er wollte. Vor Monaten hatte ihn DZ im Sterben gebeten, nach Ende des Krieges eine Woche lang die Wüste zu durchwandern, sich an ihn zu erinnern und sich von seinen irdischen Problemen zu lösen.

Stan hatte vor, genau das zu tun, worum ihn sein Freund gebeten hatte. Ihm knurrte der Magen, und ihm kam der Gedanke, dass er in dieser Wüste wohl auch selbst jagen müsste, um zu überleben. Es war, als wäre er ein neuer Spieler, allein und verletzlich, der die Welt zum ersten Mal betreten hatte. Er lachte leise über diesen Gedanken, wischte sich die Tränen aus den Augen und machte sich auf die Jagd.

* * *

Während er Stan dabei beobachtete, wie er den Schrein verließ und sich in die Wüste begab, lächelte Schwarzkutte, und sein Umhang bauschte sich leicht im Wind. Das Volk von Elementia war in guten Händen. Schwarzkutte wusste, dass Stan, was auch immer zwischen den Spielern auf diesem Server geschehen mochte, zur Stelle sein würde, um ihn im Gleichgewicht zu halten.

Bei diesem Gedanken entfuhr Schwarzkutte ein leises, ironisches Lachen. Hier stand er, froh, dass Stan seine große Macht nutzen konnte, um Elementia zu schützen … obwohl er selbst mit Leichtigkeit dasselbe mit seiner Macht tun konnte. Und doch wusste Schwarzkutte, dass dieser Gedanke lächerlich war. Indem er mit Stan gesprochen und ihm zu seinen eigenen Operator-Rechten verholfen hatte, hatte er seinen eigenen Sargdeckel endgültig zugenagelt. Eigentlich war er sogar zutiefst überrascht, dass er an der eigentlichen Schlacht teilgenommen hatte und trotzdem noch am Leben war.

Dennoch wusste Schwarzkutte, dass er im Sterben lag. Von dem Moment an, als er mit Stan gesprochen hatte, war seine Energie spürbar verblasst. Als Stan ihn mit seinem Schwert getroffen hatte, war ihm seine Kraft gänzlich entzogen worden, und ihm war gerade noch genug Bewusstsein geblieben, um Stan mitzuteilen, dass Lord Tenebris endgültig besiegt war. Seitdem hatte Schwarzkutte seine Energie aufgespart, und bis jetzt hatte er es nicht geschafft, Gestalt anzunehmen.

Er hörte, wie ein Donnergrollen über der Wüste erklang. Schwarzkutte blickte in die Ferne und sah, wie Regengüsse über dem fernen Dschungel niedergingen. Jeder Spieler in der Nähe, auch Stan, würde all das für ein gewöhnliches Gewitter halten. Doch Schwarzkutte wusste es besser. Er konnte dort eine Veränderung in der Energie des Servers spüren, eine Präsenz, die er seit Monaten nicht mehr wahrgenommen hatte, nicht seit dem Tag, an dem er beim ersten Betreten von Elementia versucht hatte, seine Kräfte einzusetzen.

Die Stimme im Himmel war zurückgekehrt.

Schwarzkutte stand reglos auf der Hügelkuppe, die Augen geschlossen. Er hatte Stan geholfen, Lord Tenebris zu besiegen und Elementia zu retten wie auch alle anderen Minecraft-Server. Er hatte Rex in den Wald gebracht, ihm sein Halsband abgenommen und ihn wieder mit seiner Wolfsfamilie vereint, von der man ihn vor Monaten getrennt hatte. Und jetzt hatte er auch den letzten Punkt auf seiner Liste abgehakt – er hatte Stan beim Bauen und Jagen auf Art der Spieler beobachtet, etwas, das ihn bis heute zutiefst faszinierte. Jetzt, da er es zum letzten Mal gesehen hatte, war alles getan. Schwarzkutte hatte in

Elementia nichts mehr zu erledigen … und auch nicht in Minecraft.

Du hast dich zum letzten Mal in die Belange der Spieler eingemischt, sagte die Stimme in Schwarzkuttes Geist, und ein weiterer Donnerknall erklang über ihm. *Und zur Strafe für deine Missetaten wirst du sterben.*

„Ich akzeptiere meine Strafe", antwortete er laut.

Wieder grollte der Donner, und Schwarzkutte spürte, wie er verblasste. Seine Existenz löste sich langsam auf, als würden Fäden aus einem Teppich gezogen.

Ich mag diese Welt verlassen, dachte Schwarzkutte friedlich, während auch seine Fähigkeit zu denken schwand, *aber wenigstens wird Minecraft, ein Spiel voller Wunder und Verheißung, ohnegleichen in der Welt, fortbestehen … und es wird ewig leben, solange es noch Spieler gibt, die bereit sind, etwas zu erschaffen.*

Mit diesem letzten Gedanken endete Schwarzkuttes Existenz, und er kehrte nie wieder nach Minecraft zurück.

ENDE

DANKSAGUNGEN

Nun, da die Elementia-Chroniken ihr Ende gefunden haben, nehme ich mit bittersüßen Gefühlen Abschied. Während ich die Reihe verfasst habe, sind Stan, Kat, Charlie und ihre Freunde zu einem Teil von mir geworden, und es stimmt mich traurig, sie ziehen zu lassen. Die Elementia-Chroniken zu schreiben, war die beste Erfahrung meines Lebens, und einige Menschen haben mir dabei geholfen, meine Geschichte mit der Welt zu teilen.

Ich möchte dem Jahrgang der Theater-AG der South Kingstown High School von 2014–15 danken. Ihr habt die Schule für mich nicht nur erträglich, sondern wunderbar gemacht.

Ich danke Lindsey Karl, Matt Schweitzer und Julie Eckstein, meinem Promotionteam bei HarperCollins, die mir geholfen haben, die Elementia-Chroniken der Welt vorzustellen.

Ich möchte Pam Bobowicz danken, meiner Lektorin, die mir geholfen hat, meine groben Skizzen in vollständige Romane zu verwandeln.

Ich danke meinem Bruder Eric, der immer weiß, was er sagen muss, dass ich die Bodenhaftung nicht verliere.

Ich danke meinem Bruder Casey, dem ersten Mega-Fan der Elementia-Chroniken, der mich dazu gebracht hat, meine Geschichte zu erzählen.

Ich möchte Rick Richter danken, meinem Agenten von Zachary Shuster Harmsworth, der mir geholfen hat, bei HarperCollins angenommen zu werden und mir immer sein Wissen und seine Weisheit zur Verfügung gestellt hat.

Ich möchte meiner Großmutter danken, die vermutlich nicht nur der größte Fan der Elementia-Chroniken ist, sondern mich bei allem unterstützt, was ich tue – beim Schreiben und bei allem, was darüber hinausgeht.

Ich möchte meinem Vater dafür danken, der ganz allein den Tech-Support übernommen und so den Elementia-Chroniken beim Sprung in die digitale Welt geholfen hat.

Ich danke meiner Mutter für ihre zahllosen Stunden, die sie mit Werbung und dem Durchlesen der Elementia-Chroniken zugebracht hat, und dafür, dass sie alles in ihrer Macht Stehende und noch viel mehr für den Erfolg meiner Arbeit getan hat.

Schließlich möchte ich all meinen Fans danken. Sowohl denen, die *Suche nach Gerechtigkeit* gelesen haben, als das Buch noch im Selbstverlag erschien, wie auch allen anderen. Euer Lob, eure Kritik und eure Unterstützung haben mich inspiriert, meine Geschichten zu teilen, und die Elementia-Chroniken wären ohne euch nicht, was sie heute sind.

SPANNENDE ROMANE
INSPIRIERT VOM WELTWEITEN BESTSELLER-GAME
MINECRAFT
EIN VÖLLIG EIGENSTÄNDIGES ABENTEUER FÜR MINECRAFTER
DIE SUCHE NACH DEM DIAMANTEN-SCHWERT
WINTER MORGAN
Winter Morgan:
DIE SUCHE NACH DEM DIAMANTENSCHWERT
ISBN 978-3-8332-3007-3
EIN VÖLLIG EIGENSTÄNDIGES ABENTEUER FÜR MINECRAFTER
DAS GEHEIMNIS DES GRIEFERS
WINTER MORGAN
Winter Morgan:
DAS GEHEIMNIS DES GRIEFERS
ISBN 978-3-8332-3008-0
EIN VÖLLIG EIGENSTÄNDIGES ABENTEUER FÜR MINECRAFTER
DIE ENDERMEN-INVASION
WINTER MORGAN
Winter Morgan:
DIE ENDERMEN-INVASION
ISBN 978-3-8332-3243-5
KARL OLSBERG
DAS DORF
DER FREMDE
ROMAN FÜR MINECRAFTER
Karl Olsberg:
DAS DORF: DER FREMDE
ISBN 978-3-8332-3251-0
© 2015 Winter Morgan. All Rights Reserved.
ABENTEUER-ROMANE FÜR ECHTE MINECRAFTER.
JETZT IM BUCHHANDEL ERHÄLTLICH.
panini BOOKS
www.paninicomics.de

SPANNENDE ROMANE
INSPIRIERT VOM WELTWEITEN BESTSELLER-GAME
MINECRAFT
ROMAN FÜR MINECRAFTER
DIE SCHLACHT V
ZOMBIE HILL
NANCY OSA
Nancy Osa:
VERTEIDIGER DER OBERWELT:
DIE SCHLACHT VON ZOMBIE HILL
ISBN 978-3-8332-3246-6
KARL OLSBERG
WÜRFELWELT
ROMAN FÜR MINECRAFTER
Karl Olsberg:
WÜRFELWELT
ISBN 978-3-8332-3248-0
ROMAN FÜR MINECRAFTER
DIE ELEMENTIA CHRONIKEN
BAND: 1
DIE SUCHE NACH GERECHTIGKEIT
SEAN FAY WOLFE
Sean Fay Wolfe:
DIE ELEMENTIA-CHRONIKEN:
DIE SUCHE NACH GERECHTIGKEIT
ISBN 978-3-8332-3254-1
© 2015 Winter Morgan. All Rights Reserved.
ABENTEUER-ROMANE FÜR ECHTE MINECRAFTER.
JETZT IM BUCHHANDEL ERHÄLTLICH.
PANINI BOOKS
www.paninicomics.de

DIE BISHER ERSCHIENENEN ABENTEUER VON CAPTAIN UNDERPANTS!

Captain Underpants Band 1
272 Seiten
ISBN 978-3-8332-2544-4

Captain Underpants Band 2
304 Seiten
ISBN 978-3-8332-2545-1

Captain Underpants Band 3
360 Seiten
ISBN 978-3-8332-2564-2

Captain Underpants Band 4
360 Seiten
ISBN 978-3-8332-2565-9

Captain Underpants Band 5
304 Seiten
ISBN 978-3-8332-2565-9

Captain Underpants Band 6
224 Seiten
ISBN 978-3-8332-2986-2